Susanne Schieble

Hannover Helau

CW Niemeyer

Kapitel 1

Die Wintersonne schien warm in den Glaserker, den er im letzten Jahr an das Wohnzimmer seines Hauses hatte anbauen lassen, und tauchte den Raum in ein goldenes Licht. Georg Middelstein, Rechtsanwalt und amtierender Karnevalsprinz von Hannover, hatte es sich heute erlaubt, früher Schluss zu machen. Er arbeitete normalerweise bis zu siebzig Stunden in der Woche. Da konnte er auch einmal einen Nachmittag früher aufhören. Zumal, wenn er keine Termine hatte, was selten genug vorkam. Mit einem wohligen Stöhnen ließ er sich in einen Sessel fallen und streckte die langen Beine von sich. Seine Frau Anna-Lena war oben und hatte sich hingelegt. Wie meistens. Er schloss die Augen und genoss für einen Moment die Stille, die er normalerweise schwer ertrug. Aber heute brauchte er das. Er hatte einen Entschluss gefasst, der sein Leben verändern würde. Er wollte es richtig machen. Einmal wollte er etwas richtig machen.

So begannen die letzten Stunden im Leben des Georg Middelstein.

Kapitel 2

„Ja is' et denn wahr?" Hauptkommissarin Williamson fluchte und beugte sich vor das chromglänzende Monstrum. Von unten schaute sie in die Düsen der Maschine. Kein Kaffee weit und breit.

Nach einem weiteren saftigen Fluch nahm Williamson ihre geliebte Kaffeetasse mit der Aufschrift *Big Mama* vom Gitter und wandte sich ab. Das ging ja gut los und konnte nichts werden. So hoch im Norden funktionierten noch nicht einmal die Kaffeemaschinen.

„Rooooaaaaaar", hörte die Kommissarin hinter ihrem Rücken. Köstliches Röstaroma stieg in ihre Nase, und das kostbare Nass floss in das Auffanggitter.

„Du kannst mich mal", knurrte sie und hob drohend den Zeigefinger: „Leg dich besser nit mit mir an!"

„Oho, werte Frau Kollegin, Sie werden doch nicht die Kaffeemaschine verhaften", dröhnte eine Williamson schon jetzt verhasste Bassstimme. Hauptkommissar Balustreit – der Name ist bei ihm Programm, hatte sie bei der ersten Begegnung gedacht – stand unmittelbar hinter ihr und grinste. Mit grob geschätzt hundertfünfzig Kilo sah er wirklich aus wie Balu, der Bär. Seit ihrer ersten Begegnung vor zwei Tagen herrschte zwischen ihr und Balustreit eine Art brodelnder Waffenstillstand mit der Möglichkeit zur jederzeitigen Eskalation. Er hatte sie sofort als Konkurrentin wahrgenommen. Wenn es nach Williamson gegangen wäre, hätte sie auch dableiben können, wo sie war und wo sie gedacht hatte, bis zu ihrer Pensionierung zu bleiben – in ihrem geliebten Präsidium in Köln-Kalk. Williamson seufzte – sie hatte viel geseufzt in den letzten Wochen.

Et kütt wie et kütt, dachte sie und setzte, wie sie meinte, ihr bezauberndstes Lächeln auf. Ihre ehemaligen Kollegen in Köln hatten immer darüber gelästert, dass sie wirklich viele Qualitäten besaß, insbesondere im Bereich der Verbrechensbekämpfung. Diese erstreckten sich aber mit Sicherheit nicht auf den Einsatz weiblicher Reize, die mit „bezaubernd" bezeichnet werden konnten.

„Nein, dat habe ich in der Tat nit vor, werter Herr Kollege", antwortete sie und richtete sich zu ihren vollen 1,60 Meter auf. „Aber wenn Sie mir einen Vorschlaghammer besorgen könnten, so wären wir dat Problem ein für alle Mal los."

Damit rauschte sie mit ihrer ganzen wohlbeleibten Würde an Balustreit vorbei in ihr Büro. Ihr Büro? Es war dunkel. Aber warum? Williamson tastete nach dem Lichtschalter. Das Licht flammte auf. Der Raum war klein. Eimer, Lappen und Putzmittel stapelten sich auf einem Stahlregal. Verdamp. Dies war definitiv nicht ihr Büro. Dies war die Besenkammer.

„Falsches Zimmer", murmelte sie und schritt mit allem Stolz, den sie aufbringen konnte, an ihrem sprachlosen Kollegen vorbei. Das war bis Mittag herum im Kommissariat. Die Neue aus Köln konnte noch nicht mal ihr Büro finden. Williamson hätte schreien können. Kein Kaffee und dann das.

Kapitel 3

„Na, wie ist der Kaffee?“, fragte Elena Grifo, als Williamson in ihr Büro eintrat, hob aber nicht den Blick von ihrem Bildschirm.

„Ganz außerordentlich“, antwortete Williamson und knallte ihren Becher auf ihren Schreibtisch. „Wirklich toll.“

„Nicht?“, sagte Grifo. „Der Kaffee auf unserer Etage ist dank der neuen Kaffeemaschine der beste im ganzen Kommissariat.“

„Dat glaube ich“, knurrte die Kommissarin sarkastisch und ließ sich mit einem lauten Plumpsen auf ihren Stuhl fallen. „Wat machen Sie da eigentlich?“, fragte sie ohne echtes Interesse. Ihr war langweilig. War Hannover tatsächlich der graue Fleck auf der Landkarte, der die Stadt für sie immer gewesen war? In Köln, in der Millionenstadt, war immer etwas los. Da kannte sie sich aus. Aber hier? Hier passierte gar nichts. Kein Totschlag. Kein Mord. Noch nicht einmal ein klitzekleiner.

„Ich sehe die Vermisstendatei durch, helfe den Kollegen“, antwortete Grifo und strich ihr braunes Haar zurück. „Solange wir keinen neuen Fall haben, sollten wir die alten nicht aus dem Auge lassen. Sie können sich mal die ungeklärten Todesfälle anschauen. Ein frischer Blick schadet nie.“

„Mache ich“, antwortete Williamson und gähnte. Innerlich schmunzelte sie. Der Elan der jungen Kollegin amüsierte sie. Er erinnerte sie an ihren eigenen vor zwanzig Jahren. Na ja, vielleicht vor fünfundzwanzig Jahren.

Dann wollen wir mal, dachte sie und näherte sich ihrem PC. Computer waren für sie eine Wundertüte. Großartig, wenn sie funktionierten, auch wenn sie nicht wusste, wie sie funktionierten. Wenn sie aber nicht funktionierten, was bei ihr häufig vorkam, war sie verloren. In Köln hatte sie dann Kollegen, die ihr halfen. Aber hier?

„Frau Grüff… Frau Grifo, können Sie mir vielleicht zeigen, wie ich in die Datei komme, ich meine, dat is' doch ein wenig neu für mich … und so … halt."

„Na klar, kein Problem." Ihre Kollegin erhob sich mit der Eleganz einer Balletttänzerin und näherte sich mit einem Gang, der jedes Model vor Neid hätte erblassen lassen.

Oberkommissarin Grifo war jung, hübsch, unfassbar sexy und dazu auch noch kollegial – eine Kombination, die sie zur begehrtesten Kollegin im ganzen Kommissariat machte. Dass ausgerechnet sie warum auch immer von Kriminalrat Dr. Rico Habernickel der nicht gewollten Hauptkommissarin aus Köln zugeteilt wurde, trug dazu bei, dass Hauptkommissar Balustreit nicht gut auf seine neue Kollegin zu sprechen war.

Wegen ihres Namens Elena Grifo nannte Williamson sie in Gedanken „Grüffelo", auch wenn die Oberkommissarin nun wirklich nichts mit dem haarigen Monster aus den Kinderbüchern gemein hatte, außer ihren langen braunen Haaren und ihrer Gutmütigkeit.

„So, das war es auch schon, bitte sehr."

„Danke, Frau Grifo." Die Kommissarin grinste. Endlich etwas Positives an diesem Tag.

Kapitel 4

Die letzten Stunden im Leben des Georg Middelstein waren nicht hektisch, sondern ruhig und entspannt. Nach ausgiebigem Duschen zog er eine Jeans, ein weißes Hemd und darüber einen Hoody an. Lässig, aber trotzdem schick, so mochte er es am liebsten. Als er wieder ins Wohnzimmer kam, sah er, dass Cornelius versucht hatte, ihn zu erreichen. Schon wieder. Georg Middelstein rief ihn zurück. Cornelius nahm sofort ab.

„Georg, wir müssen reden!“ Er schrie fast ins Telefon.

„Nochmals?“, fragte der ironisch. „Es ist, wie es ist.“

„Georg!“ Cornelius’ Stimme klang beschwörend. „Bitte, hör mir zu. Du kannst das nicht machen. Gerade jetzt, in der heißen Phase des Karnevals. Wir hören damit auf, ich schwör’s dir.“

„Was willst du mir eigentlich sagen?“, erwiderte Middelstein. „Wir haben geredet. Tausendmal. Ich habe euch mehrfach gesagt, dass ich euch nicht länger decke. Ich kann das nicht länger verantworten.“ Georg Middelstein atmete tief durch. „Ihr wolltet meinen Vorschlag ja nicht annehmen.“

„Wir können es nicht!“, schrie Cornelius auf. „Jeder würde uns fragen, was los ist, vom Rathaus bis zum Verband. Jeder!“

„Tja.“ Middelstein betrachtete seine manikürten Fingernägel. „Dann decke ich euch nicht länger. Das kann mich in Teufels Küche bringen, und das weißt du.“

„Dann geraten lieber wir in Teufels Küche, was?“ Cornelius’ Stimme klang bitter. „Und du stehst da wie der strahlende Prinz.“

Middelstein konnte ein Grinsen nicht unterdrücken. Er hörte, wie Anna-Lena im ersten Stock rumorte. Cornelius schwieg. Georg hörte nur seinen stoßweisen Atem.

„Ich muss aufhören“, sagte er in die Stille. „Tut mir leid.“

„Mir auch“, antwortete Cornelius lahm. „Mir auch.“

Kapitel 5

„Bin daheeem!“

Fast blieb ihr der über Jahrzehnte getätigte Ausruf im Halse stecken. Heimat. Nein, das war das Haus, das sie seit rund zwei Wochen bewohnten, wahrlich nicht. Aber Heimat ist da, wo die Familie ist, sinnierte Williamson. Also war das neue Haus doch so etwas wie Heimat? Das vermochte sie noch nicht zu sagen.

„Ah!“ Die Kommissarin fuhr erschrocken zurück, als sie in ihre geliebten Hausschuhe schlüpfte. Ein haariges Etwas tauchte vor ihr auf und fuchtelte mit den Armen.

„Ich bleibe hier nicht eine Minute länger!“, schrie es direkt vor ihrem Gesicht. „Ich will zurück nach Köööölln!“

„Wat is' denn los, Nicola?“, fragte sie und strich dem haarigen Monster über den Kopf.

„Ich bleibe keine Minute länger in dieser schrecklichen Stadt. Sie haben mich ausgelacht. Wegen des Dialekts.“

„Wer hat gelacht?“

„Meine Klasse. Es ging darum, wer Rom angezündet hat. Ich habe gesagt: ‚Dat war der Nero. Un' dann is' Feuer an die Gebäude gekommen, un' dann hat et gebrannt.‘ Un' dann …“ Williamson nahm sie in die Arme.

„Aber dat war doch völlig richtig. Nero hat Rom angezündet und alles niedergebrannt.“

„Mama, du verstehst das nicht. Sie haben gesagt, dass man hier Hochdeutsch spricht und keinen Dialekt."

„Weißt du wat, Nicola?" Williamson strich ihrer jüngsten Tochter das Haar aus dem Gesicht. „Die sind neidisch. Einen Dialekt zu haben, bedeutet, dat man sich mit seiner Heimat identifiziert. Die Hannoveraner haben keinen Dialekt, also …"

„Sind sie keine Kölner", schlussfolgerte Nicola und heulte erneut auf. „Sie hassen mich!"

„Nee, meine Süße, nee! Sie haben keinen Dialekt und deshalb keine Identifikation mit ihrer Heimat! Sie sind heimatlos!"

„Wirklich?" Nicolas Augen wurden immer größer. „Und wir, Mama? Wo ist jetzt unsere Heimat?"

„Hier, Nicola!", sagte Bernd-Karl, der lässig am Türrahmen lehnte. „Und nun lass deine Mutter los, die dringend ein Bier braucht, um ihren Tag zu verarbeiten."

„Säufer", kommentierte Nicola halbwegs getröstet und sprang ein wenig beruhigter die Treppe hinauf.

„Danke", sagte Williamson. „Ich war gerade argumentativ an einem toten Punkt angekommen."

Sie schmiegte sich an ihn. Bernd-Karl. Ihr Fels in der Brandung. Dabei war er es, der aus der Bahn geworfen worden war, als er, Beamter im Bauamt der Stadt Köln, aufdeckte, dass der Zusammenbruch des im Bau befindlichen U-Bahn-Tunnels und dann des Stadtarchivs auf einem massiven Korruptionsskandal gründete. „Kölscher Klüngel", wie man so schön verharmlosend sagte. Bernd-Karl hatte herausgefunden, dass Berichte gefälscht worden waren. Sein Fehler war es, damit zu seinem Vorgesetzten zu gehen. Als Dank musste er von vorne anfangen. In Niedersachsen. In Hannover. Im Bauamt der Niedersächsischen Landeshauptstadt. Bernd-Karl war das notwendige Bauernopfer.

Williamson musste ihre Stelle im Präsidium räumen, den Ort, den sie über alles liebte. Sie konnte und wollte ihren Mann nicht allein aus Köln flüchten lassen. Und nun saßen sie hier. In einer Doppelhaushälfte in Hannover-Groß-Buchholz, direkt am Kanal. „Der Rhein is' et gerade nit", hatte sie bei der Ankunft gesagt.

„Nein. Aber dafür brauchen wir auch keine Angst vor Überschwemmungen zu haben", hatte Bernd-Karl geantwortet. Er war derjenige, der nicht gejammert hatte, obwohl man ihm am übelsten mitgespielt hatte. Williamson war da nicht so stark, ebenso wenig wie ihre Töchter. Sie war so, wie sie war. Impulsiv, explosiv, von unendlicher Ungeduld, mit dem Charme eines Bulldozers, aber durchsetzungsstark. Und erfolgreich. Insofern kam Bernd-Karls Entlassung einigen im Präsidium in Köln gerade recht. Bernd-Karl ahnte das, aber Williamson selbst machte sich darüber keine Gedanken. Als Polizistin war sie dazu da, die Bösen ins Gefängnis zu stecken. Das war ihre Welt, das konnte sie.

„Wat gibt et zu essen?", fragte sie, hob am Herd den Deckel vom Topf und schnupperte.

„Spaghetti Bolognese", antwortete Bernd-Karl grinsend. Er wusste, dass er seiner bodenständigen Frau damit keinen Gefallen tat. Sie aß am liebsten rheinische, deftige Hausmannskost. Ihre Töchter aber nicht.

Wie erwartet verzog Williamson das Gesicht.

„Mit Eissalat", fügte Bernd-Karl hinzu. Den mochte sie am allerwenigsten. Aber was soll's? Der Tag war ohnehin im Eimer, da passte der Eissalat wie die Faust aufs Auge.

„Is' lecker", nuschelte Nicola anerkennend und strich zum wiederholten Male ihre Haare aus dem Gesicht. Sie, wie auch ihre drei Jahre ältere Schwester Carola, hatte das widerborstige Haar ihrer Mutter geerbt. Leider, wie beide nicht müde wurden zu betonen. Williamson selbst hatte sich schon vor langer Zeit mit ihrer „Haarpracht" arrangiert und sie zu allem Überfluss auch noch rot gefärbt. Vor ihren roten Haaren stand ihre alte Abteilung in Köln stramm.

Carola mümmelte vor sich hin.

„Hallo?", fragte Williamson ihre älteste Tochter genervt. „Is' jemand zu Hause?" Da sah sie das Kabel durch die Haarpracht ihrer Tochter blitzen und riss ihr die kleinen Knöpfe aus den Ohren.

„Kannst du nit wenigstens beim Essen mal voll da sein ohne diese Dinger im Ohr?", schimpfte sie.

„Klar", antwortete Carola verächtlich, „damit ich ganz genau weiß, wo meine Heimat ist, oder was?"

„Dat is' doch wirklich nit zu fassen!", hob ihre Mutter an.

„Lass gut sein, Mienchen." Ihr Mann legte seine Hand auf ihre. „Komm", raunte er ihr zu, „es ist nicht leicht für sie." Damit zog er sie ins Wohnzimmer und schloss die Tür zur Küche.

„Et is' nit leicht für sie", zischte Williamson. „Un' für mich? Weißt du, wo ich heute auf dem Weg zu meinem Büro gelandet bin? In der Besenkammer!" Sie kämpfte mit den Tränen und holte tief Luft.

„Du hast recht“, sagte sie dann und versuchte ein Lächeln, das in einer Grimasse endete. „Wir sind erwachsen, sie nit. Aber et fällt mir doch verdamp schwer.“

„Ich weiß, Mienchen, ich weiß.“ Bernd-Karl nahm sie in die Arme und hielt sie fest. Wenn er sie „Mienchen“ nannte, schon zum zweiten Mal an diesem Abend, war es ihm sehr ernst. Mienchen war ein Kosename, der von ihrem Nachnamen herrührte. Manchmal nannte er sie liebevoll „Wilhelmine“, manchmal, wenn es richtig ernst wurde, „Mienchen“.

„Ich danke dir, dass du so zu mir hältst“, murmelte er, seine Lippen an ihrem Strubbelhaar. „Ich weiß, dass es viel verlangt ist, und ich hätte nie gedacht, dass wir als Resultat meines Handelns einmal hier landen würden.“

„Ich weiß“, antwortete Williamson und umarmte ihn fest. „Ich weiß.“

Kapitel 6

Williamson hielt einen Besen in der Hand und fegte die langen Gänge des Zentralen Kriminaldienstes in der Waterloostraße.

Ausgerechnet!, hatte Williamson gedacht, als sie das zum ersten Mal hörte. Dat is' mein ganz eigenes Waterloo!

An jeder Ecke stand Balustreit, zeigte mit dem Finger auf sie und lachte. Die Kaffeemaschine auf ihrer Etage lief über, Carola und Nicola standen mit Kopfhörern in den Ohren daneben, beide mit einem Teller Spaghetti in der Hand. Williamson floh in ihr Büro, wo Grüffelo an ihrem Computer saß und ein Glas Kölsch über die Tastatur kippte.

„Wat soll denn dat?", schrie Williamson sie an. Der Computer gab in regelmäßigen Abständen ein Piepsen von sich.

„Was soll was?", murmelte Bernd-Karl verschlafen.

„Hä?" Williamson fuhr auf.

„Du hast geträumt, es ist mitten in der Nacht." Aber das Piepsen des Computers aus dem Traum war geblieben.

„Dat is' mein Handy. Mist. Dat is' Grüffelo."

„Wer?"

„Grüff… ich erklär's dir später." Sie hämmerte auf den Tasten herum, bis tatsächlich eine Verbindung hergestellt war.

„Williamson!", blaffte sie in ihr Mobilgerät.

„Hallo Chefin, hier ist Grifo. Wir haben einen Toten am Maschsee. Beim Nordufer. Gegenüber vom Sprengel Museum, auf der anderen Seite des Lakeside Hotels, können Sie gar nicht verfehlen. Spurensicherung ist unterwegs. Genauso wie Cohen.“ Williamson seufzte.

Der erste Seufzer des Tages, dachte sie und schaute auf die Uhr. 1.42 Uhr.

„Okay, bin gleich da.“ Sie befreite sich aus ihrer Deckenflut und wandte sich an ihren Mann, der sein Gesicht auf seinem Arm abstützte und sie schmunzelnd betrachtete.

„Et tut mir leid, aber anscheinend gibt et in Hannover doch noch Verbrechen.“

„Na, Gott sei Dank“, grinste er, „sonst wäre meine Frau bald vor Langeweile gestorben.“

Williamson schlüpfte in eines ihrer Kostüme, die sich nur farblich voneinander unterschieden: Verschiedene Brauntöne wechselten mit verschiedenen Grau- und Blautönen ab. Abgesehen davon bestachen sie durch ihre einzigartige Unförmigkeit. Dazu trug sie meist eine weiße Bluse oder auch schon mal einen Rollkragenpullover, so wie jetzt, denn es war Ende Januar in der niedersächsischen Landeshauptstadt empfindlich kalt. Sie gab ihrem Mann zum Abschied einen Kuss.

„Tschööö, minge Schatz.“

In der Garderobe schlüpfte Williamson in ihre braunen Halbschuhe und in ihren Wintermantel, dunkelbraun, unförmig.

Sie schnappte sich die Autoschlüssel und stieg in ihren geliebten, acht Jahre alten Ford Fiesta.

Sie hatte eine ganz besondere Beziehung zu ihrem Auto. Es hatte sogar einen Namen. Williamson nannte es „Marianne". In ihrer Vorstellung war das Auto so etwas wie eine Freundin. Außerhalb ihrer Familie wusste das natürlich niemand. Das wäre ihr dann doch zu peinlich gewesen.

„Na, Mariannchen, et geht wieder los." Das vertraute Kribbeln stellte sich ein. Endlich konnte sie ihre Fähigkeiten unter Beweis stellen.

Das eigens für Hannover angeschaffte Navi baute sich auf, und sie setzte an, ihr Fahrtziel einzugeben. Ratlos starrte sie auf die vielen Namen, als sie die ersten Buchstaben eingegeben hatte.

„Wat soll et", entschied sie und hämmerte einen Befehl ein. „Et hätt' noch immer jot jejange."

Kurz hinter dem Theater am Aegi tauchte links die Silhouette des imposanten Neuen Rathauses auf. Williamson hatte es für ein Schloss gehalten, als sie es das erste Mal erblickt hatte. „Nit gerade der Kölner Dom, aber ganz nett", hatte sie gemeint. Im Stillen war sie beeindruckt. Es war weitaus imposanter als das Kölner Rathaus, aber das hätte Williamson niemals zugegeben.

Dem Navi folgend, fuhr sie auf das Rathaus zu.

„Sie haben das Ziel erreicht", flötete die Dame im Navi. Williamson war verwirrt. Hatte ihre Kollegin nicht ein Hotel erwähnt? Na gut, manchmal gab es auch am Rathaus ein Hotel.

Sie stieg aus und erschauerte. Es war verdamp kalt. Und auch trotz des fahlen Mondlichts sehr dunkel. Von blinkenden Streifenwagen war weit und breit nichts zu sehen. Sie tauschte schnell ihre Schuhe gegen die Gummistiefel aus, die sie für solche Fälle immer mitführte. Besser, man war vorbereitet.

Die Kommissarin bog um die Ecke und blieb stehen. Alles still. Der See lag spiegelglatt vor ihr. Sie leuchtete mit einer Taschenlampe am Rathaus entlang und auf den See. Nichts.

„Verdamp, dat kann doch nit wahr sein!", fluchte sie, zückte ihr Handy und rief Grifo an. „Wo sind Sie?", fragte Williamson, „hier is' alles dunkel und verlassen. Dat Rathaus ebenso wie der See!"

„Rathaus?", fragte Grifo zurück, und Williamson konnte sie durchs Telefon förmlich grinsen sehen. „Sie sind am Maschteich, nicht am Maschsee. Ich erkläre Ihnen, wie Sie fahren müssen."

Williamson würgte ein „Danke" hervor und stieg wieder in ihre Marianne. Verdamp. Wenn das Cohen mitbekommen hatte, wusste es bald auch Balustreit und dann das ganze Kommissariat. Erst die blöde Kaffeemaschine, dann die Besenkammer und nun der Maschteich.

Nach kurzer Fahrt ragte links vor ihr der graue Betonklotz des Sprengel Museums auf, der sich im Mondschein schemenhaft gegen den Nachthimmel abhob. Halb links vor ihr lag der See, und da sah die Kommissarin auch schon das Blaulicht der Einsatzfahrzeuge, das die kahlen Äste der Bäume am Seeufer gespenstisch beleuchtete. Große Scheinwerfer waren bereits aufgebaut und strahlten die Szenerie taghell an. Gegenüber vom Sprengel Museum liefen mehrere Personen zwischen dem Radweg, dem kurzen Rasenstück und dem Uferweg des Sees hin und her. Sie musste zugeben, dass dieses Gewässer schon eher als See bezeichnet werden konnte, und schämte sich nur noch mehr.

Cohen hatte sein Hinterteil auf die Kühlerhaube von einem der Streifenwagen gehievt und rauchte.

„Oho, unsere isländische Urgewalt ist auch schon eingetroffen“, dröhnte er und verzog den Mund so weit, dass Williamson seine Zähne aufblitzen sah.

„Ich komme aus Köln, nit aus Island!“, knurrte sie und rauschte an Cohen vorbei. Es war immer das Gleiche. Aufgrund ihres Namens dachten viele, sie oder ihr Mann kämen aus Island oder hätten zumindest isländische Wurzeln. Sie wusste es nicht genau. Was sie wusste, war, dass sie aus Köln kam, ebenso wie ihre Familie und die Familie von Bernd-Karl, die seit Generationen in der „schönsten Stadt der Welt“ lebte. Ob vielleicht im Mittelalter irgendwelche isländischen Wikinger oder so nach Köln gekommen waren und den Grundstein für die kölsche Familie Williamson gelegt hatten, mochte so sein oder auch nicht. Sie kam aus Köln, Bernd-Karl kam aus Köln, ihre beiden Familien kamen aus Köln. Basta.

„Ein Son ist doch wie der andere Son, nicht wahr?“, spottete Cohen. Wenn Grifo ein Geschenk von Dr. Habernickel war, dann war Cohen die Strafe. Er war der Stachel in ihrem Fleisch, die Spucke in ihrer Suppe. Da er Sascha Cohen hieß und damit fast so wie irgendein durchgedrehter Schauspieler, nannten ihn alle auf dem Kommissariat nur „Baron“.

„Sacha Baron Cohen, der Schauspieler“, hatte Grifo Williamson gleich am ersten Tag aufgeklärt. Am Abend hatte sie sich von Carola erklären lassen, wer der Schauspieler war, und sich auch einige Bilder im Internet angesehen. Der Schauspieler Sacha Baron Cohen hatte so viel mit Sascha Cohen aus dem Kommissariat im ZKD in der Waterloostraße gemeinsam wie Ecstasy mit Schlaftabletten. Das Problem war, dass Williamson seitdem vor ihrem inneren Auge des Schauspieler Cohens neongelben, hautengen Badeanzug an des Kriminalbeamten Cohens weniger durchgestyltem Körper kleben sah. Sie bekam dieses Bild einfach nicht aus dem Kopf. Manchmal half es, mit Cohens überheblicher Art fertig zu werden. Manchmal nicht.

Inzwischen war Williamson an der Leiche angekommen, die von den Tauchern aus dem Wasser geborgen worden war.

„Wat haben wir?", fragte sie in die Runde und schob einen in einen weißen Overall gekleideten Halbstarken aus dem Weg. „Wissen wir schon, wer der Tote is'? Wie lange war er im Wasser? Gibt et Anzeichen dafür, wie er gestorben is'?"

Das Jüngelchen hatte inzwischen sein Gleichgewicht wiedergefunden.

„Nein, wir wissen noch nicht, wer der Tote ist. Er hat etwa zwei bis drei Stunden im Wasser gelegen, Genaueres kann ich erst nach der Obduktion sagen. Anzeichen dafür, wie er gestorben ist, haben wir in der Tat." Der junge Mann beugte sich über die Leiche, die zweifelsohne männlich war, und drehte mit der gummibehandschuhten Hand den Kopf ein wenig zur Seite. Williamson beugte sich über den Toten.

„Hier!“ Der Junge zeigte auf eine kreisrunde Wunde am Hinterkopf. „Stumpfe Gewalteinwirkung. Könnte ein Schlag mit einem entsprechenden Gegenstand gewesen sein.“

„Nichts für ungut, junger Mann“, sagte sie und blickte sich um, „aber ich möchte doch gerne mit dem verantwortlichen Rechtsmediziner sprechen und nit mit einem Berufsanfänger.“ Auf leisen Sohlen, was typisch für Grifo war, war diese hinter die Kommissarin getreten.

„Darf ich vorstellen?“, fragte sie süffisant. „Das ist Dr. Sven Michellsen vom Institut für Rechtsmedizin der Medizinischen Hochschule in Hannover.“

Williamson richtete sich langsam auf. Dr. Sven Michellsen? Doktor? Wann hatte der denn seinen Doktortitel gemacht? Mit fünfzehn?

„Freut mich“, sagte Michellsen und reichte ihr seine Hand. „Sie müssen Williamson sein, die isländische Kölnerin.“

Sie klappte den Mund auf und zu, musste innerlich aber grinsen. Michellsen nahm ihr den Fauxpas nicht übel. Das hatte sie in dieser so verdamp korrekten Stadt noch nicht häufig erlebt.

„Mich auch“, sagte sie und ergriff die gummibehandschuhte Hand, die zuvor noch die Leiche untersucht hatte, was sie zu spät bedachte. „Ich … äh … ich dachte …“, stammelte sie, während sie unauffällig ihre Hand an ihrem Mantel abwischte.

„Schon gut“, Michellsen winkte ab, „passiert mir öfter.“

„Gut, Michel, dann können wir weitermachen.“

Nun klappte Michellsen seinerseits den Mund auf und zu. „Ich heiße …“

„Schon klar, aber hier liegt wohl ein Gewaltverbrechen vor, wir müssen nun ranklotzen." Williamson wandte sich zu Elena Grifo um. „Wir müssen so schnell wie möglich rausfinden, wer der Tote is'. Hatte er Papiere, Handy, Portemonnaie?"

„Nein", antwortete Grifo. „Nichts. Zumindest haben die Taucher nichts gefunden, noch nicht."

„Merkwürdig", meinte die Hauptkommissarin. „Wenn man heutzutage aus dem Haus geht, hat man doch Geld, Papiere und vor allem ein Handy dabei."

Sie beugte sich wieder über den Toten. Ein gut geschnittenes, markantes Gesicht, grau meliertes Haar, Mitte vierzig. Er trug Designer-Jeans, einen Hoody, darunter ein weißes Hemd. Unter der Kleidung zeichnete sich ein gut gebauter Körper ab. Gott sei Dank hatte die Leiche nicht so lange im Wasser gelegen. Sie trug noch keine Merkmale, die das Wasser mit menschlichem Gewebe anzurichten vermochte.

„Keine Jacke", murmelte Williamson vor sich hin.

„Was?", fragten Grifo und der Baron gleichzeitig.

Die Kommissarin blickte auf. „Keine Jacke", wiederholte sie, „kein Mantel. Er mag hier wohl kaum vorbeigegangen, niedergeschlagen un' in dat Wasser geworfen worden sein. Denn dann hätte er eine Jacke oder einen Mantel getragen, oder nit?"

„Es ist doch noch viel zu früh, um so etwas zu sagen", meinte Cohen verächtlich. „Vielleicht wollte er nur kurz aus dem Auto, um frische Luft zu schnappen."

Um diesem Idioten nicht länger zuhören zu müssen, holte sie ihr Handy hervor und schoss ein Bild von dem

Toten. Ihr Blick fiel auf das auch um diese Zeit hell erleuchtete Hotel am gegenüberliegenden Ende des Uferweges. Sie schaute den Toten an. Dann das Hotel. Und wieder den Toten. Sie stapfte los. Ihre Gummistiefel quietschten.

Wie eine Urgewalt, nach Atem ringend, mit wildem Blick und wirrem Haar, stürmte die Kommissarin vorne durch die Drehtür und stand mitten im Foyer des Hotels. Die beiden Damen an der Rezeption starrten sie mit aufgerissenen Augen an. Die Erscheinung in Gummistiefeln und mit langem, unförmigem Mantel stakste mit entschlossenen Schritten auf sie zu. Sie wichen zurück.

Schon hatte Williamson ihr Handy gezückt und hielt der linken Dame das Bild von dem Toten unter die Nase.

„Kennen Sie den?", raunzte sie die junge Frau an. Diese zuckte zurück.

„Hallo, hallo, wer sind Sie eigentlich?", mischte sich ihre Kollegin ein. „Wie kommen Sie dazu, hier hereinzustürmen und in dieser Art und Weise aufzutreten?"

„Wer ich bin?", schnauzte Williamson und hielt der indignierten Rezeptionistin ihren Ausweis unter die Nase. „Williamson, Kripo Kö... Hannover. Wir haben diesen Mann im Maschsee gefunden. Er is' tot. Also, kennen Sie ihn, is' er hier in diesem Hotel abgestiegen?"

„Wenn das so ist ...", stotterte die Rezeptionistin. „Also, ich weiß nicht. Ich habe meinen Dienst erst um Mitternacht angetreten. Ich habe ihn nicht gesehen."

„Wat is' mit Ihnen?", wandte sich die Kommissarin an die jüngere der beiden.

„Ich bin seit 23.00 Uhr im Dienst, für mich gilt das Gleiche. Ich habe ihn noch nie gesehen." Der Blick der

Frau glitt über sie hinweg. „Was machst du denn noch hier, Lucie?"

Williamson blickte sich um. Ihr war eine kleine Karawane gefolgt, die inzwischen ebenfalls das Hotel betreten hatte: Grifo, Cohen und eine junge Frau, die fast hinter der massigen Gestalt des Barons zu verschwinden schien.

„Wat soll dat?", grollte Williamson. „Habe ich gesagt, dat Sie mir folgen sollen? Sie sollten beim Tatort bleiben!"

„Das ist die junge Frau, die den Toten gefunden hat", erklärte Grifo und schob besagte junge Frau in ihre Richtung.

„Herrgott noch mal, dann befragen Sie sie doch!", knurrte die Kommissarin. „Muss ich denn alles selber machen? Ach, wat soll et, nütz' ja nix!"

Sie schob die junge Frau, die am ganzen Körper zitterte und so zerbrechlich aussah wie Williamson füllig, in Richtung der kleinen Sitzgruppe im Foyer.

„So, jetz' setzen Sie sich erst mal." Die Kommissarin drückte den Körper der Frau in einen der Sitze. Diese schien darin zu versinken, so zierlich war sie.

„Wie heißen Sie?"

„Lucie Dermold, ich arbeite hier im Hotel im Service des Restaurants", stieß die junge Frau hervor und schob eine rotblonde Strähne hinter ihr Ohr. „Ich wollte nach meiner Schicht mit dem Fahrrad nach Hause fahren. Ich habe den Radweg genommen, der am See entlangführt Richtung Südstadt. Da habe ich auf den See geguckt. Er sah schön aus mit dem Mondlicht drauf.

Da …“ Lucie schluchzte auf und atmete schneller. „Da habe ich etwas wahrgenommen.“ Sie zitterte immer stärker und stand sichtlich unter Schock. Beruhigend legte Williamson eine Hand auf den Arm der jungen Frau.

„Es sah ziemlich groß aus. Wie ein Paket oder so. Als ich genauer hingesehen habe, sah ich Haare … die bewegten sich ganz sacht im Wasser hin und her, ganz sacht …“ Lucie liefen die Tränen übers Gesicht. „Es war ein Mensch, ein Mann, oh Gott. Ich glaube, ich habe geschrien. Dann habe ich die Polizei gerufen.“

„Kennen Sie ihn?“, fragte Williamson unverblümt und zeigte das Foto auf ihrem Handy.

Lucie lehnte sich zurück. „Ich … ich habe ihn im letzten halben Jahr mehrmals im Restaurant gesehen.“

Die Kommissarin war elektrisiert. „Wann kam er? Immer um dieselbe Uhrzeit?“

„Meistens so gegen 20.00 Uhr. Zum Abendessen. Heute auch.“

„Wie hat er bezahlt? In bar oder mit Karte?“

„Immer in bar, was schon fast ungewöhnlich ist.“

„Er wollte keine Spuren hinterlassen“, murmelte Williamson. Sie blickte Lucie an. „Kam er allein oder war er in Begleitung?“

Lucie blickte verlegen zur Seite. „Er war in Begleitung. In Damenbegleitung.“

„Immer?“

„Immer. Und es waren unterschiedliche Damen.“

Die Kommissarin sah Lucie an und drückte kurz ihre Hand. „Danke“, sagte sie leise.

Dann erhob sie sich und stürmte auf ihre Mitarbeiter zu, die die beiden Damen an der Rezeption befragten.

„Cohen!", befahl Williamson. „Sie bringen Frau Dermold in dat Kommissariat und nehmen ihre Aussage auf. Grifo, Sie kommen mit mir. Wir befragen die Angestellten, die im Moment im Hotel sind. Außerdem sollten wir den Geschäftsführer informieren, er soll kommen. Wir brauchen ihn hier." Sie war schon halb auf dem Weg zur Rezeption, dann wandte sie sich noch einmal um. Den unsensiblen Cohen mit Lucie Dermold ins Kommissariat zu schicken, war keine gute Idee, auch wenn sie lieber mit Grifo zusammengearbeitet hätte.

„Nein, wir machen et anders. Grifo, Sie begleiten Frau Dermold, Cohen, Sie kommen mit mir!"

Williamson wandte sich abrupt von ihm ab und den beiden Mitarbeiterinnen des Hotels zu.

„Also", sagte sie zuckersüß, „noch mal von vorn." Sie zückte wieder ihr Handy und wischte so lange auf dem Display herum, bis sie das Bild des Toten wiedergefunden hatte. Aus dem Augenwinkel nahm sie wahr, dass Grifo mit Lucie Dermold das Hotel verließ. Sie hatte fürsorglich einen Arm um die Schultern der zierlichen jungen Frau gelegt und sprach beruhigend auf sie ein. Gut so.

Die beiden Frauen schauten sie mit großen Augen an.

„Ich glaube", sagte Williamson langsam und behielt ihren süßlichen Tonfall bei, „et is' an der Zeit, mit der Diskretion aufzuhören und die Wahrheit zu sagen. Sie kennen ihn, habe ich recht?"

Die Frauen sahen sich an. Die ältere von beiden schüttelte unmerklich den Kopf, wie um zu signalisieren, dass nur ja nichts an die Polizistin weitergegeben werden sollte.

Das wurde nun aber eindeutig zu bunt hier! Was bildeten sich die beiden Dämchen eigentlich ein? Williamson spürte, wie eine Zorneswelle in ihr hochstieg, mit der sich einer ihrer gefährlichen Ausbrüche ankündigte.

„Magma“ hatten die Kollegen in Köln diese Welle getauft. Sie stemmte die Arme in die Hüften und öffnete den Mund, um loszupoltern, als ein gut aussehender Herr Mitte dreißig das Foyer betrat.

„Guten Morgen, Frau Kommissarin. Wie kann ich Ihnen helfen?“

Kapitel 7

Trotz der frühen Stunde war der Mann wie aus dem Ei gepellt. Er trug einen Kaschmirpullover, eine Hose aus gutem Tuch und einen hochwertigen Wollmantel, die dunkelblonden Haare waren im angesagten Undercut geschnitten. Sein Lächeln war so breit wie seine Kleidung teuer. Mehrere Gedanken schossen gleichzeitig durch Williamsons Kopf: Woher wusste er, dat sie hier ermittelte? Und verdamp noch mal, wieso tauchte er gerade in diesem Moment auf? Sie hätte den beiden Damen gerne noch eine Zeit lang ohne ihren Vorgesetzten auf den Zahn gefühlt. Denn dass es sich hierbei um den Geschäftsführer des Hotels handelte, war offensichtlich, da er sich in dem Raum bewegte, als ob ihm das Gebäude gehörte.

„Mein Name ist Holger Trespen, ich bin der Geschäftsführer des Hotels", stellte er sich dann auch folgerichtig vor.

„Wer ich bin, wissen Sie ja schon", knurrte Williamson unwillig. „Also gut, wenn Sie schon mal hier sind, kann ich genauso gut Sie fragen: Kennen Sie den Mann?" Nun hielt sie ihm das Handy mit dem Foto des Toten unter die Nase.

„Zu meinem Bedauern ja", antwortete Trespen und machte ein bekümmertes Gesicht, wobei Williamson nicht beurteilen konnte, ob seine Trauer echt war oder nicht. Sie hasste diese gelackten Typen.

„Würden Sie mir dann die Ehre erweisen, mir mitzuteilen, um wen et sich handelt?", säuselte sie.

„Das ist Georg Middelstein", antwortete Trespen und blickte sie erwartungsvoll an.

„Aha", sagte Williamson trocken. Trespen schaute sie mit seinem unbeweglichen Gesicht nur weiterhin an. Sie hörte, wie Cohen hinter ihr scharf die Luft einsog. Was war hier los?

Offensichtlich erwarteten beide, dass ihr der Name etwas sagte, was aber nicht der Fall war. Verdamp, sie kannte sich in der Stadt noch nicht so aus, um alle Lokalpromis zu kennen!

„Der Prinz", flüsterte Cohen schräg hinter ihr ehrfürchtig. Williamson blickte ihn ihrerseits verständnislos an.

„Der Prinz?", fragte sie zurück und sah von Cohen zu Trespen.

„Der Karnevalsprinz", antwortete Trespen und blickte sie auffordernd an, als ob damit alles gesagt wäre.

„Der WAT?", fauchte Williamson. Hatte sie richtig gehört? Karnevalsprinz? Was war das denn? Es gab nur einen legitimen Prinzen der fünften Jahreszeit, und der kam aus Köln. Basta.

„Unser aktueller Karnevalsprinz", erklärte Trespen.

Sie rang um Fassung. Nicht nur dass hier anscheinend auch so etwas wie Karneval veranstaltet wurde, nein, es gab sogar einen Prinzen dazu. Nur dass der unwiederbringlich tot war.

„Ich will Ihre Euphorie nit unbedingt dämpfen, aber falls Sie et nit bemerkt haben sollten, Ihr Karnevalsprinz für diese Session is' mausetot und liegt am Ufer vom

Maschsee, keine fünfhundert Meter von hier entfernt", schnurrte sie. „Ich denke, Sie haben damit ein Problem, und zwar in mehrfacher Hinsicht, denn Sie stehen für den diesjährigen Karneval ohne Prinzen da, UN' der werte Herr Prinz, Verzeihung, Middelstein, war auch noch Gast Ihres Restaurants. Hatte er hier auch ein Zimmer?"

Das verbindliche, aber nichtssagende Lächeln aus Trespens Gesicht war wie weggewischt, wie sie zufrieden registrierte. Gut so. Es war nur ein kleiner Sieg, aber ein Sieg. Der Geschäftsführer setzte nun eine betroffene Miene auf. Sie hatte ihn zwar aus dem Konzept gebracht, aber nur kurz.

„Es stimmt, Herr Middelstein war des Öfteren Gast in unserem Hotel, sowohl im Restaurant als auch als Übernachtungsgast."

„Soso", schnaubte sie und streifte die beiden Damen an der Rezeption mit einem triumphierenden Blick. Das war nicht unbedingt professionell, aber sie konnte nicht anders. Andererseits wurde sie das Gefühl nicht los, dass Trespen, indem er die eine Tatsache zugab, eine andere, tieferliegende zu verbergen suchte. Es war nur ein Bauchgefühl, ein Kribbeln unterm Zwerchfell. Den feinen Herrn Trespen würde sie noch weiterbefragen müssen, ob er wollte oder nicht.

Zunächst schob sie diesen Gedanken aber beiseite. Es galt erst einmal, handfeste Polizeiarbeit zu verrichten.

„Cohen, Sie befragen die beiden Damen", entschied sie. Das hatten sie nun davon. Cohen war nicht unbedingt einfühlsam, und dass die beiden Frauen augenscheinlich geleugnet hatten, Middelstein zu kennen, machte es nicht besser, im Gegenteil.

„Un' Sie", wandte sie sich an Trespen, „zeigen mir sein Zimmer und schaffen mir dat Servicepersonal herbei, dat Middelstein heute Abend im Restaurant bedient hat."

„Das war Lucie Dermold, die war bis eben noch hier", mischte sich eine der beiden Damen ein.

„So? Dat is' interessant, ich dachte, Sie kennen Herrn Middelstein gar nit", säuselte die Kommissarin. „Wer war noch im Restaurant heute Abend beschäftigt?"

„Wir fertigen Ihnen eine Liste an", beeilte sich der Geschäftsführer zu sagen und sandte einen raschen Blick in Richtung seiner Mitarbeiterin, der ihr nicht entging. Was war das? Eine Warnung? Hier gab es offensichtlich viele Verstrickungen, die sie nicht durchschaute. Noch nicht.

„Rufen Sie sie gleich an und schaffen Sie sie mir hier ran", befahl sie und erstickte damit jeglichen Widerspruch im Keim. „Wir brauchen die Leute hier." Damit wandte sie sich an ihren Kollegen. „Cohen", blaffte sie. „Bevor Sie die beiden befragen, fragen Sie bitte nach, wie weit die Spurensicherung am Fundort der Leiche is'. Dann fordern Sie im Kommissariat mehr Leute an. Die brauchen wir hier, um mit den Hotelgästen zu sprechen. Und zwar zack, zack."

Der Baron verzog das Gesicht, wies die Rezeptionistinnen an, sich zur Verfügung zu halten, trat einen Schritt zur Seite und zückte sein Handy, wobei er einen missmutigen Blick in Richtung Williamson sandte.

Trespen ließ die Mundwinkel hängen und guckte erschrocken. „Sie können hier doch nicht alle Gäste befragen! Das ist Wahnsinn! Eine polizeiliche Befragung schadet unserem Ruf!"

Die Kommissarin fuhr herum. Wollte der Typ sie vergackeiern?

„Werter Herr Trespen, haben Sie nit zugehört? Ein Gast Ihres Hauses is' tot. Is' Ihnen schon mal in den Sinn gekommen, dat er hier im Hotel gestorben sein könnte? Also …" Sie atmete tief durch. „Sie werden uns hier eine Möglichkeit einräumen, die Leute zu befragen, dann können sie zum Frühstück. Ansonsten bestelle ich jeden einzelnen Gast in dat Kommissariat! Klar?"

Trespen wurde rot, dann wieder blass, dann wieder rot.

„Klar", beeilte er sich zu sagen.

„Zeigen Sie mir dat Zimmer, dat der Herr Middelstein bewohnt hat!"

Im Gesicht des Geschäftsführers zuckte ein Muskel, die zweite echte Regung, die Williamson wahrnahm. Doch schon gefror sein Gesicht wieder zu einer unerschütterlichen Maske.

„Natürlich, gern", stieß er hervor und zeigte in Richtung des Fahrstuhls. „Wenn ich vorausgehen darf?"

„Sie dürfen", antwortete die Kommissarin amüsiert und stapfte hinter ihm her. Fast schon an der Fahrstuhltür drehte sie sich noch einmal zu Cohen um, der gerade sein Telefonat beendet hatte. „Herr Cohen!"

Er schaute auf und sah sie mit seinen blauen Glupschaugen an. „Benachrichtigen Sie Frau Grifo und sagen Sie ihr, dat sie die persönlichen und beruflichen Verhältnisse von diesem Middelstein unter die Lupe nehmen soll. Und auch alles zu seiner Tätigkeit als Prinz."

Der Kommissar nickte widerstrebend.

Williamson hatte Trespen genau beobachtet, als sie ihre Anweisungen gab. Seine Miene war unbewegt, aber sie hätte einen Besen aus der Besenkammer des Kommissariats gefressen, wenn er unter seiner zur Schau gestellten Gelassenheit nicht nervös geworden war. Wie zur Bestätigung fuhr er sich durch seine Tolle, die durch den Undercut noch mehr betont wurde. Die Fahrstuhltür öffnete sich, sie ließ Trespen vorangehen. Sie fuhren in den fünften Stock. Während der Fahrt schwiegen beide. Ihre Nähe schien den Geschäftsführer zu irritieren, was die Kommissarin mit Genugtuung wahrnahm.

Trespen führte sie zum Zimmer 518, öffnete die Tür und ließ ihr den Vortritt. Beide betraten das Zimmer.

„Schön, schön“, brummte die Kommissarin und sah sich um. Das Erste, das ihr auffiel, war die Aussicht. Durch das Fenster schimmerten schwach erleuchtet die Konturen der wuchtigen Fußballarena ins Zimmer. Wie sie hieß, hatte sie irgendwo gelesen, aber wieder vergessen.

„Erste oder zweite Liga?“, fragte sie.

Trespen zuckte zusammen.

„Hannover … Dings … 96“, schob Williamson nach und nickte in Richtung Fenster.

„Leider nur zweite Liga“, antwortete der Geschäftsführer. „Unser Hotel beherbergt am Spieltag viele Gäste, und wir haben rund um die Spiele viele Veranstaltungen, die damit im Zusammenhang stehen. Wenn Hannover 96 in der zweiten Liga spielt, spüren wir das natürlich auch.“

„Klar“, antwortete Williamson, hörte aber nicht richtig zu. Der 1. FC Köln war in dieser Saison erstklassig, das war das Wichtigste. Und vor allem nahm sie das Zimmer sofort gefangen.

Die Deckenbeleuchtung war aus, aber die Stehlampe und die Beleuchtung am Bett waren eingeschaltet, das Bett selbst war zerwühlt. Williamson streifte sich Gummihandschuhe über, die sie in großer Stückzahl in ihrer Manteltasche mit sich führte, ebenso wie Überzieher aus Plastik für die Füße. Es machte ihr einige Mühe, die Dinger über die Gummistiefel zu ziehen, aber es gelang ihr schließlich.

„Bleiben Sie an der Tür stehen", wies sie Trespen an, der sich gerade anschickte, tiefer in den Raum zu treten. „Fassen Sie nichts an!"

Wortlos drehte sich der Geschäftsführer um und stellte sich mit dem Rücken an die Tür. Sie nickte ihm zu und grinste innerlich. Das Unbehagen des Geschäftsführers war mit den Händen zu greifen.

Sie stellte sich in die Mitte des Raumes, sog tief seinen Geruch ein und nahm einen herben, männlichen Duft wahr, vielleicht das After Shave des Mannes, der nun tot war. Und noch etwas anderes. Es war der Hauch eines Parfüms, das Williamson an Melone erinnerte und sicherlich sehr teuer war. Ein unzweifelhaft weiblicher Duft für eine Frau, die es gewöhnt war, exklusive Dinge zu tragen. Und sie roch noch etwas. Es war metallisch: der Geruch des Todes.

Langsam bewegte sie sich durchs Zimmer, wobei ihre Schritte von einem dicken, weißen Hochflorteppich geschluckt wurden, der perfekt zur Einrichtung passte. Als sie an die linke Seite des Bettes trat, stockte sie. Ein großer dunkler Fleck färbte den teuren Teppich dunkelrot.

Der is' hin, dachte sie automatisch.

Das Blut sah wie eine rote Wunde in dem Weiß des Teppichs aus, wirkte dickflüssig und geronnen. Weitere dunkelrote Spritzer fand sie auf dem Bettlaken.

Ihr Blick fiel auf einen kleinen Tisch, der von zwei eleganten Sesseln eingerahmt wurde. Darauf standen auf einem Tablett eine Champagnerflasche und zwei Gläser. Sie betrachtete sie genauer. Gläser und Flasche waren leer, an einem Glas hafteten rote Lippenstiftspuren.

Vorsichtig trat sie vom Tisch zurück, wobei sie wie ein Tier Witterung aufnahm. Irgendetwas irritierte sie. Die Kommissarin wusste, dass sie spätestens jetzt die Spurensicherung informieren musste. Aber die Irritation war so stark, dass sie, den Kopf hin und her schwenkend, nach der Quelle des Unwohlseins, das ihr wie tausend Ameisen das Rückgrat hinauf- und hinunterkribbelte, suchen musste.

Ihr Blick blieb am Schreibtisch haften, der links vom Bett an der Wand stand. Ein Stuhl stand ordentlich davor, und eine Unterlage aus Leder bedeckte das Holz des Schreibtisches, wahrscheinlich Kirschbaum, vermutete Williamson. So weit so gut. Was irritierte sie dann so?

Und dann sah sie es. In der hinteren linken Schreibtischecke war das Holz verfärbt. Ein heller Kreis leuchtete ihr entgegen. Sie wandte sich an Holger Trespen, der nach wie vor reglos an der Tür stand und sie beobachtete.

„Sehen Sie den Schreibtisch?" Sie deutete auf die Stelle mit dem Kreis. Er wollte näher kommen, aber sie hielt ihn mit einer Handbewegung auf. „Wat steht hier normalerweise?"

Trespen hob eine Augenbraue und sah sie an. „Eine Schreibtischlampe. Sie ist weg."

Kapitel 8

Während Williamson auf ihre Kollegen und die Spurensicherung wartete, inspizierte sie das Bad. Ein kleiner schwarzer Herrenkulturbeutel stand auf dem Waschtisch. Im Kleiderschrank fand sie nichts, der Zimmersafe war leer. An der Garderobe hing ein dunkelblauer Wintermantel, der ähnlich teuer aussah wie der Mantel des Geschäftsführers. Auch der Stil war ähnlich. In den Taschen des Mantels fand sie nichts. Auf dem Nachttisch an der rechten Bettseite lagen eine Geldbörse, ein Schlüsselbund, die Schlüsselkarte des Hotels und ein Handy.

„Hallo?", dröhnte die inzwischen wohlbekannte Stimme Cohens durch die Tür an ihr Ohr. „Frau Williamson, sind Sie da drin?"

Sie schob Trespen zur Seite, riss die Tür auf und stand Auge in Auge dem Baron gegenüber, der sie mit seinen großen, wässrigen blauen Augen anstarrte.

„Wo soll ich denn sonst sein?", blaffte sie zurück. „Und nennen Sie mich einfach Williamson, dat reicht."

„Okay, Williamson", knurrte Cohen und wollte sich an ihr vorbei ins Zimmer schieben, als die Mitarbeiter der Spurensicherung auftauchten. Williamson berichtete kurz, was sie vorgefunden hatte, und wandte sich dann Cohen zu.

„Kommen Sie, wir gehen mit Herrn Trespen un' suchen die Restaurantmitarbeiter", forderte sie ihren ungeliebten Kollegen auf. „Mal sehen, wat die zu sagen haben."

„Äh", machte Cohen und deutete auf ihre Füße. Mit hochrotem Kopf streifte sich die Kommissarin die Überzieher von den Gummistiefeln, was wieder sehr mühsam war und wozu sie auf einem Bein hüpfen musste.

Unten an der Aufzugtür wartete eine der Rezeptionistinnen auf sie und knetete ihre Hände.

„Wir haben alle Servicemitarbeiter, die am vergangenen Abend Dienst hatten, herbestellt. Sie warten im Restaurant auf Sie."

„Danke", schnaubte Williamson und wandte sich an den Geschäftsführer, der dicht hinter ihr war. „Dann machen Sie uns mal zwei Kaffee, damit wir klar denken können."

„Natürlich", beeilte sich Trespen leicht irritiert zu antworten, winkte einen jungen Mann in Hotelkluft heran und forderte ihn auf, zwei Kaffee ins Restaurant zu bringen.

„Frau Kommissarin, darf ich eine Bitte äußern?"

Sie blieb stehen und sah ihn erwartungsvoll an.

„In etwa zwei Stunden beginnt das Frühstück. Wir haben viele Gäste, die geschäftlich hier sind und dementsprechend früh …"

„Wat wollen Sie mir damit sagen?", schnitt sie ihm das Wort ab und spürte das Magma in sich hochsteigen.

„Ich … ich möchte Sie nur bitten, wenn Sie ein wenig diskret vorgehen könnten?"

Das war zu viel. Diskret? Was bildete sich dieser Lackaffe eigentlich ein?

„Diskret? Herr Trespen, darf ich Sie, in aller Höflichkeit, daran erinnern, dat ein Gast Ihres Hotels einem Gewaltverbrechen zum Opfer gefallen is'? Un' nit nur dat! Er is' aller Wahrscheinlichkeit nach in IHREM Hotel, auf dessen guten Ruf Sie so sehr bedacht sind, ermordet worden. Aber wenn et Ihnen lieber is', können natürlich auch alle Ihre Mitarbeiter in dat Kommissariat kommen. Ebenso Ihre Gäste. Die Frage is' aber, ob Ihr Hotel dann den normalen Betrieb ÜBERHAUPT noch aufrechterhalten kann. Un' bevor ich et vergesse: Ich brauche auch dat übrige Personal von gestern Abend. Auch dat muss befragt werden. Reicht dat fürs Erste?"

Während ihres Ausbruchs war sie immer lauter geworden und Trespen immer kleiner. Nun rauschte sie, den karpfenäugigen Cohen im Schlepptau, an ihm vorbei in Richtung Restaurant.

„Dem haben Sie es aber gezeigt", feixte der Baron, der Trespen wohl auch nicht sonderlich leiden konnte. Zum ersten Mal kommentierte er eine Handlung Williamsons positiv.

„Wo wir gerade dabei sind", gurrte sie nun wieder ganz ruhig. „Wieso haben Sie mir nit gleich gesagt, dat es sich bei dem Toten um Georg Middelstein handelt?"

„Ich war mir nicht sicher", verteidigte sich Cohen. „Er sah so anders aus … als Leiche."

„Aha, er sah so anders aus, verstehe." Beide hatten nun den Eingang des Restaurants erreicht. Mit einer Geste hielt sie ihren Mitarbeiter davon ab, direkt in den Raum hineinzustiefeln, und stellte sich ganz dicht vor ihn.

„Außerdem habe ich mich gewundert, dat der Trespen so schnell hier war. Ich hätte gerne die Dämchen noch eine Weile befragt, ohne dat mir der Geschäftsführer dabei im Nacken sitzt, sodat die beiden nit mehr offen reden."

Sie machte eine kleine Pause und nahm ihren Kollegen mit zusammengekniffenen Augen ins Visier.

„Sie haben den Trespen angerufen oder ihn anrufen lassen, oder nit? Direkt, als wir im Hotel angekommen sind."

Sie stach mit ausgestrecktem Zeigefinger in seine Richtung. „Damit wir uns hier richtig verstehen", zischte sie und trat noch näher an ihn heran, so nah, dass sie Cohens Bartstoppeln sehen konnte. „Wenn Sie mir noch einmal eine wichtige Information vorenthalten oder unabgestimmt eine wichtige eigenmächtige Entscheidung treffen, interpretiere ich dat als vorsätzliche Behinderung UNSERER Polizeiarbeit. Dann wird dat Konsequenzen haben, verstanden?"

Was Cohen gemacht hatte, war der Versuch einer Schikane, davon war sie überzeugt.

„Klar, Chefin, klar", stotterte Cohen.

Sie sah, wie Schweißperlen auf seine Stirn traten. Normalerweise mochte sie es nicht, wenn man sie „Chefin" nannte, aber in diesem Moment korrigierte sie ihn nicht.

„Gut", sagte sie zufrieden und marschierte ins Restaurant.

Die Mitarbeiter, zwei Männer und zwei Frauen, sahen durchweg übernächtigt aus. Die Frauen saßen an zwei kleinen Tischen, die Männer standen seitlich hinter ihnen. Alle vier blickten ihnen mit einer Mischung aus Neugier und Furcht entgegen.

Et sieht aus wie arrangiert, wie ein Gemälde, schoss es der Kommissarin durch den Kopf. Hatte man sie schon instruiert, was sie sagen sollten und was nicht?

„Sagen Sie Grüf… äh, Frau Grifo, sie soll herkommen, wenn sie fertig is'", wandte sie sich an Cohen. „Ich brauche sie hier."

Die Servicekräfte waren sehr jung. Das schien in diesem Hotel die Regel zu sein: durchweg junge Mitarbeiter. War das die Geschäftsphilosophie der Hotelkette generell oder nur dieser Geschäftsleitung hier? Irgendetwas stimmte nicht, das konnte sie körperlich spüren. Umso wichtiger war es, dass Grifo half. Williamson brauchte ihre Intuition und Menschenkenntnis.

Der junge Mann brachte den Kaffee.

Williamson blickte in die Runde. Bis auf das Klappern des Geschirrs von den Frühstücksvorbereitungen war es still.

„Vielen Dank, dat Sie gekommen sind. Wie Sie sicherlich bereits gehört haben, is' vergangene Nacht ein Hotelgast, Georg Middelstein, wohl Opfer eines Gewaltverbrechens geworden. Wir möchten nun den Abend des Toten, so gut et geht, rekonstruieren. Dazu brauchen wir Ihre Hilfe."

Die vier sahen sie erwartungsvoll an. Keiner sagte etwas.

Sie versuchte es erneut.

„Wir wissen, dat Herr Middelstein hier gegessen hat und dabei nit allein war, korrekt?"

„Perlhuhnbrust mit Mangoldgemüse und Kartoffelgratin", sagte eine der Frauen leise. Die Hände hatte sie nebeneinander auf dem Tisch abgelegt und betrachtete sie interessiert, als ob sie dort etwas Wichtiges entdecken könnte. Vor allem wich sie so Williamsons forschendem Blick aus.

„Wat?“, fragte die Kommissarin überrascht.

Die junge Frau mit langen braunen Haaren sah auf und ihr direkt in die Augen. „Perlhuhnbrust mit Mangoldgemüse und Kartoffelgratin“, wiederholte sie. „Das hat er gegessen. Ich weiß das, weil ich ihm das Essen serviert habe. Eigentlich war Lucie für den Tisch zuständig, aber sie hat gerade eine Bestellung an einem anderen Tisch aufgenommen. Deshalb habe ich das übernommen.“

„Die Begleitung hatte das Zanderfilet mit Zitronenrisotto“, sagte einer der jungen Männer und blickte ebenfalls die Kommissarin an. „Das hat Lucie der Dame gebracht, aber ich habe es auf der Anrichte stehen sehen.“

„Was haben sie getrunken?“, fragte Cohen dazwischen.

„Das wissen wir nicht, das hat Lucie erledigt. Aber üblicherweise trank Herr Middelstein Grauburgunder und Wasser. Wahrscheinlich auch an diesem Abend.“

„Wir überprüfen dat“, fuhr Williamson dazwischen. „Können Sie mir wat über die Dame sagen? Und über die Stimmung am Tisch?“

„Die Dame war attraktiv. Blond, wie meistens.“

Das sagte der andere junge Mann, der bis jetzt geschwiegen hatte. Die zweite junge Frau, zierlich mit einem blonden Bob, fuhr aus ihrer starren Haltung auf und sah ihn vorwurfsvoll an. „Sei still“, zischte sie dem jungen Mann zu.

Williamson sah die junge Frau streng an. „Wie heißen Sie?“

„Kathrin Abelmann“, antwortete die Blonde.

„Frau Abelmann, ich muss Sie wohl nit daran erinnern, dat Sie verpflichtet sind, uns alles zu sagen, wat wichtig sein könnte. Also möchte ich Sie bitten, Ihren Kollegen reden zu lassen.“

Die Blonde schwieg, machte aber ein verstocktes Gesicht. Wieder überkam Williamson das Gefühl, dass hier Dinge vor sich gingen, die unter der Oberfläche brodelten. Aber sie würde schon noch dahinterkommen.

Sie wandte sich an den jungen Mann: „Wat meinen Sie damit: ‚wie meistens‘?“

„Er hatte immer, wenn er hier ist … war, attraktive blonde Frauen dabei. Es waren nicht immer dieselben, sie wechselten in schöner Regelmäßigkeit.“

„Seit wann, wie oft und wie viele Frauen?“, fragte Williamson und zückte ein zerfleddertes Notizbuch.

„Seit ungefähr einem halben Jahr. Ich habe es vielleicht vier-, fünfmal mitbekommen, aber es kann natürlich auch viel öfter der Fall gewesen sein. Es waren vielleicht drei verschiedene Frauen.“

„Gut beobachtet“, lobte die Kommissarin. „Wie heißen Sie?“

„Patrick Hausmann“, sagte er und fuhr sich durch seinen modischen Kurzhaarschnitt. „Beobachten ist in meinem Job wichtig. Außerdem studiere ich Psychologie, da ist es noch wichtiger.“

Kathrin Abelmann zischte abfällig.

„Sind Sie keine gelernten Kräfte?", fragte Williamson nach und blickte von einem zum anderen.

Der andere Junge brach in ein zynisches Lachen aus. „Nee, wir alle sind nur billige Arbeitskräfte, die sich auf diese Weise ihr Studium oder Ähnliches finanzieren."

„Haben Sie gehört, über wat sich die beiden unterhalten haben?", fragte Williamson.

Alle vier schüttelten unisono den Kopf, die hübsche Braunhaarige etwas zögerlicher als die anderen, was der Kommissarin sofort auffiel.

„Sicher nit?", fragte sie noch einmal und schaute die Hübsche direkt an.

„Na ja", sagte diese dann zögerlich. „Als ich am Tisch vorbeiging, hörte ich, wie die Frau zu ihm sagte, dass er das doch nicht machen könne. Und dass das Konsequenzen haben würde."

Kapitel 9

Als Williamson aus dem Restaurant trat, sah sie im Foyer Elena Grifo, die am Tresen des Empfangs lehnte und mit den beiden Rezeptionistinnen sprach. Gerade brachen alle drei in ausgelassenes Gelächter aus.

Gut so, dachte Williamson und grinste. Dafür brauchte sie ihre junge Mitarbeiterin unbedingt.

„Schön, dat Sie da sind, Frau Grifo. Wie ich sehe, verstehen Sie sich mit den zwei reizenden Damen ausgezeichnet."

Das Lachen in den Gesichtern der beiden erstarb wie auf Knopfdruck. Grifo hingegen strahlte ihre Vorgesetzte an.

„Also, Frau Grifo, wir zwei machen uns jetz' mal auf die Suche nach den übrigen Mitarbeitern des Hotels, die gestern Abend Dienst hatten, als Herr Middelstein und seine unbekannte Begleitung hier waren." Sie wandte sich an die beiden Damen, die wie versteinert hinter ihrem Tresen standen: „Sie kommen noch in dat Kommissariat für dat Protokoll, genau wie Ihre Kollegen vom Restaurant. Klar?"

Beide nickten im Gleichklang mit dem Kopf. Sie wandte sich wieder zu Grifo um und nahm sie etwas beiseite. „Wat haben die beiden Madämschen denn gesagt?"

Falls die junge Frau über den kölschen Dialekt irritiert war, ließ sie es sich nicht anmerken. Vielleicht hatte sie auch nur drei Tage gebraucht, um sich daran zu gewöhnen.

„Nichts gesehen, nichts gehört, nichts gewusst", antwortete die schöne Oberkommissarin vielsagend. „Wie so viele hier. Sie haben aber zugegeben, dass Middelstein oft mit Damenbegleitung eincheckte, wenn sie abends Dienst hatten. Die jeweilige Begleitung hat er immer als ‚Frau Middelstein' angemeldet, was natürlich ein Witz war. Aber niemand fragt danach, verstehen Sie? Diskretion ist alles."

Williamson schüttelte den Kopf und blickte sich um. Hotelbedienstete hatten in einer Nische der Bar zwei lange Tische aufgebaut und Stühle platziert. Hinter den Tischen saßen Kriminalbeamte. Das Ganze war so arrangiert, dass die Gäste auf dem Weg zum Frühstück die Tische passieren mussten. Die Befragungen fingen gerade mit den Frühaufstehern an. Einige waren hilfsbereit, einige aber auch ungehalten über die ungewollte Störung. Gespannt schaute die Kommissarin zu, drehte dann aber den Kopf und blickte sich suchend um.

„Wo is' denn der Trespen?"

Wie auf Knopfdruck tauchte der Geschäftsführer des Hotels hinter der Rezeption auf. Hatte er ihr Gespräch belauscht? Der Typ war ihr nicht geheuer.

„Hier entlang bitte, Sie können die Befragungen im Büro vornehmen. Im Restaurant ist alles für das Frühstück fertig."

Das Büro von Trespen war genauso, wie Williamson es sich vorgestellt hatte. Viel schwarzes Leder und blitzendes Chrom. Die Angestellten des Hotels verteilten sich auf der exklusiven Couchgarnitur und den bequemen Sesseln.

Einige standen. Wieder fühlte sie sich an ein Arrangement erinnert.

Verdamp.

Natürlich konnte sie das nicht beweisen, aber ihr Kribbeln unterm Zwerchfell war so stark wie lange nicht.

Die Befragung war zäh. Ja, Herr Middelstein sei in diesem Hotel mit wechselnder Damenbegleitung Gast gewesen, und zwar regelmäßig seit etwa einem halben Jahr. Und nein, keiner hatte etwas Ungewöhnliches bemerkt. Die beiden Mitarbeiter, die am frühen Abend Dienst an der Rezeption hatten, bestätigten, dass er gegen 19.30 Uhr eingecheckt hatte, mit einer blonden Dame Mitte bis Ende dreißig im Schlepptau.

Entnervt wandte sich Williamson schließlich einem zierlichen Mädchen zu, das fast in der Couchgarnitur versank. Entfernt erinnerte sie die Kommissarin an jemanden, aber sie kam nicht darauf, an wen. Ihre Haare waren von einem fahlen Aschblond, ihr Gesicht schmal. Sie war sehr blass und mied ihren forschenden Blick, was sie stutzig machte.

„Wie heißen Sie?“, fragte sie schließlich.

„Johanna Mantritz“, sagte die junge Frau leise. Die Arme hielt sie vor ihrem schmalen Körper verschränkt, so, als müsse sie sich schützen.

„Sie sind doch dat Zimmermädchen auf der fünften Etage?“, versicherte sich Williamson. „So steht et hier jedenfalls auf der Liste. Wieso waren Sie so spät am Abend noch im Hotel?“

„Wir haben abwechselnd Bereitschaft, damit wir sofort jeden Wunsch erfüllen können, wenn die Gäste noch etwas brauchen“, antwortete Johanna Mantritz wie aus der Pistole geschossen. Es klang auswendig gelernt.

„Und gestern Abend hatten Sie also Bereitschaft?“, hakte die Polizistin nach.

Johanna Mantritz nickte und schob noch ein leises „Ja“ hinterher.

„Un’?“, fragte Williamson. „Hatten Herr Middelstein oder seine reizende Begleitung noch einen Wunsch?“

„Sie wollten noch eine Flasche Champagner“, antwortete das Zimmermädchen und wurde dabei immer leiser. „Die habe ich ihnen selbstverständlich gebracht, und dann habe ich sofort das Zimmer verlassen.“

Interessant, dat sie dat so betont, dachte die erfahrene Kriminalbeamtin. Laut fragte sie: „Un’ danach?“

„Da habe ich nichts mehr von Herrn Middelstein oder seiner Begleitung gesehen oder gehört.“ Dieser Satz von Johanna Mantritz war nur noch ein Wispern. Ihr Gesicht war inzwischen weiß wie die Wand.

„Gut, gut“, sagte Williamson und schaute in die Runde. „Dat war et vorerst. Sie müssen sich aber weiterhin zur Verfügung halten!“

Die Belegschaft schlurfte im Gänsemarsch hinaus. Williamson beobachte Johanna Mantritz, die in der Menge zu verschwinden schien und schnell mit gesenktem Kopf an ihr vorbeihuschte.

Auch der Geschäftsführer wollte sich hinter seinen Angestellten aus seinem eigenen Büro schleichen.

„Halt!“, donnerte die Kommissarin. Trespen zuckte ertappt zusammen und blieb wie angewurzelt stehen. „Ich habe doch gesagt, dat ich noch einige Fragen an Sie habe, Herr Trespen."

„Natürlich", stotterte dieser und sah sie wieder mit seiner unbewegten Miene an, die sie nun schon an ihm kannte.

„Wat is' dat für ein merkwürdiges Arrangement, dat Sie mit dem Herrn Middelstein in Ihrem Hotel getroffen haben?"

„Wie meinen Sie das?", säuselte er. „Herr Middelstein war Gast in diesem Hotel wie Tausende andere auch."

„Papperlapapp!", schnaubte sie und blieb dicht vor Trespen stehen. Trotz des Größenunterschieds schien er unter ihrem Blick immer kleiner zu werden. „Der war bekannt wie'n bunter Hund, jeder wusste, wer er war. Jeder wusste auch, dat er mit keiner der Damen verheiratet war, mit denen er hier war und die er als seine Ehefrau ausgab. Also, wat sollte dat?"

„Wir sind … waren befreundet. Ich habe ihm einen Gefallen getan, auch mehrere. Ich habe ihm hier ermöglicht, sich mit seinen … Freundinnen zu beschäftigen. Dann musste er nicht mehr in immer wechselnden … Etablissements unterkommen. Seine Ehe bestand nur noch auf dem Papier, das wusste jeder."

„Da hat er sich hier eine dauerhafte Spielwiese geschaffen? Mann oh Mann – dat nenne ich mal Chuzpe", kommentierte Williamson. „Sie haben also Ihre Mitarbeiter angewiesen, dieses Spiel mitzuspielen? Immer so tun, als ob Middelstein mit seiner jeweiligen Ehefrau am Start war? Unter den Augen der halben Stadt, zumindest der halben Lokalprominenz hier?"

Der Geschäftsführer wich ihrem Blick aus und schwieg.

„Hatte er eigentlich immer datselbe Zimmer? 518?"

„Immer. Das hat sich so eingespielt. Die 518 war quasi für ihn reserviert."

„Na schön. Wo wir gerade bei den Zimmern sind … haben alle Ihre Zimmer die gleichen Schreibtischlampen?"

Der Geschäftsführer schaute etwas verwirrt, bevor er antwortete: „Ja, alle haben das gleiche Modell. Bis auf die Suiten natürlich, die sind individuell und gehobener ausgestattet."

Williamson schaute so zufrieden wie eine Katze, die gerade eine Maus verspeist hatte.

„Gut, Herr Trespen, dat war et. Vorerst. Falls ich noch weitere Fragen habe, komme ich auf Sie zu. Frau Grifo, wir gehen."

An der Tür drehte sie sich um, wobei Trespen fast mit ihr zusammenstieß, so dicht war er hinter ihr. „Bevor ich et vergesse: Wo waren Sie eigentlich gestern Abend?"

„Ich?"

„Ja, Sie – oder sehen Sie hier noch jemanden, dem ich diese Frage stellen könnte?"

„Ich …" Holger Trespen schluckte.

Die Kommissarin sah seinen Adamsapfel hin und her hüpfen. In diesem Moment erinnerte er sie an diesen portugiesischen Fußballspieler, den Carola eine Zeit lang verehrt hatte.

„Ich … ich war bis circa 22.00 Uhr im Hotel und bin dann nach Hause gefahren."

„Sie waren so spät noch hier?", fragte sie und sah, wie Grifo eifrig mitschrieb.

„Ich hatte noch zu arbeiten. Tagsüber ist so viel Trubel mit Gästen, Lieferanten und so weiter, dass ich oft nicht dazu komme, alles abzuarbeiten. Das mache ich in den Abendstunden." Trespens Gesicht hatte hektische rote Flecken bekommen, ein weiterer Beweis dafür, wie aufgesetzt seine anfängliche unerschütterliche Miene gewesen war.

„Sie müssen eine sehr verständnisvolle Frau haben, Herr Trespen", sagte sie süffisant und wandte sich zum Gehen.

Man konnte ihm die Erleichterung ansehen, dass die rheinische Urgewalt endlich das Hotel verlassen würde. Eine Traube von Menschen, meist Geschäftsleute, drängte sich um die Rezeption, um auszuchecken. Zwei Damen in Hoteluniform versicherten sich bei den Gästen, ob sie die Befragung durch die Polizei über sich hatten ergehen lassen. Williamson verlangsamte ihren Schritt und schaute eine Weile versonnen dem Treiben zu. Dadurch zwang sie Trespen, auch stehen zu bleiben.

„Da fällt mir doch noch eine Frage ein. Woher kannten Sie Middelstein eigentlich?"

Ihm war die Frage sichtlich unangenehm. „Wir sind im selben Karnevalsverein. Die Große KG Linden Rot-Weiß von 1963."

„Danke, Herr Trespen", schnurrte sie, „wir melden uns."

Die Kommissarinnen verließen das Hotel und ließen einen erleichterten Holger Trespen zurück. Es war hell geworden, und eine fahle Wintersonne sandte ihre Strahlen herab. Williamson streckte ihr Gesicht in Richtung Sonne und blinzelte.

„Frau Grifo, sagen Sie den Kollegen im Hotel, dat sie alle Schreibtischlampen sicherstellen sollen. Auch die, dic im Keller oder in Abstellräumen gelagert sind. Sie müssen alle auf Spuren, vor allem auf menschliches Gewebe, untersucht werden. Und ein Modell brauchen wir bei uns!“

„Alle?“, fragte Grifo ungläubig nach.

„Alle!“

„Das wird Herrn Trespen nicht gefallen“, sagte ihre Kollegin.

„Der ist mir schnuppe.“ Williamson stiefelte mit strammem Schritt voran, Grifo hatte Mühe, ihr zu folgen.

„Und den Kollegen auch nicht!“, wagte sie zu sagen.

Da blieb die kleine Kommissarin mitten auf dem Parkplatz vor dem Hotel stehen und stemmte die Hände in die Hüften. „Bin ich als Funkemarieschen für dat Unterhaltungsprogramm der Kollegen zuständig? Nee, bin ich nit! Ich bin dafür da, Verbrechen aufzuklären. Also?“

Grifo wiegelte lachend ab. „Schon klar, habe verstanden. Ich informiere die Kollegen, Chefin.“

Williamson stöhnte. Wenn dieser Fall vorbei war, musste sie das Thema „Chefin“ noch einmal ansprechen.

„Wir fahren zusammen“, entschied sie. Marianne würde sie später abholen.

Sie sah, wie die schräg stehende Wintersonne glitzernde Silberstreifen auf die Oberfläche des Maschsees zauberte. Das sah schön aus. Sie schüttelte sich. Das konnte doch wohl nicht wahr sein! Sie würde doch nicht anfangen, etwas in Hannover schön zu finden? Nichts war schön an dieser Stadt! Köln war schön und sonst keine Stadt der Welt. Basta.

Gerade als sie sich abwenden und ins Auto steigen wollte, sah sie sie. Eine Gruppe von jungen Leuten, die zusammenstanden, zwei Männer und zwei Frauen. Der eine Junge stand etwas abseits und hatte die Hände vor seiner Brust verschränkt. Die anderen drei standen eng beieinander. Eine zierliche blonde Frau mit Bubikopf redete auf den anderen jungen Mann und eine hübsche Brünette ein. Sie gestikulierte wild. Ihr Gesicht war vor Anspannung verzerrt. Der Kommissarin drängte sich wieder der Eindruck eines Gemäldes auf. Da hob die Blonde den Kopf und starrte sie an. Einen Moment schauten sich Kathrin Abelmann und Williamson in die Augen. Alles an der Körpersprache der jungen Frau zeugte von unterdrückter Wut – und Angst.

Kapitel 10

Williamsons Zwerchfell prickelte so stark, als sie mit einem Plumpser in den Autositz fiel, dass sie sich unwillkürlich am Bauch kratzte. Sie hatte bei der Szene vorhin das Gefühl, etwas übersehen zu haben, aber ihr wollte verdamp noch mal nicht die Verbindung einfallen. Und zu was? Und zu wem?

„Wir müssen zur Familie. Ich gehe mal davon aus, dat et eine Familie gibt? Zumindest gibt et eine Ehefrau, auch wenn die Bezeichnung ‚Ehe' wohl kaum mehr zutrifft, oder?"

„So ist es", bestätigte Grifo und fädelte sich mühelos in den morgendlichen Stadtverkehr ein. „Anna-Lena Middelstein, vierundvierzig Jahre alt, ein Jahr jünger als ihr Mann. Die beiden sind seit zwanzig Jahren verheiratet. Einen Sohn, Mick, achtzehn Jahre alt."

„Mick, wat is' dat denn für'n Name?", fragte Williamson zurück. „Warum nit gleich Kevin, Schackeline un' Schantalle? Der arme Kerl heißt dann ja Mick Middelstein, schon allein deswegen muss er seine Eltern hassen."

„Vielleicht sind sie Fans von den Rolling Stones", meinte Elena Grifo und lächelte ein feines, kleines Lächeln.

„Wieso?", blaffte die Kommissarin.

„Die Rolling Stones … na, wegen Mick Jagger."

„Kenn ich nit“, gab Williamson zurück, und die Oberkommissarin glaubte ihr aufs Wort.

„Wie finden Sie Johanna Mantritz?“, wechselte ihre Vorgesetzte abrupt das Thema, als sie an der Nord/LB vorbeifuhren.

„Sie wirkt eingeschüchtert, unsicher und hat ganz eindeutig Angst“, gab Grifo zurück.

„Aber vor wem oder wat, dat is' hier die Frage“, meinte die kleine Kommissarin und überlegte kurz. „Wissen Sie wat? Bevor et zu der Familie geht, gönnen wir uns erst mal eine Stärkung. Mit leerem Magen eine Todesnachricht überbringen, ist nit unbedingt gesund.“

Grifo hielt den Wagen vor einer Bäckerei. Williamson stieg aus. Kurz danach kam sie mit zwei dampfenden Kaffeebechern, zwei Croissants und zwei belegten Brötchen wieder. „Nee, nee, dat is' ein Volk hier!“

Unwillkürlich hatte sich ihr kölscher Dialekt verstärkt. Das passierte immer, wenn sie aufgeregt war oder etwas Unangenehmes bevorstand. Und den Angehörigen des Opfers eines Gewaltverbrechens mitzuteilen, dass der Ehemann und Vater tot war, war definitiv etwas Unangenehmes.

„Da gebe ich der den Geldschein und kriege dat Wechselgeld. Ich sage ‚danke', und da sagt die: ‚dafür nit'.“

Grifo lachte lauthals auf.

„Lachen Sie nit! Ich sage zu ihr: ‚Wofür nit?' Die guckt mich nur mit großen Augen an. Versteh einer diese Stadt!“

„Das sagt man hier so“, nuschelte die junge Kommissarin mit vollem Mund. Nun war es an Williamson, ihre Kollegin mit großen Augen anzugucken. Diese wurde plötzlich ernst.

„Ehrlich gesagt habe ich vorhin gedacht, Sie fragen mich als Erstes nach Trespen. Oder nach Lucie Dermold."

„Nach der hätte ich als Nächstes gefragt."

„Also Lucie Dermold", sagte Elena Grifo und fädelte sich in den Stadtverkehr ein. „Die wirkt auf mich auch sehr eingeschüchtert und unsicher, wobei das natürlich daran liegen kann, dass sie im Restaurant für Middelsteins Tisch zuständig war. Irgendetwas aufgefallen ist ihr nicht."

„Dat deckt sich mit den Aussagen ihrer Kollegin. Der is' übrigens wat aufgefallen." Williamson berichtete, was die hübsche Brünette ausgesagt hatte.

„Dass das Konsequenzen hat", murmelte Grifo vor sich hin. „Das könnte alles Mögliche bedeuten. Vielleicht wollte sie, dass Middelstein seine Frau verlässt, und er wollte nicht. Oder etwas Berufliches. Oder etwas mit dem Karneval."

„Wat hat der Middelstein denn überhaupt beruflich gemacht?"

„Er war Fachanwalt für Handels- und Gesellschaftsrecht in einer sehr renommierten Kanzlei", antwortete Grifo.

„Oho, da fallen mir tausend Gründe für ein Motiv ein", meinte Williamson und zwinkerte erneut.

Grifo lachte auf. Es klang nervös. Auch sie beschäftigte das bevorstehende Gespräch.

„Un' wat is' mit dem Karnevalsverein?", fragte die Hauptkommissarin, wobei sie sich fast verschluckte. Karneval konnte sie nur im Zusammenhang mit Köln denken.

„Die Große KG Linden Rot-Weiß von 1963, der ehrwürdige Verein gehört zu den ältesten in Hannover. Middelstein war seit elf Jahren Mitglied. Man hat ihn schon mehrere Male gedrängt, den Prinz Karneval zu geben, aber erst für diese Session hat er sich dazu durchgerungen, Teil des Prinzenpaares zu sein."

„Wie, wat?" Williamson war verwirrt. Was sollte das? Prinzenpaar und Teil davon oder auch nicht? „Hier gibt et ein Prinzenpaar? Un' wat is' mit dem Dreigestirn?"

Grifo lächelte.

„Hier in Hannover gibt es kein Dreigestirn, sondern ein Prinzenpaar, bestehend aus einem Mann und einer Frau. Meistens kommt das Prinzenpaar aus demselben Verein, aktuell von der Großen KG Linden Rot-Weiß von 1963. Die Prinzessin heißt Heike Lahnmann und ist ‚Ihre Lieblichkeit Heike I.'."

„‚Ihre Lieblichkeit'?", wiederholte Williamson fassungslos. Was war das denn? „Die Lieblichkeit is' bei uns die Jungfrau!"

„Aber hier ist es anders", sagte Grifo geduldig. „Das ist hier wirklich eine Frau. Und es muss nicht die Partnerin vom Prinzen im richtigen Leben sein."

„Wie, wat?", fragte die Kommissarin wieder. Sie war verwirrt. Und konsterniert. Und überhaupt ... alles zusammen. Was waren das denn für Sitten!?

„Unser Freund Trespen ist auch Mitglied in dem Verein", fuhr Grifo fort. „Er und Middelstein sind ... waren dicke Freunde. Jedenfalls nach außen hin."

„Nach außen hin", wiederholte Williamson gedankenverloren.

„Wir sind da", verkündete Grifo wenig später und hielt vor einer imposanten Stadtvilla mit weißer Fassade. Ihre

Chefin sah sich um. Das hier war eindeutig eines der noblen Wohnviertel der Stadt.

„Na, da machen sich die guten Mandanten vom Middelstein aber bezahlt."

„Das Zooviertel können sich nicht viele leisten", sagte die junge Kommissarin, „wobei: Genau genommen ist das hier schon Groß-Buchholz. Aber für viele ist das noch das Zooviertel."

Williamson dachte an ihre Doppelhaushälfte am Kanal und nickte.

„Na, dann woll'n wir mal, nütz' ja nix!"

Der Gong verhallte im Innern des Hauses wie in einer Kathedrale. Es tat sich nichts. Williamson drückte noch einmal auf die messingbeschlagene Klingel, diesmal nachdrücklicher.

Endlich glaubte sie, Schritte zu hören. Die schwere Eingangstür wurde unerwartet sanft geöffnet, eine blonde Frau mit gepflegtem Pagenkopf lugte hinter der Tür hervor und sah sie mit großen blauen Augen an.

Die blonden Frauen verfolgen mich in diesem Fall, dachte Williamson spontan.

„Wie kann ich Ihnen helfen?", fragte die Frau mit sanfter, leiser Stimme.

„Williamson, das ist meine Kollegin Grifo", sagte die Kommissarin, bemühte sich um Hochdeutsch und hielt der Frau ihren Ausweis hin. „Sind Sie Anna-Lena Middelstein?"

„Ja", hauchte die Frau und starrte auf die ID-Karten der Polizistinnen. „Ist etwas passiert? Ist etwas mit Mick?"

„Mick? Ach so, Ihr Sohn. Nein, mit Ihrem Sohn ist alles in Ordnung, soweit wir wissen. Es geht um Ihren Mann."

„Oh", war alles, was Frau Middelstein hervorbrachte.

„Dürfen wir vielleicht hereinkommen? Wir sollten das nicht an der Haustür besprechen", mischte sich Grifo ein und erntete ein zustimmendes Nicken von ihrer Vorgesetzten.

„Natürlich, natürlich", beeilte sich Anna-Lena Middelstein zu versichern und öffnete die Tür. „Bitte, kommen Sie."

Sie querten eine große Eingangshalle mit Marmorfliesen und gelangten in ein großzügig geschnittenes, modern eingerichtetes Wohnzimmer mit angrenzendem Wintergarten, in den die Sonne hereinschien und ein sanftes Licht zauberte. Weiß war die vorherrschende Farbe der wenigen, sehr teuren Möbel. Auch wenn es geschmackvoll wirkte, Williamson war es eindeutig zu kalt. Da war ihr ihr vollgestopftes Wohnzimmer mit all seinen liebenswerten Erinnerungsstücken lieber. Obwohl – noch war das neue Wohnzimmer gar nicht richtig eingerichtet. Die liebenswerten Erinnerungen ruhten noch in Umzugskartons und warteten darauf, wieder platziert zu werden.

„Wir sollten uns setzen." Grifo sah Anna-Lena Middelstein an.

„Natürlich", antwortete die Dame des Hauses mechanisch. Wieder kribbelte Williamsons Zwerchfell. Auch hier stimmte irgendetwas nicht. Anna-Lena Middelstein wirkte im lichtdurchfluteten Wohnzimmer älter, als Williamson es an der Haustür vermutet hatte. Sie wusste, dass sie vierundvierzig Jahre alt war, aber trotz der teuren, auf Figur geschnittenen Designer-Jeans, die wie angegossen auf den schmalen Hüften saß, dem edlen Kaschmirpullover, den Markenschuhen und der flotten Frisur wirkte sie erschöpft und ausgezehrt. Krähenfüße hatten sich in ihre Augenwinkel gegraben, ebenso zogen sich feine Linien über die Stirn und von der Nase am Mund entlang bis zum Kinn. Trotzdem wirkte ihr Gesicht seltsam versteinert, ohne eine wirkliche Regung. Vielleicht lag es an der letzten Botox-Behandlung, die sich in ihr Gesicht gegraben hatte, vielleicht nahm sie Glücklichmacher, vielleicht beides. Williamson vermochte es nicht zu sagen. Noch nicht.

„Frau Middelstein", begann sie so sanft sie konnte. „Es tut mir sehr leid, aber ich muss Ihnen mitteilen, dass Ihr Mann zu Tode gekommen ist."

Was für eine blöde Formulierung, ärgerte sie sich über sich selbst. Sie konnte so etwas einfach nicht.

„Zu Tode gekommen", wiederholte Anna-Lena Middelstein wieder seltsam mechanisch und starrte ins Leere. Ein langes Schweigen folgte.

„Haben Sie gehört, was meine Kollegin gesagt hat?", fragte Grifo schließlich und berührte sie leicht am Oberarm.

Wie in Zeitlupe wandte die Ehefrau des Toten den Kopf und blickte sie leicht indigniert an.

„Ja, das habe ich." Dann starrte sie vor sich hin.

„Ich hole ein Glas Wasser", meinte Grifo und stand auf. „Ich finde die Küche schon."

Williamson beneidete ihre Kollegin, die sich damit eine Verschnaufpause verschaffte. Sie wäre am liebsten ebenfalls aufgesprungen und aus dem Zimmer gelaufen.

„Frau Middelstein", hob sie erneut an, „wir müssen wissen, wann Sie Ihren Mann zuletzt gesehen und gesprochen haben."

„Das war gestern Abend gegen 19.00 Uhr. Dann hat er das Haus verlassen." Sie sagte das wie ein Roboter.

„Was haben Sie am vergangenen Abend gemacht?"

„Ich war hier. Den ganzen Abend. Zusammen mit meinem Sohn."

„Haben Sie sich denn nicht gewundert, dass er die Nacht nicht nach Hause gekommen ist? Und dass er am Morgen nicht da war?"

Die Witwe hob entschuldigend die Hände. Es sah aus wie das Flügelschlagen eines kleinen Vogels.

„Wir haben getrennte Schlafzimmer, da bekomme ich fast nie mit, wenn er nach Hause kommt oder wann er ins Bett geht", sagte sie fast unhörbar und machte eine kleine Pause. „Als ich heute Morgen aufgewacht bin, war er nicht da, das ist oft so. Ich dachte, er wäre schon zur Arbeit gegangen."

Anna-Lena Middelstein war wieder in ihre merkwürdige Starre verfallen. Plötzlich hob sie den Kopf und schaute ihr in die Augen.

„Wie ist er denn zu Tode gekommen?" Sie benutzte dieselbe Redewendung wie die Polizistin.

„Er wurde im Maschsee gefunden." Die Details ersparte Williamson der Witwe.

„War es …", hier schluckte Anna-Lena Middelstein dann doch, „ein gewaltsamer Tod?"

„Ja", antwortete Williamson nur, „deshalb sind wir hier. Es könnte auch ein Unfall gewesen sein, aber davon gehen wir nicht aus. Die Indizien deuten in eine andere Richtung. Mehr wissen wir noch nicht."

Grifo kam mit einem Glas Wasser und stellte es vor der Frau ab. Die Witwe hob es an und nahm wie ferngesteuert einen Schluck. Sie behielt das Glas in der Hand und drehte es hin und her.

„War irgendetwas gestern Abend?", fragte die Oberkommissarin.

Anna-Lena Middelstein schüttelte den Kopf. „Nein, er war wie immer. Gut gelaunt. Wie immer, wenn er sich mit seinen Damen traf."

Williamson hob überrascht den Kopf. „Sie wussten davon?"

Die Witwe stieß ein seltsam abgehacktes Lachen aus, das wie das Meckern einer Ziege klang, und stellte das Glas mit einer heftigen Bewegung ab. Der Kommissarin lief es eiskalt den Rücken herunter.

„Ob ich davon wusste? Natürlich wusste ich es. Was denken Sie denn? In dieser Stadt bleibt nichts verborgen, schon mal gar nicht, wenn man sich so unverblümt wie mein Mann in einem der bekanntesten Hotels der Stadt vergnügt. Besonders nette ‚Freundinnen'", hier machte Anna-Lena Middelstein mit ihren Händen angedeutete Anführungszeichen in die Luft, „die es nur gut mit mir meinen, haben mir schon vor langer Zeit davon erzählt. Ich wusste davon, wir haben es sogar thematisiert."

„Thematisiert", echote Williamson begriffsstutzig. Als Kommissarin des Morddezernats war sie einiges gewohnt, dennoch war sie immer wieder erstaunt, was

Menschen Menschen antun konnten. Und was sie zu ertragen vermochten.

„Ja, thematisiert. Und uns arrangiert. Ich bekomm … bekam alles, was ich wollte, so wie das hier." Sie beschrieb eine ausholende Geste, die seltsam fahrig ausfiel. „Dafür ließ ich ihm seine Freiheiten."

„Der goldene Käfig", murmelte Williamson.

„Wenn Sie so wollen, ja. Ich spiele bei offiziellen Anlässen die treusorgende Ehefrau. Es ist … war nur Schein. Inklusive der Barzahlungen von ihm bei seinen Schäferstündchen."

Die blonde Frau machte eine Pause und holte tief Luft. „Natürlich weiß ich …", hier stockte die Hausherrin, was die Kommissarin als erste echte Gefühlsregung interpretierte, „dass hinter meinem Rücken gelästert wird. ‚Die arme Ehefrau, sie bleibt wohl bei ihm, wahrscheinlich wegen des Geldes und des Sohnes. Was tut er ihr nicht alles an!' Aber ich wollte ihn nicht verlassen. Die Genugtuung gebe ich ihm … habe ich ihm nicht gegeben. Ich habe das mit Würde ertragen."

Damit und mit Pillen, dachte Williamson bei sich und war sich inzwischen sicher, dass sich die Frau etwas einwarf, um ihr Leben zu ertragen. Ob sie Trauer über den Verlust ihres Mannes empfand, war unter der Oberfläche aus Make-up, Botox und Tabletten nicht zu erkennen.

„Wollte er denn die Scheidung?", fragte Grifo dazwischen.

„Eigentlich nicht", sagte Anna-Lena Middelstein und verzog das Gesicht zu einem Lächeln. Das endete in einer Grimasse, was ihr Gesicht zu entstellen drohte. „Ehrlich gesagt, war er hin- und hergerissen. Immer, wenn er eine neue Flamme hatte, kam er mit dem Geschrei nach Trennung um die Ecke. Wenn es wieder zu Ende war, war das Geschrei auch wieder vorbei."

„Auch bei der letzten neuen Flamme?", fragte die Hauptkommissarin. „Gestern zum Beispiel?"

„Ich weiß, was Sie hören wollen." Anna-Lena Middelsteins Stimme wurde ganz flach und verschwörerisch. Sie wackelte mit dem Finger. Wieder rann Williamson ein Schauer über den Rücken. „Er hat gestern wieder davon angefangen. Aber wir wussten beide, dass das nur Gerede war. Es waren für ihn Affären und nicht mehr. Er wusste das, ich wusste das. Eigentlich war er mit dem Arrangement ganz zufrieden. Unverbindlich, aber aufregend für ihn, ohne dass er sein Leben ernsthaft ändern musste."

„Gibt es einen Ehevertrag?", fragte Williamson. „Tut mir leid, dass ich das fragen muss, aber …"

„Gibt es", unterbrach die Witwe. „Und so schlecht sieht der für mich gar nicht aus. Aber …" Sie gab sich einen Ruck. „Ich hätte meine gesellschaftliche Stellung verloren, wenn ich mich darauf eingelassen hätte. Und Georg: Wie gesagt, er war hin- und hergerissen zwischen Freiheit ohne und Luxusleben mit Ehefrau. Und auch er war auf seinen Status bedacht."

Hatte sie das etwa herablassend gesagt? Wie krank musste man eigentlich sein, um so viel Doppelmoral, Niedertracht und gegenseitige Verletzungen in Kauf zu nehmen, nur der gesellschaftlichen Stellung wegen?

Gruselig, dachte Williamson.

„Wie ging eigentlich Ihr Sohn mit der Situation um?“, fragte Grifo.

Ruckartig hob Anna-Lena Middelstein den Kopf. „Was wollen Sie von meinem Sohn? Er hat nichts damit zu tun!“, sagte sie bestimmt. Ihre emotionslose Stimme bekam plötzlich einen scharfen Klang. „Lassen Sie ihn da raus!“

Ein lähmendes Schweigen breitete sich aus. Anna-Lena Middelstein saß verkrampft auf ihrer Couch und machte ein verkniffenes Gesicht. Ihre Arme hatte sie vor dem Körper verschränkt.

„Was war mit seiner Rolle als Prinz Karneval? Waren Sie damit einverstanden?“, fragte die kleine Kommissarin.

Die Witwe hob den Kopf, ihr Gesicht wurde zur Grimasse. „Natürlich nicht. Es war mir zuwider. Aber ich musste wenigstens nicht mit und auch noch so tun, als ob ich gute Laune verbreiten würde.“ Sie schüttelte sich. „Bei so vielen Terminen bis Aschermittwoch … ich konnte das nicht. Es war ihm auch lieber, dass er allein im Rampenlicht stand und den großen Prinzen spielen konnte. Die durchgeknallte Ehefrau störte da nur.“ Ihre Stimme war nur noch ein Flüstern.

„Und die Prinzessin an seiner Seite?“

„Ich weiß nicht, wer das ist. Sie ist im selben Verein, das ist alles, was ich weiß.“

Williamson schüttelte den Kopf, sagte aber nichts. Was für ein Arrangement!

Plötzlich drang ein Geräusch aus dem Flur bis ins Wohnzimmer. Die Haustür wurde geöffnet und mit einem Knall zugeschlagen. Schnelle, trampelnde Schritte, ein Poltern die Treppe hinauf in den ersten Stock. In die Witwe kam Leben.

„Mick“, rief sie und reckte den Hals hinaus in den Flur. „Mick, bist du schon zurück?“ Sie wollte Anstalten machen, das Wohnzimmer zu verlassen, aber Williamson hielt sie auf.

„Ich hole ihn.“ Sie wollte unbedingt ohne die Mutter zuerst auf den Sohn treffen. Eines ihrer berühmten Bauchgefühle.

Okay, dachte sie, erster Stock, da muss irgendwo Micks Zimmer sein. Früher musste man nur der Musik folgen, aber im Zeitalter dieser idiotischen Ohrstöpsel war es in den Kinderzimmern so still wie in einer Gruft. Sie hastete die Treppe hinauf und hielt sich schnaufend am Treppengeländer fest. Die Luft war verdamp dünn in Niedersachsen.

Da kam ein junger Mann aus dem Zimmer rechter Hand. Er war wohl auf dem Weg ins Bad, denn er hatte lässig ein Handtuch um die Hüften geschlungen. Sein Oberkörper war nackt und, das musste sie zugeben, er sah verdamp gut aus. Ihre Töchter wären begeistert gewesen. Der Junge hielt überrascht inne und musterte sie misstrauisch mit schräg gelegtem Kopf. Sein Haar war mittelblond und fiel in gewollter Unordnung in die Stirn.

„Hier haben ältere Frauen keinen Zugang“, sagte er durchaus nicht unfreundlich.

„Ich schon. Ich bin Hauptkommissarin bei der Kripo Kö… Hannover“, erklärte sie und hielt ihm ihren Dienstausweis hin. Er nahm den Ausweis in die Hand, und nach einem weiteren Blick, der eine Mischung aus

Misstrauen und Belustigung beinhaltete, schaute er sich ihre Karte ganz genau an. Drehte sie hin und her.

Wie ein kleiner Junge, dachte sie unwillkürlich.

Mick Middelstein gab ihr ihren Ausweis zurück. „Okay, was wollen Sie hier?", fragte er. „Hat es etwas mit meinem Alten zu tun?"

„Wie kommen Sie darauf?", fragte die Polizistin zurück.

„Meine Mutter kann's nicht sein, mit mir war auch nichts, also ist was mit meinem Alten. Reine Deduktion." Mick grinste und verschränkte die Arme vor seinem gut gebauten Oberkörper.

Williamson trat die Flucht nach vorne an. „Ich muss Ihnen leider mitteilen, dass Ihr Vater tot ist. Er wurde heute Nacht im Maschsee gefunden. Es tut mir sehr leid."

Die Reaktion von Mick Middelstein machte sie dann jedoch fassungslos.

Er starrte sie einen Moment lang an und brach dann in haltloses Gelächter aus.

Kapitel 11

Mick Middelstein lachte. Er lachte ein jungenhaftes, fast schon unanständiges Lachen. Es war ein Glucksen und Kichern, das sich immer wieder in lautes Prusten steigerte. Immer, wenn es abflachte, rollte eine neue Welle über den jugendlichen Körper hinweg, so sehr, dass ihm die Tränen die Wangen hinunterliefen und er sich schließlich den vom Fitnesstraining gestählten Bauch hielt.

Williamson starrte mit offenem Mund auf die bizarre Szene. Von unten hörte sie Schritte auf der Treppe: Anna-Lena Middelstein und Grifo hasteten die Stufen hinauf, von dem unkontrollierten Gelächter angezogen.

„Mick!" Seine Mutter stürzte zu ihm und wollte ihn in die Arme nehmen, aber Mick stieß sie weg. Sein Lachen ging in ein kindliches Glucksen über, um mit einem Rülpser zu verstummen.

„Oh mein Gott", stöhnte er und wischte sich die Tränen von den Wangen, „hat es der alte Sack endlich geschafft, jemanden so zu verärgern, dass ihn einer abgemurkst hat."

„Wie meinen Sie das?", fragte Williamson scharf. „Ich habe nichts davon gesagt, dass Ihr Vater umgebracht wurde."

Wieder brach Mick Middelstein in Gelächter aus. Seine Mutter stand mit hängenden Armen da und starrte mit unbewegtem Gesicht auf den Sohn, während ihr die Tränen über die Wangen liefen. Mick lachte weiter.

Nun wurde es der Kommissarin aber zu bunt.

„Aufhören!“, befahl sie scharf und ging zwei Schritte auf den jungen Mann zu. Sie glaubte schon, ihm eine Ohrfeige verpassen zu müssen, als Mick abrupt innehielt. Schöne grüne Augen, aber kalt wie Jade, starrten sie an. Sie wich zurück. Micks Augen blickten unbarmherzig auf sie herab. Ein Schauer lief ihr den Rücken herunter, zum wievielten Mal in diesem Fall, der erst ein paar Stunden alt war? Diese Augen verrieten, wozu Mick fähig war. Wenn da überhaupt so etwas wie Mitgefühl vorhanden war, verbarg er es gut. Oder es war ihm früh ausgetrieben worden.

„Warum sollten Sie denn sonst hier sein?“, fragte er ganz ruhig.

Dieser Stimmungswechsel schaffte bei ihr noch mehr Unbehagen.

„Und mein Alter … der hat so viel Dreck am Stecken, der wird einem schon gehörig auf die Zehen getreten sein.“

„Wie meinen Sie dat?“, wiederholte Williamson ihre Frage. Unwillkürlich war sie wieder in den Dialekt gefallen.

„Das, werte Frau Kommissarin, müssen Sie selbst herausfinden.“

Nun erwachte die Mutter aus ihrer seltsamen Starre. „Ich glaube, das reicht. Sie gehen jetzt besser.“

Zeitgleich berührte Grifo ihre Chefin am Arm. Ein Blick in ihre dunklen Augen genügte Williamson, um zu verstehen, dass die Kollegin derselben Meinung war. Hier würden sie heute nichts mehr erfahren.

Mick warf seine Haare nach hinten, eine Geste, die Williamson irritierte, und blitzte Elena Grifo aus seinen grünen Augen an. „Sie wollen bestimmt wissen, wo ich gestern Abend war. Ich war hier. Den ganzen Abend. Zusammen mit meiner Mutter. Viel Spaß noch, meine Damen.“ Damit verschwand er im Zimmer gegenüber.

Was war das denn? Flirtete das Jüngelchen mit ihrer Kollegin? Das durfte doch wohl nicht wahr sein!

Die Kommissarinnen verabschiedeten sich. Ehe sich die beiden Damen versahen, standen sie vor der großen Eingangstür, die aufwendig mit Jugendstilelementen verziert war, wie Williamson erst jetzt auffiel. Sie stiegen in ihr Auto, doch anstatt Staatsanwaltschaft und Spurensicherung zu informieren, saßen sie stumm nebeneinander und sahen auf die mit Eichen gesäumte verkehrsberuhigte Straße. Die kahlen Äste der Bäume ragten in die Luft. Auch ohne Blätter war die Allee ein imposantes Bild. Die Hauptkommissarin fragte sich unwillkürlich, wie die Straße wohl im Frühling aussah. Eine trügerische Idylle. Keine der beiden Frauen sagte etwas, jede war zu sehr damit beschäftigt, das soeben Erlebte zu verarbeiten.

„Was für eine Familie“, durchbrach Grifo schließlich das Schweigen. „Ich weiß nicht, wer mir unheimlicher war.“

Williamson fuhr sich durch ihre struppigen Haare, die anschließend nur noch mehr in alle Richtungen abstanden. „Zooviertel hin oder her, da leb’ ich doch lieber in einer Doppelhaushälfte am Kanal als in dieser Eishölle.“

„Was jetzt?“, fragte Grifo. „Zurück ins Kommissariat?“

„Ich brauch’ eine Stärkung“, beschloss ihre Chefin. In Köln waren sie und ihre Kollegen in solchen Situationen ins Café Riese auf die Schildergasse gegangen, „um den Kopp durchzupusten“, wie sie das nannte. Und das konnte man ihrer Meinung nach am besten mit Torte und Kuchen.

„Ich weiß da genau das Richtige“, schmunzelte Grifo, die ihren unerschütterlichen Optimismus wiedergefunden hatte, und lenkte den Wagen zurück Richtung Innenstadt.

„Warum heißt dat hier eigentlich Zooviertel?“, fragte Williamson unwillkürlich, als sie mitten durch dichten Wald fuhren, der Eilenriede hieß, wie ihr die junge Oberkommissarin erklärte.

„Weil hier unser Zoo ist“, erklärte Grifo und zeigte nach links. „Da ist er schon. Er ist wirklich sehr schön, nennt sich zu Recht ‚Erlebniszoo‘. Es gibt sogar ein Eisbärenbaby.“

Erlebniszoo?, dachte Williamson. Nie und nimmer. Es gab nur einen schönen Zoo, und der war in Köln. Und damit basta.

Die kleine Kommissarin sah sich um und nickte anerkennend. Hier konnte man es aushalten. Eine große Vitrine mit appetitlichen Torten und Kuchen trennte die Kauf- und Schnabulierwilligen von den adretten Verkäuferinnen. Die ganze Atmosphäre erinnerte an ein Wiener Kaffeehaus, obwohl es sich, wie Grifo ihr erzählte, bei dem vielen Holz um geflammte Birke und den großen goldenen Leuchtern um flämische Kronen handelte. Die Delfter Kamine und die kleinen Tischchen wirkten einladend und gemütlich.

„Das ist die Holländische Kakao-Stube", erklärte Grifo. „Was möchten Sie?"

„Eierlikörtorte!", entschied Williamson mit Nachdruck. Nichts brachte die Synapsen so sehr in Schwung wie Eierlikörtorte, außer vielleicht ihr Mantel und eine Fahrt in ihrer Marianne. Marianne! Die stand immer noch am Maschsee! Sie würde ihre Kollegin bitten, sie heute Abend da vorbeizufahren. Ohne Marianne kam sie nie nach Hause.

Grifo entschied sich für die Rheinische Baisertorte, die auch sehr gut aussah, das musste Williamson zugeben. Kein Wunder, bei dem Namen! Und sie musste wenig später ebenfalls zugeben, dass ihr Stück geradezu himmlisch schmeckte. Aber nein, das konnte doch gar nicht sein! Den einzig guten Kuchen gab es in Köln, und damit basta … oder doch nicht? Sicherheitshalber steckte sie sich direkt noch ein Stück der wundervollen Torte in den Mund und spülte mit ihrem Kaffee nach. Schwarz, zwei Stück Zucker. „Für die Synapsen", wie sie nicht müde wurde zu betonen.

„Ah, dat is' sehr gut. Ich wusste gar nit, dat et hier so wat gibt." Immer, wenn sie sich entspannte, verstärkte sich ihr Dialekt, ebenso, wenn sie aufgeregt war. Also eigentlich immer.

Grifo steckte ihre hübsche Stupsnase so tief in ihre Milchkaffeetasse, dass Williamson ihr Schmunzeln nicht bemerkte.

„Ich glaube, Chefin, wenn dieser Fall vorbei ist, müssen wir eine Sightseeingtour durch Hannover machen. Damit Sie die Stadt mal so richtig kennenlernen."

Williamson hatte schon eine bissige Bemerkung auf den Lippen, schluckte diese aber hinunter.

„Mal sehen", brummte sie stattdessen. „Erst mal müssen wir den Fall lösen. Also, wat haben wir?"

Die Oberkommissarin schob den Kuchen zur Seite und holte ihr Notizbuch. Schwarzes Leder, sehr nobel, keine Eselsohren oder Schmierereien. Die Seiten waren mit ihrer kleinen, reinlichen Mädchenschrift sauber beschrieben.

Williamson holte ebenfalls ihr Notizheft heraus: mit Flecken, ausgefranst und beschmiert, die Schrift nahezu unleserlich, mit Streichungen und Anmerkungen am Rand. Etwas beschämt strich sie darüber.

Grifo wollte gerade anfangen, als plötzlich ihre Augen von hinten mit feingliedrigen Händen zugehalten wurden. Hinter ihr stand ein junger dunkelhaariger Mann mit einer Kurzhaarfrisur, ähnlich der von Trespen. Lachend umarmte er sie.

„Elena, wie schön", strahlte er sie an.

Grifo klappte hastig ihr Notizbuch zusammen. „Erik", sagte sie und schaute verlegen zu Williamson, die kauend die Szenerie beobachtete.

„Darf ich dir Kommissarin Williamson vorstellen? – Chefin, das ist Erik Schneider."

„Freut mich", sagte Williamson schmatzend und gab dem jungen Mann über den Tisch hinweg die Hand, die er zögernd ergriff.

„Mich auch", sagte er automatisch. „Elena, ich glaube, ich störe gerade bei eurer Besprechung, oder?" Als keine der Frauen widersprach, fuhr er sichtlich widerstrebend fort: „Wir telefonieren oder schreiben, okay? Du kommst doch am Samstag?"

„Habe ich vor, wenn nichts dazwischenkommt“, sagte Grifo unverbindlich und lächelte ihn an. „Wir schreiben, okay?“

Nachdem sich Erik Schneider verabschiedet hatte, wollte sie ihr Notizbuch wieder aufklappen.

„Nein, so wird dat nix“, entschied Williamson. „Lassen Sie uns in Ruhe zu Ende essen, dann fahren wir in dat Kommissariat und arbeiten alles auf. Jetzt haben wir erst mal Pause.“

„Okay“, sagte ihre junge Kollegin, und man konnte ihre Erleichterung fast körperlich spüren. „Das machen wir so.“

Kapitel 12

„Der Tote ist Georg Middelstein, fünfundvierzig Jahre alt, Fachanwalt für Handels- und Gesellschaftsrecht, verheiratet mit Anna-Lena Middelstein, vierundvierzig Jahre, ein Sohn, Mick, achtzehn Jahre alt …"

Elena Grifo stand an der Tafel, oder, wie es neudeutsch hieß, am Whiteboard, und referierte über das Opfer und seine Familienverhältnisse. Versonnen schaute Williamson ihr dabei zu. Sie hatten nach ihrer Rückkehr im Kommissariat für 15.00 Uhr eine Besprechung anberaumt, die gerade angefangen hatte. Auf dem Weg in die Waterloostraße hatte Williamson nicht gewagt zu fragen, ob es sich bei Erik Schneider um Grifos Freund handelte. Sie war sich sicher, dass es nicht so war, sondern höchstens *ein* Freund. Die Kommissarin würde ihre Marianne darauf verwetten, dass Grifo die Begegnung nicht angenehm gewesen war, und zwar nicht nur, weil sie als ihre Vorgesetzte dabei war. Ihr Kribbeln unterm Zwerchfell war zu stark. Das Schweigen Grifos auf der Rückfahrt und die steile Falte auf ihrer Stirn schienen das zu bestätigen.

Im Kommissariat angekommen, hatte Grifo anscheinend ihre innere Balance wiedergefunden. Sie hatte den Kuchen, den die Frauen für ihre Kollegen aus der Holländischen Kakao-Stube mitgebracht hatten, ins Besprechungszimmer getragen und Teller, Tassen, Besteck sowie Kaffee organisiert. Selbstredend war der Kuchen auf große Zustimmung gestoßen. Williamson war ihrer Kollegin dankbar, die sie auf diese Idee gebracht hatte, denn schließlich hatte sie noch keinen Einstand gegeben, wie es üblich war. Denn eigentlich wollte sie gar nicht nach Hannover, und alles an Hannover war doof. Eigentlich.

Williamson saß Cohen gegenüber, der sich ein großes Stück Apfeltraum schmecken ließ. Ungeniert mampfte er, Krümel hatten sich schon an Lippen und Kinn abgesetzt. Sie wandte den Blick ab, bevor sie es bereute, Kuchen ausgegeben zu haben.

Das Kuchenessen hatte auch Balustreit angelockt, der ihr anerkennend auf die Schulter gehauen hatte, bevor er sich ein Stück Himbeer-Käsesahne aussuchte. Sogar Dr. Habernickel hatte es sich nicht nehmen lassen zu kommen. Williamson hatte auch Dr. Michellsen dazugebeten. Obwohl sie es erwartet hatte, verließen Balustreit und Habernickel nach dem Kuchenverzehr den Raum nicht. Auch als sie mehrfach betonte, dass die Besprechung nun losgehe, und sogar anfing, mit den Armen zu wedeln, machten die beiden keine Anstalten, den Raum zu verlassen. Balustreit hatte sie amüsiert angeblickt, die Arme vor seinem mächtigen Bauch verschränkt, sich zurückgelehnt, eine Weile die Wedelbewegungen beobachtet und gemeint: „Verehrte Frau Kollegin, sagen Sie – sind Sie unter die Segelflieger gegangen?“

Daraufhin hatte Williamson resigniert und geseufzt – wieder einmal.

„… und da hat Mick Middelstein angefangen zu lachen!“ Elena Grifo strich sich eine Strähne ihres dunkelbraunen Haares aus der Stirn und schüttelte den Kopf. „Ein mehr als überraschendes Verhalten.“

„Reizende Familie“, meinte Cohen und schmatzte bestätigend.

„Das dachten wir auch.“ Grifo nickte. „Wir haben eine Hausdurchsuchung veranlasst, vor allem im Arbeitszimmer.“

„Wichtig is’ auch dat Zimmer vom Mick“, sagte Williamson und schenkte sich Kaffee ein. „Dat Kerlchen is’ seltsam.“

„Die Mutter auch“, meinte Grifo. „Sie wirkt sehr unglücklich, fand aber das Arrangement mit ihrem Mann völlig okay.“

„Sehen Sie da ein Motiv?“, fragte Dr. Habernickel.

„Warum nicht? Die beiden haben sich gegenseitig ein Alibi gegeben. Der älteste Trick der Welt. Mick hat das sogar unaufgefordert getan. Beide hätten Gelegenheit gehabt, zum Maschsee und zum Hotel zu fahren. Vielleicht auch gemeinsam.“

Williamson setzte an: „Wahrscheinlich is’ Middelstein im Hotel getötet worden. Im Hotelzimmer war jedenfalls eine riesige Blutlache, außerdem fehlt dort die Schreibtischlampe.“

„Die Spurensicherung hat Blut am Hemdkragen und am Hoody des Toten sichergestellt. Es ist Middelsteins Blut. Außerdem haben sie alle Lampen eingepackt, die sie finden konnten, auch die Lampen in den Lagerräumen“, erklärte Grifo. „Die Auswertung dauert noch an. Der Täter oder die Täterin könnten die Lampe jedoch auch mitgenommen haben.“

„Wat uns zu einer neuen Frage bringt." Williamson fuhr sich durch ihre Strubbelhaare, sodass sie in alle Richtungen abstanden. „Wie is' die Leiche vom Zimmer 518 unbemerkt in den Maschsee gelangt?"

Cohen schob mit einem kleinen Rülpser den Teller zur Seite und schaute auf seine Notizen. „Es sind noch nicht alle Aussagen der Hotelgäste ausgewertet, bis jetzt hat keiner etwas Auffälliges gesehen oder gehört. Einige haben Middelstein mit der blonden Frau im Restaurant gesehen, andere dann im Foyer oder im Aufzug, eng umschlungen und verliebt." Er rollte seine blauen Glupschaugen.

Grifo schaute auf. „Einige Hotelgäste sind uns durch die Lappen gegangen, die müssen wir noch telefonisch kontaktieren."

„Gut, gut, dat war nit anders zu erwarten. Michel, weißt du schon wat über die Todesursache?"

Dr. Sven Michellsen klappte den Mund auf und wieder zu und fing dann an zu grinsen. Dass Williamson ihn duzte und penetrant Michel nannte, fand er offenbar höchst komisch.

Er riss sich zusammen und referierte dann überraschend sachlich dafür, dass er kurz zuvor fast in Gelächter ausgebrochen wäre: „Die Todesursache ist eindeutig der Schlag auf den Hinterkopf mit einem stumpfen Gegenstand." Michellsen stand auf, um einen USB-Stick in den Laptop einzuschieben. Fast sofort erschien ein Bild des Toten mit der Kopfwunde. „Es handelt sich um eine Kalottenfraktur. Der Schädelknochen ist nach außen getreten, dadurch ist eine epidurale Blutung entstanden, sodass der Druck auf das Gehirngewebe schnell angestiegen ist. Die Einblutungen waren sehr ausgeprägt. Nach kurzer Zeit ist eine Ateminsuffizienz eingetreten, dann der Atemstillstand. Bei dieser Verletzung hatte er keine Chance."

„Das heißt, er war sofort tot?", resümierte Grifo.

Der junge Rechtsmediziner schaute auf. „Ganz genau lässt sich das nicht sagen. Womöglich ist er zuerst in eine tiefe Bewusstlosigkeit gefallen, dann trat der Atemstillstand ein. Das Blut stammt aus der Kopfwunde. Dazu passt auch, dass er kein Wasser in den Lungen hatte. Er war also schon tot, als er in den Maschsee gelangte."

Einen Moment herrschte Schweigen.

„Ganz schön kaltblütig", meinte Cohen. „Der Täter oder die Täterin erschlägt Middelstein im Hotelzimmer und entsorgt ihn dann im Maschsee. Eiskalt."

„Und dazu muss er oder sie den Mann auch noch irgendwie durchs halbe Hotel, zum Nordufer runter bis zum Rudolf-von-Bennigsen-Ufer schaffen und ihn dann ins Wasser werfen. Vorausgesetzt, wir gehen davon aus, dass er in der Nähe des Fundorts ins Wasser gelangt ist – der Maschsee hat keine Strömung. Wie soll das gehen?" Grifo schaute in die Runde.

„Vielleicht hatte er Hilfe", meinte Dr. Habernickel, der bisher nicht viel gesagt hatte.

Williamson sah auf. „Genau, dat is' et", entfuhr es ihr. „Er hatte Hilfe! Oder sie! Aber wie? Und wer? Vielleicht …"

Da wurde die Tür mit einem großen Schwung aufgestoßen, sodass sie gegen die Wand knallte. Eine junge Polizistin mit einem weizenblonden Pferdeschwanz stürmte mit hochrotem Gesicht herein und schwenkte einen länglichen Gegenstand, verpackt in durchsichtiger Plastikfolie.

„Da ist sie!", keuchte sie und knallte den Gegenstand vor der Hauptkommissarin auf den Tisch. „Leider nicht *die* Lampe, aber immerhin eine der Lampen aus dem Hotel!" Sie schaute in die Runde, die sie schweigend anstarrte. „Tschuldigung."

„Danke." Williamson nickte der jungen Frau zu, die sich daraufhin umdrehte und mit wippendem Pferdeschwanz den Raum verließ. Die Kommissarin trat um den Tisch herum in die Mitte des Besprechungsraumes. Ihr Blick fiel auf Dr. Michellsen.

„Michel!", befahl sie ungeduldig. „Komm mal her!"

„Ich?" Der Arzt wirkte unsicher und ganz und gar nicht erfreut.

„Ja, du, oder heißt hier noch einer Michel?", schnaubte Williamson.

Genau genommen hieß keiner im Raum Michel, aber das wagte ihr niemand zu sagen. Brav trottete der junge Rechtsmediziner in die Mitte des Raumes und stellte sich vor ihr auf. Eine Weile sahen sich die beiden in die Augen, bis sich die Kommissarin ein kleines Lächeln genehmigte. Langsam umrundete sie Michellsen, der sich mit ihr drehen wollte.

„Stehen bleiben!", befahl sie und stellte sich hinter ihn. „Ha!" Die kleine Kommissarin holte mit der Lampe Richtung Hinterkopf des Mediziners aus, und den übrigen Anwesenden stockte der Atem. Kurz vor dem Kopf schwebte die Lampe ungefähr über der vergleichbaren Stelle, an der sich Middelstein die tödliche Verletzung eingehandelt hatte. „Ungefähr so muss et gewesen sein."

„Nicht ganz", sagte Dr. Michellsen. „Denken Sie an die Hutkrempen-Regel. Der Winkel stimmt nicht ganz. Ich bin ungefähr genauso groß wie Middelstein. Der Täter – oder die Täterin – muss in etwa meine Größe haben."

Williamson schaute sich im Raum um. „Cohen, kommen Sie her. Nein – Sie sind auch zu klein." Ihr Blick fiel auf den Kriminalrat, der ebenso gespannt wie alle anderen an ihren Lippen hing. „Herr Dr. Habernickel, Sie haben die richtige Größe. Würden Sie …?"

„Wenn es der Verbrechensaufklärung dient." Dr. Habernickel stand auf, schloss sein Jackett, fuhr sich durchs makellose graue Haar und streckte sich würdevoll, bevor er gemessenen Schrittes zu Williamson und dem Rechtsmediziner schritt.

„Probieren Sie mal, tut eigentlich ganz gut." Williamson zwinkerte ihm zu.

Dr. Habernickel nahm zögernd die Lampe, holte aus und ließ sie wie zuvor Williamson über Dr. Michellsens Hinterkopf schweben.

„Das passt zur Wunde", meinte der Rechtsmediziner zufrieden. „Wir suchen also einen Täter oder eine Täterin, der oder die ungefähr 1,85 Meter oder größer ist. Das grenzt es etwas ein."

„Aber um Gottes willen", sagte Williamson. „Wie viele Personen gibt et, die so groß sind? Unendlich viele. Aber eins is' klar: Die Frau vom Middelstein war et nit. Die is' erheblich kleiner. Die kann höchstens dabei gewesen sein."

„Ich will Ihr Tänzchen nicht unterbrechen, aber das Opfer könnte auch gesessen haben“, fuhr Balustreit süffisant dazwischen.

Dr. Michellsen schüttelte den Kopf. „Dann müsste der Täter oder die Täterin aber ein Zwerg gewesen sein.“

Williamson übergab dem Rechtsmediziner die Lampe. „Hier, vergleich dat mit der Wunde!“

Michellsen betrachtete die Lampe und nickte. „Wir haben dort Messingpartikel gefunden. Könnte hinkommen.“

„Wann war denn der Todeszeitpunkt, und wie lange hat der Middelstein nun im Wasser gelegen?“

„Wir gehen davon aus, dass der Tod zwischen 23.00 Uhr und 00.00 Uhr eingetreten ist.“

Grifo blickte auf. „Middelstein wurde um circa 00.35 Uhr gefunden. Er muss noch aus dem Hotel geschafft worden sein. Auch wenn der Täter Hilfe hatte, hat das mit Sicherheit eine Weile gedauert. Die Luft musste rein sein und so weiter. Also muss er eher Richtung 23.00 Uhr erschlagen worden sein.“

Ihre Chefin nickte anerkennend. Kluges Mädchen. „Dat schränkt et schon ganz gut ein. Wahrscheinlich hatte der Täter oder sie nit damit gerechnet, dat die Leiche so schnell gefunden wird. Dat verschafft uns vielleicht einen Vorteil, weil er nervös wird. Und wenn man nervös is', macht man Fehler!“

„Gibt es Abwehrverletzungen oder Zeichen eines Kampfes?“, fragte Dr. Habernickel.

Michellsen schüttelte den Kopf. „Nein, nichts. Der Schlag kam von hinten, und er kam für Middelstein unerwartet, so wie es aussieht. Gekämpft hat er auch nicht. Keine Verletzungen, Druckstellen oder Ähnliches. Nichts."

„Dat könnte bedeuten, dat er dem Täter – oder der sehr großen Täterin", ergänzte Williamson, man durfte nichts ausschließen, „vertraute oder die Gefahr, die von ihm oder ihr ausging, einfach nit sah oder unterschätzte."

„Die Kollegen von der Spurensicherung konnten am Fundort und an der Leiche noch nichts Interessantes finden", berichtete Grifo. „An den Uferwegen selbst haben sie nichts gefunden. Die Spuren von Rädern, Hundehaltern, Joggern und Spaziergängern am Fundort werten sie gerade aus. Auf dem Hoody des Toten und dem Hemd darunter sind Blutspuren, die von der Wunde selbst stammen. Wenn es dort mehr Spuren gegeben haben sollte, hat das Wasser ganze Arbeit geleistet."

„Dat gibt et echt nit!", entfuhr es Williamson. „Aber eins wissen wir: Er war angezogen, als et passierte. Sonst wär' kein Blut auf seiner Kleidung gewesen."

„Und was soll das bedeuten?", fragte Cohen lauernd.

„Dat weiß ich noch nit, verdamp, vielleicht bedeutet et nix, vielleicht alles, dat müssen wir eben rausfinden!", schnauzte seine Vorgesetzte zurück.

„Die Spurensicherung hat bestätigt, dass das Blut aus dem Hotelzimmer eindeutig vom Opfer stammt", nahm Grifo den Faden wieder auf. „Und auch Gewebe wurde gefunden, das aus der Wunde stammt, ebenso wurden Fingerabdrücke sichergestellt, an der Champagnerflasche beispielsweise. Im Zimmer selbst sind es mindestens acht, neun verschiedene, die zugeordnet werden müssen. Dazu kommen viele weitere Spuren, so zum Beispiel blonde Haare. Die können von der Begleitung von Middelstein oder von einem vorherigen Gast oder vom Zimmermädchen stammen. Ein Hotelzimmer ist spurentechnisch gesehen ein Albtraum. Das wird in jedem Falle dauern."

Williamson schaute in ihr zerfleddertes Notizheft. „Wir müssen unbedingt die blonde Frau finden, mit der Middelstein zusammen war. Die Zeugen haben nit zufällig gesagt, dat sie sehr groß war, genauso groß wie er?" Sie hatte das halb im Ernst, halb im Spaß gesagt.

Grifo schüttelte den Kopf. „Leider nein, jedenfalls davon ausgehend, was wir bis jetzt wissen."

Verdamp. Wäre auch zu schön gewesen.

„Wat is' mit dem Handy? Wissen wir da schon wat?"

Grifo schaute in ihre Notizen. „Nein, leider noch nichts. Die Techniker sind dran."

Die Hauptkommissarin stöhnte innerlich. Geduld war nicht ihre Stärke.

„Die Spurensicherung hat das Wohnhaus durchsucht", informierte ihre junge Mitarbeiterin. „Dort wurden ein PC und auch ein Laptop sichergestellt. Im Zimmer von Mick gab es nichts Auffälliges."

Schweigen machte sich breit.

„Einer ist in jedem Falle genauso groß wie Middelstein." Grifo sah in die Runde. „Trespen. Wir müssen überprüfen, ob er wirklich um 22.00 Uhr nach Hause gefahren ist."

„Richtig", murmelte die Kommissarin geistesabwesend. Es war noch jemand genauso groß wie Middelstein. Sein Sohn.

„Mick is' auch so groß. Wenn ich et richtig in Erinnerung hab'."

„Sie glauben doch nicht im Ernst, dass der Sohn den Vater erschlagen hat?" Cohen klappte in gespieltem Entsetzen seine Glupschaugen auf und zu.

„Wieso nit?", fragte sie zurück. „Is' alles schon da gewesen. Und besonders gemocht hat der seinen Vater jedenfalls nit. Wat wissen wir über die Kanzlei?"

„Kanzlei Storch, Storch, Middelstein und Partner, eine renommierte Kanzlei im Zooviertel. Sehr exklusiv."

„Ihr Hannoveraner habt et echt mit den Namen", kommentierte Williamson trocken. „Storch, Storch, Middelstein bla, bla, bla … wat soll dat sein, ein Ornithologenverein?"

„Liebe Frau Williamson, ich muss doch sehr bitten." Dr. Habernickel verstand bei dem Thema offensichtlich keinen Spaß. „Das ist eine der besten Kanzleien Hannovers. Middelstein war Partner in dieser Kanzlei, das ist schon etwas Besonderes. Das hat damit zu tun, dass die Brüder Storch", hier hielt er kurz inne, „beide keine Nachkommen haben. Da haben sie vor einigen Jahren Herrn Middelstein zum Partner gemacht."

Die Kommissarin fixierte mit ihren braunen Knopfaugen ihren Vorgesetzten. „Sie kennen sich gut aus."

„Ich spiele mit dem älteren Storch jeden Samstag Golf", antwortete er indigniert, „da bleibt es nicht aus, das eine oder andere über seine Spielpartner zu wissen."

„Ach so, natürlich!" Sie nickte in gespieltem Verständnis. „Da kommt man so von Grün zu Grün schon mal in dat Plaudern. Über Störche und so."

Habernickels Gesicht gefror schlagartig. Balustreits kleine Schweinsäuglein huschten von Williamson zum Kriminalrat und wieder zurück wie bei einem Tennismatch.

„Das ist völlig normal. Es ist für den Fall nicht relevant. Man kennt sich in dieser Stadt. Das wird in Köln in gewissen Kreisen nicht anders sein."

Habernickel brachte sich selbst in eine Rechtfertigungssituation, die die Verbindung zu den Anwälten verdächtiger machte, als sie wahrscheinlich war. Aber Williamson konnte einfach nicht anders, als ein wenig zu provozieren. Sie hasste es, wenn sich einige als etwas Besseres fühlten als andere, ob berechtigt oder nicht.

„Jedenfalls", sagte sie und schaute Habernickel direkt in die Augen, „werden wir den Störchen mal gehörig auf den Schnabel, Verzeihung, auf den Zahn fühlen!"

Grifo hielt sich schnell ihr Notizbuch vor den Mund, um ein Lachen und auch ihren Schrecken zu verbergen. Cohen und Balustreit unterbrachen das Kuchenessen und starrten sie mit offenem Mund fast schon bewundernd an, und Michellsen stierte starr vor sich hin, mit einer Hand vor dem Mund. Geistesgegenwärtig tat er so, als müsse er gähnen. Ein unangenehmes Schweigen breitete sich aus.

Schließlich atmete Dr. Habernickel tief durch. Ihm war wohl bewusst, dass er einen Fehler begangen hatte, weil er sich hatte provozieren lassen, denn er lenkte tatsächlich ein. „Wie Sie meinen", sagte er steif. „Die Überprüfung des Arbeitsplatzes gehört natürlich zur Untersuchung dazu."

„Sie sagen et." Williamson nickte mit dem Kopf und akzeptierte damit den Waffenstillstand. Wieder schaute sie auf ihre Notizen. „Wat is' mit dem Karnevalsverein?" Sie brachte es kaum über ihre kölschen Lippen.

„Die Große KG Linden Rot-Weiß von 1963", sagte Grifo und grinste, als sie sah, wie ihre Vorgesetzte das Gesicht verzog. „Einer der ältesten Karnevalsvereine von Hannover. Middelstein war seit elf Jahren Mitglied und ist seit letztem Jahr Schatzmeister. Sein Beruf prädestinierte ihn dafür." Sie machte eine Pause.

„Ich habe vorhin mit dem Vorsitzenden Cornelius Hoffmann gesprochen", fuhr sie fort. „Sie hätten ihn schon mehrfach danach gefragt, das Prinzenamt zu übernehmen. Er hätte aber immer mit dem Hinweis, dass seine Frau das nicht gut fände, abgelehnt. Als seine Gesellschaft vom Karnevalsverband Hannover …"

„Wat?", fragte Williamson dazwischen. „Wat is' dat?"

„Der Karnevalsverband Hannover organisiert den Karneval in Hannover. Er fragt in den Vereinen nach, wer das Prinzenpaar stellen würde, meistens verbunden mit einem Jubiläum des jeweiligen Vereins. Wenn es kein Jubiläum gibt, dann wird ein Verein durch den Verband ausgesucht, der das Prinzenpaar stellen soll. Sie haben wohl mehrfach bei der Lindener Gesellschaft gefragt und die wiederum Georg Middelstein. Und für diese Session hat er sich bereit erklärt und wurde zusammen mit …", Grifo blätterte in ihren Aufzeichnungen, „Heike Lahnmann zum Prinzenpaar ernannt."

„Wieso hat das denn kein anderer aus dem Verein übernommen, wenn sie unbedingt die Lindener wollten?", fragte Michellsen.

„Prinz und Prinzessin zu sein ist mit einem erheblichen finanziellen und zeitlichen Aufwand verbunden", erklärte die Oberkommissarin. „Es gibt nicht so viele, die das leisten wollen oder können."

„Wir müssen da unbedingt hin!", entfuhr es Williamson. „Dat machen wir morgen. Zuerst will ich in die Kanzlei. Und den Trespen müssen wir auch noch mal rannehmen. Und natürlich die heilige Familie. Und in dat Hotel …"

„Frau Williamson, bitte, nicht alles auf einmal." Der Kriminalrat hob wieder abwehrend die Hände. „Priorität hat die morgige Pressekonferenz, die ich für 14.00 Uhr anberaumt habe und die Sie leiten werden."

Nun war es an der Kommissarin, ihren Vorgesetzten kiefermahlend anzustarren.

Verdamp.

Kapitel 13

„Wieso setzen Sie eine Pressekonferenz an? Un' dat, ohne vorher mit mir zu sprechen!"

Williamson starrte ihren Vorgesetzten mit weit aufgerissenen Augen an. Sie hatte sich gerade so bis zum Ende der Besprechung beherrschen können. Dann war sie schnurstracks auf ihren kurzen Beinen und zur Freude der Kollegen immer noch in Gummistiefeln hinter Dr. Habernickel hergestampft, der mit raumgreifenden Schritten vorausgegangen war. Sie war ihm direkt in sein Büro gefolgt und hatte die Tür mit einem lauten Knall zugeschmissen. Sie pfiff auf Contenance! Er hatte auch nicht unbedingt gute Manieren gezeigt, sondern einfach über sie hinweg entschieden. Sollte er doch von ihr denken, was er wollte!

Sie standen sich Auge in Auge gegenüber und fixierten sich wie Boxer, die gleich aufeinander losgehen würden. Nur Habernickels wuchtiger Schreibtisch trennte die beiden voneinander.

Der Kriminalrat atmete tief durch und setzte sich dann. „Liebe Frau Kollegin, Herr Middelstein war eine Person von öffentlichem Interesse. Nicht nur ein angesehener Anwalt, sondern auch der amtierende Karnevalsprinz! Ihnen muss ich doch nicht erklären, was das bedeutet! Dass die Journalisten mit den Hufen scharren, ist wohl mehr als verständlich."

Williamson stützte ihre Arme auf Habernickels Schreibtisch und brachte ihr Gesicht ganz nah an das ihres Vorgesetzten. „Dat verstehe ich ja“, erwiderte sie mit nahezu unheimlicher Ruhe. „Aber muss et denn gleich eine Pressekonferenz sein? Haben Sie hier keine Presseabteilung?“

Ihr Chef versuchte ein Lächeln, das reichlich schief geriet. Er lehnte sich zurück.

„Doch, natürlich, aber das reicht in diesem Falle nicht. Wie ich schon sagte, Herr Middelstein war …“

„… eine Person des öffentlichen Lebens, schon klar.“ Williamson fuhr sich durch die Haare und sah mehr denn je wie eine Medusa aus.

„Aber Herrgott noch mal, warum haben Sie nit Bescheid gesagt? Dann wäre ich …“ Besser darauf vorbereitet gewesen, wollte sie sagen, aber das klang sogar für sie recht lahm.

Habernickel zog die akkuraten Augenbrauen nach oben. „Werte Kollegin, Sie wissen doch am besten, dass man in einem aktuellen Fall auf Befindlichkeiten keine Rücksicht nehmen kann. Ich musste schnell handeln, sonst hätte uns die Presse die Bude eingerannt. Und …“, hier stockte der Kriminalrat und lächelte, „dass gerade Sie so empfindlich sind, hätte ich nicht erwartet.“

Williamson klappte den Mund zu einer scharfen Entgegnung auf, ließ es dann aber und sagte stattdessen: „Trotzdem hätten Sie et mir zuerst unter vier Augen sagen können. Egal, wie empfindlich ich bin, dat wäre fair gewesen!“

„Fair? Ausgerechnet Sie sprechen von fair? Was war das denn vorhin mit der Anwaltskanzlei Storch? Ihre

Bemerkungen kann man durchaus so interpretieren, als kungele ich mit Verdächtigen herum. Damit wir uns klar verstehen …", Habernickel war aufgestanden und kam um den Schreibtisch herum, um den Größenunterschied zwischen ihm und der Kommissarin voll auszuspielen, und sah nun auf sie herab, „sollten Sie noch einmal vor unseren gemeinsamen Kollegen auch nur eine Andeutung machen, dass ich mich nicht korrekt verhalte, dann wird das Konsequenzen haben. Dann lernen Sie mich von einer Seite kennen, die Sie überraschen wird. Haben wir uns verstanden?"

Habernickel hatte das ganz ruhig gesagt, ohne seine Stimme zu heben.

Williamson schluckte. Sie wusste, dass sie vorhin, ebenso wie Habernickel selbst, einen Fehler begangen hatte, und sie war lange genug dabei, um zu wissen, wann eine Grenze erreicht war. Sogar für ihren Dickkopf.

„Ich entschuldige mich, Herr Dr. Habernickel. Ich wollte Ihnen keinesfalls Kungelei unterstellen, aber ich muss feststellen, dat hier jeder jeden kennt und alle irgendwie miteinander verflochten …"

„Wie ich schon sagte", unterbrach sie ihr Vorgesetzter süffisant, „das wird Ihnen aus Ihrer Heimatstadt bestens vertraut sein. Der ‚Kölsche Klüngel' ist doch sprichwörtlich, und Sie und Ihre Familie haben selbst einschlägige Erfahrungen damit gemacht."

Wieder schluckte sie. Die Erwähnung ihrer Familie traf bei ihr einen wunden Punkt.

„Ich nehme Ihre Entschuldigung an und freue mich sehr auf unsere erste gemeinsame Pressekonferenz morgen. Es sei denn …“, Habernickel schaute auf und lächelte wie ein Wolf, „Sie wollen diese vielleicht lieber Kommissar Balustreit überlassen, der zweifelsohne mehr Erfahrung mit der hiesigen Presselandschaft hat? Ich könnte das verstehen, und Balustreit wird diese Aufgabe sicher gerne übernehmen.“

„Balustreit?“ Die Kommissarin spürte erneut eine Welle der Wut in ihr hochsteigen. „Kommt gar nit infrage! Wir beide machen dat morgen!“ Damit drehte sie sich um, öffnete die Tür, verließ hoch erhobenen Hauptes das Zimmer und ließ einen breit grinsenden Kriminalrat zurück.

Erst auf dem Gang merkte sie, dass ihr Vorgesetzter sie nach allen Regeln der Kunst über den Tisch gezogen hatte – und sie hatte ihm dabei auch noch in die Karten gespielt. Sie hatte Habernickel unterschätzt.

Verdamp.

Williamson saß in ihrer Marianne und steuerte vorsichtig durch Hannover. Sie wollte nur noch nach Hause. Grifo hatte sie zum Maschsee gebracht, wo Marianne auf sie wartete.

„Ach, Marianne“, flüsterte Williamson, „et is’ komplizierter, als ich dachte. Ich dachte, wir wären vor dem Klüngel davongekommen, und jetz’ muss ich feststellen, dat dat hier auch nit besser is’. Et wird nur anders verpackt. Irgendwie geschickter. Und dann …“ Williamson biss sich auf die Lippen. Mit Marianne konnte sie alles besprechen. „Und dann … andererseits … is’ et hier auch ganz nett. Et is’ nit Köln“, fügte sie schnell hinzu, „aber nit so schlimm, wie ich dachte.“

Das machte ihr am meisten zu schaffen. Sie hatte sich vor ihrer Ankunft in Hannover ein negatives Bild von der Stadt gemacht. Darin hatte sie sich eingerichtet, genauso wie in ihrem Selbstmitleid. Aber wenn sie ganz ehrlich war – und Marianne gegenüber war sie immer ganz ehrlich –, stimmte dieses Bild nicht mit der Wirklichkeit überein. Es kam ins Wanken und drohte einzustürzen.

Verdamp.

Nach rund fünfzehn Stunden im Einsatz hätte sie hundemüde sein müssen und fühlte die Erschöpfung in den hintersten Winkeln ihres Körpers und ihres Verstandes. Gleichzeitig war sie aufgekratzt und hatte das Gefühl, dass ihr die Zeit davonlief. Und dass sie etwas Entscheidendes übersah. Das Flattern unterm Zwerchfell bestätigte das. Aber was? Sie kam einfach nicht darauf. Schließlich entschied sie sich instinktiv für einen Umweg und bog in Richtung Zoo ab. Wieder fuhr sie durch die Eilenriede, diesmal in umgekehrter Richtung als heute Morgen. Es kam ihr vor, als sei das eine Ewigkeit her.

Als sie vor der Villa der Middelsteins hielt, war sie stolz auf sich, denn sie hatte das Navi nicht benötigt. Ging doch!

Williamson sah sich um und fröstelte. Das Haus sah in der Dunkelheit abweisend aus. Kein Licht brannte. Sie klingelte und lauschte wie am Morgen dem Gong nach, der in den Tiefen des Hauses verhallte. Zu ihrer Überraschung dauerte es nicht lange, bis das Licht eingeschaltet und die Tür geöffnet wurde. Williamson prallte zurück, denn unerwartet stand eine zierliche brünette Frau mit aparten Gesichtszügen vor ihr.

„Sie wünschen?", fragte die Frau mit einer überraschend tiefen Stimme.

Williamson stellte sich vor und zeigte ihren Ausweis. „Darf ich herein? Ich habe noch ein paar Fragen."

„Natürlich", sagte die Frau und öffnete die Tür. „Bitte entschuldigen Sie, ich habe mich noch gar nicht vorgestellt. Ich bin Katharina Torgau, die Schwester von Anna-Lena."

„Ihre Schwester?", fragte die Kommissarin nach, um dann hinzuzufügen: „Et is' gut, dat Sie hier sind. Ihre Schwester kann in dieser Situation Unterstützung gebrauchen."

„Allerdings", antwortete Katharina Torgau und lächelte leicht, „bitte nehmen Sie Platz."

Sie waren im Wohnzimmer angekommen, und ihre Gastgeberin machte Licht. „Bitte entschuldigen Sie. Ich war oben bei Anna-Lena. Nachdem Ihre Kollegen wieder weg waren, hat sie sich ein wenig hingelegt." Die indirekte Beleuchtung tauchte den großen Raum in ein sanftes Schimmern. Der Glaserker kam dabei besonders gut zur Geltung.

Williamson ließ sich auf das weiche Leder der sündhaft teuren Couch fallen, genau dort, wo sie am Morgen gesessen hatte. Und immer noch in Gummistiefeln, musste sie innerlich über sich selbst lachen. Das war in diesem Ambiente bestimmt noch nicht vorgekommen.

„Ein wirklich schönes Haus", bemerkte sie und sah sich um, „sehr geschmackvoll."

„Das ist es. Aber der Preis dafür ist doch sehr hoch."

„Wie meinen Sie dat?", fragte Williamson.

Die offene Art der Schwester überraschte sie. Und sie gefiel ihr. Sie war heute so vielen Menschen begegnet, die unangenehme Wahrheiten watteweich verpackt hatten oder sie gar nicht aussprechen wollten. Katharina Torgau hingegen schien nicht lange um den heißen Brei herumzureden. Williamson bemerkte die äußerliche Ähnlichkeit zur Schwester, sie war quasi die brünette Ausgabe von Anna-Lena Middelstein, mit braunen Augen und olivfarbener Haut. Jedoch fehlten das maskenhafte Gesicht und die feinen Fältchen ihrer Schwester, ihre Mimik war äußerst lebhaft. Mit wachen, intelligenten Augen sah sie die Kommissarin an.

„Sie waren doch heute Morgen hier, wie Anna-Lena mir sagte. Sagen Sie es mir", meinte Katharina Torgau gerade.

Williamson merkte überrascht auf. Ein kluger Schachzug, dachte sie, mich antworten zu lassen.

„Sie wirkt unglücklich", sagte sie vorsichtig.

Katharina Torgau lachte auf. Es war ein bitteres Lachen. „Unglücklich, das ist sie in der Tat. Dass sie nie die Kraft oder den Willen oder beides gefunden hat, Georg zu verlassen, werde ich nie verstehen. Und jetzt ist er tot." „Ich habe ihr mehrfach angeboten, dass sie mit Mick bei mir wohnen kann", fuhr sie fort. „Ich hätte ihr dann bei der Wohnungssuche helfen können und auch dabei, sich Schritt für Schritt ein eigenes Leben aufzubauen. Meine Schwester ist Architektin, wissen Sie. Aber sie hat nie den Mut für diesen Schritt gefunden, obwohl es für sie die einzige Rettung gewesen wäre."

Katharina Torgau hatte die Hände in ihrem Schoß gefaltet und blickte Williamson offen an. Sie trug eine schwarze Jeans und eine ebenfalls schwarze Seidenbluse. Beides stand ihr ausgezeichnet.

Die Kommissarin fragte: „Sie wohnen auch in Hannover?"

„Nein, in Bremen", antwortete Katharina Torgau. „Das war auch einer der Gründe, warum Anna-Lena diesen Schritt nie gewagt hat. Sie wollte nicht aus Hannover weg. Aber eine eigene Wohnung in Hannover wäre für sie keine Option gewesen. Georg hätte sie zu leicht überreden können, zu ihm zurückzukehren. Sie ist sehr labil, wie Sie vielleicht bemerkt haben."

„Allerdings", sagte Williamson. „Seit wann … also …?"

„Seit wann sie Tabletten nimmt, meinen Sie?", fragte die Schwester der Witwe direkt und lächelte traurig. „Seit mindestens sechs oder sieben Jahren. Anders hat sie dieses Leben nicht mehr ausgehalten."

Sie schüttelte den Kopf und fuhr sich durch ihr halblanges braunes Haar. „Georg hat sie nach Strich und Faden betrogen. Anfangs hat er sie belogen, später nicht mehr. Und dann spielt er auch noch in der Öffentlichkeit Prinz Karneval! Er war geradezu süchtig nach Aufmerksamkeit und stand gern im Mittelpunkt. Anna-Lena wurde gar nicht gefragt, ob sie das überhaupt wollte … sie hat das alles ertragen, weil sie …", Katharina Torgau stockte, bevor sie fortfuhr, „ihre gesellschaftliche Stellung nicht gefährden wollte. Verrückt, wirklich."

„Und Mick?", fragte Williamson vorsichtig. „Wie is' Mick damit umgegangen? Er hat heute Morgen auf die Nachricht, dat sein Vater tot is', wirklich seltsam reagiert."

„Mick hat von Anfang an alles mitbekommen, insbesondere, wie sehr es mit seiner Mutter abwärts ging. Da war er elf oder zwölf Jahre alt. Seitdem hat er sich mit einem Kokon aus Zynismus umgeben und lebt weitestgehend sein eigenes Leben. Er kommt und geht, wann er will. Und da er inzwischen volljährig ist …" Sie schüttelte traurig den Kopf. „Ich habe oft versucht, zu ihm durchzudringen. Seit Jahren ohne Erfolg. Er entzieht sich allen, die zu nah an ihn heranwollen."

„Wo is' er jetz'?"

„Ich weiß es nicht. Am Nachmittag hat er sich seine Jacke geschnappt und das Haus verlassen. Wie gesagt: Er macht, was er will."

Ein Schweigen breitete sich zwischen den Frauen aus, das aber nicht unangenehm war.

„Ich denke, ich lasse Sie dann mal allein, Sie müssen sich sicherlich wieder um Ihre Schwester kümmern." Die Kommissarin stand auf. „Wenn wir noch Fragen haben, kommen wir auf Sie zu."

Sie wollte eine Visitenkarte aus ihrer Manteltasche fischen, bis ihr einfiel, dass ihre Visitenkarten zwar bestellt, aber noch nicht geliefert worden waren. „Wenn Ihnen noch wat einfällt, melden Sie sich bitte bei Williamson oder Grifo auf dem Präs… im Zentralen Kriminaldienst."

„Wat mich schon heute Morgen gewundert hat", sagte sie, als sie im Flur den Rucksack von Mick sah, „dat Mick so früh von der Schule nach Hause gekommen is'."

Wieder lächelte Micks Tante ihr trauriges Lächeln. „Wenn er keine Lust mehr auf die Schule hat, geht er einfach. Keiner hat je etwas gesagt. Georg war es egal, und meine Schwester … meine Schwester hat erst recht nichts gesagt. Er ist ihr Ein und Alles. Kritik an ihm lässt sie nicht zu. Sie ist emotional abhängig von ihm. Und außerdem …“

„Un’ außerdem?“

„Außerdem würde sie es nie wagen, ihn zu kritisieren. Sie hat Angst vor ihm. Mick macht ihr Angst.“

Kapitel 14

„Bin daheeem."

Williamson wollte ihre Schuhe von den extrem geschwollenen Füßen streifen, bis ihr bewusst wurde, dass sie immer noch die Gummistiefel trug. Es kostete sie erhebliche Mühe, die Ungetüme von ihren Beinen zu ziehen, und sie hüpfte dazu eine Ewigkeit auf einem Bein im Flur herum. Das war ein anstrengender Tag gewesen! Sie schlüpfte in ihre Hausschuhe, hing ihren Mantel an die Garderobe und folgte ihrer Nase geradewegs in die Küche. Es duftete himmlisch, nach …

„Flönz", rief sie aus und klatschte begeistert in die Hände, als sie die geliebte Blutwurst in der Pfanne entdeckte.

Bernd-Karl lächelte sie an und nahm sie wortlos in die Arme.

„Dat is' jetz' genau dat Richtige, minge Schatz. Du bist der Beste!" Sie stellte sich auf die Zehenspitzen und gab ihrem Mann einen Kuss.

„Ich dachte mir, wenn meine Frau einen so langen und anstrengenden Tag hat, soll sie wenigstens etwas Anständiges zum Essen bekommen."

„Genauso is' et – Hauptsache, nit wieder Spaghetti!" Sie ging zum Kühlschrank und holte sich ein Bier. Sie prostete ihrem Mann zu und nahm einen tiefen Schluck. „Ah – dat tut gut."

Bernd-Karl sah sie forschend an. „Du siehst müde aus. Sehr schlimm?"

Sie ließ den Kopf hängen. „Ja, sehr. Vor allem die Familie. Zum Gruseln. Da bin ich doch echt froh, dat ich euch hab'!"

Bernd-Karl lächelte wieder und meinte: „Und wir sind froh, dass wir dich haben."

„Wenn sie mal hier ist." Nicola hatte die Küche betreten und gab ihrer Mutter einen flüchtigen Kuss auf die Wange. „Ich brauche neue Turnschuhe. Die alten sind mir zu klein."

„Schon wieder?" Williamson zog die Augenbrauen hoch. „Wohin wollt ihr noch wachsen? Ich bin hier schon die Kleinste!"

„Na, das ist auch nicht schwer!", meinte Nicola und floh, bevor ihre Mutter einen ihrer berühmten Magma-Anfälle bekommen konnte. Diese ließ sich auf einen Küchenstuhl plumpsen.

„Ich sage dir, der Fall raubt mir den letzten Nerv. So viele Verdächtige, so viele Möglichkeiten. Und dann die Hannoveraner – immer höflich, immer nett, immer hilfsbereit – aber unter der Oberfläche, da brodelt's, und wenn du dann mal daran kratzt, dann bricht alles raus und kommt nach oben."

„Mienchen!" Ihr Mann hielt mitten in der Bewegung inne. „Wenn das jemand aufdecken kann, dann du. Komm, lass uns erst mal etwas essen, dann geht es dir schon besser."

„Stimmt", lächelte sie. „Essen hält Leib und Seele zusammen."

Das Adrenalin ließ nach, nun fühlte sie sich so erschöpft, als hätte man ihr mit einer Keule vor den Kopf geschlagen. An der Unterhaltung bei Tisch beteiligte sie sich kaum. Ihr Mann sah sie an und fragte: „Woran denkst du? Ist es immer noch der Fall?“

Sie blickte auf und ihm geradewegs in die Augen: „Ich denke an Arrangements. Die begegnen mir hier an jeder Ecke. Arrangements zwischen dem Opfer und den anderen Beteiligten. Arrangements im Hotel. Arrangements in der Familie. Sogar Arrangements im Kommissariat. Verdamp, ich weiß auch nit.“ Bernd-Karl hob fragend die Augenbrauen, aber sie bedeutete ihm mit einem Blick zu schweigen.

Später, wenn die Kinder nicht dabei sind, sagten ihre Augen.

Carola häufte sich Salat auf ihren Teller und meinte leichthin: „Der Sohn ist übrigens auf unserer Schule. Sogar in meinem Jahrgang.“ Fast wäre Williamson aufgesprungen.

„Un'?“ Sie versuchte, ihre Aufregung zu verbergen. „Un' wie is' er so?“ Es sollte möglichst beiläufig klingen.

„Mienchen, das geht zu weit!“, sagte Bernd-Karl streng. „Du wirst Carola doch nicht für deine Ermittlungen einspannen!“

„Ich kenne ihn kaum, bin ja erst seit zwei Wochen dort“, sagte Carola, als hätte sie die Bemerkung nicht gehört. „Er würde sich sowieso nicht mit mir abgeben. Ich bin nicht cool, dünn und hübsch genug und habe nicht die richtigen Klamotten.“

„Wie bitte?“ Williamson kochte schon wieder, sie hatte nun mal einen ausgesprochenen Gerechtigkeitssinn, sie konnte nichts dagegen tun. „Du bist ein hübsches Mädchen mit tollen Haaren, einem tollen Gesicht und einer tollen Figur! Basta!“

„Aber nicht für Mick Middelstein. Der umgibt sich nur mit Söhnen und Töchtern aus reichen, sehr reichen Familien. Alles sehr oberflächlich und arrogant.“

„Meine Tochter!“, strahlte ihre Mutter und tätschelte den Arm ihrer Ältesten, was dieser gar nicht recht war.

„Die Schule ist echt elitär, aber es sind auch normale Leute da. Da bin ich echt froh!“, warf Nicola ein.

„Echt?“, echote ihr Vater, aber seine Jüngste schien die Spitze nicht zu bemerken. Noch am Vorabend hatte Nicola nicht mehr in diese Schule gehen wollen. Und nun diese versöhnlichen Töne. Das war doch gar nicht so schlecht.

Später saßen alle zusammen vor dem Fernseher und sahen, wie ein Koch Rentierfleisch zubereiten musste und dabei unentwegt fluchte. Williamson war hundemüde und gähnte ununterbrochen.

„Mienchen, geh doch ins Bett“, sagte Bernd-Karl liebevoll.

„Gleich“, murmelte sie und schielte zu Carola hinüber. Sie wollte unbedingt noch allein mit ihrer Tochter sprechen, aber die machte keine Anstalten, in ihr Zimmer zu gehen.

„Ich bin dann schon mal hoch“, meinte Williamson schließlich, stand auf und blickte in die Runde. „Nacht allerseits. Bis morgen.“

„Wolltest du mir nicht noch etwas erzählen?“, fragte ihr Mann.

Sie machte eine abwehrende Geste und meinte: „Dat hat Zeit bis morgen. Ich bin jetz' einfach zu müde.“

Trotz ihrer überwältigenden Erschöpfung ließ sie sich mit ihrer Abendtoilette Zeit und lauschte nach den leichtfüßigen Schritten ihrer Töchter auf der Treppe. Ihre Strategie machte sich bezahlt, denn sie hörte bald, wie sich die Mädchen im Flur flüsternd unterhielten. Es ging um einen Schauspieler, der „sooo süß“ war. Ihr sagte der Name nichts, es war aber nicht der Cohen. Sie verdrehte die Augen und verschwand schnell im Schlafzimmer, wo sie sich ihr Handy schnappte, hinter die Tür stellte und darauf wartete, dass die beiden in ihre Zimmer gingen. Sie wartete noch eine Minute, schlüpfte dann zur Tür hinaus und klopfte leise an Carolas Zimmertür. Keine Antwort.

„Carola“, flüsterte sie und horchte gleichzeitig nach unten. Der Fernseher lief noch. Bernd-Karl schaute wahrscheinlich die Nachrichten. „Hast du kurz Zeit für mich?“ Nichts. „Carola“, rief sie nun leise, „kann ich dich eben sprechen?“

Nach einer Unendlichkeit kam ein gedehntes „Hereeeiin.“ Carola lag im Bett, einen der kleinen Knöpfe, die sie sich immerzu in die Ohren steckte, in der einen Hand das Handy in der anderen. „Mama!“ Überraschung und auch ein Vorwurf lagen in diesem einen Wort. „Ich dachte, du schläfst schon.“

„Fast.“ Ihre Mutter kam näher, zog ihr Handy hervor und setzte sich auf die Bettkante. „Ich habe eine Frage. Du kannst doch ein Lied als Klingelton runterladen, oder? Also, ich mein’, wenn dat Handy klingelt, dann klingelt et nit, sondern dann kommt dat Lied. Kannst du mir dat so einrichten?“

„Jetzt?", fragte Carola ungläubig zurück, als wäre sie gefragt worden, ob sie mitten in der Nacht mit nach Köln kommen wollte.

„Ja, jetz', oder dauert dat zu lange?"

„Nee, das geht schon, gib mal her. Was willst du denn haben? Kann ja eigentlich nur ein kölscher Karnevalssong sein."

„Et gibt so viele … vielleicht *Komm, loss mer fiere*?"

„Nein, denn dann denken alle, du willst nur feiern, das denkt man hier von Kölnern sowieso."

Ein Moment des konzentrierten Schweigens folgte.

„Ich hab's!", sagte Carola plötzlich und tippte auf dem Handy herum. *„Dat Hätz vun d'r Welt, ja dat is Kölle*! ‚Herz' und ‚Köln' passt doch super zu dir oder nicht?"

„Super Idee, mach dat!"

Während Carola die Befehle eingab, um den Song herunterzuladen und als Klingelton zu installieren, schaute Williamson ihr zu. Nach einer Weile sagte sie betont beiläufig: „Sag mal, Carola, kennst du eigentlich ein paar Leute in der Schule, die auch mit dem Mick zu tun haben?"

Carola schaute auf und sah ihre Mutter aufmerksam an. „Du willst, dass ich für dich spioniere?"

Williamson guckte unschuldig und klimperte mit ihren Knopfaugen. „Nee, nee, ich dacht' nur, wenn du schon auf derselben Schule und sogar in derselben Stufe bist … und et hätte ja sein können … aber du musst dat natürlich nit …"

„Ich gucke, was ich tun kann, Mama, aber versprechen kann ich nix!" Ihre Tochter zwinkerte ihr verschwörerisch zu.

„Aber eins musst du mir versprechen!“ Williamson wurde ernst und sprach nun im klarsten Hochdeutsch. „Wenn du das Gefühl hast, dass es gefährlich wird, dann lass die Finger davon!“

Carola legte in einem Anflug von töchterlicher Zärtlichkeit ihre Hand auf die ihrer Mutter. „Mach ich, Mama. Und dem Papa sagen wir nix!“

Wenig später lag Williamson im Bett und ließ sich in das Reich der Träume entführen. Das Handy nebst neuem Klingelton lag neben ihr auf dem Nachttisch.

Kapitel 15

Am nächsten Morgen saß die Kommissarin mit ihrem Mann beim Frühstück. Die Mädchen waren bereits auf dem Weg zur Schule und hatten nur hastig ein Müsli in sich hineingeschlungen. Sowohl Williamson als auch ihre Töchter waren ausgesprochene Morgenmuffel. Bernd-Karl war da ganz anders. Kaum schlug er die Augen auf, war er gut gelaunt und startete frohgemut in den Tag.

Williamson hingegen sprach morgens nicht viel und wollte das auch nicht. Sie war viel zu sehr damit beschäftigt, wach zu werden. Es sei denn, es gab einen Einsatz, wie vorletzte Nacht. Dann war sie sofort hellwach.

Da aber Bernd-Karl sein Redebedürfnis stillen musste, sprach er gern über Belangloses, um Frau und Töchter am frühen Morgen nicht zu sehr mit schwierigen Themen zu belasten. Also hatte er sich angewöhnt, über das Backwerk zu sprechen, das er morgens besorgte. Wie viele verschiedene Brötchensorten es gab, wie unterschiedlich sie bei den einzelnen Bäckereien schmeckten. Wie sie beschaffen waren, wie viele Körner es gab, wie sie geformt waren und so weiter und so fort. Williamson und ihre Töchter nahmen alles schweigend zur Kenntnis. Etwas haften blieb nicht. Bernd-Karl wusste das, aber das machte nichts. Die Brötchen-Ausführungen waren sozusagen ein Schweigefüller.

„Beim Bäcker im Supermarkt sind viel mehr Kürbiskerne drauf, aber die Roggenbrötchen sind …“, sagte Bernd-Karl gerade, unterbrach sich dann aber. „Was ist das für eine Musik?“

Williamson hob den Kopf.

„Hat eins der Kinder das Handy vergessen?“

Sie lauschte. Jetzt hörte sie es auch. Und es kam ihr verdamp bekannt vor.

So schnell es die kurzen Beine erlaubten, erklomm sie die Treppe und rauschte ins Schlafzimmer. „… *Un et Sönnche schingk jet mau, doch die Kölsche han …*“, sang Henning Krautmacher von den Höhnern gerade. Sie riss das Handy ans Ohr und schnaufte. Die Luft in Niedersachsen war echt verdamp dünn!

„Ja“, blaffte sie ins Handy und holte noch einmal tief Luft.

„Guten Morgen, Chefin!“, schnurrte Elena Grifo, man konnte ihre gute Laune förmlich spüren. „Ich habe heute Morgen in der Anwaltskanzlei angerufen. Herr Dr. Storch erwartet uns um 9.00 Uhr. Wenn Sie mögen, kann ich Sie gleich abholen.“

„Super. Dann bis gleich“, sagte Williamson und legte auf.

Marianne hatte heute einen Urlaubstag.

Als sie wieder herunterkam, lehnte ihr Mann grinsend und mit verschränkten Armen am Türrahmen zur Küche.

„Hast du etwa einen neuen Klingelton?“, fragte er scheinheilig. „Du kannst nicht von Köln lassen, oder?“

Sie wurde rot.

„Schon gut, Mienchen, das kann ich gut verstehen. Ich bin nur mal gespannt, was deine Kollegen sagen, wenn bei dir das nächste Mal das Handy klingelt.“

In diesem Moment schellte es.

„Dat is' Grüffelo!", stieß sie atemlos aus. „Mann, is' die geflogen? Ich bin noch gar nit fertig."

„Wer?", fragte Bernd-Karl verständnislos.

„Grüff… vergiss et. Machst du auf?", bat sie, rannte in die Küche und begann in Windeseile, ihre Sachen zusammenzusuchen.

Währenddessen hörte sie, wie ihr Mann die Haustür öffnete. „Guten Tag, Sie müssen Frau Grüffelo sein. Ein interessanter Name, kannte ich bis jetzt nur von den Kinderbüchern meiner Töchter!"

Sie erstarrte. Verdamp, das konnte doch wohl nicht wahr sein! Bernd-Karl war doch sonst immer so diskret, ganz im Gegensatz zu ihr.

Sie hörte ihre junge Kollegin lachen. „Elena Grifo, freut mich sehr, Herr Williamson."

Beide lachten erneut. Na, da hatten sich ja zwei gefunden. Die Kommissarin schaute um die Ecke in den Flur. Ihr Mann und ihre Kollegin standen in trauter Zweisamkeit zusammen und flüsterten. Jedenfalls kam es ihr so vor.

„Ich möchte dat Liebespaar nit stören, aber wir haben einen Termin." Sie schauten auf, sahen aber nicht schuldbewusst aus.

„Alles klar", meinte Bernd-Karl leichthin und trat zur Seite. „Viel Erfolg, mein Schatz."

„Bis heute Abend", sagte sie und trat mit hocherhobenem Kopf an ihrem Mann vorbei.

„Hast du nicht etwas vergessen?", fragte dieser und deutete grinsend auf ihre Füße.

Verdamp.

Die Schuhe lagen noch in ihrer Marianne. „Bin gleich wieder da!“ In Hausschuhen stürmte sie an Grifo vorbei und holte schnell die Schuhe aus dem Kofferraum.

Bernd-Karl und ihre Kollegin schafften es irgendwie, die Gesichtszüge unter Kontrolle zu halten, bis Williamson fertig war und ihren Mantel übergestreift hatte.

„Dr. Helmut Storch“, fing Grifo im Auto an zu referieren. „Zweiundsechzig Jahre alt, verheiratet mit Maria Storch, geborene Wasserklein, keine Kinder. Die Kanzlei hat er zusammen mit seinem jüngeren Bruder, Dr. Ansgar Storch, gegründet. Der ist achtundfünfzig Jahre alt, geschieden und ebenfalls kinderlos. Die Kanzlei ist vor allem im Gesellschafts- und Wirtschaftsrecht tätig. Sie betreut viele Unternehmen in Hannover, aber auch darüber hinaus. Vor sechs Jahren haben sie Georg Middelstein in die Kanzlei aufgenommen, zuerst als angestellten Anwalt, seit zwei Jahren war er Partner. Sie haben noch drei weitere angestellte Anwälte und zwei weitere Partner, die allerdings schon im Ruhestand sind. Die Kanzlei brummt, das kann man nicht anders sagen. Middelstein hat hauptsächlich ein hier ansässiges Investmentunternehmen betreut, die Harmanautik GmbH.“

„Harmanautik GmbH, wat is' dat jetz' wieder für ein Name?“, fuhr Williamson dazwischen.

„Der Name setzt sich aus den Unternehmensgründern Harmisch und Mann zusammen. Und ‚Nautik‘ kommt von der Seefahrt. Sie investieren hauptsächlich in innovative Unternehmen, die sich auf Bauteile für exklusive Jachten spezialisiert haben.“

„Wat et nit alles gibt!" Die kleine Kommissarin schüttelte den Kopf. „Ich war gestern Abend übrigens noch mal bei den Middelsteins und habe mit der Schwester von Frau Middelstein gesprochen." Williamson erzählte ihrer Kollegin ausführlich von dem abendlichen Gespräch mit Katharina Torgau.

„Wann ist sie denn aus Bremen angekommen?"

Williamson fuhr sich durch die Strubbelhaare, die schon wieder nach allen Seiten abstanden. „Dat hab' ich gar nit' gefragt …"

„Hat sie ein Alibi?", fragte Grifo weiter und sah sie von der Seite an.

„Dat hab' ich auch nit gefragt!" Ihr wurde heiß. Das durfte ja wohl nicht wahr sein! Das durfte einem alten Hasen wie ihr eigentlich nicht passieren!

„Kein Problem, ich überprüfe die Frau, das kriegen wir schon hin!"

Williamson erwiderte nichts, sondern saugte nur an ihrem Daumennagel. Sie wussten beide, dass Katharina Torgau nun Zeit genug gehabt hätte, sich ein überzeugendes Alibi auszudenken. Sie hatte sich von ihrer Müdigkeit und vom sympathischen Auftreten der Schwester ablenken lassen.

Dreimal Verdamp.

„Als Täterin kommt sie nit infrage, sie is' auch zu klein, aber sie könnte geholfen haben …"

„Wir kriegen das schon raus, Chefin, okay?"

„Is' gut, Frau Grifo, danke. Gibt et sonst noch wat zu den Störchen?" Noch immer ärgerte sie sich über sich selbst.

„Beide sind natürlich Teil des gesellschaftlichen Lebens der Stadt. Der ältere spielt jeden Samstag Golf …"

„Mit dem Habernickel, schon klar", unterbrach sie ihre junge Kollegin.

„So ist es", bestätigte Grifo. „Chefin, es geht mich nichts an, aber darf ich Ihnen etwas sagen?" Ihr Gesicht wirkte auf einmal angespannt. „Seien Sie vorsichtig mit Dr. Habernickel. Er ist sehr gut vernetzt und kennt hier Hinz und Kunz. Sie sind noch nicht lange genug in der Stadt, um die ganzen Netzwerke zu durchschauen. Das ist aber sehr wichtig, wahrscheinlich wie überall. Und er ist nicht der schlechteste Chef."

Die Kommissarin schwieg eine Weile.

„Sie haben recht. Ich habe mich gestern hinreißen lassen, eben weil ich den Eindruck habe, dat hier jeder mit jedem verbunden is'. Ich kenne dat von Köln, un' dat war da nit immer einfach. Un' … ich habe mich beim Habernickel entschuldigt. Auch wenn et mir nit leicht gefallen is'."

Ebenso wenig, wie einen Fehler zuzugeben. Was sie gerade ihrer Kollegin gegenüber getan hatte. Auch wenn sie erst seit Kurzem zusammenarbeiteten, wusste sie bereits, dass sie der jungen Frau vertrauen konnte. Grifo nickte anerkennend mit dem Kopf.

„Wir sind da", sagte Grifo und hielt vor einer imposanten dreistöckigen Villa im klassizistischen Stil.

„Mann oh Mann, dat nenn' ich nobel", sagte Williamson und blickte bewundernd an der weißen Fassade empor. Sie stieg aus dem Auto und kletterte entschlossenen Schrittes mit ihren kurzen Beinen die Stufen bis zur nicht minder imposanten Eingangstür hinauf. Links davon, über einer edel aussehenden Klingel, war ein matt schimmerndes Schild aus Edelstahl angebracht. *Storch, Storch, Middelstein und Partner* war darin eingraviert, darüber zwei stilisierte Störche.

„Dat is' hier wie in der Kirche!", schnaufte Williamson – warum war die Luft in Niedersachsen eigentlich so dünn? „Um eine Audienz beim obersten Chef zu erhalten, musst du in der Regel erst einmal nach oben – einen Hügel oder eine Treppe hoch, um überhaupt reinzukommen. Oder warum, meinen Sie, is' der Kölner Dom auf einem Hügel erbaut worden?"

„Ist er das wirklich?", fragte Grifo erstaunt zurück und stieß die Eingangstür auf.

„Wirklich", bekräftigte Williamson und trat vor ihr ein. Schon standen sie in einer geschmackvoll eingerichteten Empfangshalle. Ein chromglänzender Tresen unterteilte den Raum, hinter ihm lächelten zwei geschmackvoll gekleidete junge Mitarbeiterinnen den Kommissarinnen entgegen. An der Wand dahinter stand, sanft angestrahlt, in großen Lettern *Storch, Storch, Middelstein und Partner*, darüber die beiden Störche. Eine indirekte Beleuchtung sorgte geschickt dafür, dass die moderne Kunst an den Wänden perfekt in Szene gesetzt wurde. Bestimmt alles echt, dachte Williamson und sah sich um.

„Guten Morgen, meine Damen. Was kann ich für Sie tun?", sagte eine der beiden Empfangsdamen und verzog das sorgfältig geschminkte Gesicht zu einem professionellen Lächeln.

„Williamson, meine Kollegin Grifo. Wir sind von der Kriminalpolizei und mit Herrn Storch verabredet“, antwortete die Kommissarin.

„Aber natürlich“, flötete die junge Dame und machte eine dramatische Pause. „Es ist ein schrecklicher Verlust für uns alle. Wir sind am Boden zerstört.“

Williamson kommentierte das nicht. So am Boden zerstört sahen die beiden gar nicht aus.

„Für die Herren ist es besonders schlimm. Herr *Dr.* Storch“, die junge Frau betonte das „Doktor“ besonders, „erwartet Sie bereits. Wenn Sie mir folgen wollen.“ Sie schritt im wiegenden Gang eines Supermodels voran in ein Besprechungszimmer, in dessen Mitte ein sehr großer Tisch mit mindestens fünfzehn Stühlen stand. Die Wände waren von oben bis unten mit Bücherregalen zugestellt. Alles Fachliteratur, wie die Kommissarin sofort erkannte.

„Kann ich Ihnen etwas bringen? Wasser, Kaffee, Tee?“

„Einen Kaffee nehmen wir gerne“, antwortete Williamson.

„Cappuccino, Latte macchiato, Espresso, Caffè Latte mit Sojamilch oder normaler Milch?“

Die kleine Polizistin guckte verdutzt. Waren sie hier in einer Kaffeebar, oder was?

„Normaler Kaffee, schwarz, zwei Stück Zucker“, entschied sie.

„Für mich einen Latte macchiato, danke“, sandte Elena Grifo zuckersüß hinterher.

„Kommt sofort“, antwortete die junge Dame nicht minder zuckersüß und schloss die Tür.

„Wie bei Starbucks", kicherte Grifo und schaute sich um. Plötzlich öffnete sich die Tür mit einem Schwung und ein stämmiger, großer Mann stand im Türrahmen. Das silbergraue Haar trug er etwas länger, es war aber sorgfältig frisiert. Der taubenblaue Anzug mit dazu passender Krawatte und weißem Hemd saß tadellos. Über seine randlose Brille hinweg schaute er die Kommissarinnen mit einem leichten Lächeln an.

„Sie müssen Frau Kommissarin Williamson sein", begrüßte er sie. „Und Sie sind Frau Grifo. Sehr schön, freut mich sehr, freut mich sehr. Ich bin Helmut Storch."

Sie schüttelten sich die Hände.

„Bitte, nehmen Sie Platz", lächelte Helmut Storch und deutete auf zwei Stühle am Besprechungstisch. Er selbst setzte sich ans Kopfende. Eine Weile sagte keiner ein Wort.

„Es ist ein entsetzlicher Verlust", durchbrach dann der Anwalt die Stille und schüttelte den Kopf. „Nicht nur dass Georg gestorben ist, aber dann auch noch auf so eine entsetzliche Art und Weise!"

„Können Sie sich vorstellen, wer ihm dat angetan haben könnte?", begann die Hauptkommissarin die Befragung.

„Nein, ganz und gar nicht!", antwortete Dr. Storch und verschränkte die Hände auf der Tischplatte ineinander. „Er war ein hervorragender Anwalt. Wir haben viele Jahre miteinander gearbeitet, es gab nie Probleme. Sehr professionell."

Die junge Dame erschien mit dem Kaffee. Auch Dr. Storch trank ihn schwarz mit Zucker, wie Williamson zufrieden registrierte.

„Wie wir recherchiert haben, hat er in erster Linie die Harmanautik GmbH betreut", fuhr Williamson fort, als die Dame den Raum wieder verlassen hatte. „Gab et dort einmal einen Vorfall, der ungewöhnlich, anders oder auffällig war?"

„Nicht, dass ich wüsste", antwortete Dr. Storch bestimmt. „Im Gegenteil. Günter Harmisch hat mir noch letztens erzählt, dass Georg die Firma bei einem schwierigen Investment juristisch hervorragend begleitet hatte."

„Sie kennen den Firmenchef persönlich?", fragte Williamson.

„Natürlich, ich kenne beide persönlich. Sie sind seit Jahren Mandanten von uns, außerdem treffe ich sowohl Günter Harmisch als auch Hans-Christian Mann regelmäßig im Lions Club."

„Natürlich, im Lions Club, wo sonst?", kommentierte sie resigniert und ignorierte die hochgezogenen Augenbrauen von Helmut Storch.

„Wat is' mit seinem Privatleben, is' Ihnen da wat bekannt? War da wat anders als sonst?"

Das Gesicht von Helmut Storch wurde plötzlich abweisend. „Nein, da ist mir nichts bekannt. Er war verheiratet mit Anna-Lena, natürlich, und er hatte einen Sohn, Mick."

„Wieso ‚natürlich'?", fragte Williamson schnell.

„Was?" Storch hob fragend den Kopf und sah sie an.

„Sie sagten ‚natürlich'. ‚Natürlich' sei er verheiratet. So natürlich is' dat nit, zumal die Ehe … problematisch war."

„Das geht uns nichts an", sagte Dr. Storch schnell – zu schnell für Williamsons Geschmack. „Sein Privatleben war für uns nicht relevant. Für uns war wichtig, dass er ein guter Anwalt ist … war und unsere Mandanten zufrieden sind."

„Aber, aber, Herr Dr. Storch, dat glaube ich Ihnen nit." Sie wackelte mit dem Finger und lächelte. „Sie legen sehr viel Wert auf Etikette." Hier machte die Kommissarin eine ausholende Handbewegung, die den ganzen Raum umfasste. „Un', wie ich inzwischen mitbekommen habe, weiß hier jeder in der Stadt alles von jedem, also kann Ihnen nit entgangen sein, dat Herr Middelstein … sagen wir … et mit der ehelichen Treue nit so genau nahm."

Storch räusperte sich. „Natürlich ist uns das nicht entgangen, und wir wurden auch gelegentlich darauf angesprochen, aber – wie gesagt, das geht uns nichts an. Er war ein hervorragender Anwalt, und unsere Mandanten waren sehr zufrieden."

Williamson glaubte dem Mann nicht. Das war alles zu glatt, und sie konnte sich einfach nicht vorstellen, dass die Störche nicht mehr Wert auf Diskretion gelegt hatten. Schließlich repräsentierte Middelstein die Kanzlei, sein Name war Teil des Firmennamens und einfach überall zu finden. Ihr Zwerchfell fing an zu kribbeln.

„Wie groß sind Sie, Herr Dr. Storch?"

„Wie bitte?" Seine Gesichtszüge drohten zu entgleisen.

„Wie groß sind Sie?"

„1,94 Meter", gab er widerwillig Auskunft.

„Dat is' stattlich", sagte sie und nickte bekräftigend mit dem Kopf. „Un' Ihr Bruder?"

„Er ist sogar noch ein wenig größer. So um die 1,97 Meter."

„Wo waren Sie vorgestern Abend zwischen 22.00 und 00.00 Uhr?"

„Ich spiele Tennis. Jeden Montagabend bis etwa 22.00 Uhr. Danach war ich im Clubheim und habe mit meinen Tennisfreunden noch ein wenig zusammengesessen. Bis etwa 22.30 Uhr. Dann bin ich nach Hause gefahren."

„Wir werden dat überprüfen. Wo war Ihr Bruder?"

„Da müssen Sie ihn schon selbst fragen", sagte Storch und zuckte mit den Schultern. „Das weiß ich nicht."

„Dat würde ich gern", gab Williamson zurück, „aber er is' hier nirgendwo zu sehen." Sie drehte den Kopf hin und her und tat so, als suche sie etwas.

„Er ist bei Gericht", sagte Helmut Storch und sah die Kommissarin an, als sei sie ein ekliges Insekt. „Wir erwarten ihn erst heute Mittag zurück."

„Dann wird er sich zu uns in den ZKD bemühen müssen, denn wir müssen auch mit ihm sprechen. Aber …" Williamson machte eine Kunstpause. „Vielleicht treffen wir ihn noch, denn wir möchten uns jetz' dat Zimmer von Herrn Middelstein anschauen."

„Natürlich", sagte der Anwalt mit unerschütterlicher Miene und erhob sich. „Wenn Sie mir bitte folgen wollen."

Er verließ den Raum, die beiden Frauen im Schlepptau, und wandte sich nach rechts. Nach einigen weiteren Glastüren, Vorzimmerdamen und Rechtsanwaltsgehilfinnen, die emsig an ihren Computern schrieben oder telefonierten, einigen geschickt arrangierten Sitzmöbeln und viel moderner Kunst an den Wänden gelangten sie schließlich in den hinteren Bereich der Kanzlei. Sie betraten ein verwaistes Vorzimmer. Der Anwalt öffnete die Tür zu einem weiteren Arbeitszimmer, das Williamson an das von Trespen im Lakeside Hotel erinnerte. Viel Chrom, viel schwarzes Leder, das sich vor allem in einer wuchtigen Couchgarnitur in einer Ecke des Raumes wiederfand. An der Wand gab es Sideboards, auf denen sich Aktenstapel befanden. Alles wirkte ordentlich, durchdacht und funktional. Middelsteins Schreibtisch bestand aus Glas mit Chromstelzen und schien im Raum zu schweben.

„Sehr schön, sehr schön", murmelte Williamson und ging zum Flachbildschirm auf Middelsteins Schreibtisch. „Kennen Sie dat Passwort von dem Computer?"

„Nein, natürlich nicht. Dafür ist ein Passwort da, dass es eben nicht jeder kennt. Meines Wissens kannte es außer Georgs Sekretärin und ihm selbst niemand sonst. Wir haben einen gemeinsamen Terminkalender, da sind wir in der ganzen Kanzlei vernetzt, aber das war es auch schon."

Williamson blickte dem Anwalt direkt ins Gesicht. „Wir kommen mit einer richterlichen Anordnung wieder. Ich bitte Sie, bis dahin den Raum und auch dat Vorzimmer nit mehr zu betreten."

Dr. Storch schluckte. „Wenn Sie meinen, dass das nötig ist."

„Meinen wir", sagte sie bestimmt. „Sie erwähnten eine Sekretärin. Wo ist sie?"

„Frau Pracht?" Storch schaute betreten. „Sie ist gestern, als die Nachricht vom Tode Georgs kam, zusammengebrochen. Wir mussten sie ärztlich versorgen lassen. Heute ist sie krankgeschrieben und zu Hause, nehme ich an."

„Wir brauchen die Adresse. Und Einsicht in den gemeinsamen Terminkalender."

„Ich mache das", sagte Grifo und ging in den vorderen Teil der Kanzlei zurück, um eine der Damen darum zu bitten.

„Dat war et fürs Erste, Herr Dr. Storch."

An der Tür drehte sich Williamson noch einmal um. „Da fällt mir noch wat ein. Wie standen Sie eigentlich zu seinen Karnevalsaktivitäten?"

Der Anwalt schaute sie einen Moment lang überrascht an und antwortete dann langsam: „Es ist sehr angesehen, in dieser Stadt der Karnevalsprinz zu sein. Dementsprechend standen wir dem positiv gegenüber, wie auch seiner Mitgliedschaft in der KG Linden Rot-Weiß, die einen ausgezeichneten Ruf genießt."

Auch diese Antwort kam Williamson viel zu glatt und vorformuliert vor. Wieder hatte sie das Gefühl, dass ihr unangenehme Wahrheiten vorenthalten oder wachsweich verpackt wurden, nur um den Schein zu wahren.

„Aber Sie selbst sind nit im Karneval aktiv?"

Der Anwalt hob abwehrend die Hände. „Aber nein, wo denken Sie hin? Das ist nichts für mich."

„Und Ihr Bruder?"

Dr. Storch schaute noch verblüffter drein. „Mein Bruder?"

„Ja, Ihr Bruder. Is' er im Karneval aktiv oder Mitglied in einem Karnevalsverein? Im selben wie Herr Middelstein vielleicht?"

Storch fing an zu lachen. „Wenn Sie meinen Bruder kennen würden, würden Sie diese Frage nicht stellen. Das passt nun wirklich nicht zu ihm."

Williamson wandte sich um und stapfte den Gang zurück, Storch direkt hinter ihr. Ihr Blick fiel wieder durch eine der Glastüren in ein Vorzimmer. Dies unterschied sich in der Einrichtung von den anderen. Der Schreibtisch der Sekretärin war schlichter, an den Wänden hingen Zeichnungen von fremdartigen Schriftzeichen, auf den Fensterbänken waren diese merkwürdigen kleinen Bäumchen aufgestellt, die sie einmal im Fernsehen und kürzlich auch im Baumarkt gesehen hatte. Sie konnte nicht anders, ihre Neugier war einfach zu groß.

Sie drückte gegen die Tür und war auch schon an der Sekretärin vorbei, die aufgesprungen war, um sie aufzuhalten. „Einen Moment bitte, wo wollen Sie denn hin?"

Aber Williamson schob die zierliche Frau zur Seite und stieß die Tür zu dem dahinterliegenden Raum auf. Was sie sah, ließ ihren Atem stocken.

Kapitel 16

Sie befand sich in einer anderen Welt. Der Raum war ein Arbeitszimmer, aber er war viel mehr als das. Williamson blieb mitten im Zimmer stehen und sah sich staunend um. An den Wänden hingen zarte Tuschmalereien von angedeuteten, verschwimmenden Landschaften oder zerbrechlichen asiatischen Schönheiten. In einer Ecke befand sich ein mit Gold bearbeiteter und mit wunderschönen Malereien verzierter Paravent. Sehr kostbar wirkende Kommoden aus schwarzem, glänzendem Lack beherrschten den Raum, in dem nur ein Regal mit juristischer Fachliteratur stand. Auf den Kommoden und in eigens dafür aufgestellten offenen Vitrinen standen oder lagen von hoher Handwerkskunst zeugende, fremdartige Gegenstände oder kastenartige Gebilde, ebenfalls aus Lack, die zum Teil mit Gold bestäubt oder überzogen waren. Auch scharf und ebenfalls kostbar aussehende Schwerter waren an den Wänden befestigt und durch indirektes Licht, wie alle Gegenstände in diesem Raum, effektvoll in Szene gesetzt. Die kleinen Bäumchen, die schon im Vorzimmer zu sehen gewesen waren, waren ebenfalls überall im Raum verteilt und perfekt arrangiert.

Sie drehte sich staunend um die eigene Achse. Helmut Storch stand im Türrahmen, sagte aber nichts. Er wusste wohl um die Wirkung des Raumes. Die Kommissarin trat an eine der Vitrinen und betrachtete eines der kastenartigen Gebilde mit vielen kleinen Schubfächern, Fläschchen und dazugehörigen Schalen, die perfekt in die Umrahmung passten. Obenauf war ein kleiner Henkel angebracht, sodass sich das ganze Set bequem in der Hand tragen ließ. Sie konnte nicht anders, streckte die Hand aus und nahm eine Schale in die Hand. Sie war federleicht.

„Das ist ein Picknick-Set aus Japan, Mitte 17. Jahrhundert, Edo-Zeit, sehr kostbar", sagte eine volltönende Stimme hinter ihr.

Williamson hörte nur „17. Jahrhundert" und „sehr kostbar", und plötzlich fing ihre Hand an zu zittern. Ganz vorsichtig, als transportierte sie eine Bombe, legte sie die Schale an ihren Platz. Dann drehte sie sich um. Im Türrahmen stand neben Helmut Storch ein noch etwas größerer Mann. Die Ähnlichkeit war unverkennbar, wenngleich Ansgar Storch schlanker und noch nicht völlig ergraut war. Das dunkelbraune Haar war mit Silberfäden durchzogen, das markante Gesicht wurde von einer imposanten Nase und dunkelbraunen Augen beherrscht, die sie über den Rand einer unaufdringlichen und dennoch exquisit aussehenden Brille hinweg musterten. Er war ähnlich elegant gekleidet wie sein Bruder.

„Dr. Ansgar Storch, nehme ich an", sagte sie und klatschte vor Begeisterung in die Hände. „Dat trifft sich gut, dat wir uns nun doch noch sprechen können."

Sie ging geradewegs auf ihn zu und schüttelte dem verblüfften Anwalt die Hand, wobei sie ihn damit gleichzeitig ins Zimmer zog. Der jüngere Storch war so überrumpelt, dass er sich widerstandslos von ihr ins Zimmer bugsieren ließ.

„Danke, Herr Dr. Storch, ich spreche dann mit Ihrem Bruder!", sagte sie zu dem ebenso überraschten älteren Anwalt. Bevor er etwas entgegnen konnte, hatte sie ihm die Tür vor der Nase zugeknallt, nur um sie gleich darauf wieder zu öffnen und ein: „Un' schicken Sie mir Frau Grifo hier rein!", hinterherzurufen.

Ansgar Storch hatte sich inzwischen zu seinem Schreibtisch am anderen Ende des Raumes begeben und in dem großen Ledersessel dahinter Platz genommen. „Der Termin bei Gericht war früher zu Ende als geplant", sagte er und deutete auf einen der Stühle vor dem Schreibtisch. „Bitte setzen Sie sich."

„Wat für ein Raum, Herr Dr. Storch, dat is' wirklich beeindruckend! So wat habe ich noch nie gesehen."

Ansgar Storch genehmigte sich ein kleines Lächeln, das stolz, aber nicht selbstgefällig wirkte. „Die japanische Kultur ist meine Leidenschaft. Ich verbringe hier die meiste Zeit des Tages. Da möchte ich wenigstens die Dinge um mich haben, die mich erfreuen. Und das ist nun einmal japanische Kunst."

Die Tür öffnete sich, und Grifo trat ein. Williamson stellte die Kollegin vor, die sich auf den anderen Stuhl setzte. Eine Weile sagte keiner ein Wort. Sie ließ die Stille wirken.

Interessant, dachte sie, die meisten versuchen immer, dat Schweigen zu brechen, indem sie irgendwat sagen, und sei et noch so belanglos.

Nicht aber der jüngere Storch. Er hatte die Ellbogen auf die Lehnen seines Sessels gestützt, die Hände verschränkt und sein Kinn daraufgelegt, die Augen halb geschlossen. Er sah aus, als ob er meditierte.

„Nun", sagte Williamson schließlich und hob die Augenbrauen, „Sie wissen sicherlich, warum wir hier sind. Wir gehen bei Georg Middelstein von einem Verbrechen aus, sodat sich daraus zweifellos Fragen ergeben."

„Schrecklich, was Georg passiert ist, wirklich schrecklich", sagte Ansgar Storch und legte die Fingerspitzen aneinander. „Ich vermag gar nicht zu ermessen, wie es Anna-Lena und Mick geht. Ist jemand bei den beiden?"

Interessant, dachte sie wieder, er is' der Erste, der an die Familie denkt.

„Die Schwester von Frau Middelstein is' aus Bremen gekommen und kümmert sich um die beiden. Kennen Sie sie?"

„Nein, ich kenne sie nicht, aber es ist gut, dass jemand bei der Familie ist. Ich werde auch meine Unterstützung anbieten. Das ist das Mindeste, was wir tun können."

Williamson nickte. „Frau Middelstein kann jede Unterstützung gebrauchen, die sie kriegen kann", meinte sie.

Ob Ansgar Storch die Andeutung verstanden hatte, war für sie nicht zu erkennen. Er nickte nur und legte seine Stirn in Falten. „Haben Sie schon irgendeinen Verdacht, wer etwas so Schreckliches getan haben könnte?"

„Nein, dat haben wir noch nit. Is' Ihnen in letzter Zeit irgendwat an Herrn Middelstein aufgefallen? Benahm er sich anders als sonst?"

Der Rechtsanwalt überlegte einen Moment und schüttelte dann den Kopf. „Nein, nichts. Er war natürlich durch seine … Tätigkeit als Prinz Karneval stark eingespannt.

Aber seiner Arbeit kam er sehr gewissenhaft und sehr erfolgreich nach. Er war exzellent auf seinem Gebiet."

Williamson nickte. „Wie standen Sie zu seinen Karnevalsaktivitäten?"

„Nun", Storch lehnte sich zurück und verschränkte die Finger auf dem Schreibtisch ineinander, „ehrlich gesagt konnte ich dem nichts abgewinnen. Meine Interessen gehen in eine ganz andere Richtung. Auch stehe ich nicht so gerne in der Öffentlichkeit. Aber Georg war da anders, er genoss es geradezu, die Aufmerksamkeit auf sich zu ziehen."

„Dennoch war et eine Überraschung, als er einverstanden war, Prinz zu werden, oder nit?"

Der Anwalt runzelte die Stirn. „Meines Wissens war es ein bisschen anders. Er hatte sich jahrelang darum bemüht, zum Prinzen gewählt zu werden, wurde aber immer wieder übergangen. Erst im letzten Herbst war es zu seiner Freude so weit. Wir haben hier sogar mit Champagner darauf angestoßen."

Williamson hob ruckartig den Kopf. „Wirklich? Sind Sie sicher?"

„Ganz sicher", Storch nickte bekräftigend, „es sei denn, ich habe etwas gründlich missverstanden. Aber das kann ich mir nicht vorstellen."

Sie sah Storch an und nickte dann. „Ich auch nit." Sie blickte zu ihrer Kollegin, die leicht den Kopf schüttelte. Die junge Kommissarin hatte sich nicht geirrt, als sie Williamson gestern berichtet hatte, dass sich Middelstein jahrelang geziert hatte, den Karnevalsprinzen zu geben. Das war eine interessante Diskrepanz. Das Kribbeln unterm Zwerchfell meldete sich wieder.

„Waren Sie privat befreundet?", fragte Williamson und betrachtete ein besonders schönes japanisches Kunstwerk, das vor ihr auf dem Schreibtisch lag. Es war ein Zylinder, der elegant mit einer Flusslandschaft bemalt war.

„Das würde ich nicht sagen, nein. Wir waren miteinander bekannt, manchmal kreuzten sich auch privat unsere Wege über gemeinsame Bekannte, abgesehen von geschäftsbedingten gesellschaftlichen Ereignissen natürlich. Aber befreundet? Nein, das nicht. Dafür waren unsere Leben und unsere Interessen doch zu verschieden. Das ist übrigens ein Inro."

„Ein Inro? Wat is' dat?"

Ansgar Storch lächelte und nahm den Zylinder vorsichtig in die Hand. „Das ist ein Behälter, in dem Münzen oder andere persönliche Gegenstände transportiert wurden. Er besteht aus verschiedenen Abteilungen, die exakt ineinanderschließen, sodass das, was darin enthalten ist, nahezu luftdicht verpackt ist. Sehen Sie, so."

Er öffnete den Behälter, sodass er schließlich sechs Einzelteile vor sich liegen hatte. „Der oberste Teil ist der Deckel."

Fasziniert beobachtete Williamson, wie der Anwalt mit seinen schlanken Fingern die Teile wieder zu einem Zylinder ineinanderfügte.

„Er wurde vornehmlich von Männern am Obi getragen …"

„Wie, Obi?", fragte sie dazwischen. „Wie der Baumarkt?"

Storch lachte fröhlich, aber nicht herablassend. „Ja, wie der Baumarkt. Aber mit Obi ist der Gürtel eines Kimonos gemeint."

„Oh", machte sie und beobachtete, wie Storch den Inro vorsichtig wieder auf den Schreibtisch legte. „Wirklich faszinierend. Aber noch wat anderes: Wussten Sie von seinen außerehelichen Aktivitäten?"

Ihr Gegenüber blickte sie von unten herauf an. „Seine Affären meinen Sie? Natürlich wussten wir davon. Aber das war Privatsache. Er war ein ausgezeichneter Anwalt; was Georg privat trieb, ging uns nichts an."

Wieder diese Antwort. Wie bei Helmut Storch. Hier biss Williamson auf Granit. Sie würde also nicht weiter nachbohren, das brachte nichts. Es gab noch andere Wege, etwas herauszufinden. Stattdessen setzte sie ihr strahlendes Lächeln auf. „Dat war et auch schon. Sehen Sie, hat doch gar nit wehgetan." Sie wandte sich zum Gehen. Mitten im Raum hielt sie inne und drehte sich noch einmal um. „Da fällt mir noch wat ein. Wo waren Sie eigentlich am Montagabend? So zwischen 22.00 und 00.00 Uhr?"

Wieder legte der jüngere Storch seine Stirn in Falten. „Montagabend … Da war ich zunächst mit einem Mandanten essen. Im Lakeside Hotel."

Williamson glaubte, sich verhört zu haben. „Wie bitte?", fragte sie scharf. „Sie waren im Lakeside? Im Restaurant? Genau da, wo der Middelstein auch war? Wann genau?"

„Ab circa 19.30 Uhr bis ungefähr …", Storch überlegte und runzelte die Stirn, „so 21.00 oder 21.15 Uhr."

„Dann müssen Sie den Middelstein doch gesehen haben!" Sie konnte es immer noch nicht glauben.

„Selbstverständlich habe ich ihn gesehen. Er kam ein wenig später als ich ins Restaurant. Mit seiner Begleitung."

Williamsons Puls beschleunigte sich. „Herrgott noch mal, Herr Storch, lassen Sie sich doch nit alles aus der Nase ziehen! Kannten Sie seine Begleitung?"

„Nein. Sie war blond, attraktiv, ein wenig jünger als er, mir aber unbekannt."

Die Kommissarin musterte ihn scharf. Sie glaubte ihm. „Haben Sie miteinander gesprochen?"

„Wir haben uns gegrüßt, er hat uns kurz vorgestellt, das war alles. An den Namen kann ich mich nicht mehr erinnern." Er machte eine Pause. „Tut mir leid. Er war privat da, ich geschäftlich. Als ich ging, waren er und die Dame noch da. Wir haben uns kurz zugenickt, mehr nicht."

Sie sah ihm direkt in die Augen, die sie offen und unschuldig anschauten. „Warum haben Sie dat nit gleich gesagt?"

Storch lächelte. „Sie haben mich nicht danach gefragt – bis jetzt!"

Sie stemmte die Hände in die Hüften und stellte sich mit ihren ganzen 1,60 Meter breitbeinig vor dem großen Mann auf.

„Ihnen is' schon klar, dat Sie einer der Letzten gewesen sind, die Ihren Partner lebend gesehen haben? Finden Sie nit, dat Sie dat hätten sagen müssen? Vor allem als Anwalt?"

Er zuckte mit den Achseln. „Mir ist nichts Merkwürdiges aufgefallen. Die beiden haben an einem Tisch gesessen und gegessen. Da bin ich diskret."

„Diskret!", echote Williamson, schüttelte den Kopf und wandte sich ab. „Diskret! Ich glaube et nit!" Damit öffnete sie die Tür und stapfte hinaus, Grifo dicht hinter ihr.

„Ach.“ Abrupt drehte Williamson sich um und prallte dadurch mit ihrer Kollegin zusammen. „Sagen Sie mal, wat haben Sie dann gemacht? Nach dem Essen, meine ich?“

Storch musste nicht lange überlegen. „Dann bin ich nach Hause gefahren. Den Rest des Abends habe ich allein verbracht. In meiner Wohnung.“

Sie musterte ihn. „Nit gerade dat stärkste Alibi.“

Er setzte wieder sein verbindliches Lächeln auf. „Es ist das Einzige, das ich habe. In meiner Wohnung gibt es aber eine Alarmanlage, in deren Protokoll Sie sehen können, wann ich sie bei meiner Rückkehr ausgeschaltet habe. Ich habe sie erst wieder am nächsten Vormittag aktiviert, als ich zur Arbeit gegangen bin. Dazwischen war ich zu Hause. Allein.“

„Wir werden dat überprüfen, auch wenn et nur beweist, wann Sie nach Hause gekommen sind, nit aber, ob Sie da auch geblieben sind. Sie hätten die Wohnung noch mal verlassen können, ohne die Alarmanlage wieder einzuschalten, oder nit?“

Der Anwalt gab keinen Ton von sich, was Williamson als Zustimmung wertete.

„Un’ wir brauchen die Kontaktdaten von Ihrem Geschäftspartner, mit dem Sie im Lakeside essen waren“, bestimmte sie.

„Natürlich, sofort.“ Der Anwalt gab die entsprechende Anweisung an eine der jungen Damen hinter dem Tresen. „Frau Ahrens, suchen Sie bitte die Adresse von Dr. Pohlens heraus.“

„Kommt sofort, Herr Dr. Storch“, flötete die junge Dame.

„Schicken Sie es mir gleich auf mein Handy", mischte sich Grifo ein. Während die beiden jungen Frauen den Datenaustausch organisierten, fragte Williamson: „Sind Sie eigentlich öfter im Lakeside?"

Wieder lächelte der jüngere der beiden Brüder. „Ich gehe ab und zu mit Geschäftspartnern dorthin, außerdem veranstalten Firmen oder andere Organisationen gerne im ersten Stock Galaabende oder Empfänge. Wenn ich eingeladen bin und Zeit habe, gehe ich natürlich hin."

„Un' privat?", fragte sie nach.

„Da kann ich Ihnen die gleiche Antwort geben: ab und zu."

„Und Ihr Bruder?"

Von Helmut Storch war nichts mehr zu sehen.

Der wagt sich erst aus seinem Arbeitszimmer, wenn wir weg sind, dachte Williamson mit leichtem Amüsement.

Das Lächeln von Ansgar Storch wurde breiter. „Fast nie. Er mag es etwas gediegener und altmodischer. Das Lakeside ist ihm zu modern und zu amerikanisch."

„Na, dann wurde Ihre Kanzlei wohl eher von Ihnen eingerichtet als von Ihrem Bruder, oder?"

Ansgar Storch nickte lächelnd. „So ist es, Frau Kommissarin. Englisches Leder und Bilder mit Jagdszenen finden Sie einzig im Arbeitszimmer meines Bruders." Inzwischen war Grifo wieder zu ihr und dem Anwalt gestoßen.

„Fertig, Chefin."

„Wir auch", nickte Williamson. „Dat war et. Vorläufig. Wenn wir noch Fragen haben, melden wir uns. Wiedersehen."

Als die Kommissarinnen auf der Straße vor dem imposanten Gebäude standen und noch einmal an der restaurierten Fassade emporblickten, sagte Williamson: „Rufen Sie den Michel an. Ich will wissen, ob auch 1,94 Meter und 1,97 Meter große Personen die Wunde am Kopp verursacht haben können. Und besorgen Sie eine richterliche Anordnung. Die Spurensicherung soll kommen und dat Arbeitszimmer und dat Sekretariat von dem Middelstein auseinandernehmen. Und dann rufen Sie den Cohen an. Er soll die Alibis überprüfen und mit dem Geschäftspartner von dem Storch sprechen, mit dem er essen war." Sie schüttelte den Kopf. „Da sagt der uns nit, dat er zur selben Zeit im Lakeside war. Un' noch wat is' interessant. Wenn er da oft is', kennt er sich im Hotel bestimmt bestens aus."

Die beiden Frauen sahen sich an.

Kapitel 17

Während Grifo telefonierte, hatte es sich Williamson im Auto bequem gemacht. Auch wenn sie ihre Marianne über alles – na ja, fast alles, die Familie ausgenommen – liebte und sie auch vermisste, genoss sie es, nicht in der Stadt, die sie nicht kannte, fahren zu müssen und sich mit ihrer jungen Kollegin zu unterhalten. Aber – halt! Hatte sie nicht beschlossen, dass alle Kollegen in Hannover doof waren? Dass die einzig wahren Kollegen in Köln saßen und ihr nachweinten? Und sie ihnen? Aber sie musste zugeben, dass Elena Grifo und sie ein gutes Team waren, vielleicht sogar auf dem Weg, ein sehr gutes zu werden. Und der Michel war nicht nur kompetent, sondern auch sehr nett. Cohen und Balustreit blendete sie einfach mal aus.

Grifo kam zurück, ließ sich neben sie auf den Fahrersitz fallen und schwieg.

„Wat is' los?", fragte die kleine Kommissarin und sah sie von der Seite an.

„Cohen war nicht begeistert, dass er die ganze Recherchearbeit und die Überprüfungen der Alibis machen muss. Er hat gesagt, dass er dafür überqualifiziert sei. Und dass er es ungerecht findet, dass immer nur ich …"

„Stopp", unterbrach Williamson sie und spürte, wie das Magma in ihr hochstieg. „Wat bildet sich der Kerl eigentlich ein? Ich entscheide immer noch, wer wat macht. Und wenn ich sage, dat ich mit Ihnen durch die Gegend fahre und die Befragungen mache, dann ist dat so. Doofkopp!"

Grifo lächelte leicht.

„Dat, wat der Cohen da macht, is' nit weniger wichtig, ganz im Gegenteil. Dat is' wichtige Polizeiarbeit, und dat sollte der Herr Kollege auch wissen! Und damit basta."

„Für ihn sieht es aber so aus, als ob Sie lieber mit mir zusammen sind als mit ihm. Um es vorsichtig auszudrücken."

„Dat is' auch so", rutschte es der Kommissarin heraus, und sie holte tief Luft. „Ich schätze Ihre Beobachtungen und Ihre schnelle Auffassungsgabe. Dat is' sehr wichtig, um die Menschen richtig einzuschätzen. Und dat sehr schnell."

„Ich arbeite auch gern mit Ihnen zusammen, Chefin", sagte die junge Kommissarin, immer noch lächelnd. „Aber auch Cohen hat seine Kontakte. Und wenn er nur bei Balustreit das eine oder andere fallen lässt, zum Beispiel, dass er unzufrieden ist oder mit Ihrer Arbeitsweise nicht einverstanden. Sie dürfen keine Angriffsfläche bieten, verstehen Sie?"

„Na gut", antwortete ihre Vorgesetzte. „Ich denke darüber nach, auch mal den Cohen mitzunehmen, aber versprechen kann ich nix!"

Nun musste Grifo laut lachen und ließ den Wagen an. „Okay, Chefin, wohin jetzt?"

„Als Erstes zur Sekretärin, Frau Pracht", bestimmte diese. „Sekretärinnen wissen am meisten über ihre Chefs. Da bin ich wirklich gespannt. Und dann zur Harmanautik GmbH."

„Soll ich uns dort ankündigen?", fragte Grifo.

„Nein", entschied die Hauptkommissarin. „Manchmal is' et besser, dat Überraschungsmoment zu nutzen. Nehmen Sie zum Beispiel den Ansgar Storch. Da haben wir in zehn Minuten mehr erfahren als beim Helmut in einer Stunde. Un' dat nur, weil er nit auf unser Gespräch vorbereitet war. Dat möchte ich bei den Harmanautikern auch so machen."

„Verstanden", sagte ihre Mitarbeiterin und nickte zustimmend.

„Wat hat denn der Michel zu den großen Störchen gesagt?"

„Aus dem Bauch heraus würde er sagen, dass es hinkommen könnte. Die Wunde ist von oben nach unten zugefügt worden, der Winkel könnte immer noch stimmen."

„Wat halten Sie denn von den Störchen?", fragte Williamson.

Grifo wackelte mit dem Kopf. „Sie lassen nur so viel heraus, wie wir wissen sollen. Wohl auch eine Berufskrankheit. Diskretion wird in gewissen Kreisen großgeschrieben, und da gehören die beiden definitiv dazu."

„Ich glaube nit, dat beide den Middelstein besonders gemocht haben, persönlich, meine ich", sagte die Kommissarin. „Oder?"

„Da liegen Sie wohl richtig, Chefin, den Eindruck hatte ich auch. Das bestätigt auch das, was mir Marie gesagt hat, die junge Mitarbeiterin, die mir den Zugang zum Terminkalender und die Adressen von Karin Pracht sowie dem Geschäftspartner gegeben hat. Privat hatten beide mit

Middelstein nicht viel zu tun. Sie schätzten ihn als Anwalt, aber nicht unbedingt als Mensch. Aber nach allem, was wir wissen, war Herr Middelstein auch kein besonders angenehmer Zeitgenosse."

„Keine voreiligen Schlüsse", warnte die kleine Kommissarin und blickte nachdenklich aus dem Fenster.

„Er war hinter jedem Rock her, der bei drei nicht auf den Bäumen war. Hauptsache, blond. Das war auch im Büro so und hat für Komplikationen im Büroablauf gesorgt, Eifersüchteleien unter den Damen inklusive. Das hat mir Marie gesagt."

„Ja, die Marie", grinste Williamson und wusste wieder einmal, warum sie die junge Kommissarin so sehr schätzte. Mit ihrer freundlichen und offenen Art kam sie gerade mit den jüngeren Zeugen auf einer Ebene ins Gespräch, die ihr verschlossen war.

„Aber reicht das für ein Motiv?", fragte Grifo. „Dass er die Bürostruktur mit seinem Verhalten durcheinandergebracht hat und nicht unbedingt der netteste Mensch auf der Welt war? Deshalb bringt man doch nicht seinen Topanwalt um."

„Nur weil wir kein Motiv sehen, heißt dat nit, dat da keins is'", erwiderte Williamson.

Die Fahrt war nicht lang. Karin Pracht wohnte in der Oststadt, in der Bödekerstraße. Hatte es am Morgen noch trüb ausgesehen, so hatte sich die Wintersonne wieder durch die Wolken gekämpft und tauchte Hannover in ein mildes, goldenes Licht. Die klassizistischen Häuser mit ihren Stuckfassaden und kleinen und großen Erkern zeigten sich von ihrer schönsten Seite. Staunend sah sich die Hauptkommissarin um.

„Dat is' aber schön hier", entfuhr es ihr. „Welche Hausnummer?"

„Es ist gleich da vorn", antwortete ihre Kollegin und ging auf ein Haus zu, das nicht ganz so prachtvoll war wie die meisten Häuser in der Straße. Sie blickten an der rosa Fassade entlang nach oben.

„Na, dann woll'n wir mal, nütz' ja nix!", sagte Williamson und drückte auf die Klingel. Eine Weile geschah nichts.

Dann ertönte eine leise Frauenstimme: „Wer ist da?"

„Williamson und Grifo, Kripo Hannover", antwortete sie und war stolz, dass sie zum ersten Mal „Kripo Hannover" ohne Versprecher herausgebracht hatte.

Stille. Dann ein leises: „Zweiter Stock bitte."

Der Hausflur war blitzblank und roch nach Putzmitteln und Bratkartoffeln. Als sie oben ankamen, schnaufte Williamson unüberhörbar. Mann oh Mann, die Luft in Niedersachsen war wirklich verdamp dünn!

Die Frau im Hausanzug, die sie an der Wohnungstür erwartete, war sichtlich mitgenommen. Die blonden Haare, die sonst sicherlich sehr gut frisiert waren, hingen ihr strähnig ins Gesicht, das vom Weinen verquollen war. Dennoch sah die Kommissarin sofort, dass die Frau, wenn sie zurechtgemacht war, sehr attraktiv war.

Die fällt voll ins Beuteschema von dem Middelstein, dachte sie.

„Karin Pracht?", fragte Grifo. „Ich bin Oberkommissarin Elena Grifo, das ist Hauptkommissarin Williamson."

„Kommen Sie herein", sagte Karin Pracht und ging voran in ein kleines, geschmackvoll eingerichtetes Wohnzimmer. Weiß- und Cremetöne herrschten vor. Ton-in-Ton gehaltene Vorhänge an den Fenstern, Dekogegenstände und Blumen rundeten das Ambiente ab.

„Bitte nehmen Sie Platz", sagte Karin Pracht und deutete auf eine cremefarbene Ledercouch. Sie selbst setzte sich in einen dazu passenden Sessel. Ein kleiner, eleganter Couchtisch trennte sie. Hier wohnte eine Frau mit Geschmack, einem sehr weiblichen Geschmack. Sie wirkte unsicher und aufgelöst.

„Frau Pracht", begann Williamson schließlich und beugte sich etwas vor. „Sie wissen sicherlich, warum wir hier sind."

Karin Pracht stöhnte auf und hielt sich die Hände vors Gesicht. „Es ist so schrecklich. Wer tut nur so etwas Abscheuliches?"

„Das wollen wir herausfinden", sagte Grifo ruhig. „War Herr Middelstein in irgendeiner Weise anders als sonst?"

Die Sekretärin schüttelte den Kopf und schniefte laut. „Nein, gar nicht. Er war wie immer." Tränen schossen ihr in die Augen, und sie suchte in der Seitentasche ihrer Nickihose nach einem Taschentuch, mit dem sie sich die Nase schnäuzte. „Verzeihen Sie, ich kann es noch gar nicht fassen." Als sie sich wieder einigermaßen beruhigt hatte, blickte sie auf. „Er war sogar sehr gut gelaunt. Wahrscheinlich, weil er endlich Prinz Karneval geworden war. Das hatte er sich so lange gewünscht."

Williamson und Grifo wechselten einen Blick.

„Wie meinen Sie das?", fragte die Oberkommissarin.

„Er hatte sich lange darum bemüht, aber immer signalisiert bekommen, dass er keine Chance hätte. Aber nun hatte es doch geklappt. Wir haben in der Kanzlei sogar etwas gefeiert."

„Wissen Sie, warum man ihn jahrelang übergangen hatte?", fragte Williamson.

Die Frau, die etwa Mitte dreißig sein mochte, zog den Kopf ein. „Wahrscheinlich", sie stockte und holte tief Luft. „Wahrscheinlich hing es damit zusammen, dass er einen nicht so guten Ruf genoss … wegen … wegen …"

„Wegen seines Lebensstils", half Grifo aus.

Karin Pracht senkte den Kopf, sodass ihr die blonden langen Haare ins Gesicht fielen. „So ist es", flüsterte sie. Schweigen senkte sich über die drei Frauen.

Williamson beobachtete die Sekretärin genau. „Wie lange haben Sie für Middelstein gearbeitet?", fragte sie schließlich. Karin Pracht sah sie zum ersten Mal an.

„Seit etwa einem Jahr. Ich war schon Rechtsanwaltsgehilfin in der Kanzlei, bevor er mich als seine persönliche Assistentin zu sich in sein Vorzimmer holte."

„Zeitgleich begann dann Ihre Affäre, nit wahr?" Es war mehr Feststellung als Frage.

Wieder senkte die blonde Frau den Kopf und starrte auf ihre im Schoß verschränkten Hände. „Ja", flüsterte sie kaum hörbar.

„Wie lange ging sie?", fragte Grifo ruhig.

Die Sekretärin straffte sich. „Ungefähr drei Monate. Dann hatte er genug von mir. Dann kam die Nächste." Es klang bitter.

„Wo waren Sie am Montagabend zwischen 22.00 und 00.00 Uhr?“ Williamson kam sich vor wie eine kaputte Schallplatte. Wie oft hatte sie die Frage schon gestellt?

Karin Prachts Augen weiteten sich und sahen sie erschrocken an. „Glauben Sie wirklich, dass ich dazu in der Lage ... nein, das hätte ich niemals tun können!“ Es klang sehr bestimmt.

„Wir glauben gar nix. Aber wir müssen dat fragen. Da sind Sie nit die Einzige. Also, wo waren Sie?“

„Ich war essen. Mit einer Freundin. Beim Italiener auf der Lister Meile. Bis etwa 22.30 Uhr. Ich bin zu Fuß nach Hause gegangen. Anja ist mit der Bahn gefahren.“ Es klang abgehackt.

„Wie heißt die Freundin? Wir brauchen die Adresse.“

„Sie müssen mir glauben, dass ich nichts damit zu tun habe. Ich mochte ihn.“ Karin Pracht war aufgesprungen, an einen kleinen Sekretär getreten und schrieb etwas auf einen Zettel. „Hier“, sie hielt Grifo den Zettel hin. „Die Adresse von meiner Freundin. Und von dem Restaurant.“ Sie setzte sich wieder und verschränkte erneut die Hände in ihrem Schoß. „Ich war dann gegen zehn vor elf hier und bin ins Bett gegangen. Ich musste am nächsten Tag arbeiten.“ Sie schluchzte.

„Wir werden dat überprüfen, soweit dat möglich is'. Für den Rest des Abends haben Sie ja kein überprüfbares Alibi.“

Karin Pracht hob den Kopf. Trotz blitzte in ihren Augen auf. „Glauben Sie im Ernst, ich treffe mich mit meiner Freundin zum Essen, trinke noch mit ihr Rotwein, um dann in aller Seelenruhe zum Maschsee zu fahren und

Georg – Herrn Middelstein – umzubringen? Das ist doch absurd!"

„Wie gesagt, Frau Pracht, wir glauben gar nix. Fakt is' aber, dat Sie für die Zeit, in der Herr Middelstein ermordet wurde, kein Alibi haben. Un' Sie hatten ein Motiv."

„Was sollte das sein?", fragte Karin Pracht kühl.

„Er hat Sie abserviert. Sie wären nit die Erste, die dat nit verkraftet."

Die Sekretärin schluchzte auf. „Ja, ich hätte ihn gern wiedergehabt. Es war schwer, ihn jeden Tag zu sehen, mit ihm zu arbeiten. Aber ich hätte das nie gekonnt. Nie. Ich habe ihn sehr gemocht." Sie schaute auf. „Bitte glauben Sie mir das."

Williamson blieb unbewegt. „Wie groß sind Sie?", fragte sie.

„1,76 Meter", antwortete Karin Pracht und schob ihre Haare aus dem Gesicht.

„Mal etwas anderes", mischte sich Grifo ins Gespräch. „Wie war das Verhältnis von Middelstein zu den Brüdern Storch?"

„Gut, soweit ich weiß." Die Antwort fiel etwas knapp aus.

„Frau Pracht", Williamson versuchte, ruhig zu bleiben, „Sie waren seine persönliche Sekretärin. Sie sind Angestellte der Kanzlei. Ich bin sicher, Sie bekommen alles mit, wat dort vor sich geht. Also fragen wir noch einmal: Wie war dat Verhältnis zu den Brüdern Storch?"

Karin Pracht zuckte zusammen. „Er ist … war ein sehr guter Anwalt. Das wussten sie auch. Aber …"

Grifo beugte sich nach vorn. „Aber?"

Die Frau runzelte die Stirn. „Aber sie waren mit seinem Lebenswandel nicht einverstanden." Sie sah der jungen Polizistin direkt in die Augen. „Wegen seiner vielen Damenbekanntschaften. Das war für die Kanzlei belastend. Er war nicht sehr diskret. Und auch in der Kanzlei stellte er den Frauen nach. Nicht nur mir. Da blieb es nicht aus, dass es zu Verwerfungen kam. Bis hin zu Kündigungen. Das war nicht immer einfach." Karin Pracht holte tief Luft.

„Nein, dat war et wohl nit", kommentierte Williamson trocken. „Wat haben die Brüder Storch dagegen getan?"

Ihre Gastgeberin gab ein Zischen von sich. Es klang zynisch und traurig. „Sie haben mit ihm gesprochen. Mehrfach. Was hätten sie sonst tun sollen?"

Die Kommissarinnen sahen sich an. Das hatten die Störche nicht erwähnt. Williamsons Zwerchfell kribbelte.

„Kannten Sie seine letzte Freundin?"

Karin Pracht hob ruckartig den Kopf. „Nein, ich weiß nicht, wer das ist. Aus der Kanzlei jedenfalls nicht. Da waren inzwischen nur noch Frauen, die nicht in sein …" Sie brach ab.

„… Beuteschema passten", nahm Grifo den Satz auf und nickte verständnisvoll.

„Wat is' mit der Karnevalsszene?", fragte Williamson.

„Damit hatte ich keine Berührungspunkte", antwortete die Frau schnell. Zu schnell?

„Ich dachte, Sie hatten Überblick über seine Termine?", fragte die Kommissarin.

„Nur über seine geschäftlichen", antwortete die attraktive Sekretärin und zerknüllte ihr Taschentuch zu einem kleinen, weißen Ball. „Immer, wenn er einen Termin hatte, der mit dem Karneval zu tun hatte, schrieb er ,Ka.' hinein. Mehr weiß ich nicht." Sie hob die Hände. „Und in dieser Szene bin ich nicht aktiv", schob sie schnell hinterher.

„Was ist mit seinen privaten Terminen?"

Sie schluckte. „Da hatte ich keinen Überblick. Seit wir nicht mehr zusammen waren, hat er seine privaten Termine ausschließlich in seinem Handy verwaltet. Hatte er einen Privattermin, hat er ,Priv.' eingetragen. Mehr nicht."

„Dann wussten Sie also nit, dat er am Abend im Lakeside war?", schob Williamson schnell hinterher. Sie wollte der Sekretärin keine Möglichkeit lassen, lange nachzudenken.

Die blonde Frau schüttelte den Kopf. „Nein", sagte sie leise. „Obwohl ich natürlich wusste, dass er oft dort war." Sie wurde noch leiser, sodass sie kaum noch zu verstehen war. „Mit mir war er auch dort."

„Wieso traf er sich eigentlich mit Ihnen im Hotel? Sie leben allein, da hätten Sie sich doch hier treffen können."

Die Sekretärin zuckte mit den Schultern und schluchzte wieder auf. „Manchmal trafen wir uns auch hier, aber oft im Lakeside. Er liebte den Kick."

„Kennen Sie seine Frau?", wechselte Grifo das Thema.

„Seine Frau?" Karin Pracht klimperte unschuldig mit den großen blauen Augen. „Flüchtig, von ein paar Weihnachtsfeiern oder so. Ehrlich gesagt", wieder stockte sie, „bin ich ihr aus dem Weg gegangen. Es war mir peinlich."

Nach diesem Geständnis kehrte Stille in das kleine Wohnzimmer ein.

„Kann ich verstehen", sagte Grifo und ignorierte das Stirnrunzeln ihrer Chefin. „Kam sie denn nie ins Büro?"

„Sehr selten."

Williamson hatte noch immer die Stirn gerunzelt. „Mal wat anderes: Herr Middelstein hatte einen Hauptmandanten. Die Harmanautik GmbH."

„Ja", die Assistentin nickte bekräftigend mit dem Kopf. „Die Firma ist eine sehr gute Mandantin der Kanzlei."

„Gab es da irgendetwas, was nicht rund lief?"

„Nicht, dass ich wüsste. Im Gegenteil, Herr Middelstein hat letzte Woche einen Vertrag für sie konzipiert, der auf große Zustimmung stieß und relativ schnell unterschrieben wurde."

„Gut." Die Kommissarinnen verständigten sich mit einem Blick. „Bitte halten Sie sich zu unserer Verfügung." Sie standen gleichzeitig auf.

Karin Pracht schaute von einer zur anderen. „Bin ich verdächtig?", fragte sie unsicher. „Bitte, ich war es nicht. Ich … ich … wäre dazu gar nicht in der Lage."

„Sie sind nicht mehr oder weniger verdächtig als alle anderen", sagte Grifo beschwichtigend. „Aber bitte verstehen Sie, dass wir diese Fragen stellen müssen. Das ist unsere Arbeit."

Ihre Gastgeberin schluckte und erhob sich ebenfalls. Die Antwort beruhigte sie nicht, das sah man, aber sie sagte nichts mehr. Die beiden Polizistinnen verabschiedeten sich und stiegen die Stufen hinunter. Als sie auf der Straße standen, atmeten sie tief durch und sahen sich an.

„Un'?", fragte Williamson.

„Ich weiß nicht." Die schöne Kommissarin sah zum Haus zurück. „Sie scheint ihn immer noch zu lieben, aber ich traue es ihr irgendwie nicht zu. Nur so ein Gefühl."

Ihre Chefin grinste. „Kenne ich gut. Ich bin mir auch nit sicher. Aber wir können den Leuten nur vor den Kopp gucken, nit rein."

„Leider", antwortete Grifo und setzte sich ins Auto. „Das würde vieles vereinfachen."

„Allerdings. Sie hat kein Alibi, und sie is' die verschmähte Geliebte. Sie hat ihn jeden Tag im Job gesehen, dat muss hart gewesen sein. Vielleicht war dat Thema bei dem Essen mit der Freundin. Dann kocht dat hoch, die Gefühle nehmen Überhand …"

„Aber dass sie ihn jeden Tag sieht, könnte auch ein Indiz sein, dass sie es nicht war. Wieso wartet sie so lange, um dann eines Abends zu beschließen, ihn zu ermorden?"

„Vielleicht war dat nit geplant. Vielleicht wollte sie nur mit ihm reden, un' dat Ganze is' eskaliert."

„1,76 Meter", murmelte Grifo. „Sie ist zu klein."

„Mit hohen Absätzen vielleicht nit."

„Wir müssen mit dieser Anja reden", entschied Grifo.

„Un' die beiden Störche haben gelogen", stellte Williamson fest. „Sie haben gesagt, dat dat Privatleben vom Middelstein für sie tabu war. Aber anscheinend gab et größere Probleme damit in der Kanzlei, als sie gesagt haben."

Ihre Kollegin nickte lächelnd. „Da haben wir sie wohl erwischt, was? Da müssen wir noch mal nachhaken."

„Aber in einem hat Ansgar Storch wohl die Wahrheit gesagt. Er und Frau Pracht haben ausgesagt, dat der Middelstein sich jahrelang um den Prinz Karneval beworben hat. Dat is' doch echt komisch, oder nit?"

„Allerdings", stimmte Grifo zu. „Das wird ein interessantes Gespräch mit den Karnevalsvertretern heute Nachmittag."

„Ich freu' mich darauf", sagte Williamson und lehnte sich zurück.

Die junge Kommissarin lächelte in sich hinein. Wieder glaubte sie ihrer Chefin aufs Wort.

Kapitel 18

Die Harmanautik GmbH residierte in einem Bürohochhaus am Aegi. Die Firma hatte die zwei obersten Stockwerke belegt, mit einem fantastischen Blick über die Stadt. Das Beste aber war: Es gab einen Aufzug, wie Williamson zufrieden registrierte. Durch eine Glastür kam man in den Empfangsbereich, der hell, luftig und modern gestaltet war. Die Farben Blau und Weiß sowie Dekogegenstände und Bilder aus der Schifffahrt herrschten vor. Über dem Tresen, der mit dem Schriftzug und dem Firmenemblem in Form von zwei stilisierten Segelschiffen versehen war, hing ein riesiges Steuerrad. Zwei in Blau und Weiß gekleidete Damen mit sorgfältig frisierten Haaren, die an Flugbegleiterinnen erinnerten, standen lächelnd hinter dem Tresen. Das Ganze erinnerte so sehr an die Kanzlei der Störche, dass die Hauptkommissarin fast lachen musste.

„Corporate Identity", flüsterte Grifo und sah sich um.

„Wat für'n Körper?", flüsterte Williamson zurück, bekam aber keine Antwort, weil in diesem Moment eine der Damen fragte: „Bitte, was kann ich für Sie tun?"

„Ich bin Hauptkommissarin Williamson", stellte sie sich vor. „Und dat is' meine Kollegin Grifo. Wir möchten die Herren …" hier schaute sie Hilfe suchend zu Grifo.

„Harmisch und Mann sprechen", half Grifo aus.

„Genau!“ Williamson nickte bekräftigend.

„Können Sie sich ausweisen?“, fragte die Dame immer noch lächelnd.

„Aber selbstverständlich“, flötete Grifo. Beide zückten ihre Ausweise, die die nicht mehr ganz junge Frau genau studierte. Sie hob dann stirnrunzelnd den Kopf.

„Ich werde sehen, was ich tun kann. Einen Termin hatten Sie wohl nicht?“

„Brauchen wir nit!“, blaffte die Hauptkommissarin und wedelte mit der rechten Hand. „Na los, fragen Sie schon!“

Die Frau sah sie von oben bis unten an und verschwand dann hinter einer weiteren Glastür in die Eingeweide der Büroräume.

Während sie warteten, wippte Williamson ungeduldig von den Fersen auf die Zehen und wieder zurück. Grifo betrachtete währenddessen die Einrichtung des Empfangsraums.

„Das Meer fasziniert mich“, erklärte sie. „Wann immer ich kann, fahre ich an die Nordsee. Ich segle auch selbst.“

„Echt?“, fragte ihre Chefin überrascht. Sie konnte dem Meer nichts abgewinnen. Zu kalt, zu stürmisch, zu unberechenbar.

„Echt“, bekräftigte Grifo und nickte. „Natürlich nicht mit einer so schicken Jacht wie dieser hier.“ Sie zeigte auf die Bilder an der Wand. „Aber das brauche ich auch nicht. Ein Segelboot reicht für mich. Zur Entspannung.“

„Hmmm“, brummte Williamson, die an Booten nichts entspannend fand. Die ewige Schaukelei würde sie verrückt machen. Und die Enge auch. Dennoch fand sie interessant, was Grifo erzählte, denn zum ersten Mal sprach diese über ihr Privatleben.

Die Empfangsdame kam zurück und mit ihr ein kugelrunder Mann, der Williamson an den Vater aus den *Vater und Sohn-Geschichten* von e.o. plauen erinnerte, bis hin zum Haarkranz und dem mächtigen Schnurrbart. „Günter Harmisch", stellte er sich mit dröhnender Stimme vor. „Frau Williamson und Frau Grifo, wie ich höre?"

„Genauso is' et", nickte die Hauptkommissarin. „Wir müssen Sie wegen dem Tod von dem Georg Middelstein sprechen."

„Am besten in meinem Büro", sagte Günter Harmisch und drückte wieder gegen die Glastür. „Ich gehe dann mal vor."

Die hemdsärmelige Art des Unternehmers gefiel ihr. Er trug keinen Anzug, sondern eine dunkelblaue Stoffhose und ein hellblaues Hemd, das sich über seinen mächtigen Bauch spannte, dazu schwarze Halbschuhe. Mit kleinen, watschelnden Schritten führte er die beiden Frauen in ein mit hellen Möbeln schlicht eingerichtetes Büro, das ebenfalls mit Dingen aus der Seefahrt eingerichtet war. In einer Sitzecke aus dunkelblauem Leder saß ein weiterer Mann. Im Gegensatz zu Harmisch war alles an ihm lang und dünn, selbst das Gesicht war lang gezogen und war dadurch einem Pferdegesicht sehr ähnlich. Die grau melierten Haare waren kurz geschnitten. Auch die Augenlider hingen nach unten, was ihm einen traurigen Gesichtsausdruck verlieh.

„Hans-Christian Mann", sagte er und schüttelte ihre Hände. „Bitte nehmen Sie Platz."

„Kaffee, Wasser, Tee?", fragte Günter Harmisch.

„Wasser, vielen Dank", antwortete Williamson, woraufhin er einen Krug Wasser und vier Gläser von einem Beistelltisch nahm und ihnen einschenkte.

„Vielen Dank, dass Sie sich so spontan Zeit für uns nehmen", sagte Grifo.

„Das ist doch selbstverständlich", sagte Hans-Christian Mann. Er sprach sehr akzentuiert, dabei leise und bedächtig, sodass auch seine Stimme traurig wirkte. „Was für eine furchtbare Geschichte!" Er schüttelte den Kopf, sodass er noch trauriger aussah.

„Wat hat Georg Middelstein genau für Sie gemacht?", fragte Williamson ohne Umschweife.

„Er hat unsere Investments juristisch betreut." Günter Harmisch faltete die Hände vor dem Bauch. „Von den Verhandlungen bis zum Vertragsschluss. Er war sehr gut darin."

„Ich bin neugierig. Wat machen Sie genau?"

„Wir investieren in Firmen, die innovative Bauteile für exklusive Jachten herstellen", erläuterte Mann. „Das heißt, dass wir Anteile an solchen Firmen kaufen und diese wieder gewinnbringend verkaufen."

„Und dat lohnt sich?", platzte Williamson heraus.

Günter Harmisch sah sie mit seinen Knopfaugen, ihren eigenen nicht unähnlich, an und gönnte sich ein kleines Lächeln.

„Aber ja doch. Das ist ein Mega-Trend und ein Riesengeschäft. Sie können sich gar nicht vorstellen, wie viele Jachten es auf der Welt gibt. Und immer wieder werden sie verbessert, und es wird nach Innovation gestrebt. Dann sind wir zur Stelle."

„Sehen Sie", Hans-Christian Mann beugte sich nach vorn und ließ ein wenig den Kopf hängen, was ihm noch mehr die Ähnlichkeit mit einem Pferd verlieh, „wir beide stammen aus der Seefahrtbranche und haben in einer Werft gearbeitet, die Kreuzfahrtschiffe herstellt. Günter ist der Kaufmann, ich bin der Ingenieur. Vor zehn Jahren haben wir uns zusammengetan und die Firma gegründet. Die ersten Jahre waren hart, aber nach und nach haben wir uns nach oben gekämpft und uns einen exzellenten Ruf als verlässliche Partner erarbeitet." Er lehnte sich zurück, als sei er erschöpft von der langen Rede.

„Georg war ein wesentlicher Faktor für den Erfolg", sagte Günter Harmisch und fixierte Williamson. „Seit wir ihn quasi als Hausjuristen gewinnen konnten, ging es stetig nach oben. In Verhandlungen und in den Abschlüssen war er unschlagbar."

„Das hat ihm und Ihnen sicherlich einige Feinde eingebracht", meinte Grifo ruhig.

Ihre Chefin sah sie an. Kluges Mädchen, dachte sie zum wiederholten Male und wartete gespannt auf die Antwort.

Mann und Harmisch wechselten einen Blick.

„Bei Erfolg bleiben Neider nicht aus", erwiderte Harmisch schließlich langsam. „Aber das gehört zum Geschäft. Das ist ganz normal."

„Tja, nun is' Middelstein tot", kommentierte Williamson trocken, „un' dat is' ganz un' gar nit normal."

Wieder wechselten die beiden Unternehmer einen Blick.

„Nein, natürlich nicht", sagte Mann leise und sah sie traurig an. Nun erinnerte er die Kommissarin an einen Basset.

„Wie viele Mitarbeiter haben Sie?", fragte Grifo.

„Insgesamt fünfzehn. Wir sind ein kleines, aber sehr effizientes Unternehmen." Harmisch gab mit unverhohlenem Stolz Auskunft.

„Wann haben Sie Georg Middelstein zuletzt gesprochen?", übernahm Williamson.

„Letzte Woche." Hans-Christian Mann rieb sich die Stirn. „Wir haben hier im Büro auf einen sehr guten Abschluss angestoßen. Wir haben ein Unternehmen verkauft, das besonders effiziente Faltpropeller herstellt, und einen schönen Gewinn gemacht."

„War er anders als sonst?"

Mann schaute überrascht, was sein Gesicht noch länger machte. „Nein, überhaupt nicht. Oder, Günter?"

„Nein, er war wie immer. Er freute sich über seine Tätigkeit als Prinz Karneval."

Williamson hob den Kopf. „Hat er sich dazu geäußert?"

Harmisch schüttelte den Kopf. „Er sagte nur, dass er sich darüber freue. Mehr nicht."

„Wo waren Sie vorgestern Abend zwischen 22.00 und 00.00 Uhr?", fragte Grifo dazwischen.

Die Hauptkommissarin lehnte sich zurück und lächelte in sich hinein. Sie mochte diese überfallartigen Themenwechsel. Die beiden Herren ließen sich jedoch nicht aus dem Konzept bringen.

„Auf Korsika, Marina de Porto Vecchio, auf Einladung eines Jachtbesitzers, der uns sein gutes Stück zeigen wollte. Wir sind erst gestern am späten Abend zurückgekehrt."

Williamson hob die Augenbrauen. „Tatsächlich? Dann brauchen wir die Kontaktdaten und Ihre Flugtickets. Wir werden dat überprüfen."

Günter Harmisch nickte. „Selbstverständlich."

Hans-Christian Mann erhob sich und telefonierte kurz. Mit seiner Sekretärin, wie sie vermutete, denn er hob den Kopf und meinte: „Kommt sofort."

Ein Schweigen breitete sich aus. Williamson sagte schließlich: „Jetz' müssen Sie sich einen neuen Juristen suchen."

„Wir werden mit den Brüdern Storch sprechen. Sie werden uns jemanden empfehlen oder selbst tätig werden, da bin ich sicher", antwortete Günter Harmisch mit einem kleinen Lächeln.

„Sagen Sie, wussten Sie vom ungewöhnlichen Lebenswandel von Herrn Middelstein?"

Hans-Christian Mann hob überrascht den Kopf. „Was meinen Sie?"

Günter Harmisch lachte. „Mein Partner interessiert sich nicht für Klatsch, daher weiß er das nicht."

Williamson sah ihm in die Augen. „Un' Sie?"

„Nun", Harmisch zögerte. „Ich habe das eine oder andere gehört."

In diesem Moment öffnete sich die Tür, und eine Frau um die fünfzig, korrekt gekleidet mit Kostüm, weißer Bluse und Perlenkette, trat ein. Mit einem flüchtigen Blick auf die Kommissarinnen reichte sie Hans-Christian Mann einige Papiere, die dieser an Elena Grifo weiterreichte.

Williamson wartete, bis die Sekretärin wieder draußen war, und wandte sich dann an Harmisch. „Wat haben Sie gehört?“

Der dicke Mann reckte den Kopf, was bei ihm aussah, als werde ein Ballon in die Länge gezogen. „Dass er wechselnde Liebschaften hatte. Aber das war nie unser Thema. Er war ein hervorragender Anwalt. Der Beste in Hannover, wenn Sie mich fragen.“

„Kannten Sie seine Frau?“, fragte Grifo.

Harmisch sah sie an. „Aber ja, wir haben uns bei verschiedenen Anlässen gesehen, aber nicht oft. Meist war sie nicht dabei.“

„Und Sie?“ Die junge Kommissarin sah zu Harmischs Partner.

„Ich lebe eher zurückgezogen“, sagte Mann und blickte traurig drein. „Ich bin nicht so der Gesellschaftsmensch. Daher kenne ich seine Frau nicht.“

Williamson blickte von einem Partner zum anderen. Sie waren grundverschieden, nicht nur äußerlich. Aber vielleicht passten sie daher so gut zusammen. Sie kamen sich nicht in die Quere.

„Wie groß sind Sie?“, fragte sie.

Mann sah überrascht auf und sah sie mit seinen Basset-Augen an. „Wie bitte?“

„Wie groß sind Sie?“

„1,88 Meter“, sagte Mann und ließ seine Wangen herabfallen.

„Un' Sie?“, wandte sich die Kommissarin an seinen Partner.

Der lächelte. „Leider nicht so stattlich, zumindest, was die vertikalen Maße betrifft.“ Wie zur Bekräftigung faltete er wieder die Hände vor seinem Bauch. „Nur 1,77 Meter."

Grifo notierte sich alles sehr genau.

„Dat war et schon", sagte Williamson und ließ ihre Hände auf die Oberschenkel fallen. „Danke für Ihre Zeit."

„Nicht dafür", sagte Harmisch und lächelte.

Beide Herren und Grifo standen ebenfalls auf.

Williamson zuckte zusammen und blickte Hilfe suchend zu ihrer Kollegin. „Wat haben Sie gesagt?"

„Nicht dafür", wiederholte Harmisch, und sein Grinsen wurde breiter. „Das sagt man hier so."

Die Kommissarin war verwirrt. „Ich dachte ... egal. Danke, die Herren."

Mann und Harmisch brachten die Frauen zur Tür, kritisch beäugt von den Damen am Empfang.

„Bei Fragen melden wir uns. Falls Ihnen noch wat einfällt ..." Williamson sah sich nach ihrer Mitarbeiterin um. „Frau Grifo, geben Sie den Herren Ihre Karte. Wiedersehen."

Sie standen wieder vor dem Bürogebäude, in dem die Harmanautik GmbH untergebracht war.

„Ich dachte, et heißt ‚dafür nit', jetz' sagt der Harmisch ‚nit dafür'."

Grifo lachte. „Man kann beides sagen."

„Dat soll einer verstehen", schnaubte Williamson. „Da versuche ich mich an die Sprache zu gewöhnen, und dann is' wieder alles anders. Un' dat auch noch ohne Dialekt!" Sie ging kopfschüttelnd Richtung Auto. „Dat is' der reinste Wahnsinn."

Im Auto eröffnete dieses Mal Grifo das Gespräch: „Was halten Sie von den beiden?"

„Sie scheinen sich gut zu ergänzen", antwortete die Kommissarin und guckte schelmisch.

„So wie wir", lächelte ihre Kollegin.

„Un' sehr traurig waren die auch nit, dat der Middelstein auf so grausame Art und Weise gestorben is'."

Grifo nickte. „Irgendwie trauert niemand um ihn, Frau Pracht ausgenommen."

„Auch wenn der Middelstein nit der angenehmste Zeitgenosse war, is' dat schon komisch."

„Auch auf Ihren Hinweis hin, dass sie sich nun einen neuen Juristen suchen müssten, haben sie nicht besonders reagiert."

„Stimmt", meinte Williamson. „Et gibt wohl eine Menge guter Anwälte in der Stadt."

Grifo schüttelte lachend den Kopf. „Es gibt eine Menge Anwälte, aber gute? Da muss man schon genau gucken."

„Es ist gleich Viertel nach eins, die Presse ruft", seufzte Williamson. „Na gut, auf geht's, nütz' ja nix."

Kapitel 19

Der Saal, in dem Pressekonferenzen durchgeführt wurden, war bis auf den letzten Platz gefüllt. Lokale, regionale und auch überregionale Pressevertreter wollten hören, ob es schon Neuigkeiten wegen des Todes des amtierenden Karnevalsprinzen der niedersächsischen Landeshauptstadt gab.

Williamson hatte in der Mitte des langen Tisches am Kopfende des Raumes Platz genommen und schaute in die Runde. Alle Gesichter blickten ihr erwartungsvoll entgegen. Sie hasste Pressekonferenzen, aber die gehörten zu ihrer Arbeit nun einmal dazu. Links von ihr saß Dr. Habernickel, rechts Grifo, die ihr ermunternd zunickte. Dr. Habernickel begrüßte die Anwesenden und übergab dann an die leitende Ermittlerin. Das war sie.

Dann wollen wir mal, nütz' ja nix, dachte sie und räusperte sich. „Also, der Tote is' …“, begann sie, wurde dann aber sofort von einer Stimme im Saal unterbrochen: „Mikro!“

„Wat?“, blaffte Williamson zurück. Grifos Hand schoss vor und drückte auf eine Taste am Tischmikro vor ihr.

„Also gut, dann noch mal“, begann die Kommissarin erneut und referierte gut zehn Minuten über den Toten und die Umstände seines Ablebens. Konzentrierte Stille hatte sich im Saal ausgebreitet. Die Presse hing an ihren

Lippen. Als sie geendet hatte, schaute sie sich wieder um. Das war doch gar nicht so schlecht gelaufen. Dann schossen mehrere Hände nach oben.

„Ich sehe, es gibt Fragen“, sagte Dr. Habernickel und blickte in die Runde. „Jürgen Hohenstein von der *HAZ*, bitte sehr.“

„Besteht ein Zusammenhang zwischen seiner gewaltsamen Tötung und der Tätigkeit als Karnevalsprinz von Hannover?“

„Da können wir …“ Williamson beugte sich zum Mikro, das einen quietschenden Ton von sich gab. Sie schreckte zurück und hob erneut an. „Da können wir zum jetzigen Stand der Ermittlungen keine Angaben machen.“

„Was ist mit seiner Tätigkeit als Anwalt?“, rief eine junge Frau dazwischen, die einen forschen Eindruck machte.

„Auch darüber können wir zurzeit nix Genaues sagen. Bitte haben Sie Verständnis.“ Sie versuchte, ruhig zu bleiben.

„Rückt sein familiäres Umfeld in den Blick?“, fragte ein älterer Journalist mit Stirnglatze.

„Auch hierzu“, sie kam sich mehr denn je wie eine kaputte Schallplatte vor, „können wir Stand jetz’ nix sagen.“

Ein junger Mann mit halblangem Haar, einer Lederjacke und zerrissenen Jeans meldete sich. „Kai Eberle vom *Wirtschaftskurier*. Bringen Sie die finanziellen Probleme der Harmanautik GmbH, für die Herr Middelstein verstärkt tätig war, in unmittelbaren Zusammenhang mit dem Mord?“

Williamson hob ruckartig den Kopf und sah dem jungen Mann direkt in die Augen, die sie forschend anschauten. Sie wechselte einen Blick mit Grifo, die ebenso erstaunt aussah wie sie selbst. Auch hier sagte sie den Standardspruch auf, schrieb aber eine kleine Notiz auf einen Zettel, den sie ihrer Kollegin reichte. Diese las ihn und gab ihn an Cohen weiter, der schräg hinter ihnen mit verschränkten Armen an der Wand gelehnt stand. Der Baron nickte und verließ den Raum.

Kurz danach war die Pressekonferenz zu Ende. An sich war sie ganz gut gelaufen. Es hätte weitaus schlimmer kommen können. Auf dem Gang schüttelte Habernickel Williamson die Hand.

„Ganz ausgezeichnet, Frau Kollegin. Gerade genug, damit die Presse etwas hat, aber nicht zu viel. Gratuliere!"

Sie ließ es zu, dass er immer noch ihre Hand schüttelte, meinte aber: „Ich mache dat auch nit zum ersten Mal. Eigentlich habe ich außer meinem Bericht immer nur dat selbe gesagt."

„Keine falsche Bescheidenheit, Frau Kollegin, keine falsche Bescheidenheit." Der Kriminalrat schüttelte immer noch ihre Hand.

Der Kommissarin wurde langsam unbehaglich. „Herr Dr. Habernickel, Sie können mich jetz' loslassen."

„Natürlich." Er ließ ihre Hand so abrupt los, als hätte er sich verbrannt. „Und was ich noch sagen wollte: nichts für ungut." Er beugte sich dicht zu Williamson hinunter. Sie klimperte mit ihren Knopfaugen. „Ich meine, Sie wissen schon. Wir sollten das Kriegsbeil begraben und so konstruktiv wie gerade eben zusammenarbeiten."

Sie fuhr sich durch die Haare, die wieder nach allen Richtungen abstanden. „Von mir aus gern, Herr Dr. Habernickel."

„Gut." Habernickel sah so zufrieden aus, als hätte er soeben den Fall im Alleingang gelöst. „Weiter so, Frau Kollegin."

Dann ging er mit raumgreifenden Schritten den Gang hinunter und verschwand in seinem Büro.

Williamson guckte ihm verblüfft hinterher und drehte sich dann zu ihrer jungen Kollegin um, die in einigem Abstand schweigend, aber mit einem leichten Lächeln auf den Lippen, die Szene beobachtet hatte.

„Kommen Sie, Frau Grifo. Mal sehen, ob der Cohen Erfolg gehabt hat."

Sie fanden ihn vornübergebeugt am Kaffeeautomaten, mit dem Williamson nach wie vor auf Kriegsfuß stand. Er spähte von unten nach oben in die Eingeweide der topmodernen Maschine.

„Un'?", fragte sie so laut, dass Cohen erschrak und sich am Ausguss den Kopf stieß. „Haben Sie den rasenden Reporter?"

„Ja, hab' ihn abgefangen, obwohl er sich vorbeidrängeln wollte. Aber ich habe die halbe Portion nicht durchgelassen. Er ist im Verhörraum, wusste sonst nicht, wohin mit ihm."

„Dat schadet nit, dann is' er vielleicht zugänglicher." Williamson war schon auf dem Weg zum Verhörraum, drehte sich aber noch einmal um.

„Danke, Herr Cohen, gut gemacht!" Mit einem vielsagenden Blick in Richtung Grifo stapfte sie davon und ließ den sprachlosen Baron am Kaffeeautomaten zurück.

Der Verhörraum sah nicht besonders einladend aus. Graue Wände mit dem berühmten Einwegspiegel, grauer

Plastiktisch, graue Stühle. Auf einem dieser Stühle lümmelte sich Kai Eberle, der gerade in dem Moment, als Williamson und ihre Kollegin den Raum betraten, sein in die Stirn fallendes Haar neu sortierte, sodass es bewusst unordentlich aussah.

Wie ein zerrupfter Pilzkopp, dachte die kleine Kommissarin und fuhr sich durch die eigene Strubbelmähne. Sind wir schon zwei.

Weder sie noch Grifo sagten etwas. Sie setzten sich dem Journalisten gegenüber, dessen graue Augen von einer zur anderen huschten. Als sie saßen, lehnte er sich demonstrativ zurück und verschränkte die Arme vor der schmalen Brust.

„Na, da bin ich mal gespannt. Ihr netter Herr Kollege hat mir Exklusivfotos versprochen, wenn ich mit Ihnen spreche. Also", er breitete seine Arme aus und verzog leicht die Mundwinkel, „hier bin ich."

Die Kommissarinnen sahen sich an. Davon hatte der Baron nichts gesagt. Williamson begann innerlich zu kochen.

„Ich sage nur etwas, wenn Sie mir garantieren, dass ich die Fotos …" Weiter kam er nicht. Williamsons Hand klatschte auf die Tischplatte, sodass Eberle augenblicklich verstummte. Den Mund weit aufgerissen, starrte er sie an.

„So, mein Junge, jetz' sage ich dir mal wat." Williamsons rechter Zeigefinger stach nach vorne und zielte geradewegs auf den Kopf des Mannes. „Wichtige Informationen zurückzuhalten is' strafbar." Was nur bedingt stimmte, immerhin hatte Kai Eberle seine Informationen mit einem Saal voller Presseleute und Polizisten geteilt.

„Jetz' also mal raus mit der Sprache." Sie lehnte sich zurück, die Arme vor dem Bauch verschränkt. „Wat wissen Sie über die Harmanautik GmbH?"

Der Journalist lehnte sich nun seinerseits zurück und verschränkte die Arme. Ein selbstzufriedenes Lächeln umspielte seine Lippen.

„Also gut. Ich sage Ihnen, was ich weiß, aber nur wenn Sie mir als Erstes Informationen über den Mordfall geben."

Williamson wackelte mit dem Kopf hin und her. „Dat darf ich nit, un' dat wissen Sie."

„Hm …" Eberle tat so, als müsste er nachdenken. „Ich weiß nicht, gerade habe ich eine Amnesie. Ich weiß gar nicht mehr, wie ich überhaupt auf die Idee kommen konnte, dass …"

„Na gut. Versprechen kann ich nix, aber wenn der Fall gelöst is', bekommt niemand vor Ihnen eine Information, sodat Sie einfach schneller als Ihre Kollegen sein müssen. Deal?" Sie wollte Eberle keine Zeit zum Nachdenken lassen.

„Deal", sagte der Journalist und zeigte seine blendend weißen Zähne, als er erneut grinste. „Also, die Harmanautik GmbH ist in unruhige Fahrwasser geraten." Er kicherte selbstzufrieden über sein eigenes Wortspiel. „Sie hat sich bei einer Beteiligung an einer Firma, die Farben für teure Jachten herstellt, verspekuliert. Angeblich besonders für die salzhaltigen Ozeane geeignet, dabei deutlich günstiger als die Farben der Konkurrenz. Stimmte aber nicht."

Wieder fuhr er sich durch die Haare. „Sie haben sich alle möglichen Gutachten zeigen lassen. Angeblich ein todsicheres Investment! Dann kamen die ersten Beschwerden. Farben für Jachten müssen spezielle Fähigkeiten haben, insbesondere müssen sie vor Bewuchs auf See schützen, so zum Beispiel vor Algen und anderem organischen Material. Das nennt man Antifouling."

„Das tat die Farbe aber nicht?", fragte Grifo nach.

Eberle schüttelte seine Haarpracht. „Nein, das tat sie nicht. Der Bewuchs kam schnell, sehr schnell, schon nach zwei Monaten auf See!"

Williamson wollte die nächste Frage stellen, da ertönte Henning Krautmachers unverwechselbare Stimme: *Dat Hätz vun d'r Welt, ja dat is Kölle, dat Hätz …* Sie lief rot an, fingerte ungeschickt ihr Handy aus der Seitentasche ihres Mantels, den sie achtlos über die Stuhllehne geworfen hatte, und hämmerte darauf herum. Henning Krautmacher schwieg beleidigt.

„Ja!", blaffte sie. Sie hörte eine Weile schweigend zu. „Dat is' gut, danke." Langsam steckte sie das Handy wieder weg. Grifo und Eberle sahen in die Luft.

„Wo waren wir? Ach so, bei der Farbe. Wann war dat denn?"

„Nicht war", Eberle grinste breit, „sondern ist. Sie kriegen die Firma nicht mehr los. Das Geschäftskonzept der Harmanautik GmbH ist, eine Firma wieder mit einem schönen Gewinn zu verkaufen, sobald sie produziert oder sich eine innovative Idee ihrerseits verkauft. Hier klappt das aber nicht – oder nicht mehr. Sie bekommen die Aquairo GmbH nicht verkauft und machen mit dem Ding ganz schöne Verluste. Deshalb waren sie auch vor ein paar Tagen auf Korsika. Ein Schiffseigner hat ihnen seine Jacht gezeigt und den organischen Bewuchs."

„Und wat hat der Middelstein damit zu tun?"

Der Journalist lächelte selbstzufrieden. „Er hat die Verträge ausgehandelt, und diese sind hoch riskant. Die Harmanautik GmbH steckt zwar wie üblich nur mit einem Anteil von fünfundzwanzig Prozent mit drin. Normalerweise könnte sie verschmerzen, wenn eine Firma pleitegeht, denn der eigene Verlust wäre auf die Investition beschränkt. Hier hat sie aber zusätzlich eine Bürgschaft in unbegrenzter Höhe abgegeben und trägt so das unternehmerische Risiko für die Firma mit."

„Aber warum macht man so etwas?", wollte Grifo wissen.

„Im Gegenzug für die Bürgschaft sollte die Harmanautik GmbH eine exorbitante Gewinnbeteiligung in Höhe von achtzig Prozent und eben nicht nur ihre fünfundzwanzig Prozent bekommen. Im Erfolgsfall wären das viele Millionen zusätzlich gewesen. Da ein Gutachten vorlag, wonach die Bürgschaft todsicher war und angeblich nur für die Bank der Form halber benötigt wurde, machte man das. Letztlich allein die Entscheidung von Harmisch und Mann, aber als Anwalt hätte Middelstein durchaus merken können, dass hier etwas nicht stimmen konnte, und seine Mandanten dann warnen müssen."

„Die Harmanautiker haben erwähnt, dat sie in der letzten Woche einen guten Deal gemacht hätten, indem sie eine Firma weiterverkauft hätten, die besonders effiziente Propeller herstellt", erklärte Williamson. „Wissen Sie wat darüber?"

„Die Ultranavigar", nickte Eberle. „Aber den Verlust, den sie mit der Aquairo GmbH machen, können sie so nicht kompensieren. Die Harmanautik GmbH bewegt sich immer am Limit. Ich nehme an, das hat man Ihnen dort nicht gesagt."

„Wo haben Sie diese Informationen eigentlich her?", fragte Williamson und blickte dem jungen Mann direkt in die Augen. „Nur so, aus Neugier."

Eberle beugte sich grinsend nach vorn. „Meine werte Frau Kommissarin. Das werde ich Ihnen bestimmt nicht auf die Nase binden. Informantenschutz. Nur so, fürs Protokoll."

KAPITEL 20

„Ein richtiges Motiv sehe ich da aber nit", sagte Williamson und hastete auf ihren kurzen Beinen den Flur im ZKD entlang. „Der Middelstein hätte aufmerksamer sein können, hat aber nit wirklich wat falsch gemacht."

„Nur weil wir da kein Motiv sehen, heißt das nicht, dass da keins ist – Ihre Worte, Chefin", bemerkte Grifo.

Dagegen konnte ihre Vorgesetzte schwerlich etwas einwenden. „Ja, schon gut. Die Kollegen von der Wirtschaftskriminalität sollen schauen, ob sie sich die Büroräume von der Harmanautik GmbH vornehmen können. Und die beiden Herren will ich morgen im ZKD haben und sie noch mal sprechen."

„Alles klar." Grifo zückte schon ihr Handy.

„Und wenn wir mit den Karnevalheinis", Williamson spuckte das Wort geradezu aus, „fertig sind, dann fahren wir noch mal zu den Störchen. Ich will genauer wissen, wieso der Middelstein den Vertrag mit der Farbenfirma so und nit anders gemacht hat. Außerdem …"

„Außerdem?", fragte Grifo nach.

„Außerdem habe ich vorhin die Info bekommen, dat die Größe von den Störchen definitiv hinkommen könnte. Die sind noch nit aus dem Schneider!"

Williamson hielt vor ihrer Bürotür an.

Grifo war weitergegangen, drehte sich aber um, als sie bemerkte, dass ihre Chefin ihr nicht folgte. Mit dem Kinn nickte die kleine Kommissarin Richtung Ausgang. „Gehen Sie schon mal vor, Frau Grifo, ich hab' noch wat mit dem Cohen zu besprechen."

Die junge Frau nickte und wandte sich mit einem leichten Lächeln um. Das würde für den Baron kein angenehmes Gespräch mit der Vorgesetzten werden. Exklusivfotos! Wo gab es denn so etwas! Als Williamson wenig später mit heftigem Ruck die Autotür öffnete und sich mit hochrotem Kopf auf den Beifahrersitz plumpsen ließ, schien sich die Vermutung zu bestätigen.

Die Große KG Linden Rot-Weiß von 1963 war gegenüber dem Lindener Rathaus in einem alten Gebäude am Ende eines Hinterhofs untergebracht. Durch eine Toreinfahrt gelangten die Kommissarinnen auf ein düsteres Karree und zu einer rot-weiß gestrichenen Tür mit einem Schild, das bezeugte, dass sie am Ziel waren. Sie klopften, aber niemand machte auf. Die Tür war ausgesprochen altmodisch, noch mit einer althergebrachten Klinke. Grifo drückte probeweise, und die Tür öffnete sich mit einem leisen Quietschen. Die beiden Kommissarinnen sahen sich an. Grifo steckte ihren Kopf durch den Türspalt.

„Hallo?", fragte sie in den dämmrigen Flur hinein. Nichts.

„Also los, nütz' ja nix", sagte Williamson und marschierte voran. Als sie im Flur stand, hörte sie Stimmen, die, wenn nicht von einem Streit, so doch von einer heftigen Diskussion zeugten. Sie ging geradewegs auf die

Tür zu, hinter der sich offensichtlich mehrere Personen aufhielten, und stieß sie mit einem heftigen Schwung auf. Schlagartig verstummten die Stimmen. Drei Köpfe, zwei männliche und ein weiblicher, ruckten hoch und sahen die beiden Frauen erschrocken an.

„Wir haben gerufen, aber Sie haben uns wohl nit gehört", sagte die Hauptkommissarin und klimperte entschuldigend mit ihren Knopfaugen.

„Meine Kollegin Grifo, ich bin Williamson, Kripo Hannover." Wieder brachte sie „Hannover" fehlerfrei über die Lippen. Zum zweiten Mal an diesem Tag. Nicht schlecht.

„Aber natürlich!" Ein großer, stämmiger Mann mit einer zu seiner Statur nicht passenden hohen Stimme erhob sich. „Guten Tag, bitte kommen Sie herein. Ich bin Cornelius Hoffmann, der erste Vorsitzende der KG Rot-Weiß. Das ist", er zeigte in die Runde, „Heike Lahnmann, unsere diesjährige Prinzessin. Und das", er stellte einen kleinen, sehr dünnen Mann mit grauem, schütterem Haar vor, „ist Dietmar Seidenmacher, der Präsident des Karnevalverbands Hannover. Sie schüttelten sich die Hände. „Bitte nehmen Sie Platz. Wasser?"

„Gern", sagte Williamson.

Sie setzten sich an den Besprechungstisch mitten im Raum.

„Es ist ein entsetzlicher Verlust, entsetzlich", sagte Cornelius Hoffmann noch beim Einschenken. Seine Stimme drohte zu kippen. „Wir wissen gar nicht, wie es weitergehen soll."

„Wir überlegen gerade, was wir tun sollen. Wir können nicht alles absagen, undenkbar!" Der kleine Dietmar

Seidenmacher rang verzweifelt die Hände. Er wirkte sehr nervös.

Williamson kamen die Klagen wie das Gegacker von Hühnern vor. Auch wenn sie selbst dem Karneval mehr als zugetan war, ging ihr das Selbstmitleid doch deutlich zu weit.

„Dat is' gar nix im Vergleich zu dem, wat seine Frau, sein Sohn und der Rest der Familie durchmachen", sagte sie streng. „Haben Sie daran mal gedacht?"

„Natürlich, natürlich", beeilte sich Cornelius Hoffmann zu versichern. „Bitte glauben Sie mir, das ist für uns ebenfalls das Wichtigste, das Allerwichtigste. Ich werde natürlich noch heute bei der Familie vorbeifahren und kondolieren. Das ist doch selbstverständlich."

Alle am Tisch guckten betreten vor sich hin.

„Dann is' et ja gut", sagte Williamson, glaubte jedoch der so offensichtlich zur Schau gestellten Betroffenheit des ersten Vorsitzenden nicht. Wieder hatte sie das Gefühl, dass hier mehr unter der oberflächlichen Freundlichkeit verborgen war, als es den Anschein hatte. Es begann unter ihrem Zwerchfell zu kribbeln.

Cornelius Hoffmann schien sich wieder gefangen zu haben.

„Höre ich das richtig heraus? Sie kommen aus dem Rheinland?"

„Köln", nickte sie und sah sich im Raum um. Sie befanden sich in einem typischen Vereinsheim. An den holzvertäfelten Wänden hingen Orden, Urkunden und Narrenkappen. Es gab sogar eine Theke. Bisher hatte sie geglaubt, Theken gäbe es nur in ihrer Heimat. Es roch nach der üblichen Mischung in Vereinsheimen: abgestandenes Bier und Putzmittel.

„Dann sind Sie ja Expertin! Wissen Sie, wie unser offizielles Karnevalslied heißt? *Viva Hannovera!*" Er sah Williamson erwartungsvoll an.

Hatte sie richtig gehört? Nein, das konnte nicht sein! Sie starrte zurück. „Wie, wat?", keuchte sie. „Nach … nach *Viva Colonia*?"

Das war Blasphemie! Ein Sakrileg! Wo kam man denn da hin, wenn sich jede Stadt, die Karneval feiern wollte, einfach das Lied, IHR Lied, einverleibte und damit machte, was sie wollte? Sie lief rot an und spürte, wie das Magma in ihr hochkochte.

„Äh", unterbrach Grifo mit einem Seitenblick auf ihre Chefin, „zurück zu Herrn Middelstein. Wann haben Sie ihn zuletzt gesehen?"

Heike Lahnmann schaute auf. „Vor drei Tagen. Am Sonntagabend. Wir hatten drei Auftritte an dem Tag." Sie runzelte die Stirn und überlegte. „In einem Altersheim, im HCC und dann noch in einer Kneipe in der Altstadt. Eigentlich", sie schluckte, „eigentlich wollten wir uns gestern Abend treffen und die weiteren Auftritte besprechen. Heute wäre es weitergegangen."

„Das heißt, dass Sie am Montag keine Auftritte hatten?"

„Nein." Heike Lahnmann schüttelte ihren dunklen Lockenkopf, schluchzte auf und verbarg ihr Gesicht in den Händen.

„Ist schon gut." Hoffmann tätschelte mit seiner molligen Hand unbeholfen die Schulter der Karnevalsprinzessin.

„War Herr Middelstein am Sonntag irgendwie anders? Oder in den Tagen zuvor? Hat er irgendwat gesagt oder getan, wat von der Routine abgewichen is'?" Williamson sah in die Runde.

Heike Lahnmann blickte auf. In ihren Augen glitzerten Tränen. „Nein, er war wie immer. Gut drauf. Wissen Sie, er stand gern im Mittelpunkt." Sie sah beschämt zur Seite, so als ob es sich nicht gehörte, etwas Zweifelhaftes über einen Toten zu sagen.

„Dat haben wir schon gehört", versetzte Williamson trocken. „Dann war der Job als Karnevalsprinz ja genau dat Richtige für ihn."

Heike Lahnmann blickte auf ihre Hände. „Wenn Sie es so ausdrücken wollen."

„Sie müssen wissen", fuhr Cornelius Hoffmann dazwischen, „dass wir hier in Hannover ein Prinzen*paar* haben." Er betonte das „Paar" sehr stark. „Beide – Prinz und Prinzessin – stehen im Mittelpunkt, nicht nur einer oder eine der beiden."

„Hör doch auf!" Dietmar Seidenmacher winkte ab. „Bei diesem Paar stand nur einer im Mittelpunkt! Nichts für ungut, Heike." Heike Lahnmann schniefte und winkte ihrerseits ab. „Du hast recht", sagte sie leise.

„War das ein Problem für Sie?", fragte Grifo und sah von ihren Notizen auf.

„Natürlich nicht!", sagte die Prinzessin schnell – viel zu schnell.

„Wirklich nit?", hakte Williamson nach. „Ich kenne dat von Köln. Jeder vom Dreigestirn will im Mittelpunkt stehen!"

„Georg war nun einmal so." Heike Lahnmann zuckte mit den Schultern. „Ich wusste es vorher, daher war ich nicht überrascht. Aber manchmal …" Sie stockte.

„Manchmal?", hakte Grifo nach.

Die Frau holte tief Luft, wieder füllten sich ihre Augen mit Tränen. „Ich will nichts Schlechtes über einen Toten sagen."

„Herrgott noch mal!", explodierte Williamson. „Wenn Sie wat Schlechtes über den Middelstein sagen, kriegt er et nit mehr mit. Aber wir müssen einen Mörder kriegen. Also?"

„Manchmal war es schon extrem", sagte Heike Lahnmann fast unhörbar und senkte den Kopf. „Er drängte sich immer nach vorne. Oft hat er mich sogar weggeschubst oder mir das Mikro aus der Hand gerissen. Er war süchtig nach Aufmerksamkeit."

Das deckte sich mit den Aussagen der Anwälte und der Ehefrau.

„Un' wie sind Sie damit zurechtgekommen, dat er so war?", hakte die Kommissarin nach.

Die Frau zuckte leicht zusammen. „Manchmal habe ich mich geärgert, manchmal nicht. Aber ich habe das um des lieben Friedens willen akzeptiert."

„Sei nicht so bescheiden, Heike", fuhr Cornelius Hoffmann dazwischen, seine hohe Stimme kiekste vor Aufregung. Nun, da das Thema zur Sprache kam, hatte er sich wohl entschlossen, in dieselbe Kerbe zu hauen. „Es war bewundernswert, wie du mit der Situation umgegangen bist. Manch eine hätte längst das Handtuch geschmissen!"

Die Prinzessin sah ihn an und schwieg.

„So schlimm?“, fragte Grifo sanft.

Seidenmacher atmete tief durch, sodass sich seine schmächtige Brust hob und senkte. „Schlimmer. Und es wurde immer heftiger, je weiter wir in der Session waren. Heike war nurmehr eine Randfigur. Und nach Georgs Selbstverständnis war das auch vollkommen richtig so.“

„Aber wieso haben Sie ihn dann überhaupt zum Karnevalsprinzen gemacht?“, fragte Williamson dazwischen. So langsam mussten sie zum Kern der Sache kommen.

Die drei sahen sich an. Alle schwiegen.

„Na, kommen Sie schon.“ Die Kommissarin verlor langsam die Geduld. Sie wandte sich an den Präsidenten der KG Rot-Weiß. „Sie haben gestern meiner Kollegin gesagt, dat Sie mehrfach Herrn Middelstein gefragt hätten, ob er nit den Prinzen machen will. Un' er hätte dat immer verweigert.“ Sie machte eine Kunstpause.

Cornelius Hoffmann schaute sie mit großen Augen an. Er schien zu ahnen, was jetzt kam.

Williamson fuhr langsam fort: „Aber wir haben von verschiedenen Seiten gehört, dat der Middelstein schon seit Jahren versucht hat, Prinz zu werden. Aber Sie haben immer abgelehnt.“ Sie sah in die Runde. „Sie alle, nehme ich an.“

Alle drei schwiegen wieder und sahen sich erneut an. Blanke Angst sprach aus ihren Augen.

Wat geht hier vor sich?, fragte sich die Kommissarin. Wat wollen die partout nit verraten? Sie schlug mit der flachen Hand auf den Tisch, sodass alle zusammenzuckten.

„Herrgott noch mal!“, schrie sie. „Jetz' spucken Sie et schon aus, wir kriegen et sowieso raus. Ein Mann ist tot, verdamp, dat is' doch wohl Grund genug, oder nit!?"

Alle starrten vor sich hin und schienen auf einmal die Tischplatte ausgesprochen interessant zu finden.

„Hat es vielleicht etwas mit Herrn Middelsteins Amt als Schatzmeister Ihres Vereins zu tun?", fragte Elena Grifo mit ihrer sanften Stimme in die Stille hinein. Sie sah Cornelius Hoffmann direkt an, der zuerst rot und dann weiß geworden war.

Williamson schnalzte anerkennend mit der Zunge. Es war ein Schuss ins Blaue gewesen, aber wieder erwiesen sich die messerscharfen Fragen der jungen Kollegin als Volltreffer.

Der Präsident ließ die feisten Wangen hängen und erinnerte sie damit erstaunlicherweise an Hans-Christian Mann.

„Cornelius", sagte Heike Lahnmann mit zittriger Stimme, „ist es nicht an der Zeit, reinen Tisch zu machen? Sie werden es herausfinden. Und dann machen wir uns …", sie schluckte hart, „noch verdächtiger."

Cornelius Hoffmann fuhr sich mit der Hand über die Stirn und räusperte sich. Er schien sich einen Moment zu sammeln und sah dann Grifo direkt in die Augen.

„Ich hätte Sie nicht belügen dürfen. Das tut mir leid. Es war eine Kurzschlussreaktion." Er stützte die Arme auf den Tisch und ließ den Kopf in die Hände sinken. „Und Hilflosigkeit", sagte er dumpf, mehr zu sich selbst. Dann ging ein Ruck durch seinen massigen Körper. Er hatte eine Entscheidung gefällt und sammelte sich. „Auch auf die Gefahr hin, dass ich dem Verein schade und mein Vorstand mich umbringen wird", erschrocken hielt er inne, als ihm klar wurde, was er gerade gesagt hatte, „aber Heike hat recht. Es ist wohl besser auszupacken."

„Wat auspacken?", fragte Williamson sofort nach. Hoffmann durfte es sich jetzt nicht anders überlegen.

Heike Lahnmann schluchzte auf und presste sich die Handballen vor die Augen.

„Georg war seit letztem Jahr Schatzmeister", begann Hoffmann, wieder kiekste seine Stimme vor Aufregung. „Als Anwalt war er natürlich die perfekte Besetzung. Wir haben ihm gleich die Bücher gezeigt und ihn in alles eingeweiht, jedenfalls in das, was er wissen sollte."

„Wie meinen Sie dat?", fragte Williamson.

Cornelius Hoffmann war immer noch sehr blass. Dietmar Seidenmacher ließ den Kopf hängen.

„Es gibt zwei Bücher. Wenn Sie verstehen, was ich meine."

„Sie zweigen Geld ab", stellte Grifo nüchtern fest. „Und Middelstein bekam das raus."

Der Präsident nickte. „So ist es. Es dauerte nicht lange, und ihm fielen Unregelmäßigkeiten in den Abrechnungen auf. Wir hatten versucht, sie gut zu verschleiern, aber er kam trotzdem dahinter. Er war einfach gut. Zu gut."

„Wie ging dat vor sich?", fragte die Hauptkommissarin dazwischen.

„Wir haben eine Firma gegründet, Kostüm-Store. Sie bietet Dienstleistungen im Karnevalsbereich an, so zum Beispiel Anschaffungen von Karnevalsbedarf. Wir haben immer diese Firma beauftragt, denn schließlich mussten wir unsere Narrenkappen, Orden, Kostüme und alles

Mögliche irgendwoher bekommen. Da kommt über die Jahre so einiges zusammen."

Die Kommissarinnen lehnten sich in ihren Stühlen zurück.

„Aber diese Firma gehörte Ihnen?", bohrte Grifo nach.

Cornelius Hoffmann nickte. „Was aber keiner wusste. Wir …" Er stockte und sah Seidenmacher an, der ausdruckslos vor sich hinstarrte. „Wir haben alles günstig in China eingekauft und dann mit hohem Aufschlag an den Verein verkauft. Da ist ganz schön was zusammengekommen. Die Rechnungen haben wir regulär an Kostüm-Store bezahlt. Dort haben wir das Geld abgezweigt."

„Wie lange lief dat?", fragte Williamson tonlos. Die kriminelle Energie der feinen Herren erschütterte sie.

„Ungefähr", Hoffmann schluckte, „ungefähr zehn Jahre."

„Wie, wat?", keuchte die Kommissarin. Das durfte doch nicht wahr sein! Wieder wanderte der Blick des Vereinspräsidenten zu Seidenmacher, der aber nach wie vor schwieg. Anscheinend war er nicht gewillt, Hoffmann zu helfen.

Zögernd fuhr dieser fort: „Middelstein kamen die Rechnungen zu hoch vor. Als Anwalt hat er dann recherchiert und herausgefunden, dass die Firma uns gehört. Wir hatten zwar unsere Strohmänner, aber er ist dahintergekommen." Er wandte sich an den schmächtigen Präsidenten des Karnevalverbands Hannover. „Du kannst auch mal was dazu sagen, Dietmar! Du hängst da genauso mit drin! Und du hast lange genug davon profitiert."

„Lass mich in Ruhe!", fuhr dieser auf und verbarg dann sein Gesicht in den Händen. Mehr gab er nicht von sich. Schließlich schluchzte er laut auf und lehnte sich mit leerem Blick in seinem Stuhl zurück. „Jetzt ist alles zu Ende."

Cornelius Hoffmann sah die Kommissarinnen nacheinander an. „Wir haben uns das zusammen ausgedacht."

„Dann sind Sie also auch darin verstrickt. Un' Sie?" Williamson wandte sich an Heike Lahnmann.

„Ich habe das erst erfahren, als es hieß, dass ich mit Georg zusammen das Prinzenpaar bilden sollte", flüsterte sie. Sie war in sich zusammengesunken und ebenfalls weiß wie die Wand.

„Deshalb haben Sie also die Schikanen von Herrn Middelstein ausgehalten", kommentierte Grifo.

„Ich habe es für den Verein getan", fuhr die Prinzessin auf, „und für den Hannoverschen Karneval."

„Nein!" Williamson schüttelte energisch den Kopf, sodass ihre Strubbelhaare nach allen Seiten flogen. „Sie haben et für geldgierige Vereinskollegen getan, die Sie manipuliert und instrumentalisiert haben!"

Die Frau starrte sie so erschrocken an, dass Williamson glaubte, sie fiele gleich in Ohnmacht.

„Sie haben gesagt, ich sollte es für den Verein tun", sagte die Prinzessin tonlos. „Sie haben gesagt, wenn ich es nicht tue, ist das das Ende des Vereins." Sie war bei den letzten Worten immer lauter geworden. „Deshalb musste ich Georg aushalten! Nur deshalb!" Sie war aufgesprungen und zitterte am ganzen Körper.

Grifo war ebenfalls aufgestanden und legte beschwichtigend die Arme um ihre molligen Schultern. Vorsichtig drückte sie sie wieder auf den Stuhl.

„Sie haben also Georg Middelstein den Karnevalsprinzen angeboten, damit er den Mund hält."

„Genau so war es", sagte Cornelius Hoffmann mit zitternder Stimme. „Er hat auch versprochen, dass er genau das tut, falls er Prinz wird. Aber er hat sich nicht daran gehalten."

„Wieso nicht?", fragte Williamson.

„Er meinte, er wäre eine so ideale Besetzung als Prinz, dass er das Amt auch alleine ausüben könnte, wenn Sie verstehen, was ich meine."

Heike Lahnmann starrte den Präsidenten entgeistert an. Ihre braunen Augen wirkten unnatürlich groß in dem leichenblassen Gesicht.

„Wie bitte?", flüsterte sie. „Was hast du da gerade gesagt?"

Dietmar Seidenmacher sah sie fast mitleidig an. „Er wollte dich loswerden, was sonst?", sagte er mit harter Stimme.

In die Augen der Prinzessin traten Tränen. „Dieser verdammte …" Sie hob ruckartig den Kopf. „Ihr habt doch nicht … Ihr wolltet doch nicht?" Tränen rannen über ihre Wangen.

„Nein, natürlich nicht", beschwichtigte Hoffmann sie, sah aber selbst todunglücklich aus. Er wusste, dass ihm nun einiges bevorstand. „Wir hätten das nie zugelassen. Es gibt hier nur ein Prinzenpaar, dass das klar ist. Das haben wir ihm auch deutlich gesagt. Wie hätten wir das in der Öffentlichkeit begründen sollen? Das war völlig unmöglich."

Die Hannoversche Karnevalsprinzessin war in sich zusammengesunken, hatte den Kopf in die Hände gestützt und schluchzte laut auf.

Hoffmann drehte sich zu Williamson und sagte laut, jedes einzelne Wort betonend: „Als wir uns weigerten, wollte er mit der Wahrheit an die Öffentlichkeit. Er meinte, das sei seine Pflicht, sowohl moralisch als auch als Rechtsanwalt. Er könne das nicht riskieren." Er schnalzte abfällig mit der Zunge.

„Als ob er sich sonst um irgendwelche Risiken gekümmert oder moralische Bedenken gehabt hätte. Er wollte Prinz werden, mit allen Mitteln, die es kosten würde. Und kaum hatte er den Posten, wollte er allein in der Öffentlichkeit stehen. Als das nicht klappte, hat er keine Sekunde gezögert, sondern wollte uns über die Klinge springen lassen, um dann als der strahlende Held dazustehen! Er war ein widerlicher Erpresser."

„Dieser verdammte Hurenbock!", fuhr Dietmar Seidenmacher auf.

Williamson blickte erstaunt auf. Diese Ausdrucksweise hätte sie dem schmächtigen Mann nicht zugetraut.

Er kam richtig in Fahrt. „Der wäre unter normalen Umständen niemals Prinz geworden. Bei dem Ruf, den der hatte, verdammt!" So abrupt seine Erregung aufgekommen war, so schnell war sie wieder verpufft. Er sackte wie ein Ballon, dem man die Luft herausgelassen hatte, in sich zusammen. „Es ist alles vorbei."

„Un' dat schon weit vor Aschermittwoch", kommentierte Williamson trocken. „Wat is' eigentlich mit dem Holger Trespen? Welche Rolle spielt der in Ihrem Verein?"

„Holger Trespen? Er ist Mitglied bei uns, hat aber keine Funktion inne", antwortete Cornelius Hoffmann.

„Aber er war doch mit dem Middelstein befreundet, oder nit?“

„Sehr eng. Wenn Sie mich fragen, hat Holger Georg bewundert. Ist ihm hinterhergelaufen wie ein Hündchen“, warf Heike Lahnmann ein und verzog verächtlich die Mundwinkel.

Die Kommissarin zog die Augenbrauen nach oben. „Wirklich?“ Eine interessante Information. „Noch wat anderes: Kennen Sie seine letzte Geliebte? Wissen Sie, mit wem er zuletzt zusammen war?“

Die Prinzessin winkte ab. Sie wirkte sehr müde. „Georg war immer von attraktiven Frauen umgeben. Die haben ihn umschwirrt wie die Motten das Licht, wie man so schön sagt.“

„Is’ Ihnen eine bestimmte Dame aufgefallen?“, fragte Williamson. „Die ihm noch ein bisschen näher gekommen is’?“

Heike Lahnmann schüttelte den Kopf. „Da kommen viele infrage. Ich kann nicht sagen, dass da eine bestimmte Frau war. Die hingen alle an ihm wie die Kletten.“

„Was ist mit Ihnen?“, wandte sich Grifo an die Herren, die sich verlegen auf die Hände schauten. Beide schüttelten unisono den Kopf.

„Er hat sich mit vielen Frauen umgeben, die alle vom selben Typ waren, und hat nichts anbrennen lassen – vielleicht hatte er auch mehrere Eisen im Feuer, wenn Sie verstehen, was ich meine“, sagte der Präsident der KG Linden Rot-Weiß schließlich und verzog angewidert den Mund. „Es war heftig.“

„Ich verstehe“, sagte Williamson und wandte sich an ihre Kollegin. „Sagen Sie der Wirtschaftskriminalität und der Spurensicherung Bescheid. Die müssen hier alles beschlagnahmen und mitnehmen. Ich nehme mal an", hier wandte sie sich wieder an Cornelius Hoffmann, „Sie haben ein Büro, wo Sie die Unterlagen aufbewahren."

Er nickte ergeben. „Da hinten. Ich zeige es Ihnen. Ich kooperiere. Wir kooperieren." Damit sah er Dietmar Seidenmacher an. Dieser ließ den Kopf hängen und schlug sich die Hände vors Gesicht.

„Gut", nickte Williamson, „dat machen Sie mit den Kollegen von der entsprechenden Abteilung. Ich habe noch einige Fragen an Sie." Sie holte tief Luft. „Sie sind sich bewusst, dat Sie uns ein Mordmotiv allererster Güte liefern, oder?"

Der feiste Präsident fuhr auf. „Wir haben nichts mit dem Mord zu tun! Weder Dietmar noch ich!"

Der schmächtige Seidenmacher schüttelte vehement den Kopf. „Bitte, Frau Kommissarin, das müssen Sie uns glauben!"

Hoffmann sank wieder in sich zusammen. Vom starken Präsidenten der renommierten Karnevalsgesellschaft war nicht mehr viel übrig. „Alles hat damit angefangen, dass wir ihn zum Schatzmeister gewählt haben. Danach ging es den Bach runter."

Williamson sah zuerst Hoffmann, dann Grifo an. Wenn sie nicht explodieren wollte aufgrund von so viel Dreistigkeit und Uneinsichtigkeit, musste sie sofort etwas unternehmen.

„Frau Grifo, bitte nehmen Sie die Aussagen der drei Komödianten auf. Insbesondere, wo sie in der betreffenden Nacht waren. Und ob dat jemand bezeugen kann. Den ganzen Quatsch, Sie kennen dat ja." Sie blickte in die Runde, und ihre braunen Knopfaugen blitzten. „Ich brauche frische Luft."

Damit stapfte sie zur Tür hinaus und ließ drei ratlose Karnevalisten und eine junge, schmunzelnde Oberkommissarin zurück.

Kapitel 21

„Diese verdammten Idioten!“ Williamson schlug mit der flachen Hand aufs Armaturenbrett. Sie und Grifo waren unterwegs von Linden ins Zooviertel, um noch einmal mit den Anwälten Storch zu sprechen. Sie hatten gewartet, bis die Kollegen von der Wirtschaftskriminalität und der Spurensicherung eingetroffen waren. Die Beamten waren nicht sehr erfreut gewesen, denn schließlich mussten sie schon in der Störche-Kanzlei und bei den Harmanautikern antreten.

„Ach wat!“, hatte Williamson geknurrt. „Dann kommen die auch mal an dat Arbeiten. Die sollen froh sein! Bekommen die Verdächtigen auf dem Silbertablett!“

Zuvor hatte Grifo noch die Alibis aufgenommen, während ihre Chefin draußen geblieben und auf und ab gelaufen war. Diese hatte immer wieder tief durchgeatmet, um sich zu beruhigen. Vergebens.

„Diese geldgierigen Vollidioten!“ Wieder schlug sie mit der Hand aufs Armaturenbrett.

Grifo warf ihr einen Seitenblick zu. „Chefin, wenn Sie nicht wollen, dass ich einen Unfall baue, lassen Sie das bitte. Das Auto kann nichts dafür.“

Williamson atmete wieder tief durch, schlug aber nicht noch einmal zu. „Ich weiß. Aber is’ doch wahr, oder nit?“

„Allerdings. Nur um ein paar Euro extra zu machen, gehen sie solche Risiken ein. Und holen sich den Kuckuck ins Nest."

„Den Kuckuck in dat Nest? Is' dat auch so eine hannoverische Redensart?"

„Nein, das ist eine Redensart von mir", antwortete Grifo lächelnd. „Und es heißt hannoversch."

„Wat?", fragte Williamson zurück.

„Hannoversch, es heißt hannoversch. Nicht hannoverisch."

„Ihr seid alle komisch, ihr Hannoveraner. Oder heißt et Hannoverer?" Die Kommissarin lachte, trotz allem.

„Nein, Hannoveraner ist schon ganz richtig."

„Klingt nach einem Pferd", meinte Williamson trocken.

Ihre Kollegin sah sie leicht von der Seite an, sagte aber nichts.

„Und, wat sagen unsere Karnevalsidioten?", fragte die kleine Kommissarin und lenkte damit die Aufmerksamkeit wieder auf den Fall.

„Sie haben alle ein Alibi", antwortete Grifo. „Zumindest die Männer. Waren beide brav zu Hause bei ihren Ehefrauen."

„Nit gerade starke Alibis", warf Williamson ein.

Ihre Kollegin nickte. „Ich weiß. Ich werde sie natürlich überprüfen."

„Der Cohen soll Ihnen helfen. Dann is' der beschäftigt." Die kleine Kommissarin lehnte sich in ihrem Sitz zurück. Verdampte Truppe, diese Karnevalisten.

„Hoffmann ist 1,85 Meter. Könnte also hinkommen. Seidenmacher ist aber nur 1,74 Meter", nahm Grifo den

Faden wieder auf. „Heike Lahnmann war zu Hause und allein. Da sie Single ist, kann niemand ihr Alibi bestätigen. Aber sie ist zu klein. Sie könnte höchstens dabei gewesen sein. Wie Dietmar Seidenmacher."

„Ich kann et mir nit vorstellen, aber möglich is' et natürlich." Die Kommissarin schüttelte den Kopf, dass die Strubbelhaare nach allen Seiten flogen. „Aber ganz ehrlich, können Sie sich vorstellen, dat die drei einen Mordkomplott schmieden und in dat Lakeside schleichen, ohne gesehen zu werden wohlgemerkt, und dann den Middelstein erschlagen? Und ihn dann raus aus dem Hotel schaffen und in dat Wasser vom Maschsee werfen? Wieder ohne gesehen zu werden? Die sind doch bekannt wie bunte Hunde." Williamson machte eine wegwerfende Handbewegung, schlug aber immerhin nicht wieder das Auto. „Ich weiß nit. Dat is' wohl dat, wat man einen toten Punkt nennt."

Grifo lachte. „Das kann man wohl sagen. Vielleicht kommt ja von den Kollegen von der Wirtschaftskriminalität ein Impuls."

„Impuls, na ja."

Die repräsentative Kanzlei wurde von in den Boden eingelassenen Halogenstrahlern beleuchtet, was das Gebäude in ein sanftes Licht tauchte. Wie am Morgen schauten die beiden Kommissarinnen bewundernd an dem Gebäude hoch.

Auf ihr Klingeln tat sich lange nichts. Erst als Williamson den Daumen sekundenlang auf den Knopf drückte, ließ sich eine männliche Stimme durch die Sprechanlage vernehmen.

„Wer ist da?"

„Williamson und Grifo, Kripo Hannover." Ihr gelang es zum dritten Mal an diesem Tag, die Floskel flüssig über die Lippen zu bringen.

Schweigen.

„Hallo?", rief sie in die Sprechanlage. „Wat is' jetz'? Müssen wir erst ein Ständchen singen, oder wat?"

Dann ging der Türsummer.

Ansgar Storch kam den Frauen entgegen. Das Lächeln, das er aufgesetzt hatte, wirkte gezwungen.

„Meine Damen, so spät hatte ich Sie nicht mehr erwartet. Was kann ich noch für Sie tun?"

„Da sind noch ein paar Fragen aufgetaucht, die wir klären müssen", sagte Williamson und klimperte mit ihren Knopfaugen.

„Und das kann ganz offensichtlich nicht bis morgen warten?", fragte der Anwalt etwas spröde. „Na, dann kommen Sie mal mit."

Ansgar Storch führte die Damen am Eingangsbereich vorbei, der verlassen im Dunkeln lag, in sein Arbeitszimmer. Dort erhob sich sein Bruder mit säuerlicher Miene aus einem der modernen Besucherstühle. Er wirkte in dem eleganten, mit japanischer Kunst eingerichteten Raum fehl am Platze.

„Wir dachten, dat wir Sie hier noch antreffen würden", fing Williamson das Gespräch an.

„Anwälte arbeiten immer lange. Das haben sie anscheinend mit Polizisten gemeinsam", lächelte Ansgar Storch, der seine Souveränität wiedergefunden hatte. Sein Bruder sagte nichts, hatte die Beamtinnen noch nicht einmal begrüßt.

„Dat stimmt wohl, aber sie werden anders bezahlt", versetzte die kleine Kommissarin ebenfalls schmunzelnd. „Dürfen wir uns setzen?"

„Aber natürlich", entgegnete Ansgar Storch und führte sie zu einer Gruppe von Ledermöbeln, die um einen wunderschönen geschnitzten Holztisch mit Intarsien angeordnet war.

„Können wir Ihnen etwas anbieten? Kaffee, Wasser? Oder einen japanischen Grüntee?"

Williamson beäugte misstrauisch das Teeset, das auf dem Tisch stand. Es waren in ihren Augen unförmige Teebecher mit einer gusseisernen Kanne, die dampfte.

„Wabi-Sabi", sagte Storch, als sei damit alles erklärt.

„Klar", kommentierte sie verwirrt und schnupperte an dem Tee, den ihr der Anwalt hinhielt. Roch ganz schön bitter.

Grifo nahm ebenfalls ihren Becher entgegen und zückte ihr Notizbuch.

„Was wollen Sie noch wissen?", fuhr nun Helmut Storch auf. „Wir haben Ihre Fragen doch ausführlich beantwortet."

Williamson schaute den älteren Storch an. „Dat haben Sie. Aber et haben sich im Laufe des Tages noch neue Fragen ergeben."

Ansgar Storch lehnte sich im Sessel zurück und schlug die Beine übereinander.

„Na, dann los."

„Wir waren bei Karin Pracht." Sie ließ den Satz einen Moment in der Luft hängen, beobachtete die Brüder und nahm einen Schluck Tee. Unwillkürlich verzog sie das Gesicht. Was war denn das? Das Gebräu bitter zu nennen, war die Untertreibung des Jahres. Die Männer schauten sie unbewegt an, der jüngere konnte sich aber ein kleines Lächeln nicht verkneifen.

„Und?", fragte Helmut Storch unwirsch.

„Sie sollten zuerst eine der Süßigkeiten kosten, bevor Sie den Tee trinken, das nimmt die Bitternis weg", erklärte sein Bruder freundlich. Erst jetzt sah sie die Süßigkeiten, die wie kleine Kunstwerke in einem eleganten Schälchen drapiert waren.

„Es ist doch logisch, dass Sie die persönliche Assistentin von Georg aufsuchen", fuhr Helmut Storch dazwischen.

„Sie hat uns etwas Interessantes erzählt. Nicht nur dass sie selbst eine Beziehung zu ihm hatte, er hatte wohl eine Reihe von Damen hier im Büro ins Auge gefasst. Und dabei durchschlagenden Erfolg gehabt."

„Und das hat in der Kanzlei für einige … sagen wir … Unruhe gesorgt", spann Grifo den Faden weiter und sah vom Notizbuch auf.

Beide Störche sahen von einer Kommissarin zur anderen. Kein Muskel in ihren Gesichtern zuckte.

Kein Wunder, dachte Williamson, dat lernt man bestimmt als Erstes bei Gericht.

„Sie haben", sagte sie langsam, nahm ein Konfekt, das sie skeptisch betrachtete, „mit ihm deswegen gesprochen. Mehrmals, wie uns Frau Pracht versichert hat. Geändert hat sich aber nix."

Eine Zeit lang sagte keiner ein Wort.

Williamson biss von der Süßigkeit ab, Grifo lugte zwischen ihren langen Haaren vom einen zum anderen.

Schmeckt ganz gut, dachte die kleine Kommissarin und stopfte sich den Rest in den Mund. Trank einen Schluck Tee. Immer noch bitter, na ja.

Ansgar Storch atmete ein paarmal tief durch, während sein Bruder verstockt auf die Hände starrte, die er im Schoß verschränkt hatte.

„Das stimmt", sagte der jüngere Storch schließlich. „Wir haben mit ihm darüber gesprochen, und nicht nur einmal. Ich brauche Ihnen nicht zu sagen, dass der Ruf unserer Kanzlei für uns wichtig ist. Überlebenswichtig. Wir können es uns auf Dauer nicht leisten, einen Anwalt mit zweifelhaftem Ruf als Partner zu haben. Selbst wenn er noch so gut ist."

„Aber es änderte sich nichts?", bohrte Grifo mit sanfter Stimme nach und trank zwei kleine Schlucke aus ihrem Becher. Ihr schien die Bitternis nichts auszumachen.

„Herrgott noch mal!" Helmut Storch schoss aus seinem Sessel hoch. „Er macht immer noch Ärger. Selbst jetzt noch, da er …"

„Helmut", versuchte Ansgar zu beschwichtigen, „beruhige dich." Der jüngere Storch schien der Besonnenere zu sein.

„Ist doch wahr!", stieß Helmut Storch verächtlich aus. „Ich sage Ihnen, wie es war, Frau Kommissarin, wie er war! Er war unerträglich! Ein Hurenbock allererster Güte. Einfach widerlich! Ständig benahm er sich daneben. Und er war so stur! ‚Ich bessere mich, es kommt nicht mehr vor.' Und dann machte er einfach weiter. Wir waren kurz davor, ihn rauszuwerfen, so sieht es aus!"

Nach dieser Rede ließ er sich schwer atmend in den Sessel fallen, wischte sich mit einem Taschentuch die Schweißperlen von der Stirn und trank einen großen Schluck aus einem Kristallglas. Das schien kein Tee zu sein, sondern etwas deutlich Stärkeres.

Williamson hatte den Ausbruch des älteren Anwalts genau beobachtet. Interessant. Das war ein anderer Mann als am Morgen, als er versucht hatte, sie möglichst schnell wieder loszuwerden.

Ansgar Storch drehte den Kopf und sah ihr direkt in die Augen. „Das wäre für uns ein großer Schritt gewesen. Er kannte nicht nur die Vorgänge in der Kanzlei bis ins Detail, er hatte auch einen wichtigen Mandanten, den wir dann wohl verloren hätten."

„Die Harmanautik GmbH", fuhr die Kommissarin dazwischen.

„Genau", nickte Ansgar Storch. „Aber wir waren an dem Punkt angelangt, an dem wir das Risiko eingehen wollten. Wir waren … also, der Punkt war ziemlich tot, wenn Sie verstehen."

„Kenn' ich", bestätigte Williamson und nickte heftig mit dem Kopf, „kenn' ich gut. Aber zurück zu Herrn Middelstein. Wie nahm er et auf, dat Sie ihn entlassen wollten?"

„Wir sind nicht mehr dazu gekommen, ihm das zu sagen", sagte Helmut Storch, nun wieder gefasst. „Da kam dann … nun …"

„Da kam dann sein Tod dazwischen", vollendete die Kommissarin den Satz. „Dat war ganz praktisch für Sie, nit wahr?"

„Was wollen Sie damit andeuten?" Helmut Storch fuhr wieder aus dem Sessel hoch, als hätte jemand ein Feuer darauf angezündet.

„Ich will gar nix damit sagen, Herr Dr. Storch", versetzte Williamson trocken, „aber Sie müssen zugeben, dat sein Tod für Sie doch ganz praktisch is'. Sie sind dat Problem los."

„Das ist unverschämt!", polterte der ältere Storch. „Für unsere Kanzlei ist das nicht nur ein Verlust, sondern auch ein Imageschaden, der sich noch gar nicht absehen lässt."

„Beruhige dich", beschwichtigte Ansgar Storch seinen Bruder und drückte ihn in den Sessel zurück. Er sah die Polizistinnen nacheinander an. „Mein Bruder hat recht. Der Schaden ist für uns sehr groß. Also", er breitete seine Hände aus, „wenn Sie andeuten wollen, dass wir etwas mit Middelsteins Tod zu tun haben …"

„Ich will gar nix andeuten", unterbrach die Hauptkommissarin, „aber Sie müssen doch zugeben, dat Sie ein erstklassiges Motiv gehabt hätten. Und warum haben Sie uns eigentlich nit direkt gesagt, dat Sie dem Middelstein kündigen wollten?"

Nun ruckten die Köpfe der beiden Anwälte nach oben.

„Um genau das zu vermeiden." Wieder hob Ansgar Storch die Hände. „Es ist für uns eine schwierige Situation."

„Und dann kennen Sie sich auch noch in dem Hotel aus", fuhr Williamson unbeirrt fort. Der Charmeoffensive des jüngeren Storchs wollte sie nicht erliegen, so sympathisch er ihr auch war. „Kennen Sie eigentlich den Trespen?"

Der Anwalt runzelte die Stirn, während sein Bruder sie nur ratlos anstarrte.

„Wen?“, fragte der jüngere Storch schließlich.

„Holger Trespen, den Geschäftsführer des Lakeside Hotels.“ Sie beugte sich gespannt vor. „Wenn Sie öfters da sind, dann müssen Sie ihn doch kennen. In Ihren Kreisen.“

Diese kleine Spitze überhörte Ansgar Storch. „Natürlich. Aber nur flüchtig. Ich habe ihn bei einigen Veranstaltungen dann und wann gesehen, mich aber nie ausführlicher mit ihm unterhalten.“

Williamson schaute dem Anwalt forschend ins Gesicht. Dieser erwiderte ihren Blick offen. Sie konnte seinen Gesichtsausdruck nicht lesen. Entweder war er zu abgebrüht oder tatsächlich ehrlich.

„Un’ Sie?“, wandte sie sich an seinen Bruder.

Der legte einen Finger an die Nase und zuckte mit den Achseln. „Ich war höchstens zwei- oder dreimal im Lakeside“, sagte er. „Dem Geschäftsführer bin ich nie begegnet. Ich verkehre normalerweise nicht dort. Das überlasse ich meinem Bruder.“

Die Kommissarin lehnte sich zurück. „Na schön“, sagte sie. „Dann mal zu wat anderem.“

„Die Harmanautik GmbH“, sagte Grifo.

Williamson grinste. Sie waren schon ein ganz gut eingespieltes Team, ihre Kollegin und sie.

Nun übernahm Williamson wieder. „Middelstein hatte einen Vertrag für die Harmanautik GmbH ausgehandelt, der ungewöhnlich risikoreich war, und zwar mit der Aquairo GmbH, deren sensationelle Farberfindung dann doch nit ganz so sensationell war.“

Helmut Storch zog eine Augenbraue nach oben, sagte aber nichts. Ansgar Storch hingegen nickte. „Ja, Georg hat mir davon erzählt."

Helmut Storch blickte seinen Bruder verwundert an. „Davon weiß ich gar nichts."

Sein Bruder drehte in einer entschuldigenden Geste die Handinnenflächen nach außen. „Ich bin nicht dazu gekommen, es dir zu sagen. Er hat mir am Montag davon erzählt. Dann haben sich die Ereignisse überschlagen."

„Sie sagten, dass er Ihnen von den Problemen berichtet hat", unterbrach Grifo die Brüder. „Wie war er bei dem Gespräch? Wirkte er besorgt oder beunruhigt?"

Der Anwalt schüttelte den Kopf. „Nein, gar nicht. Er hatte nichts falsch gemacht. Er meinte, das gehöre zum unternehmerischen Risiko dazu, die Harmanautik GmbH habe es gewusst, umso höher wäre die Rendite. Sie sind das Risiko eingegangen. Er meinte, er habe sich nichts vorzuwerfen, und ich bin derselben Ansicht."

Die Kommissarinnen sahen sich an. Hier kamen sie nicht weiter.

„Tja, die Herren, dat war et auch schon. Vielen Dank, dat Sie sich so spät noch die Zeit genommen haben – und für den Tee."

Wenig später standen die Polizistinnen draußen auf der Straße vor der Villa, deren Tür mit einem entschlossenen Knall hinter ihnen ins Schloss gefallen war.

„Eines muss man Ansgar Storch lassen", sagte Grifo, als sie in das Auto einstiegen, „der Mann hat Geschmack."

„Wat die Möbel angeht schon, aber der Tee, nee!" Williamson schüttelte sich und ließ sich in den Sitz plumpsen. „Den kann der dat nächste Mal allein trinken."

„Ich fand's eigentlich ganz lecker, vor allem die Süßigkeit", meinte ihre Kollegin mit einem Lächeln.

„Da gehe ich lieber in die Belgischen Kakao-Stuben. Und wie unlogisch is' dat denn: Erst muss man die Süßigkeit essen, weil der Tee so bitter is' – warum machen die Japaner den Tee von vorneherein nit so bitter, dann muss der ganze Quatsch doch gar nit sein!", sagte die Kommissarin entschieden.

„Holländische", erwiderte Grifo.

„Wat?", fragte Williamson geistesabwesend.

„Holländische Kakao-Stuben, es sind die Holländischen …"

„Gut, ich hab' et verstanden", unterbrach die kleine Kommissarin ungeduldig. „Und, Frau Grifo? Wat meinen Sie?"

Die junge Frau hob ihre wohlgeformten Brauen. „Ich weiß nicht. Sie könnten es gewesen sein – oder einer von ihnen … oder auch nicht. Sie haben ein Motiv, aber … ich weiß auch nicht."

„So is' dat. Zunächst denkt man, man fördert gar nix zutage, und dann fängt man an zu graben und hat plötzlich viel zu viele Motive und Verdächtige." Williamson lehnte sich zurück. „Aber können Sie sich vorstellen, dat die feinen Anwälte durch dat Hotel schleichen, den Middelstein erschlagen und dann im Maschsee entsorgen? Ohne irgendeine Spur zu hinterlassen?"

„Sie haben Vorurteile", sagte Grifo lächelnd.

Ihre Chefin fuhr wie von der Tarantel gestochen auf.

„Wie, wat? Vorurteile? Ich? Nie und nimmer!“ Sie schüttelte entschieden den Kopf. Das hatte sie noch nie gehört! Wenn es nicht Grifo gewesen wäre, die das gesagt hatte, dann wäre sie jetzt aber so was von sauer! Aber wenn sie ernsthaft darüber nachdachte, dann stimmte das vielleicht doch irgendwie, zumindest ein kleines bisschen. Andererseits … sie hatte gelernt, alles für möglich zu halten.

„Ich schließe nix aus. Ich kann et mir nur schwer vorstellen, kapiert?“

„Alles klar, Chefin, habe verstanden“, beschwichtigte Grifo. „Wo sollen wir jetzt eigentlich hinfahren? Ins Kommissariat?“

„Nee, fahren Sie mich mal nach Hause. Wir machen Schluss für heute. Ich habe schon einen Knoten in meinen Gehirnwindungen – un’ in meiner Zunge auch.“

Sie musste erst einmal all die Informationen von heute sortieren, um vielleicht irgendwo ein Licht am Ende des Tunnels zu erblicken, was verdamp noch mal auch Zeit wurde.

Kapitel 22

„Bin daheeem“, rief Williamson im Hausflur und streifte ihre Schuhe erleichtert von den Füßen. Grifo hatte sie nach Hause gebracht und versprochen, die Besprechung vorzubereiten, die Williamson für morgen angeordnet hatte. Vielleicht sahen sie klarer, wenn sie alle Informationen zusammentragen würden. So viele Verdächtige, so viele Motive, trotzdem nur lose Fäden! Es war zum Haareraufen, was Williamson auch ausgiebig tat.

Bernd-Karl steckte den Kopf durch die Küchentür und grinste sie an.

„Hallo, mein Schatz, toll, dass du schon da bist!“, sagte er und trat ihr entgegen, um ihr einen Kuss zu geben.

Sie schaute ihn von oben bis unten an und musste ebenfalls grinsen.

„Wie siehst du denn aus?“, schmunzelte sie. „Entdeckst du gerade deine weibliche Seite?“ Bernd-Karl hatte sich ihre mit Rüschen abgesetzte Schürze umgebunden, die sie vom letzten Städtetrip nach Barcelona mitgebracht hatte.

„Wie findest du mich?“, fragte er und drehte sich geziert im Kreis.

„Umwerfend!“, lachte sie, „einfach umwerfend, Bernharda!“

„Ich habe meine Schürze nicht gefunden, sie muss noch in einem der Umzugskartons liegen. Also habe ich mir deine ausgeliehen."

Sie kicherten wie zwei verliebte Siebzehnjährige. Es war das erste Mal, seit sie in Hannover waren, dass sie so ausgelassen herumalberten. Ein gutes Zeichen.

„Es gibt Heringsstipp mit Pellkartoffeln und für die Kinder Lasagne", verkündete Bernd-Karl.

Williamson runzelte die Stirn. „Seit wann gibt et für die Kinder eine Extrawurst?", krittelte sie.

„Du weißt genau, dass sie Heringe nicht so mögen, also."

Sie winkte ab. „Schon gut", meinte sie, „sie sind wirklich toll, dat haben sie sich verdient. Soll ich dir helfen?"

„Nein, Mienchen, du bleibst hier sitzen, ich mache das Essen fertig, und du erzählst mir erst einmal, was du gestern Abend damit gemeint hast."

Sie hob erstaunt den Kopf. „Wat meinst du?"

„Na, das mit den Arrangements!", sagte Bernd-Karl und sah sie forschend an. „Was ist los?"

„Ach, dat." Williamson stockte. „Weißt du, ich hatte gedacht, dat et hier einfacher is', weil nit jeder jeden kennt un' …"

„… eine Hand die andere wäscht", vollendete er den Satz und nickte verständnisvoll. „Ich glaube, Mienchen, dass das überall dasselbe ist, wenn auch nicht so offensichtlich."

„Dat is' et, genau dat is' et!" Williamson fuhr sich durch ihr Strubbelhaar. „Hier is' et nit anders als in Köln, nur dat et irgendwie subtiler is' un' ich die Verbindungen nit kenne un' deshalb nit durchschaue."

„Noch nicht, mein Schatz", tröstete Bernd-Karl sie, „aber das wird schon noch kommen. Du schaffst das schon."

Sie seufzte – sie hatte für ihre Verhältnisse wenig geseufzt an diesem Tag.

Ihr Mann sah sie immer noch aufmerksam an. „Was ist?", fragte er behutsam.

„Weißt du, minge Schatz, andererseits is' et so …" Sie holte Luft.

Bernd-Karl wartete. Er kannte seine Frau und drängte sie nicht.

„Andererseits bin ich echt überrascht." Es fiel ihr sichtlich schwer, das auszusprechen, was sie in den letzten Tagen bewegt hatte. „Ich bin überrascht von der Stadt. Die is' nämlich gar nit so schlimm."

Bernd-Karl lächelte und legte den Kopf schief. „So?"

„Et gibt wirklich schöne Ecken. Und auch schöne Cafés und so, zum Beispiel die Belgischen … Holländischen Kakao-Stuben. Da war ich gestern mit Grüff… Frau Grifo. Und der Maschsee is' auch schön. Also, wenn nit gerade eine Leiche darin liegt. Und die Leute …" Die letzten Sätze hatte sie hastig ausgestoßen, fast widerwillig, aber erst einmal in Fahrt, war sie nicht mehr zu bremsen. „Sie sind auch nit so übel. Jedenfalls nit alle. Da gibt et echt nette …"

„Wie zum Beispiel Frau Grüffelo, nicht wahr?", fragte Bernd-Karl und grinste scheinheilig.

„Genau, die hast du stilecht angesprochen. Vielen Dank dafür!", kommentierte Williamson trocken, konnte sich aber ebenfalls ein Grinsen nicht verkneifen.

Bernd-Karl trat in den Flur und rief nach den Kindern, die den Tisch decken sollten. Als Carola und Nicola in die Küche traten, nahm die Kommissarin mit ihrer ältesten Tochter Blickkontakt auf. Carola schüttelte unmerklich den Kopf. Es gab also noch nichts Neues hinsichtlich Mick Middelstein. Sie hatte das auch nicht wirklich erwartet. Nur: Geduld war eben nicht ihre größte Stärke.

Verdamp.

„Wat hab' ich für ein Glück, Marianne", sagte Williamson, als sie am nächsten Morgen mit ihrem geliebten Auto zum ZKD fuhr. „Verdamptes Glück, jawoll!" Sie hatte eine intakte Familie: einen Mann, der sie liebte und unterstützte, und zwei Töchter, die zwar ihre pubertären Anfälle hatten, aber doch wohlgeraten waren. Und sich immer besser im neuen Leben zurechtfanden. Gestern Abend hatten sie nach dem Essen gemeinsam Cluedo gespielt. Williamson hatte verloren, wie meistens. Offensichtlich war sie nicht für die Verbrecherjagd auf einem Stück Pappe geschaffen, sondern nur im realen Leben. Den gutmütigen Spott hatte sie mit einem Augenzwinkern ertragen und über sich selbst lachen müssen. Zwischendurch hatten sie und Bernd-Karl den Schilderungen der Töchter zu den neuen Bekannten gelauscht, die sie in der Schule oder beim Sport kennengelernt hatten. Ihnen hatte schließlich der Kopf geschwirrt von den vielen fremden Namen, die die beiden erwähnt hatten. Es war ein harmonischer Abend gewesen, und sie hatte tatsächlich drei Stunden lang weder an den Fall, an die hannoverische, nein, hannoversche Lebensart noch an ihr vergangenes Leben in Köln gedacht. Und wenn sie heute Morgen daran dachte, dann war in ihrem Herzen zwar eine leichte Wehmut, aber nicht mehr dieser bohrende Schmerz, den sie wochenlang mit sich herumgeschleppt hatte. Ein weiteres gutes Zeichen.

Schwungvoll parkte sie Marianne vor dem ZKD und rannte im Sturmschritt in ihre Abteilung. Grifo kam ihr schon entgegen. „Guten Morgen, Chefin. Es ist alles für die Besprechung vorbereitet."

„Gut, gut, dann wollen wir mal", entgegnete Williamson.

Alle warteten schon, sodass Williamson sofort begann. Zu ihrer Erleichterung war Habernickel diesmal nicht dabei. Vielleicht ist er außerplanmäßig auf dem Golfplatz, dachte sie und musste innerlich grinsen. Laut sagte sie: „Also gut. Fangen wir mit dem Middelstein an. Wat wissen wir bis jetz'?"

„Laut Handyauswertung wurde er am frühen Montagabend von Cornelius Hoffmann angerufen, was dieser auch bestätigt hat", berichtete Grifo. „Hoffmann ist übrigens überaus kooperativ. Er scheint froh zu sein, alles loszuwerden."

„Um die Karnevalsheinis kümmern wir uns später", entschied Williamson.

„Das letzte Telefonat, das er getätigt hat, führt zu einer Handynummer, die zu dem Anschluss einer gewissen …", Grifo blätterte in ihren Unterlagen, „Marion von Lohen führt."

„Dat muss sie sein. Seine letzte Affäre!", entfuhr es der Kommissarin. Sie sah Cohen an. „Rufen Sie sie an. Ich will sie hier haben, schnellstmöglich!"

Der Baron verzog das Gesicht, nickte dann aber und verließ mit einem „Alles klar!" den Raum.

„Hat die Spurensicherung den Computer und den Laptop vom Middelstein knacken können?"

Ein massiger, bärtiger Mann mit wirrem Haar und kleinen, grauen Augen, die sie scharf musterten, mischte sich ein. „Keine neuen Erkenntnisse. Die Unterlagen im Büro und auch im Arbeitszimmer waren in Ordnung, soweit wir das beurteilen können."

Sie runzelte die Stirn. Wer war der Alm-Öhi?

Als ob ihr Gegenüber Gedanken lesen konnte, verbeugte er sich leicht in ihre Richtung und stellte sich vor. „Horst Lissenbach, Leiter Dezernat Wirtschaftskriminalität. Freut mich, Frau Kollegin." Er schmunzelte, was nur in einer leichten Bewegung seiner Barthaare zu erkennen war. „Da haben Sie uns ganz schön Arbeit aufgebürdet, Frau Williamson." Er zählte an den Fingern ab. „Das Büro von Georg Middelstein, sein Arbeitszimmer zu Hause, die Harmanautik GmbH und die KG Linden Rot-Weiß … ich habe schon Kollegen aus anderen Dezernaten anfordern müssen. Und das alles an einem Tag."

„Williamson reicht", blaffte sie und starrte ihn an. „Übrigens, Herr Kollege, is' dat hier kein Kindergeburtstag. Wir haben einen Mord aufzuklären, und wenn dabei noch ein paar unschöne Dinge hochploppen – da kann ich nix dafür, un' Sie", sie stach mit ihrem Zeigefinger in Richtung des Kollegen, „sollten froh sein, dat Sie alles mundgerecht serviert bekommen."

Horst Lissenbach schwieg und sah sie mit einer Mischung aus Amüsement, Bewunderung und Erschrecken an. Alle anderen im Raum schauten möglichst unbeteiligt. Sie kannten die rheinische Urgewalt bereits.

„Also", wandte sie sich an Grifo, „wenn die Geliebte von dem Middelstein, die, äh …"

„Marion von Lohen", half Grifo aus.

„… genau, die Marion von Dingsda hier is', dann können wir die Fingerabdrücke mit denen aus dem Hotelzimmer vergleichen lassen."

„Laut Spurensicherung ist das bei den vielen Fingerabdrücken im Hotelzimmer eine Sisyphusarbeit", sagte Grifo.

Williamson sah in die Runde. Ihre kleinen Knopfaugen sprühten Funken. „Die sollen sich nit so haben, fangen nun alle an zu weinen, oder wat? Vielleicht is' dat doch ein Kindergeburtstag hier!" Sie atmete ein paarmal tief ein und aus. „Kann denn zu den Fingerabdrücken schon wat gesagt werden?"

„Johanna Mantritz' Abdrücke und die von Georg Middelstein natürlich", sagte Grifo. „Beide fanden sich beispielsweise auf der Champagnerflasche und den Gläsern, wo wir dann hoffentlich auch die von Marion von Lohen nachweisen können."

„Dat is' doch mal ein Anfang. Nun zur Familie." In diesem Moment betrat Cohen den Raum und berichtete, dass er Marion von Lohen erreicht und für 15.30 Uhr in den ZKD bestellt habe.

„Ob das Alibi, das sich Mick und Anna-Lena Middelstein gegenseitig geben, stimmt, wissen wir nicht", fuhr Grifo fort. „Wir können jedenfalls nicht nachweisen, dass sie lügen."

„Die Mutter hat Angst vor dem Sohn. Dat hat mir die Schwester gesagt. Gleichzeitig is' sie ihm hörig. Wie genau, weiß ich zwar nit, aber dat is' doch komisch, oder?"

„Sie ist tablettenabhängig und psychisch labil, wohl deshalb klammert sie sich so an ihren Sohn", warf Grifo ein. „Von ihrem Mann hat sie schon lange keine Zuneigung mehr bekommen. Traurige Geschichte."

„Ob der Sohn ihr die nötige Zuneigung gibt, wage ich aber zu bezweifeln", fügte Williamson hinzu. „Der wirkt auf mich total kalt, cin komisches Kerlchen."

„Er macht den Eindruck, als ob er Leute gut manipulieren könnte", sagte Grifo und zuckte mit den Schultern, als die Runde sie erstaunt ansah. „Nur so ein Bauchgefühl. Die Spurensicherung hat sein Zimmer durchsucht, aber nichts Verdächtiges gefunden. Sein Laptop wird noch ausgewertet."

Williamson war enttäuscht. Sie wusste nicht, was sie erwartet hatte, aber der junge Mann ging ihr nicht aus dem Kopf. „Wat is' mit der Schwester, Katharina Torgau?", fragte sie weiter und schluckte. Sie hatte ihren Fehler hinsichtlich der Schwester von Anna-Lena Middelstein nicht vergessen. Grifo schaute wieder in ihre Notizen.

„Sie kam am Dienstagnachmittag mit dem ICE aus Bremen um 16.15 Uhr hier am Hauptbahnhof an. Am Montagabend war sie ab 19.00 Uhr bis circa 23.30 Uhr bei einer Veranstaltung des Bremer Verbandes der Deutschen Unternehmerinnen im dortigen Maritim Hotel. Sie hat einen Vortrag gehalten, anschließend gab es noch einen Empfang mit ungefähr zweihundert Anwesenden. Sie ist selbstständig und betreibt zwei Reisebüros in Bremen.

Eine erfolgreiche Geschäftsfrau. Sie ist übrigens 1,74 Meter groß."

„Damit kommt sie weder als Täterin noch als Helferin infrage", sagte ihre Vorgesetzte und atmete leise aus. Ihr Fehler schien keine nachhaltigen Folgen gehabt zu haben.

„So sieht es aus", nickte die Oberkommissarin und sah sie an. Sie wusste genau, was in ihr vorging.

„Wat is' mit den Spuren am Ufer?", fragte Williamson.

Nun übernahm Cohen. „Nichts Neues im Vergleich zu gestern laut Spurensicherung. Nichts, was sich konkret zuordnen ließe, weder an der Seite zum Sprengel Museum hin, am Arthur-Menge-Ufer noch am Ufer hin zur Arena."

Williamson schnaufte. „Wat is' mit den Alibis von den Störchen?", nahm sie den Faden wieder auf und verschränkte die Hände ineinander.

„Den *Herren Dr.* Storch", hob Cohen geziert an und zwinkerte seiner Chefin tatsächlich zu, „wurden ihre Alibis bestätigt. Zumindest das von Helmut Storch. Laut seiner Frau Maria war er ab circa Viertel vor elf zu Hause und ist den ganzen Abend nicht mehr weggegangen. Im Tennisclub Isernhagen-Süd habe ich auch nachgefragt. Sehr exklusiv, wenn ich das mal so sagen darf. Er war dort, zuerst zu einem Match, danach hat er in der Bar des Restaurants mit seinen Tennisfreunden noch etwas getrunken, was mir die Betreiber des Restaurants bestätigt haben. Sie konnten sich deshalb so genau erinnern, weil er noch das Fußballspiel bis circa halb elf zu Ende geguckt hat. Danach hat er sich verabschiedet. Von Isernhagen-Süd bis zu seinem Haus im Zooviertel dauert es um diese Zeit ungefähr eine Viertelstunde bis zwanzig Minuten. Das heißt, dass er ungefähr um 22.45 Uhr, spätestens zehn vor elf zu Hause war. Und Ansgar Storch – der war im Hotel und dann ab kurz nach halb zehn allein in seiner Wohnung, direkt über der Kanzlei."

„Tatsächlich?", sagte die Kommissarin geistesabwesend.

Die Alibis waren nicht überzeugend. Aber das Gegenteil konnten sie nicht nachweisen. Wenn es stimmte, was die Frau von Helmut Storch ausgesagt hatte, und er ab Viertel vor elf zu Hause war, wäre es für ihn knapp geworden, ins Hotel zu fahren, Middelstein umzubringen und in den Maschsee zu verfrachten. Ansgar Storch hingegen war sogar im Hotel zum Essen gewesen und hatte Middelstein mit seiner Partnerin gesehen, aber kaum mit ihnen gesprochen, nur gegrüßt.

„Haben Sie mit dem Geschäftspartner gesprochen, diesem Dings …"

„Dr. Pohlens, Dr. Jan Pohlens. Er hat bestätigt, dass er im Lakeside mit Ansgar Storch zum Essen war und auch, dass sie Middelstein und seine Begleitung gesehen haben."

„Hat er sie gekannt?", warf Grifo ein.

Ihr Kollege schüttelte den Kopf. „Nein. Sie hätten wohl nur kurz gegrüßt und sich dann wieder ihren Gesprächsthemen zugewandt – und dem Essen."

„Waren der Middelstein und seine Begleitung Thema?"

Wieder schüttelte Cohen den Kopf. „Nein, überhaupt nicht. Der Pohlens fand das sogar etwas komisch, schließlich wären Herr Dr. Storch und Middelstein Partner, da könnte man doch mal zwei, drei Worte wechseln. Ihm kam das Verhältnis zwischen Storch, Tschuldigung, Herrn

Dr. Storch, und Middelstein sehr unterkühlt vor, wie er sagte."

„Interessant", kommentierte Williamson. „Hat jemand im Hotel gesehen, wie der Storch dat Hotel verlassen hat?"

„Die beiden Damen an der Rezeption. Das war so gegen", Cohen schaute auf seine Notizen, „21.15 Uhr. Er hatte auf dem gegenüberliegenden Hotelparkplatz geparkt, da kommt man nur mit einer Parkkarte rein oder raus, die man an der Rezeption bezahlen muss. Das hat Dr. Storch laut Abrechnung auch gemacht."

„Und danach hat niemand im Hotel den Storch mehr gesehen? Wie er zurückgekommen is', weil er vielleicht wat vergessen hat?"

„Nein, keiner. Ich habe gestern im Restaurant, an der Rezeption und auch einige Angestellte vom Zimmerpersonal gefragt. Fehlanzeige." Der Baron verzog die Lippen.

„Schon gut, Herr Cohen, dann is' et so, nütz' ja nix. Wäre auch zu schön gewesen." Williamson fühlte sich erschöpft. Ein toter Punkt nach dem anderen.

Verdamp.

„Nächstes Thema. An Verdächtigen mangelt et uns nit. Wat is' mit den Karnevalsheinis? Ich meine die Herren Hoffmann und Seidenmacher."

Grifo übernahm. „Ich habe bei den beiden Ehefrauen nachgefragt. Alle waren brav zu Hause. Jedenfalls laut der Frauen."

Williamson stöhnte. Es wurde nicht besser. Eher schlimmer.

„Und die Prinzessin, die Heike … Dings?"

„Heike Lahnmann. Sie war angeblich ebenfalls zu Hause. Allein."

„Echt super. Wie soll man dat überprüfen?" Williamson raufte sich die Haare, die danach noch mehr abstanden als ohnehin schon. „Dat is' zum Verrücktwerden, verdamp!"

„Wir haben umfassendes Material sichergestellt, das nun ausgewertet wird", sagte Horst … wie hieß er noch, Läusenmann, oder so? Würde bei der Haarpracht jedenfalls passen. Er beugte sich vor und strich sich über seinen umfassenden Bart. „Das wird etwas dauern. Feststeht, dass den Herren ein deftiges Verfahren ins Haus steht. Inwiefern die Prinzessin darin verstrickt ist, wissen wir noch nicht genau. Heike Lahnmann hat später davon gewusst und die ganzen Vorgänge gedeckt. Der Vorteil ist", er lehnte sich genüsslich zurück, „dass die beiden kooperieren. Sie sind, glaube ich, froh, den Druck los zu sein. Die Presse reißt uns natürlich die Hütte ab."

„*Das* Thema heute, zusammen mit dem Mord", kommentierte Grifo. „Der Karneval in Hannover liegt am Boden und muss ganz neu aufgebaut werden."

War et jemals anders?, dachte Williamson.

„Un' die Harmanautiker?", fragte sie und sah Grifo an.

„Die habe ich übernommen, Chefin", fuhr Cohen dazwischen.

Sie wandte sich ihm zu. Diese Betriebsamkeit kannte sie gar nicht an ihm. Sie musste zugeben, dass er gute Arbeit geleistet hatte – bis hierhin. Da sah sie ihm das „Chefin" nach. Grifo benutzte es auch ständig. Sie kam wohl nicht dagegen an.

„Die waren tatsächlich auf Korsika. Ich habe die Bordkarten überprüft und auch mit dem Bodenpersonal von den Flughäfen in Bastia, Langenhagen und in Paris telefoniert.“

„Paris, wieso Paris?“, fragte Williamson dazwischen.

Cohen ließ sich nicht beirren. „Sie haben die beiden anhand der Bilder, die ich ihnen geschickt habe, identifiziert. Sie waren zweifellos an Bord. Sie sind am Sonntagnachmittag gegen 15.00 Uhr von Langenhagen über Paris mit Air France losgeflogen und gegen 23.30 Uhr in Bastia gelandet. Zurückgekommen sind sie am Dienstagabend, wieder über Paris, und sind ebenfalls gegen 23.30 Uhr wieder in Langenhagen angekommen. Auch ihr Hotel auf Korsika hat mir bestätigt, dass sie da waren.“

„Sie können et also nit gewesen sein“, sagte Williamson. „Zumindest nit sie persönlich.“

„Dann bleibt der Termin mit Mann und Harmisch also bestehen?“, fragte Grifo nach.

„Auf jeden Fall“, bestätigte ihre Vorgesetzte. „Et gibt immer noch Fragen, die auch Sie“, sie schaute Horst Lissenbach an, „interessieren dürften. Ich will genau wissen, wie et um ihre finanzielle Situation steht und ob sie den Middelstein dafür verantwortlich machen, zumindest zum Teil.“

Lissenbach nickte. „Auch hier ist das Material sehr umfangreich und muss von uns noch gesichtet werden. Aus bisheriger Sicht ist nichts Illegales darunter. Aber die Geschäfte waren zum Teil sehr risikoreich.“

„Sehen Sie.“ Williamson lehnte sich zurück und verschränkte die Arme vor ihrem Bauch. „Immerhin profitieren Sie von unseren Ermittlungen.“

Lissenbach schaute zurück, sagte aber nichts. Aufgrund des Gestrüpps in seinem Gesicht konnte sie nicht erkennen, ob sich dort ein Muskel regte.

Gar nit schlecht, so'n Bart, dachte sie amüsiert. Dat reinste Pokerface. Gleichwohl fühlte sie eine eigenartige Leere. Lauter tote Punkte. Toter geht et nit, dachte sie.

Verdamp.

„Marion von Lohen ist unsere vielversprechendste Zeugin", meinte Grifo nach einem Moment der Stille. „Da bin ich wirklich gespannt."

„Wahrscheinlich genau so ein Typ wie Karin Pracht", meinte Williamson trocken. „Der Middelstein scheint einen bestimmten Frauentyp bevorzugt zu haben."

„Deren Alibi habe ich übrigens überprüft", sagte ihre Mitarbeiterin.

Williamson lauschte gespannt. Wie hatte Grüffelo das bloß alles in so kurzer Zeit geschafft? Machte diese Frau keine Pause? Aber, so dachte sie wehmütig, so war ich auch mal. Aber der Cohen hat auch viel erledigt. Gar nit so schlecht.

„Ich habe mit Anja Lauen gesprochen, der Freundin von Karin Pracht, mit der sie an dem besagten Abend zum Essen war", sagte die junge Oberkommissarin. „Sie hat ihre Angaben bestätigt." Das überraschte Williamson nicht.

„Dann käme sie infrage, zumindest als Helferin", sagte Cohen und sah mit seinen wässrig-blauen Augen zur Chefin. „Oder?"

„Anja Lauen sagte auch, dass Karin Pracht sehr unglücklich war", fuhr Grifo unbeirrt fort. „Sie wollte ihn zurück."

„Dat hat sie bei unserem Gespräch auch gesagt." Williamson schüttelte den Kopf. „Und dann is' sie nach dem Essen losgezogen, hat sich noch einen Mann von 1,85 Meter geschnappt und den Middelstein ermordet, oder wat?"

„Anja Lauen ist nur 1,68 Meter groß", berichtete Grifo weiter. „Die beiden zusammen waren es jedenfalls nicht."

„Im Hotel hat sie auch keiner gesehen", mischte sich der Baron ein. „Das habe ich gleich mit überprüft, als ich nach Dr. Storch gefragt habe."

Die Hauptkommissarin raufte sich wieder die Haare. „Da bleibt fast nix mehr, oder? Hat irgendeiner eine Idee?" Sie schaute in die Runde. Wieder schwiegen alle und schauten betreten vor sich hin.

„Wir haben noch Trespen, Chefin. Dessen Alibi habe ich auch überprüft", sagte Cohen nach einer kleinen Pause.

„Un'?", fragte Williamson nach. „Mensch, machen Sie et doch nit so spannend!"

Cohen zuckte kurz zusammen. „Also, seine Frau, Margot Trespen, hat die Angaben bestätigt."

„Ach nee!", kommentierte sie resigniert. Sie hatte nichts anderes erwartet.

„Er war gegen 22.20 Uhr zu Hause. Sie haben noch ein Glas Wein getrunken und sind zu Bett gegangen."

„Wat haben die alles für treue Ehefrauen", kommentierte sie trocken, „die alles für ihre Männer tun!"

„Sie hat übrigens das Geld mit in die Ehe gebracht", fügte Cohen hinzu.

„Wer, sie?"

„Na, die Frau. Sie ist eine geborene Schwanitz."

Williamson spürte förmlich, wie alle im Raum den Atem anhielten. „Wie, wat is' los?“

„Die Familie Schwanitz ist eine der angesehensten in Hannover. Sie haben überall ihre Kontakte, ob in der Politik oder in der Wirtschaft. Oder in der Medizin. Der Vater ist Professor an der Medizinischen Hochschule. Wenn es die Margot Schwanitz ist, die ich meine“, fügte Grifo hinzu.

„Das ist sie“, bestätigte ihr Kollege. „Und sie wohnt mit Holger Trespen in Kirchrode in einem Haus, das der sich nie hätte leisten können. Die Kohle kommt definitiv von ihr.“

„Die will ich auf jeden Fall kennenlernen!“, sagte Williamson bestimmt. „Dat wird sicher spannend. Haben wir Informationen, ob der Trespen noch mal in dat Hotel zurückgekommen is'?“

Erwartungsgemäß schüttelte Cohen den Kopf. „Nein, niemand von den Mitarbeitern im Hotel, die wir befragt haben – und das waren viele –“, hier hielt er kurz inne, wie um zu bekräftigen, dass er sehr viel geleistet hatte, was ihn für Williamson gleich wieder unsympathischer machte, „hat ihn nach 22.00 Uhr noch gesehen.“

„Wat nix heißen muss. Der wird sich als Geschäftsführer schon gut genug auskennen, um auf Schleichwegen dahin zu kommen, wohin er will“, kommentierte sie trocken.

„Apropos Schleichwege.“ Der Baron hatte offensichtlich noch etwas in petto. „Ich habe mir den Lageplan vom Hotel besorgt, damit wir uns einen besseren Überblick verschaffen können.“

Williamson schaute überrascht auf und dann Grifo an, die ihren Blick lächelnd erwiderte. So viel Eigeninitiative hatte sie ihm gar nicht zugetraut.

„Gut“, meinte sie, lehnte sich wieder zurück und verschränkte die Arme vor ihrem Körper. „Dann mal los. Zeigen Sie mal, wat Sie haben!“

Cohen war nach vorne zum Whiteboard gegangen und projizierte darauf den Lageplan des Hotels.

„Also.“ Er räusperte sich. „Hier ist die Rezeption, links herum geht es die Treppe rauf zu den Seminar- und Bankettträumen. Die kann man zusammenlegen, also die Bankettträume, dann hat man einen großen Saal für Veranstaltungen. Und hier“, er zeigte auf einen Schacht, „ist der Aufzug, der geht auch weiter hoch zu den Stockwerken mit den Zimmern. Es gibt noch einen zweiten Aufzug, der auf der anderen Seite der Rezeption die Gäste zu ihren Zimmern bringt.“ Er hielt inne und wischte sich mit einem großen Taschentuch Schweißperlen von der Stirn. „Daneben ist das Treppenhaus, das zu den Etagen führt. Direkt neben dem Aufzug. Da ist das Zimmer 518.“

„Wat is' dat da?“, fragte Williamson und zeigte auf einen weiteren Aufzugschacht, der vom Keller ebenfalls in die Stockwerke reichte.

Cohen legte den Kopf schief, genauso wie Grifo, Williamson und der Kollege Lissenbach.

„Das ist ebenfalls ein Aufzug, ein Lastenaufzug.“

„Er geht durch dat ganze Hotel, von unten nach oben“, murmelte die Kommissarin nachdenklich. Sie sah ihre Kollegen an. „Et sieht zumindest so aus.“

Grifo nickte. „Tatsächlich." Sie sah in die Runde. „Wissen Sie, was das heißen könnte?" Sie war aufgesprungen und zu Cohen getreten. „So könnte Georg Middelstein aus dem Hotel geschafft worden sein. Und der oder die Täter könnten auf diese Weise ins Hotel gelangt sein."

„Bleibt nur die Frage, wie er oder sie in dat Zimmer von dem Middelstein gelangt sind." Williamson raufte sich die Haare.

Ein Moment der Stille folgte, in dem jeder der Anwesenden seinen Gedanken nachhing. Dann streckte sich die Kommissarin und suchte ihre Unterlagen zusammen. „Ich glaube, wir machen hier Schluss. Herr Cohen, vielen Dank dafür. Dat hat uns ein schönes Stück nach vorne gebracht."

Ihr Kollege sah sie mit seinen Glupschaugen an und wurde schon wieder rot. Sein Gesicht verzog sich zu einem Lächeln. „Danke, Chefin. Man tut, was man kann."

„Nur nit übermütig werden", brummte Williamson.

Horst Lissenbach erhob sich und verabschiedete sich, wobei er ihr tatsächlich zuzwinkerte! Sie glaubte, sich verguckt zu haben. Was bildete sich der Kerl eigentlich ein!?

Sie sah ihre Mitarbeiter an. „Wann kommen die Harmanautiker?"

Grifo blickte auf die Uhr. „Um 14.00 Uhr. Da haben wir Zeit, noch etwas zu essen und uns auf das Gespräch vorzubereiten."

Ihre Chefin blickte von ihr zu Cohen und wieder zurück. „Dat machen Sie. Sie beide."

Grifo hob erstaunt den Kopf. „Sind Sie nicht dabei?"

Sie schüttelte den Kopf. „Nein. Sie führen dat Gespräch mit den Herren mal schön alleine. Der Dings von der Wirtschaftskriminalität is' auch dabei. Dat muss reichen."

„Und was machen Sie?", fragte ihre Kollegin und fing ebenfalls an, ihre Notizen zusammenzupacken.

„Ich gehe noch mal in dat Hotel. Ich muss mir die Wege mal in Ruhe vor Ort angucken. Ich glaube, dat Hotel is' der Dreh- und Angelpunkt bei dem ganzen Fall."

Kapitel 23

Williamson trat aus dem ZKD und atmete tief durch. Die Luft war kalt und klar. Ein weiterer Wintertag wie aus dem Bilderbuch. Sie wollte das kurze Stück zum Lakeside Hotel zu Fuß zurücklegen. Das tat sie nicht oft, aber von Zeit zu Zeit brauchte sie das, um „den Kopp durchzupusten". Heute brauchte sie besonders Frischluft für den Kopf. So viele Informationen schwirrten in ihrem Schädel, dass sie das Gefühl hatte, er müsste platzen.

„Tut mir leid, Mariannchen, aber du musst noch ein bisschen warten!", sagte sie leise, als sie an ihrem Auto vorbeikam.

Auf ihren kurzen Beinen eilte sie los. Sie wollte einfach mal zehn Minuten an gar nichts denken, um sich zu sortieren und ihre Synapsen wieder auf Vordermann zu bringen, aber es klappte nicht. Die Gedanken purzelten nur so durcheinander, allerdings dachte sie statt an den Fall an den Hannoveranischen … sorry, Hannoverschen Karneval. Sie hatte nicht gewusst, dass es in Hannover eine Karnevalsszene gab. Und dass es hier auch „Karneval" hieß. Sagte man eigentlich Alaaf wie in Köln oder Helau? Sie wusste es nicht. Wohl Helau wie in Düsseldorf, oder? Sie schüttelte sich, als sie an die ungeliebte rheinische Nachbarstadt Kölns dachte. Nur gut, dass Bernd-Karl da keinen neuen Job bekommen hatte. Dann doch lieber Hannover.

Williamson hielt inne und musste lachen. Da steckte sie in einem komplizierten Fall mit viel zu vielen Verdächtigen und Motiven, und sie dachte über die hiesige Karnevalskultur nach! Ihre Gehirnwindungen machten wirklich, was sie wollten.

Unterdessen war sie am Arthur-Menge-Ufer angekommen. Direkt vor ihr lag die imposante Fußballarena und daneben das Lakeside Hotel. Schwungvoll trat sie in die Drehtür ein und stand auch schon im Eingangsbereich des Hotels.

„Herzlich willkommen im Lakeside. Was kann ich für Sie tun?“, flötete ihr eine der beiden Damen an der Rezeption entgegen. Williamson stellte sich vor und fragte nach Holger Trespen.

„Herr Trespen ist heute nicht im Hause, er ist in unserem Schwesterhotel in Kiel“, zwitscherte die junge Dame.

„Auch gut.“ Sie überlegte. Das war vielleicht gar nicht so schlecht. Trespen hätte ihr womöglich Steine in den Weg gelegt bei dem, was sie vorhatte. Mitten in ihre Überlegungen hinein meldete sich die Empfangsdame erneut.

„Ich kann seiner Assistentin Bescheid geben. Sie wird Ihnen bestimmt weiterhelfen können.“

„Dat is' gut. Ich warte.“

Während sie wartete, wippte sie auf ihren Füßen von den Fersen auf die Zehen und wieder zurück. Dann ging eine Tür im hinteren Bereich der Empfangshalle auf und eine schlanke, dunkelblonde junge Frau in einem anthrazitgrauen Hosenanzug trat auf sie zu.

„Kommissarin Williamson? Mein Name ist Nina Anschütz, ich bin die Assistentin von Herrn Trespen. Was kann ich für Sie tun?“

„Ich will dat Zimmer noch einmal ansehen und auch den Rest, vor allem muss ich mit dem Lastenaufzug bis in den Keller.“

„Tatsächlich?“ Nina Anschütz wiegte den Kopf hin und her. „Also, ich weiß nicht, ob das möglich sein wird, denn immerhin befindet sich im Keller die Küche und …“

Wie, wat? Wenn das ein Scherz sein sollte, war er besonders schlecht. Williamson reckte sich zu ihrer vollen „Größe“ auf und sah der Assistentin fest in die Augen. „Frau Anschütz“, sie verschränkte die Hände hinter dem Rücken und wippte wieder von den Fersen auf die Zehen und zurück. „In *Ihrem* Hause is’ ein Mord passiert. Dat is’, vorsichtig ausgedrückt, unschön. Un’ unsere Aufgabe is’ et, den Mord aufzuklären, wat in Ihrem“, sie betonte nicht nur das „Ihrem“, sondern stach zusätzlich mit dem Zeigefinger in Richtung der jungen Frau, die daraufhin mit ihrem Oberkörper zurückwich, „Sinne sein dürfte. Und im Sinne Ihres Vorgesetzten und Ihres Arbeitgebers, bevor der Imageschaden noch größer wird! Oder nit?“

Nina Anschütz wich noch weiter zurück. „Also gut. Wenn Sie mir bitte folgen wollen.“ Die junge Frau eilte mit kleinen, trippelnden Schritten voran.

„Na also, geht doch“, brummte Williamson zufrieden und stapfte hinter der Hotelmitarbeiterin her, die der Kommissarin die Tür des Aufzugs gegenüber der Rezeption aufhielt.

„Das Zimmer von Herrn Middelstein befindet sich im fünften Stock, das …", fing Nina Anschütz an.

„Danke, dat weiß ich, ich war schon da!", entgegnete die kleine Kommissarin und wippte wieder von den Fersen auf die Zehen und zurück.

Ging das nicht schneller?

An der Zimmertür durchbrach Williamson das Amtssiegel und ließ dann ihrer Begleitung den Vortritt, die die Tür mit einer Codekarte öffnete. Beide betraten den Raum. Während Nina Anschütz an der Tür stehen blieb und ihre ganze Körperhaltung Unbehagen ausdrückte, stapfte Williamson hinein und sah sich um. Das Pulver der Spurensicherung war überall. Der Teppich war entfernt und in die Kriminaltechnik gebracht worden. Der Raum wirkte verwaist und machte einen traurigen Eindruck. Aber das Zimmer interessierte sie eigentlich nicht. Wenn es etwas zu entdecken gab, dann würde es die Spurensicherung entdecken. Oder hätte es längst entdeckt.

„Gut, gut", sagte Williamson munter, „dann lassen Sie uns mal den Weg zurückgehen." Zielstrebig ging sie den Weg bis zum Lastenaufzug, den Lageplan des Hotels vor ihrem inneren Auge. Im Straßenverkehr konnte sie sich nicht zurechtfinden, aber gab man ihr einen Plan von einem Tatort, war sie nicht zu stoppen. Sie blieb vor dem Aufzug stehen und sah Nina Anschütz erwartungsvoll an. Die guckte zurück.

„Junge Frau, würden Sie bitte so freundlich sein und den Aufzug bedienen, damit wir damit nach unten fahren können?"

„Sie glauben …“, die Assistentin riss die Augen auf, „das würde bedeuten, dass ein Mitarbeiter … nein, das kann nicht sein. Für unsere Mitarbeiter lege ich meine Hand ins Feuer!“

„Vorsicht, Frau …“ Williamson sah sich das Namensschild an und kniff dabei die Augen zusammen. Sie brauchte doch wohl keine Brille? „Vorsicht, Frau Anschütz, da hat sich schon manch einer verbrannt, dat kann ich Ihnen sagen.“

„Also gut.“ Die Assistentin schob einen Schlüssel in das Schloss des Aufzugs. „Wenn Sie meinen.“

„Dat tue ich“, sagte Williamson und stieg erhobenen Hauptes in den Aufzug ein. „Wir halten auf jedem Stock, klar?“

Nina Anschütz nickte wortlos. Sie hielten auf dem vierten, dritten und zweiten Stock. Bei jedem Halt steckte die Kommissarin den Kopf aus dem Aufzug. Schließlich kamen sie im ersten Stock an. Das war das Stockwerk, auf dem die Festsäle und Seminarräume untergebracht waren.

„Dat gucken wir uns später genauer an“, entschied sie und befahl: „Weiter!“ Sie hielten im Erdgeschoss. Wieder steckte Williamson den Kopf durch die Türen.

„Alles klar“, sagte sie, „weiter.“

Sie glitten mit dem Aufzug nach unten in den Keller. Sobald sich die Türen geöffnet hatten, war sie schon aus dem Aufzug heraus. Nina Anschütz folgte ihr auf dem Fuße. Sie standen in einem schmalen Gang und wandten sich nach links. Der Gang machte einen Knick nach rechts, dann standen sie in der großen Hotel- und Restaurantküche, in der hektische Betriebsamkeit herrschte.

Niemand beachtete sie. Türen links und rechts führten zu Lagerräumen, wie ihr Nina Anschütz erklärte.

Williamson drehte sich um, eilte den Gang zurück zum Lastenaufzug. Gegenüber war ein Wäscheraum. Sie betrat den Raum und sah sich um. Wäschecontainer standen an einer Wand, und Frischwäsche, ordentlich auf Regalen aufgereiht, wartete darauf, verwendet zu werden.

„Wat passiert mit der Schmutzwäsche?“, fragte Williamson.

„Die wird jeden Tag von einer Wäscherei am frühen Nachmittag abgeholt und dort gereinigt.“

„Wir brauchen die Kontaktdaten!“, befahl die Kommissarin. „Wo wird die Wäsche gesammelt?“

Nina Anschütz deutete auf ein großes Rohr in der Wand. „Die Wäsche kommt hier heraus, dann wird sie in Container gepackt und abtransportiert. Auf jeder Etage gibt es einen Wäscheraum, in dem die Wäsche gesammelt und in den Schacht geworfen wird. Die landet dann hier.“

„Ich muss hier meine Kollegen hinbeordern. Die müssen den Raum untersuchen. So lange darf hier keiner rein. Ich sage den Kollegen, dat sie sich beeilen sollen. Dann können sie auch gleich dat Siegel am Zimmer erneuern.“

Williamson erledigte das Telefonat schnell. „Gut“, sagte sie nachdenklich, „wo geht et hier raus?“

Sie verließen den Wäscheraum, wandten sich nach links und gingen auf eine große, doppelflügelige Tür zu.

„Diese Tür führt nach draußen“, informierte die Assistentin. „Das ist unser Lieferanteneingang.“

Williamson lief hinter ihr her auf eine asphaltierte Fläche an der rechten Seite des Hotels, die genug Platz für Lieferfahrzeuge und sogar Lkw ließ. Unter ihrem Zwerchfell kribbelte es wie verrückt. Das musste es sein. So musste der tote Middelstein aus dem Hotel geschafft worden sein. Sie atmete tief durch, drehte sich um und ging wieder hinein und nochmals den Gang entlang bis zum Lieferantenaufzug und zu dem Knick, der in die Küche führte. Von hier aus konnte sie niemanden vom Küchenpersonal sehen, und die, die in der Küche arbeiteten, sahen sie nicht. Die Kommissarin verstand nun, warum keinem Mitarbeiter, der an dem Abend Dienst gehabt hatte, etwas aufgefallen war. Wenn man den richtigen Moment abpasste, dann konnte man ungesehen vom Lieferantenaufzug durch den Gang und die Tür bis nach draußen gelangen. Und dort könnte ein Auto gewartet haben, mit dem der Tote hätte weggeschafft werden können.

Williamson atmete tief durch. Endlich! Endlich hatte sie nicht mehr nur das Gefühl, im Dunkeln zu stochern. Sie wusste zwar immer noch nicht, wer Georg Middelstein getötet hatte, aber sie ahnte zumindest, wie der oder die Täter mit der Leiche das Hotel verlassen hatten.

Die Kommissarin klatschte in die Hände und sagte zu der Assistentin des Geschäftsführers: „Dat hätten wir. Jetzt gehen wir wieder nach oben. Ich möchte mir dat Treppenhaus noch mal ansehen. Kommen Sie!“

Und schon marschierte sie mit festem Schritt auf den Lieferanteneingang zu. Anstatt erneut den Lastenaufzug zu nehmen, bogen sie in das Treppenhaus ab und kamen wieder am Erdgeschoss mit der Empfangshalle vorbei. Gerade als sie sich auf den Stufen in Richtung erster Stock befanden, ging ein ohrenbetäubender Schlag, gefolgt von einem atemberaubenden Dröhnen durch das Hotel, das in seinen Grundfesten zu erzittern schien. Und noch einmal. Und noch einmal.

Williamson fuhr zusammen und glaubte, von den Schlägen hochgehoben zu werden. Sie hielt sich die Ohren zu, aber das nützte nichts, weil ihr ganzer Körper von dem mächtigen Dröhnen geflutet wurde. „Wat is' dat, um Gottes willen?", schrie sie und sah entsetzt zu Nina Anschütz dicht hinter ihr. Zu ihrem Erstaunen sah diese sie nicht nur ungerührt an, sondern lächelte auch noch!

„Das sind die Trommler!"

„Wat für Trommler?", schrie Williamson wieder, aber ihre Worte wurden von dem wahnsinnigen Lärm verschluckt.

Nina Anschütz hatte sie trotzdem verstanden. „Die japanischen Trommler. Sie üben für das Neujahrsfest!", schrie die Assistentin zurück und lächelte wieder. Anscheinend war sie diesen Lärm gewöhnt und freute sich auch noch darüber!

„Wie wat? Japanische … wat?" Schon wieder diese Japaner. Sie stapfte die restlichen Stufen nach oben und durch die Glastür auf die Galerie, die zu den Bankettr äumen führte.

„Dat geht nit. Dat behindert wichtige Polizeiarbeit! Dat behindert mich!"

Im ersten Stock angekommen, wurde das Dröhnen noch lauter. Mit den Händen auf die Ohren gepresst raste die Kommissarin in den Festsaal, aus dem der Lärm zu kommen schien, die hilflose Nina Anschütz im Schlepptau. Sie rannte geradewegs auf die Gruppe zu, die auf der Bühne aufgereiht war, und wedelte hektisch mit den Armen.

„Aufhören!“, schrie sie und wedelte noch heftiger, „sofort aufhören mit dem Krach! Da kann man nit bei denken!“

So unvermittelt das Trommeln angefangen hatte, so abrupt hielten die Trommler inne. Die Stille war fast unheimlich. Die Trommlerinnen – es waren ausnahmslos Frauen, sehr muskulöse Frauen und keineswegs nur Japanerinnen, wie Williamson erstaunt feststellte – wandten ihr nach und nach ihre Gesichter zu. Sie wirkten nicht verärgert, sondern eher erstaunt.

Wieder wedelte die Kommissarin mit den Armen und rief: „Sagen Sie mal, sind Sie denn von allen guten Geistern verlassen? Da bekommt man Migräne von dem Lärm! Ich muss mich konzentrieren!“

„Das sind Taiko, werte Frau …“, sagte eine tiefe Frauenstimme schräg hinter ihr.

Sie drehte sich um. Die Stimme gehörte zu einer imposanten Erscheinung mit schwarzer Wallemähne und einem rot geschminkten Mund. Die Dame war groß, sicher an die 1,80 Meter oder noch größer, und trug ein buntes Kleid, das nach allen Regeln der Kunst gewickelt zu sein schien. Darunter blitzten schwarze Wildlederstiefel hervor, die sie mit ihren hohen Absätzen noch größer wirken ließen. Auch sie schien nicht verärgert, sondern amüsiert. Ihre schwarzen, ausdrucksstarken Augen blickten die Kommissarin an, in ihren Winkeln entstanden kleine Lachfältchen.

Williamson schätzte sie auf Anfang fünfzig.

„Bitte entschuldigen Sie, Frau Dr. Mohwinkel", beeilte sich Nina Anschütz in Richtung der Frau zu sagen, aber diese winkte ab und wandte sich stattdessen an die Kommissarin.

„Taiko heißt ‚dicke Trommel', liebe Frau …"

„Williamson", sagte die Polizistin automatisch und direkt danach: „Nur Williamson. Dat reicht."

Erst jetzt bemerkte sie, dass der Saal festlich eingedeckt war. Große runde Tische erstrahlten in Rot und Weiß. Silberne Kerzenleuchter sorgten für ein stilvolles Ambiente. Alles war offensichtlich schon für den großen Abend vorbereitet.

„Hauptkommissarin Williamson untersucht den tragischen Todesfall", erklärte Nina Anschütz und wurde wieder eine Spur blasser. Das Thema war ihr sichtlich unangenehm.

„Genau", nickte Williamson bekräftigend. „Und deshalb muss ich hier denken. Verstehen Sie? Da is' der Lärm, also dat Trommeln, nit von Vorteil, wenn Sie verstehen, wat ich meine."

„Aber natürlich, Frau Kommissarin, natürlich", beeilte sich die eindrucksvolle Frau Doktor mit der schwarzen Mähne zu sagen. „Aber was ich fragen will", fuhr sie dann strahlend fort, „höre ich das richtig heraus? Sind Sie eine Landsfrau von mir?"

„Ich komme aus Köln", antwortete Williamson und guckte die Dame erwartungsvoll an, „un' Sie?"

„Auch Köln!", strahlte diese. „Janina Mohwinkel, ich bin Präsidentin der Deutsch-Japanischen Gesellschaft Hannover. Wir feiern hier am Samstag unser Neujahrsfest. Wie jedes Jahr. Die Gruppe hat schon eine ganze Weile geprobt“, erzählte sie weiter. „Sie hatten nur eine kleine Pause gemacht. Das ist ganz schön anstrengend!“

„Dat kann ich mir vorstellen“, nickte die Kommissarin und besah sich die Muskelpakete der Frauen auf der Bühne. „Obwohl Sie ganz schön durchtrainiert aussehen!“ Die Frauen schickten sich an weiterzumachen und nahmen Aufstellung.

„Halt!“, rief Williamson aus. „Warten Sie bitte, bis ich draußen bin, dat hält mein Kopp sonst nit aus.“

Sie wollte den Raum zu verlassen, doch da fasste Janina Mohwinkel sie am Arm. „Wir sind hier gleich durch. Haben Sie vielleicht einen Augenblick Zeit, um mit mir gemeinsam im Restaurant einen Kaffee zu trinken? So oft habe ich nicht die Gelegenheit, mit einer echten Kölnerin zu sprechen.“

Ihr Lächeln war so einnehmend, dass Williamson einfach nicht anders konnte. „Gern“, sagte sie, „mir geht et ganz genauso, seitdem ich hier bin.“

„Abgemacht. Wir treffen uns in einer Viertelstunde an der Rezeption, einverstanden?“

„Alles klar.“

Die Kommissarin war noch nicht ganz an der Tür, als das ohrenbetäubende Schlagen gefolgt von dem durchdringenden Dröhnen wieder einsetzte. Obwohl sie darauf vorbereitet war, zuckte sie erneut zusammen.

„Die spinnen, die Japaner“, schrie sie zu Nina Anschütz.

„Wie bitte?“, schrie diese zurück.

„Die spinnen, die … vergessen Sie et.“

Der reinste Wahnsinn!

Wie verabredet traf Janina Mohwinkel eine Viertelstunde später an der Rezeption ein, an deren Tresen Williamson lehnte und in ihrem zerfledderten Notizheft die Ergebnisse ihrer Begehung aufschrieb. Sie runzelte die Stirn und hoffte wie immer, ihr Gekritzel später noch lesen zu können. Nina Anschütz hatte sie bis zum Empfang begleitet und sich dann sichtlich erleichtert von ihr verabschiedet. Die Spurensicherung war inzwischen eingetroffen und sofort in den Keller gegangen.

Janina Mohwinkel kam festen Schrittes auf Williamson zu, wieder ein strahlendes Lächeln im Gesicht.

Die Frau is' auf Zack, dachte Williamson anerkennend, die vergeudet keine Zeit!

„Wie schön!", rief Janina Mohwinkel aus und klatschte begeistert in die Hände. „Na dann los, Frau Kommissarin – nein, halt, warten Sie!" Sie blieb abrupt stehen, als ihr plötzlich etwas einfiel. Williamson, die direkt hinter ihr war, prallte mit ihr zusammen.

„Entschuldigung. Aber …" Frau Mohwinkel sah Williamson mit schräg gelegtem Kopf an. „Haben Sie Hunger?"

„Wie eine ganze Kompanie", seufzte die kleine Kommissarin und legte die Hände auf ihren Bauch. Sie hatte gar nichts zu Mittag gegessen. Das ging gar nicht!

„Dann weiß ich was!", sagte die imposante Frau. „Kommen Sie! Mein Auto steht direkt vor der Tür."

Williamson versuchte, auf ihren kurzen Beinen mit der Präsidentin der Dings-Gesellschaft Schritt zu halten. Diese steuerte auf ein knallrotes Mercedes Coupé zu, einen flotten Zweisitzer.

„Dat is' Ihr Auto?", fragte die Kommissarin bewundernd. „Du meine Güte, da komm' ich nie und nimmer rein!"

„Papperlapapp", winkte Janina Mohwinkel ab. „Das ist doch ein Kinderspiel!" Wie zum Beweis drückte sie sie auf den Beifahrersitz und schmiss schwungvoll die Tür ins Schloss.

Auf Zack, dachte die Polizistin wieder, sag' ich doch!

Elena Grifo hatte schon einen flotten Fahrstil, aber Janina Mohwinkel schlug sie um Längen. Williamson hielt sich abwechselnd krampfhaft am Armaturenbrett und am Türgriff fest, während ihre Fahrerin die Straße entlangbrauste.

Die Ampeln sind bei der nur Deko, dachte sie und fing an zu schwitzen. Die Fahrt dauerte zum Glück nicht lange. Am Aegi zwängte Janina Mohwinkel ihr Auto in eine winzige Parklücke. Sie gelangten an den gläsernen Anbau des Gebäudes der Nord/LB, von dem Williamson immer noch nicht wusste, ob sie es ansprechend finden sollte oder nicht. An der Glastür stand tatsächlich *Trekken*. Im Gastraum drehte sich Williamson um, und da stand, nicht weniger großartig, *Deujen*.

„Wat is' dat hier?", flüsterte sie ehrfürchtig.

„Das hier ist die Ständige Vertretung", erklärte Janina Mohwinkel und umfasste mit einer Geste die gesamten Räumlichkeiten.

Williamson sah sich bewundernd um, und ihr Mund klappte vor Staunen nach unten.

„Toll! Wie in einem Geschichtsbuch!"

„Das Thema ist die Ost-West-Geschichte von BRD und DDR. Da die Ständige Vertretung der DDR im Rheinland war, hat man auch versucht, die Kultur des Rheinlands abzubilden. Vor allem kulinarisch! Warten Sie erst mal ab, bis Sie die Speisekarte gesehen haben! Danach haben Sie kein Heimweh mehr!“

Zwanzig Minuten später saßen die Frauen nicht nur an einem gemütlichen Ecktisch und hatten mit einem Kölsch angestoßen, sondern hatten auch ein ganz köstliches Essen vor sich. Janina Mohwinkel hatte eine Currywurst mit Pommes bestellt, und Williamson sog genießerisch den Duft von Rievkooche mit Apfelmus ein.

„Mein Leibgericht! Ich fass' et nit!“ Einfach himmlisch! „Dat hier“, sie fuhr mit der Gabel durch die Luft, „dat hier is' dat Paradies!“ Das hatte sie auch über die Belg… Holländischen Kakao-Stuben gesagt. Solche Orte mitten in Hannover!

Janina Mohwinkel legte den Kopf in den Nacken und lachte herzlich. „Das freut mich. Ich wusste, dass Ihnen das gefallen wird. Und Sie sahen aus, als ob Sie genau das gebrauchen könnten.“

„So etwas kann man immer gebrauchen. Dat ist für mich wie eine Vitaminspritze für einen Sportler!“

Die kleine Kommissarin erzählte ihrer Landsfrau, wieso sie zu Jahresbeginn mit ihrer Familie in Hannover gelandet war. Nur einen kleinen Moment und nur im hintersten Winkel ihres Hirns fragte sie sich, warum sie einer Frau, die sie kaum kannte, ihre jüngere Lebensgeschichte erzählte. Es fühlte sich richtig an. Sie hatte gelernt, ihrem Bauchgefühl zu vertrauen.

Janina Mohwinkel legte das Besteck zur Seite und sah sie ernst an. „Das ist eine Sauerei. Unmöglich.“

„Wem sagen Sie dat. Aber wat sollen wir machen? Klagen? Prozessieren? Womöglich über Jahre hinweg? Wir haben zwei Töchter, an die wir denken müssen. Dat können wir nit verantworten. Ich kann et meinem Mann nit antun, lange rumzujammern. Am Anfang war et echt schwer. Die Hannoveraner sind so ganz anders als die Kölner."

Janina Mohwinkel nickte. „Das stimmt. Aber wissen Sie", sie beugte sich nach vorne, „Sie müssen so sein, wie Sie sind. Sie dürfen sich niemals verstellen oder meinen, Ihren wahren Charakter nicht zu zeigen."

Die Kommissarin lachte auf und schüttelte den Kopf. „Dat kann ich sowieso nit!"

„Das glaube ich gern", nickte Janina Mohwinkel. „Ich konnte das auch nicht. Und ich bin damit gut gefahren. Ehrlichkeit und Herzlichkeit werden hier sehr geschätzt. Und Humor."

„Dat habe ich schon gemerkt. Zumindest bei einigen, denen ich begegnet bin. Wie lange leben Sie schon hier?"

„Mehr als zwanzig Jahre. Ich bin damals meinem Mann gefolgt, der hier einen Job gefunden hatte. Mein Mann ...", Janina Mohwinkel zögerte ein wenig, „ist mir abhandengekommen und wieder ins Rheinland zurückgekehrt. Ich bin geblieben."

„Man hört gar nit, dat Sie aus Köln stammen."

Die Präsidentin der Deutsch-Japanischen Gesellschaft neigte den Kopf zur Seite und sah sie in gespielter Zerknirschung an. „Das hat sich über die Jahre so ergeben. Aber im ‚Hätz'", sie lächelte verschmitzt, „bin ich Rheinländerin geblieben." Es entstand eine kleine Pause.

„Wissen Sie", fuhr Janina Mohwinkel fort, „das Wichtigste ist, dass Sie verstehen, wie die Stadt funktioniert. Wie sie atmet. Das ist das A und O."

Die Kommissarin nickte. „Dat is' mir auch schon aufgefallen. Hier kennt auch jeder jeden. Genau wie in Köln."

„Sie müssen sich Ihr eigenes Netzwerk aufbauen", sagte Janina Mohwinkel und fuhr sich durch ihre schwarzen Locken. „Das ist ganz wichtig. Damit Sie die Entscheidungswege durchschauen können." Die Präsidentin legte den Kopf schräg und lächelte sie an. „Sie haben eine intakte Familie. Das ist etwas ganz Besonderes. Die Familie ist das Wichtigste überhaupt. Da kann man so sein, wie man ist. Man muss weder eine Rolle spielen noch darauf achten, dass vielleicht unter der Oberfläche nicht alles so ist wie zunächst gedacht. Das ist oft so, wenn man mit Menschen zu tun hat."

Sie hielt kurz inne. „Aber wem sage ich das? Das wissen Sie als Kommissarin bestimmt am besten."

„Un' ob!", stimmte diese zu und grinste. „Un dat dat hier so is', is' mir auch schon aufgefallen." Da fiel ihr etwas ein. „Sagen Sie mal, Frau Mohwinkel, wo wir hier so zusammensitzen. Kennen Sie eigentlich den Dr. Ansgar Storch? Dat is' auch so ein Japanverrückter." War da ein winziges Zögern, bevor Janina Mohwinkel antwortete?

„Natürlich kenne ich ihn", sagte sie gedehnt – und vorsichtig? „Ein Mann mit Stil. Uns eint die Liebe zur japanischen Kultur, und er ist uns sehr verbunden. Er wird auch am Samstag beim Neujahrsfest sein. Wir ‚Japanverrückten' sind eine verschworene Gemeinschaft. Da kennt jeder jeden."

Plötzlich klatschte Janina Mohwinkel in die Hände.

Williamson ließ vor Schreck fast ihr Kölschglas fallen.

„Ich habe eine fantastische Idee!", rief die imposante Frau aus. „Sie kommen am Samstag auch zum Neujahrsfest. Ich lade Sie ein! Sie und Ihre Familie. Dann lernen Sie die japanische Kultur richtig kennen! Es werden über einhundert Gäste da sein, das ist immer sehr stimmungsvoll!"

„Mit den Trommlern?", fragte die Kommissarin zweifelnd. „Da bin ich taub, wenn die fertig sind!"

„Es gibt Ohrstöpsel", winkte Janina Mohwinkel ab. Sie beugte sich über den Tisch und sah ihr in die Augen. „Ein Nein gilt nicht. Sie müssen kommen! Es wird auch Ihrer Familie gefallen. Und Sie kommen auf andere Gedanken, weg von Ihrem Fall!"

„Apropos Fall", Williamson hatte auf die Uhr gesehen und erschrocken aufgeblickt, „ich muss zurück zur Arbeit."

„Also abgemacht", entschied die Präsidentin bestimmt, „wir sehen uns Samstagabend, 19.00 Uhr."

Kapitel 24

Auf dem Rückweg in den ZKD kribbelte es in Williamsons Bauch wie verrückt. Der Austausch mit Janina Mohwinkel hatte ihr gutgetan. Sie spürte, dass sie der resoluten Frau vertrauen konnte. Williamson war sehr vorsichtig mit Freundschaften und auch mit Vertrauen außerhalb der Familie. In Köln hatte sie natürlich Freunde gehabt – hauptsächlich Männer, weil sie mit diesen einfach besser klarkam. Hier in Hannover schien es andersherum zu sein. Neben Elena Grifo war Janina Mohwinkel die zweite Frau, die sie sehr beeindruckte. Mit Katharina Torgau waren es sogar drei.

Das Bauchkribbeln hatte noch einen anderen Grund. Janina Mohwinkel hatte irgendetwas gesagt, das in ihr eine leichte Schwingung ausgelöst hatte, aber es war so unbestimmt, dass sie es nicht zu fassen bekam.

Die Begegnung und das Essen in der Ständigen Vertretung hatten sie beflügelt. Sie betrat schwungvoll ihr Büro, in dem ihre Kollegin hinter ihrem Computer saß. Sie sah auf.

„Hallo Chefin, da sind Sie ja. Die beiden Harmanautiker sind gerade raus."

„Und – wie war et?"

Grifo lächelte. „Nachdem sie sich gewundert hatten, dass Sie nicht da waren …"

„Na, dat tut mir aber leid!“, bemerkte Williamson ironisch und winkte ab. „Die sollen sich mal wieder einkriegen, die feinen Herren. Ich kann mich nit um alles kümmern.“

„Jedenfalls haben sie ganz offen Auskunft gegeben.“ Grifo zuckte mit den Schultern. „Sie hätten nichts zu verbergen.“

„Warum haben sie dann nit gleich gesagt, wat et mit ihrer Reise auf sich hatte? Und mit dem Vertrag?“

„Die einfachste Antwort: weil sie nicht danach gefragt wurden und weil sie nicht dachten, dass es einen Zusammenhang mit dem Mord geben könnte. Aber vielleicht haben sie auch geschwiegen, weil sie sich nicht verdächtig machen wollten.“

Die Tür ging auf, und Cohen trat ein, einen Kaffeebecher in der Hand.

„Na, Herr Cohen, wie war Ihr Eindruck von unseren Seeleuten?“

Der Baron bestätigte das, was Elena Grifo geschildert hatte. Die beiden wechselten sich in ihrem Bericht ab. Harmisch und Mann steckten tatsächlich in finanziellen Schwierigkeiten, machten aber Middelstein keinen Vorwurf. Ausdrücklich keinen. Horst Lissenbach hatte den Unternehmern die Gerüchte vorgehalten, die von den Unterlagen, die die Wirtschaftskriminalität gefunden hatte, gestützt wurden. Sie meinten, dass sie aus diesem Loch schnell wieder herausfinden könnten.

„Die sind es gewohnt, sich an der Grenze zu bewegen, und lassen sich so schnell nicht von ihrem Weg abbringen“, meinte Cohen und zuckte mit den Achseln. „Zumindest

Harmisch kommt mir wie ein Spieler vor, der den Nervenkitzel liebt. Der Mann ist da deutlich zurückhaltender und vorsichtiger und sagt nicht viel. Das überlässt er Harmisch."

„Aber auch Mann wirkte nicht beunruhigt", warf Grifo ein. „Und Harmisch sagte, dass sie wieder einiges Interessantes am Haken hätten, um mal in der Seefahrersprache zu bleiben. Sie suchen noch einen neuen Anwalt, der sie ähnlich gut betreut wie Georg Middelstein."

Williamson tippte sich an die Nase und dachte nach. „Also kein wirkliches Motiv? Keine Verbindung zu den anderen Verdächtigen?"

Grifo schüttelte den Kopf. „Nein. Jedenfalls keine, die wir hätten ermitteln können. Sie kennen natürlich die Herren Storch, aber weder Holger Trespen, Marion von Lohen noch die Familie von Herrn Middelstein. Sie bedauern seinen Tod. Illegales lässt sich nicht nachweisen. Das war alles im Rahmen. Selbst der Vertrag war trotz des Risikos nicht wirklich unvernünftig, das sagen auch Lissenbach und seine Kollegen. Da hat der Eberle wohl etwas übertrieben."

„Die lieben Journalisten", sagte Williamson ironisch. „Dann gibt et auch keine Exklusiv-Fotos, dat sage ich Ihnen." Dabei schaute sie den Baron streng an, der ihrem Blick auswich. Grifo lächelte leicht.

„Sie selbst hätten et nit gewesen sein können", fuhr Williamson fort. „Aber vielleicht mit einem der anderen … aber die Verbindung scheint et nit zu geben."

Cohen trank einen Schluck aus seinem Becher und meinte: „Wenn Sie meine Meinung hören wollen, das ist eine Sackgasse. Die waren es nicht."

„Wieder eine“, stöhnte Williamson. Stille breitete sich aus. Die drei schauten sich an. Dann berichtete die Kommissarin von ihrem Besuch im Lakeside Hotel. Sofort hellte sich die Stimmung auf.

„Das ist doch mal was!“, freute sich Grifo. „Der Traum wäre es, wenn die Spurensicherung in der Wäschekammer Spuren von Georg Middelstein finden würde.“

Da klingelte das Telefon auf Grifos Schreibtisch. Mit einer fließenden Bewegung hob die junge Kommissarin den Hörer ab.

„Danke“, sagte sie knapp und legte die Hand über den Hörer. „Frau von Lohen ist da“, informierte sie ihre Kollegen und sah ihre Chefin an. „Wo soll sie hin?“

Williamson überlegte. „Sie kann in dat Vernehmungszimmer“, entschied sie. „Die können wir ruhig ein bisschen einschüchtern. Frau Grifo, mal gucken, wat die gute Dame zu sagen hat.“ Sie schaute zum Baron, der immer noch seinen Kaffee schlürfte. „Herr Cohen, fragen Sie mal in der Spurensicherung nach, wie weit die sind. Un’ vorher kommen Sie mit und machen von der Frau von Lohen ein Foto. Dann fragen Sie im Hotel nach, ob sie nach 23.00 Uhr noch gesehen wurde. Un’ dat Gleiche machen Sie mit den Karnevalheinis. Un’ bleiben Sie noch kurz dabei. Ich will Ihre Meinung über die Dame.“

Er stierte sie mit seinen Glupschaugen an. Ihm blieb vor Überraschung der Mund offen stehen.

„Also, worauf warten wir? Los geht’s, nütz’ ja nix.“

Marion von Lohen saß aufrecht auf dem Stuhl, auf dem am Vortag Kai Eberle gesessen hatte. Der Duft eines exklusiven Parfüms lag in der Luft. Es war derselbe Duft wie im Hotelzimmer. Sie sah ganz genau so aus, wie Williamson sie sich vorgestellt hatte. Blond, lange Haare, groß, schlank, teure Kleidung, exklusiver Schmuck, dezentes Make-up, ein leicht arrogantes Auftreten. Sie schaute sich missbilligend in dem schmucklosen Raum um, bevor sie die Kommissare ins Visier nahm. „Ich habe mich schon in schöneren Räumen aufgehalten", sagte sie und verzog den perfekt geschminkten Mund zu einem herablassenden Lächeln.

Williamson spürte, wie das Magma in ihr hochstieg. Was bildete die sich eigentlich ein? Sie spürte den Blick von Grifo und atmete einmal tief durch. „Frau von Lohen", begann sie, „Sie wissen, warum Sie hier sind, oder? Nit, um unsere Räumlichkeiten zu begutachten, sondern um bei der Aufklärung eines Mordfalls zu helfen. Außerdem", sie machte eine Pause und zwinkerte mit ihren Knopfaugen, „kann ich mir schon vorstellen, dat dat Zimmer 518 im Lakeside schöner is'."

Marion von Lohen zuckte leicht zusammen, straffte sich aber sofort und schob ihr Kinn vor. „Also, was wollen Sie wissen?"

Cohen hatte sein Handy gezückt und schoss mehrere Fotos von der Dame. Indigniert schaute Marion von Lohen ihn von oben bis unten an.

„Alles", blaffte Williamson. Sie war mit ihrer Geduld am Ende. Marion von Lohen war eine der letzten Personen, die Georg Middelstein lebend gesehen hatten, und tat so, als ob sie bei einem Kaffeekränzchen zusammensaßen und plauderten! Und das sagte sie Marion von Lohen auch. Ihre Kollegin nahm zunächst die Personalien auf und klärte die Formalien, dann übernahm wieder die Hauptkommissarin.

„Sie waren vergangenen Montag mit Georg Middelstein im Lakeside Hotel zusammen. Sie haben im Restaurant zusammen gegessen. Von wann bis wann?"

„Wir haben uns um etwa halb acht im Foyer getroffen, uns kurz unterhalten und dann eingecheckt. Anschließend sind wir ins Restaurant gegangen, haben gegessen und dann …" Marion von Lohen zögerte und warf Grifo einen Blick aus halb geschlossenen Augen zu, als ob sie sagen wollte: Wir beide wissen, was ich meine, nicht? Die junge Kommissarin schaute unbewegt zurück.

„Und dann sind Sie auf dat Zimmer gegangen", vollendete Williamson den Satz und klimperte wieder mit ihren Knopfaugen. „Dazu kommen wir gleich, aber bleiben wir noch beim Essen im Restaurant. Haben Sie sich gestritten?"

Nun klimperte Frau von Lohen ihrerseits mit ihren blauen Augen, was wohl besonders unschuldig aussehen sollte. „Nein! Wie kommen Sie darauf?"

„Weil", die Kommissarin lehnte sich zurück und verschränkte die Arme vor dem Bauch, „eine Zeugin ausgesagt hat, Sie hätten zu Herrn Middelstein gesagt …"

„… dass er das nicht machen könne und dass das Konsequenzen haben würde", zitierte Grifo.

„Ach das." Marion von Lohen warf ihre blonde Mähne in den Nacken und lachte. Es klang gekünstelt. „Das war gar nichts." Sie wedelte zur Bekräftigung mit ihrer manikürten Hand. „Es ging um den Karnevalsverein", fügte sie hinzu und verzog den Mund.

„Wie, wat?“, fragte die Kommissarin. „Sie kennen den Verein? Sind Sie da aktiv?“

Sie warf Cohen, der sich an die Wand gelehnt und mit verschränkten Armen zugehört hatte, einen Blick zu, der daraufhin den Raum verließ.

„Nicht direkt“, sagte Frau von Lohen. „Ich bin Pressesprecherin eines Sponsors, der Carloni GmbH.“

„Wat machen die?“, fragte Williamson nach. Irgendwie kam ihr der Name bekannt vor.

„Wir sind ein regionaler Systemgastrobetrieb.“

Jetzt fiel der Kommissarin wieder ein, woher sie den Namen kannte. Derselbe Gastrobetrieb sorgte für das Mittagessen in der Schule ihrer Töchter, was diesen aber nicht schmeckte. Das sagte sie Marion von Lohen natürlich nicht.

„Und da haben Sie Georg Middelstein kennengelernt?“, fragte Grifo dazwischen.

„Genau“, nickte ihr Gegenüber und warf wieder die blonde Mähne zurück.

Wat haben die nur alle mit ihren Haaren, wunderte sich Williamson im Stillen.

„Um wat ging et also?“, hakte sie noch einmal nach, obwohl sie die Antwort bereits ahnte.

„Georg wollte öffentlich machen, dass die Herren Seidenmacher und Hoffmann in die eigene Tasche gewirtschaftet haben“, sagte Marion von Lohen dann auch prompt. „Das wäre weder im Sinne des Hannoverschen Karnevals noch im Sinne meiner Firma gewesen. Er hat sich aber leider nicht überzeugen lassen. Ich habe das Thema dann auch nicht weiter vertieft, weil ich die schöne Atmosphäre nicht kaputtmachen wollte. Aber jetzt, wo Georg tot ist, ist für diese Session ohnehin alles vorbei." Marion von Lohen hob geziert die Schultern. „Es muss alles neu aufgebaut werden. Wir als Sponsor werden wohl abspringen."

Williamson beugte sich vor und sah der schönen Dame direkt in die Augen. „Besonders bedrückt wirken Sie nit, dat er tot is', oder?"

„Das stimmt nicht, natürlich bin ich traurig." Sie fuhr sich schon wieder durch die Haare, wie die Kommissarin genervt feststellte, und setzte ein bedrücktes Gesicht auf. „Ich habe ihn gemocht, aber mehr auch nicht. Er war ein guter Liebhaber, wir waren ein gutes Team, hatten in vielem dieselbe Meinung."

„Sie sind erstaunlich offen", sagte die erfahrene Polizistin und sah sie immer noch fest an. Sie verglich die Reaktion der Dame mit der von Karin Pracht. Dazwischen lagen Welten. Wie konnte man nur so kalt sein?

„Im Restaurant war der Partner von Herrn Middelstein", nahm sie den Faden wieder auf. „Ansgar Storch. Kennen Sie den?"

„Ich habe ihn an diesem Abend zum ersten Mal gesehen. Georg hat uns kurz vorgestellt. Das war's. Herr Storch saß auch mit einem Herrn zusammen, wahrscheinlich einem Geschäftspartner."

„Fanden Sie es nicht komisch, dass Herr Middelstein und Herr Storch gar nicht weiter miteinander gesprochen haben?", fragte Grifo und schob ebenfalls ihr Haar aus den Augen.

Is' dat ansteckend?, fragte sich Williamson.

„Nein, wieso?“, gab Marion von Lohen zurück. „Georg war mit mir privat da, Herr Storch geschäftlich mit seinem Mandanten. Ich habe mich nicht weiter damit aufgehalten. Außerdem hatten wir noch etwas vor, wenn Sie verstehen, was ich meine.“ Sie lächelte Grifo verschwörerisch an und betrachtete ihre Fingernägel.

Ein Moment der Stille entstand, den die Hauptkommissarin vorübergehen ließ. „Dann kommen wir mal zu Ihrem Schäferstündchen“, nahm sie den Faden wieder auf. „Wann haben Sie sich von Herrn Middelstein verabschiedet?“

„Das muss so gegen …“, die Pressesprecherin schaute an die Decke und überlegte – oder tat so, als ob sie überlegte –, „so gegen 22.30 Uhr gewesen sein. Ich war mit meinem Auto da und war vielleicht gegen zehn vor elf zu Hause.“

„Kann das jemand bezeugen?“

„Nein. Ich wohne allein.“

„Ihnen is’ schon klar, dat Sie wohl zumindest die vorletzte Person sind, die Georg Middelstein lebend gesehen hat, oder nit?“, fragte Williamson.

Marion von Lohen schlug ihre Beine übereinander und lehnte sich zurück. „Ja, dessen bin ich mir bewusst.“

„Hat Sie beim Rausgehen irgendjemand gesehen?“, fragte Williamson weiter.

„Natürlich. Die Damen an der Rezeption. Ich habe noch eine gute Nacht gewünscht und ihnen gegenüber meiner Freude Ausdruck verliehen, dass ich einen Parkplatz direkt vor dem Hotel erwischt hatte. Die sind kostenlos.“

„War Georg Middelstein aufgeregt? Oder hat er erwähnt, dass er noch mit jemandem sprechen will?“, fragte Grifo.

„Nein, gar nicht. Ich habe dann als Erste das Hotelzimmer verlassen, er war noch da. Aber er wollte auch nach Hause. Schließlich musste er am nächsten Tag arbeiten ... oder sollte arbeiten.“ Die blonde Frau atmete tief durch – sie zeigte zum ersten Mal so etwas wie Gefühle. „Außerdem hatte er noch jede Menge Auftritte vor sich.“

„Haben Sie jemanden gesehen, als Sie vom Hotelzimmer ins Foyer gegangen sind?“

Die Pressesprecherin runzelte die Stirn. „Nein, niemand. Ich bin vom Hotelzimmer zum Aufzug und mit dem ins Foyer. Begegnet bin ich keinem. Davor habe ich auch niemanden gesehen. Lediglich das Zimmermädchen hatte uns wie immer eine Flasche Champagner aufs Zimmer gebracht.“

Genau das hatte Johanna Mantritz ausgesagt.

„Sagen Sie mal, waren Sie eigentlich seine einzige Affäre?“, fragte Williamson weiter. Marion von Lohen verzog wieder ihre schön geschwungenen Lippen zu einem Lächeln.

„Mir war schon klar, dass Georg auf mehreren Rennstrecken unterwegs war, wenn Sie wissen, was ich meine.“

„Dat is’ eine interessante Beschreibung“, kommentierte die Kommissarin trocken.

„Das ist mir bewusst.“ Die attraktive Frau behielt ihr kleines Lächeln bei. „Aber das ist die beste Beschreibung für Georgs Lebensstil. Allerdings“, sie machte eine kleine Pause, „war ich die einzige feste Freundin, die Georg hatte, da bin ich mir ziemlich sicher. Trotzdem schaute er rechts und links des Weges, wenn sich die Gelegenheit ergab."

„Verstehe", kommentierte Williamson knapp, wobei sie innerlich den Kopf schüttelte. Wie konnte man nur so leben?

„Wie groß sind Sie eigentlich?", fuhr sie fort.

Marion von Lohen hob erstaunt den Kopf. „Wie bitte?"

„Sie haben mich schon verstanden. Wie groß sind Sie?"

„1,78 Meter." Die Blondine fasste sich mit einer eleganten Handbewegung wieder ins Haar und ordnete ihre mühevoll eingedrehten Wellen. „Mit High Heels über 1,80 Meter", sagte sie hochmütig und musterte die gedrungene Kommissarin.

„Mal wat anderes: Warum haben Sie sich eigentlich nit gemeldet, als bekannt wurde, dat der Middelstein tot is' – und auch noch ermordet wurde?"

„Ich", zum ersten Mal rang sie um Worte, „ich dachte …" Sie brach ab. Die Kommissarinnen sahen sie schweigend an. Sie setzte erneut an. „Ich hoffte, aus der Sache herausgehalten zu werden. Das war wohl nicht sehr schlau." Sie lächelte schwach. Die selbstsichere Fassade bröckelte.

„Dat stimmt." Williamson lehnte sich wieder zurück. „Dat war ziemlich dumm, und ganz nebenbei machen Sie sich damit auch verdächtig."

„Aber", Marion von Lohen sah von einer Kommissarin zur anderen, „aber ich bin jetzt da! Ich sage Ihnen doch alles, was ich weiß!"

Williamson sah ihr geradewegs in die Augen. „Dat hätten Sie sich vorher überlegen müssen, Frau von Lohen. Et wäre schlauer gewesen, Sie wären sofort zu uns gekommen. Sie“, Williamson stach mit ihrem rechten Zeigefinger nach der Zeugin, „waren mit Georg Middelstein zusammen, kurz bevor er ermordet wurde. Sie haben ihn als eine der Letzten lebend gesehen. Wat denken Sie denn?“

Marion von Lohen setzte sich aufrecht hin und verschränkte die Arme vor ihrem Oberkörper. Trotzig reckte sie das Kinn vor.

„Ich habe nichts mit seinem Tod zu tun. Als ich ging, machte sich Georg gerade fertig und wollte auch gehen. Mehr weiß ich nicht, das ist alles.“

„Schau'n wir mal“, entgegnete die Kommissarin. „Wir sind für heute fertig, aber halten Sie sich zu unserer Verfügung. Falls wir noch Fragen haben.“

Marion von Lohen erhob sich zögernd, von ihr genau beobachtet. Sie wartete, bis sich die blonde Dame ihren Kaschmirmantel überziehen wollte, dann stand sie ebenfalls auf. „Aber, Frau von Lohen, wo wollen Sie denn hin? Wir bringen Sie jetz' zur Spurensicherung, da werden Ihre Fingerabdrücke genommen und ein DNA-Abgleich gemacht, damit wir Sie ausschließen können.“ Marion von Lohen sah sie an und schluckte. Diesen kleinen Sieg gönnte sich Williamson.

Als die Beamtinnen in ihr Büro zurückkehrten, saß Cohen am Schreibtisch und telefonierte. Als sie Platz nahmen, legte er den Hörer auf und sah sie mit seinen blauen Glupschaugen an.

„Ich habe das Bild von Frau von Lohen ans Hotel gemailt“, sagte er. „Frau Anschütz sagt, die beiden Damen von der Rezeption, die Montagabend gearbeitet haben, treten ihren Dienst erst in …", er schaute auf seine Uhr, „rund zwei Stunden an. Sie selbst kennt die Dame nicht. Und der Trespen ist heute nicht im Hotel, er ist …"

„… in Kiel im Schwesterhotel", ergänzte Williamson. „Gut, Herr Cohen, dann gehen Sie später im Lakeside vorbei und fragen die Dämchen nach der Frau von Lohen. Und auch die Servicemitarbeiter im Restaurant. Und alle anderen auch, die da Dienst haben. Alles klar?"

Der Baron sah seine Chefin einen Moment schweigend an, seine Augen schienen noch mehr aus ihren Höhlen zu treten als sonst. Dann nickte er langsam. „Alles klar."

„Un', Herr Cohen", fuhr Williamson fort, „wenn Sie schon mal dabei sind: Fragen Sie auch die Störche, die Karnevalheinis und die Harmanautiker nach der Frau von Lohen."

Er schluckte. „Das wird eine Weile dauern", sagte er und sah von Williamson zu Grifo. Es war klar, dass er Unterstützung von der jungen Kollegin einforderte.

„Dat is' mir klar. Bis morgen Vormittag, bis dahin müssten Sie alle erreicht haben, oder nit?" Williamson klimperte mit ihren Knopfaugen und lächelte. „Sie schaffen dat schon, un' morgen Vormittag kann Ihnen Frau Grifo helfen."

„Und was machen wir?", fragte Grifo gespannt. Die kleine Kommissarin sah sie verschmitzt an.

„Wir zwei Hübschen statten jetz' der Frau Trespen einen kleinen Besuch ab."

Kapitel 25

„Wat halten Sie von der schönen Geliebten?“, fragte Williamson wenig später im Auto.

Grifo steuerte gewohnt sicher durch die Stadt. Sie hatten im Kommissariat kurz mit Cohen über Marion von Lohen gesprochen und sich dann auf den Weg gemacht. Die Kommissarin wollte den Schwung, den sie den ganzen Tag über verspürte, nicht verlieren. Cohen hatte gemeint, abgesehen davon, dass die blonde Geliebte eine „arrogante Ziege“ sei, hätten sie leider keine Anhaltspunkte, dass sie gelogen hätte. Sie hatte seine Einschätzung kommentarlos hingenommen, ihm aber innerlich recht geben müssen. Leider.

Grifo starrte aus der Frontscheibe und schwieg eine Weile. „Sie ist zwar nicht sonderlich sympathisch, und ich kann mir nicht vorstellen, so zu leben, aber sonst?“ Sie schaltete einen Gang höher. „Sie war noch nicht einmal eifersüchtig auf ihre Nebenbuhlerinnen, die es bestimmt gegeben hat.“

„Und die wir leider nit kennen“, stöhnte Williamson. „Vielleicht würde sich da ein Motiv ergeben – Eifersucht.“

„Noch ein Motiv?“, fragte Grifo und schaute kurz herüber. „Davon gibt es mehr als genug.“

Ihre Vorgesetzte nickte. „Un’ nit nur dat – et gibt auch viele Verdächtige.“

„Gehört Marion von Lohen dazu?“

„Dann gucken wir doch mal.“ Williamson hob die Hand und reckte ihren molligen Daumen nach oben. „Erstens: Sie war am Abend mit dem Middelstein zusammen – allein. Zweitens“, sie hob den Zeigefinger dazu, „sie hat ihn als eine der Letzten lebend gesehen. Drittens“, ihr Mittelfinger gesellte sich zu den beiden anderen, „die Größe könnte hinkommen – mit Stöckelschuhen passt dat. Viertens“, Ringfinger und kleiner Finger schnellten nach oben, gleichzeitig knickte sie den Daumen auf die Handinnenfläche, „vielleicht war sie doch eifersüchtig. Und fünftens“, alle Finger ihrer linken Hand waren nun gespreizt, „wir können sie nit leiden – sie is’ eine arrogante Ziege, wie der Cohen richtig gesagt hat.“

„Das ist aber kein echtes Argument“, sagte Grifo und grinste.

„Wirklich nit? Schade“, grinste Williamson zurück. „Aber Spaß beiseite, sie könnte et gewesen sein oder auch nit.“ Sie machte eine kurze Pause. „Dat is’ zum Haareraufen.“

Was sie dann auch ausgiebig tat.

„Angenommen, sie war et. Die Frage, die sich als Erstes stellt, is’“, nahm sie nach kurzer Zeit den Faden wieder auf, „wie hat sie ihn aus dem Hotel geschafft, ohne gesehen zu werden? Nach dem, wat ich heute im Lakeside gesehen hab’, bin ich davon überzeugt, dat jemand vom Hotel dabei gewesen is’. Der oder die muss die Wege kennen, verstehen Sie?“

„Das ist wohl so“, nickte Grifo. „Aber wen kennt Frau von Lohen aus dem Hotel näher?“

„Versuchen Sie mal, da wat herauszufinden. Da kümmern Sie sich gleich morgen Früh drum, Frau Grüff… äh Grifo. Und wat die Nebenbuhlerinnen betrifft, auch!"

„Alles klar, Chefin!", grinste ihre junge Kollegin. Williamson sagte ihr nicht, dass es in Bezug auf Marion von Lohen bei ihr überhaupt nicht kribbelte. Nicht einmal ein klitzekleines bisschen. Arrogant hin oder her.

Inzwischen waren sie vor dem Haus der Trespens angekommen. Wie schon bei den Stadtvillen der Störche und der Familie Middelstein schauten sie auf dem Bürgersteig vor dem schmiedeeisernen Tor bewundernd an der weißen Fassade nach oben. Es handelte sich um ein zweistöckiges Gebäude mit Pultdach, das durch die Zweige der alten Bäume schimmerte. Genau wie die anderen Villen, die sie schon besucht hatten, wurde das große Haus dezent, aber effektvoll angestrahlt.

„Schön", kommentierte Williamson trocken, „ich komm' mir langsam vor wie bei *Derrick*! Gibt et in Hannover eigentlich auch nit so schöne Gegenden?"

„Die gibt es, Chefin", sagte Grifo bestimmt. „Und die werden Sie bestimmt bald kennenlernen. Früher, als Ihnen lieb ist."

Ihre Vorgesetzte suchte die Mauer, in die das Tor eingelassen war, nach einer Klingel ab. Sie fand sie zusammen mit einer imposanten Gegensprechanlage und drückte auf den Knopf. „Der Trespen wohnt echt luxuriös!"

„Dank seiner Frau", merkte ihre Kollegin an, während sie warteten.

Nach einer Weile hörten sie eine Frauenstimme. „Ja, bitte?"

„Williamson und Grifo, Kripo Hannover“, stellte sich die Hauptkommissarin vor. Das klappte immer besser!

Eine Weile passierte nichts, dann öffnete sich das Tor mit einem Summen.

„Na, dann wollen wir mal, nütz’ ja nix!“

Margot Trespen wartete an der Eingangstür der Villa und war eine Überraschung. Williamson wusste nicht genau, was sie erwartet hatte, aber nicht das, was sie sah. Sie hatte unwillkürlich angenommen, dass die Frau ebenfalls blond und schick war, so wie Anna-Lena Middelstein es wohl einst gewesen war und so wie Marion von Lohen es ihr heute gezeigt hatte. Holger Trespens Frau schlank zu nennen, war die Übertreibung des Jahres. Sie war so dünn, dass selbst Grifo neben ihr massig aussah. Doch Margot Trespen war nicht nur dünn, sie war drahtig und durchtrainiert. Ihr knabenhafter Körper steckte in sorgfältig geschlitzten Jeans, die sicher sündhaft teuer waren. „Destroyed“, wie ihre Töchter sagen würden. Sie trug trotz der Januarkälte nur ein T-Shirt, das ihre muskelbepackten Arme ebenso offenbarte wie die Schlüsselbeine, die überdeutlich an ihrem Dekolleté hervorstachen. Ihre geschwärzten Haare waren raspelkurz geschnitten und betonten dadurch die markanten Gesichtszüge, ihre kleinen Brüste hoben sich kaum von ihrem Brustkorb ab. Wäre Williamson ihr in der Stadt begegnet, sie hätte sie im Vorübergehen für einen jungen Mann gehalten. Nichtsdestotrotz strahlte Margot Trespen eine androgyne Attraktivität aus. Sie legte den Kopf schräg und ließ sich erst einmal die Ausweise der Kommissarinnen zeigen. Dann bat sie sie, durchaus nicht unfreundlich, hinein.

„Wenn ich vorgehen darf?“, sagte sie einladend und führte sie durch eine breite Eingangshalle in einen offenen Wohnraum. Teure Fliesen gingen in teures Parkett über, zwei Stufen führten in das großzügig geschnittene Wohnzimmer hinab, mit überdimensionaler Ledercouch, Panoramafenster und großem Flachbildschirm. Ein Feuer knisterte im Kamin, der Raum war in warmen Beige- und Brauntönen gehalten. Gemütlich und modern zugleich.

Williamson verglich die Einrichtung mit der im Hause Middelstein. Beide Häuser waren geschmackvoll eingerichtet, aber wo bei den Middelsteins Kühle herrschte, war in Trespens Haus Gemütlichkeit am Platz. Das erstaunte die Kommissarin. Sie wusste selbst nicht, wieso.

Was sie wusste, war, dass Margot Trespen Golf spielte und mit ihren zwei Pferden eine erfolgreiche Turnierreiterin war.

„Sie ist mehr auf dem Golfplatz und im Reitstall als zu Hause“, hatte Grifo ihr zur Vorbereitung im Auto gesagt. „Trotzdem gilt ihre Ehe mit Holger Trespen als intakt.“

„Is’ auch kein Wunder, er is’ wohl nur im Hotel“, hatte Williamson gebrummt. Sie war sehr gespannt auf die Ehefrau des Geschäftsführers.

„Ich muss Sie enttäuschen“, eröffnete Margot Trespen, „mein Mann ist nicht zu Hause. Heute war er gar nicht in Hannover, sondern im …“

„… Schwesterhotel in Kiel“, ergänzte Williamson. „Dat wissen wir, Frau Trespen. Wir wollten zu Ihnen.“

„Zu mir?“ Margot Trespen hob erstaunt ihre Augenbrauen. „Ich weiß nicht, wie ich Ihnen helfen kann. Mit dem Hotel habe ich nichts zu tun. Das ist Holgers Spielwiese."

Sie lächelte und schlug mit unerwarteter Eleganz die Beine übereinander. Diese Geste mutete bei der sportlichen Frau fehl am Platze an, als ob sie aus unterschiedlichen Persönlichkeiten zusammengesetzt war. Williamson musste spontan an das japanische Inro denken, das aus verschiedenen Elementen bestand.

„Er ist ein guter Geschäftsführer, verstehen Sie mich nicht falsch. Aber er müsste dort nicht arbeiten."

Williamsons Augenbrauen ruckten nach oben. „So? Und warum nit?"

Margot Trespen lächelte. „Nun, er hätte in der Bank meines Onkels arbeiten können. Oder in die Politik einsteigen. Oder in die MHH gehen können, dort werden Betriebswirte genauso gebraucht. Es hätte viele Möglichkeiten gegeben. Aber er wollte das nicht. Er wollte", hier machte sie mit ihren Fingern Gänsefüßchen in die Luft, „selbstständig arbeiten. Wir haben das akzeptiert."

„Sie meinen, die Familie Schwanitz hat dat akzeptiert?", fragte Williamson nach. „Sie sprechen von den Möglichkeiten, die Ihre Familie Ihrem Mann hätte bieten können, oder nit?"

Margot Trespen sah der Kommissarin in die Augen. „Natürlich. Sie kommen wohl nicht von hier?"

„Nee, hört man dat?", fragte Williamson zurück und klimperte unschuldig mit ihren Knopfaugen.

„Allerdings", sagte Margot Trespen, und es klang erstaunlicherweise nicht unfreundlich.

„Nun, vielleicht braucht er dat. Die Unabhängigkeit, meine ich."

Die Frau von Holger Trespen warf den Kopf in den Nacken und lachte lauthals auf. „Wenn das so wäre, dürften wir nicht in diesem Haus leben. Nein, nein, Sie verstehen nicht. Er will unabhängig von meiner Familie einen Beruf ausüben, darüber hinaus nutzt er gerne die Annehmlichkeiten, die unsere Familie zu bieten hat, ob es um dieses Haus geht oder um Verbindungen. Die weiß er in seinem Beruf durchaus zu nutzen." Auch das klang nicht so verbittert, wie es zu vermuten gewesen wäre.

„Sie scheinen damit aber durchaus leben zu können", wandte Grifo ein und warf ihrer Chefin einen Blick zu.

Gut, Mädchen, dachte diese.

„Als ich ihn kennenlernte, war er ein armer Student der Betriebswirtschaft ohne Geld und ohne Beziehungen." Margot Trespen lächelte leicht. „Ob Sie es glauben oder nicht, ich habe mich sofort in ihn verliebt. Und das hat sich bis heute nicht geändert, auch wenn das viele überrascht."

Nach kurzer Pause fuhr sie fort: „Damals war er schüchtern. Und verunsichert. Da habe ich die Sache kurzerhand in die Hand genommen. Ich wollte ihn", sie machte eine kleine Pause, „ich habe ihn bekommen. Ich bekomme immer, was ich will."

„Ja", sagte Williamson und schaute sich um, „dat sieht man. Aber Ihr Mann arbeitet sehr viel, nit wahr? Er verbringt viel Zeit im Hotel?" Es war mehr eine Feststellung als eine Frage.

„Um eine funktionierende Ehe zu führen, muss man nicht ständig aufeinanderhocken. Aber das wissen Sie sicherlich am besten, nicht wahr, Frau Kommissarin? Wir haben beide unsere Leben, die wir auszufüllen wissen. Er mit Arbeit und ich … nun ja, in erster Linie mit Sport. Aber das haben Sie sicherlich schon recherchiert."

Eine kluge Frau, dachte Williamson, klüger als ihr Mann. Was fand eine Frau wie sie nur an einem Mann wie Trespen? Man begegnete immer wieder den seltsamsten Vorlieben.

„Wo wir gerade bei Ihrem Mann sind, Frau Trespen. Wann is' er denn am Montagabend nach Hause gekommen?"

„Montagabend, lassen Sie mich überlegen." Die sportliche Frau legte ihren Zeigefinger an die Nasenspitze. Eine einstudierte Geste. „Er hat mich gegen 22.00 Uhr aus dem Hotel angerufen und gesagt, dass er nach Hause kommt. Er kam dann so um zwanzig nach zehn. Wir haben noch zusammengesessen und ein Glas Wein getrunken. Uns erzählt, was wir den Tag über gemacht haben. Gegen elf, viertel nach elf sind wir zu Bett gegangen."

„Sind Sie beide direkt eingeschlafen?", fragte Williamson nach.

Margot Trespen sah sie irritiert an. „Weder er noch ich sind direkt eingeschlafen, wenn Sie es genau wissen wollen. Vielleicht gegen viertel vor zwölf oder zwölf, genau weiß ich es nicht. Und mehr werden Sie dazu von mir auch nicht erfahren."

„Schon gut", winkte die Hauptkommissarin ab.

Trespen konnte es also nicht gewesen sein. Es sei denn, die Ehefrau gab ihrem Mann ein falsches Alibi. Was natürlich möglich war, vor allem, weil sie ihn wohl wirklich liebte. Aber Williamson glaubte es nicht. Sie hielt Margot Trespen für zu klug, um für ihren Mann zu lügen. Und zu standesbewusst. Liebe hin, Liebe her.

„Kannten Sie Georg Middelstein eigentlich persönlich?", nahm sie den Faden wieder auf.

Die Ehefrau des Geschäftsführers lehnte sich zurück und verschränkte die Arme in ihrem Schoß.

„Selbstverständlich. Mein Mann und er sind … waren schließlich befreundet. Wir haben ihn bei verschiedenen gesellschaftlichen Ereignissen getroffen, und er war auch öfters Gast bei uns. Wobei er natürlich in erster Linie Holgers Freund war. Aber auch ich kannte ihn."

„Hm", machte Williamson und tat, als ob sie nachdachte. Dann hob sie den Kopf. „Und seine Frau?"

„Anna-Lena?" Margot Trespen wackelte nachdenklich und, wie es schien, bedauernd mit dem Kopf. „Natürlich kennen wir uns. Anfangs war sie auch mit, sowohl bei Veranstaltungen oder hier bei uns. Dann aber nicht mehr. Ihr geht es wohl nicht so gut."

„Dat kann man wohl sagen", sagte Williamson. „Sie hat sehr unter dem Lebenswandel ihres Mannes gelitten."

„Das kann ich verstehen", kommentierte Margot Trespen trocken. „Der war nicht ohne."

„Was wissen Sie darüber?", fragte Grifo und hielt in ihren Notizen inne.

Ihre Gastgeberin zuckte mit den Achseln. „Es war allgemein bekannt, was für einen Lebenswandel Georg Middelstein führte. Es war widerlich, wenn Sie mich fragen. Mehr muss ich wohl nicht sagen."

Williamson sah ihr direkt in die Augen. „Hat er et auch bei Ihnen versucht?"

Margot Trespen lachte laut auf und schüttelte dann den Kopf. „Nein, ich war nicht sein Typ. Er stand mehr auf blond und üppig. Damit kann ich nicht dienen. Gott sei Dank."

„Verstehe." Die Kommissarin nickte. „Wat ist mit Marion von Lohen? Kennen Sie sie? Oder Karin Pracht?"

Margot Trespen runzelte die Stirn. „Wen? Wer soll das sein?"

„Marion von Lohen war die letzte Geliebte von Herrn Middelstein und Karin Pracht eine der Verflossenen. Und seine Sekretärin."

Die drahtige Frau schüttelte sich. „Nein, die Namen der Damen sagen mir nichts. Er hatte immer denselben Typ. Austauschbar."

„Und Anna-Lena? Haben Sie zu ihr Kontakt?"

Margot Trespen schüttelte den Kopf. „Nein. Wir leben in verschiedenen Welten."

„Verstehe", sagte die Hauptkommissarin wieder, wobei es ihr kalt den Rücken herunterlief. Eine Frau, die tablettenabhängig war, passte nicht in den Bekanntenkreis der Margot Trespen. Auf Mitgefühl konnte Anna-Lena Middelstein nicht hoffen.

„Haben Sie auch wat mit dem Karnevalsverein zu tun, in dem Ihr Mann und Georg Middelstein aktiv waren bzw. sind?"

Wieder lachte Margot Trespen und hörte erst nach einer ganzen Weile wieder auf. „Du lieber Gott, nein. Das ist ganz und gar nichts für mich. Wenn sich Holger da engagieren will, dann kann er das gerne tun. Aber ohne mich."

Williamson hatte sich das fast gedacht.

„Sagen Sie, hat Ihr Mann Georg Middelstein bewundert?"

Margot Trespens Kopf flog nach oben. „Wer sagt das denn?"

„Zeugen", antwortete die Kommissarin knapp.

Einen Moment lang sah die schlanke Frau der Kommissarin in die Augen. „Das kann schon sein", sagte sie dann langsam. „Für Holger war Georg das, was man einen ganzen Mann nennt. Ich habe das nie verstanden. Männer, Sie verstehen schon."

„Gut, Frau Trespen, dann wären wir hier so weit durch. Wenn wir noch Fragen haben, melden wir uns noch mal."

„Jederzeit. Sie wissen, wo Sie mich finden." Margot Trespen lächelte und stand auf. Auch die Polizistinnen erhoben sich.

„Sagen Sie mal, kennen Sie eigentlich den Sohn von Herrn Middelstein, Mick?" Williamson wusste auch nicht genau, warum sie das fragte.

„Mick?" Margot Trespen zog nachdenklich die Stirn in Falten. „Ich glaube, Georg hat ihn letztes Jahr einmal mitgebracht. Zu einem zwanglosen Essen hier bei uns. Ich glaube, es war im März oder April." Sie schüttelte den Kopf. „Ein hübscher Junge, aber ganz schön arrogant und ziemlich ungezogen und respektlos, vor allem gegenüber seinem Vater. Aber der war auch nicht das allerbeste Vorbild, wenn Sie mich fragen."

„Da könnten Sie recht haben“, brummte Williamson. „Vielen Dank und noch einen schönen Abend.“

Kurze Zeit später standen sie und Grifo auf der Straße und sahen sich an.

„Kommen Sie, steigen wir erst mal ein“, sagte Williamson schließlich.

Erst als sie losgefahren waren, fing sie an zu sprechen. Unter ihrem Zwerchfell kribbelte es wie verrückt. Irgendetwas an dieser Ehe war merkwürdig, aber sie konnte einfach nicht sagen, was es war. Und irgendetwas, was Margot Trespen gesagt hatte, war interessant gewesen, aber sie konnte es einfach nicht fassen. Und das sagte sie auch.

„Ich hatte denselben Eindruck“, sagte Grifo nachdenklich. „Margot Trespen ist sehr selbstbewusst, ganz im Gegensatz zu ihrem Mann. Der wirkt im Vergleich dazu wie ein kleiner Junge.“

„Wat findet eine Frau wie die an einem Mann wie Trespen?“, fragte Williamson und schüttelte den Kopf.

„Die Liebe geht manchmal seltsame Wege“, sagte Grifo und lachte. Leicht gezwungen, wie ihre Chefin bemerkte. Sie kannte ihre Kollegin inzwischen so gut, dass sie feine Nuancen in ihren Äußerungen durchaus registrierte. Aber sie kannte sie auch gut genug, um zu wissen, dass sie nicht darauf eingehen sollte.

„Da haben Sie recht“, sagte sie stattdessen ernst und fügte hinzu: „Un’ nit nur dat. Sie is’ auch ganz schön standesbewusst, die gute Dame.“

„Glauben Sie, dass sie für ihren Mann lügen würde?“

„Den Anruf von ihm am Abend können wir überprüfen lassen", sagte Williamson. „Aber er könnte auch angerufen haben, um ihr zu sagen, dat er später kommt. Oder aber er is' tatsächlich noch mal weggefahren, und sie lügt in Bezug darauf. Oder et war alles so, wie die beiden sagen." Sie fuhr sich durch ihre Strubbelhaare. „Ich weiß et auch nit. Aber eins weiß ich: Wir machen Schluss für heute. Kommen Sie, wir fahren zurück zum ZKD, da steht meine Marianne, und dann fahren wir nach Hause."

„Wer?", fragte Grifo verdutzt.

„Meine Maria… mein Auto", sagte Williamson schnell, während ihr ganz heiß wurde. Wer Marianne war, musste ihre Mitarbeiterin nicht unbedingt wissen. Diese schmunzelte in sich hinein, sagte aber nichts.

Verdamp.

Kapitel 26

„Bin daheeem!", rief Williamson durch den Flur und versuchte, sich die Schuhe von den Füßen zu streifen, die wie immer geschwollen waren. Sie hüpfte auf einem Bein durch den Flur und fluchte vor sich hin. „Jetz' geh schon ab, verdamptes Ding!"

In diesem Moment ertönte ein Gepolter von oben, und zwei junge Mädchen schossen die Treppe herunter. Das eine war ihre Tochter Carola, das andere war ihr unbekannt. Unversehens fand sie sich Auge in Auge mit dem fremden Teenager wieder.

„Felicitas, das ist meine Mutter. Mom, das ist Felicitas."

„Freut mich", schnaufte Williamson und richtete sich auf. Seit wann nannte ihre Tochter sie „Mom"?

„Mich auch", flüsterte Felicitas und musterte sie verstohlen. Man konnte sehen, wie es hinter ihrer Stirn arbeitete.

„Die Kommissarin", fügte Carola erklärend hinzu und sah ihre neue Freundin vielsagend an.

„Das ist nicht wichtig", fuhr ihre Mutter im reinsten Hochdeutsch dazwischen. Instinktiv wusste sie, dass es ihrer Tochter nicht recht gewesen wäre, wenn sie jetzt Dialekt gesprochen hätte. Sonst war ihr das egal, aber nicht bei ihren Töchtern. Carola sah sie durchdringend an, und schlagartig wurde ihr klar, dass ihre Tochter etwas herausgefunden hatte, vielleicht mithilfe von Felicitas?

„Doch, Mom, das ist wichtig."

Dann schaute sie wieder zu Felicitas, die schüchtern an der Haustür stand. „Wir sehen uns morgen, okay? Mach's gut."

„Du auch", nickte Felicitas und wandte sich dann wohlerzogen an Carolas Mutter. „Hat mich gefreut, Frau Williamson."

Diese machte schon den Mund auf, um reflexartig zu antworten, dass „Williamson" reiche, klappte ihn aber wieder zu und murmelte stattdessen: „Mich auch."

Die Tür fiel ins Schloss, und Williamson wandte sich ungeduldig an ihre Tochter. „Wat is'?"

„Felicitas hat gesagt, dass …", fing Carola atemlos an, als die Küchentür aufgestoßen wurde und ein Schwall Küchendunst herausquoll, gefolgt von Bernd-Karls Kopf, der breit grinste.

„Hey, was gibt es denn da zwischen den beiden ältesten Frauen des Hauses zu flüstern?"

„Nix, minge Schatz, Carola hat mir nur von ihrer neuen Freundin erzählt", erklärte seine Frau schnell, warf ihrer Tochter einen warnenden Blick zu, der „später" signalisierte, und hauchte ihm einen Kuss auf die Wange. Der Duft, der der Küche entströmte, kam ihr verdamp bekannt vor.

„Schön, dass du schon da bist", strahlte Bernd-Karl seine Frau an und öffnete die Küchentür noch ein Stück weiter. „Heute gibt es dein Lieblingsessen. Rievkooche!"

„Oh …“, machte sie und zwang sich zu einem Lächeln. Sie konnte ihm unmöglich sagen, dass sie heute schon Reibekuchen gegessen hatte. Das würde ihn zu sehr enttäuschen.

„Dat is’ toll, minge Schatz“, presste sie hervor. „Ha, du hast deine Küchenschürze gefunden!“

Bernd-Karl schaute stolz an sich herunter. „Da fühle ich mich gleich wohler!“

Das gute Stück war schwarz mit der Aufschrift: *Es ist besser, dass Mann in der Küche das macht, was die Chefin sagt.*

Williamson wünschte sich diese Schürze für Cohen, wobei ihr Mitarbeiter in den letzten Tagen wohl beschlossen hatte, konstruktiv zu sein.

Durch den köstlichen Duft lief Williamson dann doch das Wasser im Mund zusammen. Dementsprechend schlug sie beim anschließenden Abendessen zu. Es ging doch nichts über rheinische Hausmannskost! Apropos Rheinland: Sie erzählte ihrer Familie von der Einladung der rheinischen Präsidentin zum deutsch-japanischen Neujahrsfest.

Nicola schlug begeistert in die Hände. „Das ist super, Mama. Da gehen wir auf jeden Fall hin.“

„Moment, nit so schnell mit den Galoppern“, sagte Williamson und sah ihren Mann an. „Wat meinst du denn dazu?“

„Ich?“ Bernd-Karl verdrehte in gespielter Theatralik die Augen. „Werde ich denn überhaupt gefragt?“

„Ja, von mir!“, versetzte sie trocken.

„Also.“ Er lehnte sich zurück. „Ich finde die Idee wirklich gut. Dann lernen wir vielleicht ein paar Leute kennen.

Na ja, und Japan: warum nicht? Ist mal etwas anderes. Und wenn diese Frau Mohwinkel wirklich so nett ist UND noch dazu aus Köln stammt, dann können wir doch gar nicht anders, oder nicht?"

Seine Frau fuhr sich durch die Strubbelhaare und grinste. „Also gut, dann is' dat abgemacht. Dann sage ich zu."

Nach dem Essen räumten sie gemeinsam die Küche auf.

„Äh ...", hob Carola an, als sie fast fertig waren, und warf einen raschen Blick auf ihre Mutter: „Ich geh' dann mal nach oben, ich muss noch Hausaufgaben machen."

„Tja, minge Schatz", sagte Williamson langsam, während sie das Geschirrtuch sorgfältig aufhängte. Dann bewegte sie sich vorsichtig in Richtung Küchentür. „Ich zieh' mich dann mal um, ne? Wenn man so den ganzen Tag in den Klamotten ... und so ... ich komm' dann gleich wieder, ne."

Ihr Mann stand, erstarrt und in Schürze, mit einem Pfannenwender in der Hand mitten in der Küche und blickte den beiden Damen ratlos hinterher. Er sah aus wie ein General, dem auf dem Schlachtfeld urplötzlich seine Truppen abhandengekommen waren.

Oben verschwand Williamson im elterlichen Schlafzimmer. Wenig später schlüpfte ihre älteste Tochter hinterher.

„Mom, Felicitas hat mir ein paar Sachen erzählt", stieß Carola aufgeregt aus und rannte auf ihre Mutter zu, die gerade dabei war, ihren geliebten Nickianzug überzustreifen.

„Pst, nit so laut! Wenn der Papa mitkriegt, dat du, na ja ..."

„Spionierst?", half Carola aus.

„… dich umhörst, Carola, nenn et lieber so!“, fuhr Williamson dazwischen.

„Na gut, umhörst.“

Beide grinsten.

„Na, wat hast du denn rausgefunden?“

„Also“, begann ihre Tochter. „Felicitas sagt, der Mick ist bi.“

Ihre Mutter hielt mitten in der Bewegung inne. „Wat? Wat soll dat denn heißen?“

Carola verdrehte die Augen. „Mensch, Mom! Das ist doch klar! Er mag Frauen UND Männer. Jedenfalls sagt das Felicitas.“

Die Kommissarin brauchte etwas, dann waberte die Erkenntnis durch ihre Hirnwindungen. „Soso. Du meinst, er ist bisexuell?“

„Genau!“, strahlte Carola und sah ihre Mutter stolz an. „Na, und? Hilft dir das weiter?“

„Dat weiß ich noch nit“, antwortete Williamson nachdenklich. Aber schaden konnte diese Information auch nicht. Vielleicht war sie wirklich von Bedeutung, nur im Moment wusste sie noch nicht, wohin dieses Puzzleteilchen passte.

Carola verzog enttäuscht den Mund und stand vom Bett auf. „Och, Mensch, und ich habe gedacht, dass ich dir geholfen habe.“

Ihre Mutter lachte und nahm die Tochter in die Arme.

„Aber dat hast du auch. Un’ wie! Ich weiß jetz’ mehr als vor fünf Minuten. Dat is’ immer gut.“

Carola fing an zu strahlen. „Ja? Mensch, Mom, ich hab’ echt Talent zur Ermittlerin!“

„Dat glaube ich auch. Aber wie dem auch sei“, Williamson rückte ein Stück von ihrer Tochter ab und sah ihr ins Gesicht. Wie immer, wenn sie ernst wurde, sprach sie lupenreines Hochdeutsch. „Du hast mir sehr geholfen, und jetzt hörst du mit dem Ermitteln auf, okay? Mick könnte gefährlich sein, und da will ich nichts riskieren.“

Carolas Augen wurden immer größer. „Gefährlich? Das glaube ich nicht! Der ist nur ein einfacher Schüler!“

Williamson hob den Zeigefinger in die Luft. „Dat weiß man nie!“

Ihre Tochter legte den Kopf schief, grinste und klimperte mit den Augen. Damit sah sie ihrer Mutter sehr ähnlich. „Aber wenn wir schon von Dankbarkeit sprechen. Ich habe im Internet ein paar super Sneakers gesehen. Die könnte ich mir als Honorar für meine Ermittlungsarbeit gut vorstellen.“

„Wie, wat?“ Williamson stemmte empört die Hände in die Hüften. „Honorar? Ich hab’ mich wohl verhört!“

„Die Alternative ist …“, Carola verschränkte die Arme und grinste breit, „dass ich dem Papa sage, dass …“

„Nix da!“ Der Zeigefinger der Mutter schnellte nach vorne. „Den Papa lässt du da raus! Und erpressen lass’ ich mich schon mal gar nit!“ Dann wandte sie sich abrupt ab. An der Tür drehte sie sich noch einmal um. „Und wenn wir gleich dabei sind: Hör auf, mich ‚Mom‘ zu nennen! Ich bin die Mama, damit dat mal klar is’!“ Damit rauschte sie aus dem Raum.

Ihre Tochter blieb mit immer noch verschränkten Armen zurück. „Die Sneakers kriege ich doch, Moooooom“, murmelte sie vor sich hin. „Damit das mal klar ist!“

Williamson hastete wieder nach unten und musste innerlich grinsen. Meine Tochter!, dachte sie, da kann man doch echt stolz sein!

Am nächsten Morgen frühstückte Williamson mit Bernd-Karl, als sich Henning Krautmacher meldete und einmal mehr Köln als das Herz der Welt besang.

Bernd-Karl unterbrach seine Brötchen-Litanei und grinste.

„Immer noch De Höhner?", fragte er. „Haben deine Kollegen davon nicht langsam die Nase voll?"

„Noch nit", versetzte seine Frau und hämmerte auf die Tastatur ihres Handys. „Ja!", blaffte sie in das Mobilgerät.

„Guten Morgen, Chefin", ertönte die angenehme Stimme von Elena Grifo. „Die Spurensicherung hat die blonden Haare Marion von Lohen zuordnen können. Ebenso ihre Fingerabdrücke auf der Champagnerflasche, genauso wie die von Georg Middelstein und Johanna Mantritz. Außerdem gibt es im Zimmer noch Spuren von drei weiteren Mitarbeiterinnen des Hotels und auch noch ein paar weitere Fingerabdrücke, aber nichts Vielversprechendes. Die Kollegen haben alle Abdrücke mit denen von Familie, Arbeit, den Karnevalisten und auch den Geschäftsführern der Harmanautik GmbH verglichen. Nichts."

Williamson atmete tief durch. „Haben Sie wat zu dem Teppich?"

„Da ist ausschließlich das Blut von Herrn Middelstein drauf. Kein Blut, das einer weiteren Person zugeordnet werden kann."

„Wat is' mit dem Wäscheraum?"

„Wird noch genauso untersucht wie die Türen des Lieferanteneingangs. Wir kriegen Bescheid."

Williamson beendete das Gespräch und sah ihren Mann an. „Ich muss los. Obwohl ich langsam dat Gefühl hab', dat wir den Fall nie lösen."

Bernd-Karl lächelte und winkte ab. „Mein Mienchen, das sagst du immer, wenn es nicht weitergeht. Du schaffst das schon."

„Danke, minge Schatz." Sie stand auf und gab ihrem Mann einen Kuss.

„Bis heute Abend", flüsterte Bernd-Karl. „Ich freue mich auf das Fest morgen."

Sie hielten sich ganz fest. Tief sog Williamson den Duft ihres Mannes ein. Einen Moment lang gab es nur sie beide, die Welt da draußen konnte warten.

Als Williamson auf dem Weg zum ZKD war, lächelte sie vor sich hin. Wenn sie ihre Familie nicht hätte, hätte sie keine Kraft, keinen Antrieb, keinen Mut. Sie hätte gar nichts. Und genau das alles brauchte sie, um diesen verflixten Fall zu lösen und ihre Mitarbeiter bei der Stange zu halten, bevor sich der Frust in den Fluren des Kommissariats breitmachte. Sie musste es einfach schaffen! Wenn nicht, dann hätte die „Neue aus Köln" gleich bei ihrem ersten Fall in Hannover versagt.

Vor dem Büro atmete sie tief durch. Dann riss sie die Tür auf und stürmte in den Raum. Ihre Mitarbeiter saßen an den Schreibtischen und schauten erschrocken von den Bildschirmen auf.

„Guten Morgen zusammen!“, begrüßte Williamson sie munter, schmiss die Tasche auf ihren Schreibtisch und schälte sich aus dem Mantel. „Wat gibt et Neues?“

„Wir haben einiges überprüfen können“, antwortete Grifo, schnappte sich ihr Notizbuch und kam um den Schreibtisch herum. Auch Cohen war aufgestanden, und beide setzten sich auf die zwei Stühle vor Williamsons Arbeitsplatz.

„Dann mal los!“, forderte sie die beiden Mitarbeiter auf und verschränkte die Hände auf der Tischplatte.

Grifo begann. „Ich bin gerade dabei, in der Karnevalsszene herauszufinden, ob es neben Marion von Lohen noch weitere Geliebte von Georg Middelstein gegeben hat. Was Konkretes habe ich noch nicht.“

„Machen Sie da weiter!“, entschied Williamson und wandte sich Cohen zu. „Un’ Sie?“

Der Baron nahm noch einen Schluck aus seiner Tasse und sah sie mit seinen blauen Karpfenaugen an. „Also“, räusperte er sich. „Ich habe mich im Hotel umgehört. Keiner der Mitarbeiter, die am Montagabend Dienst hatten, hat Marion von Lohen nach 23.00 Uhr gesehen. Einige haben sie wiedererkannt, weil sie zusammen mit Middelstein mehrmals im Hotel war. Und auch im Restaurant. Die beiden Damen von der Rezeption haben bestätigt, dass sie kurz nach 22.30 Uhr das Hotel verlassen hat. Sie konnten das deshalb so sicher sagen, weil sie den Fernseher in der Bar sehen konnten. Das Spiel von Hannover 96 war gerade vorbei.“ Er presste die wulstigen Lippen zusammen. „Anscheinend ist die Geliebte auch raus.“

„Scheint so", sagte Williamson nachdenklich und rieb sich wieder die Nasenflügel. „Wat is' mit den anderen?"

„Da habe ich auch nachgefragt. Keiner hat die Harmanautiker oder unsere Karnevalisten um die betreffende Zeit im Hotel gesehen. Ansgar Storch ist der Einzige, der an dem Abend überhaupt im Hotel war. Und der ist gegen 21.15 Uhr gegangen. Tja …" Cohen stellte die Tasse auf Williamsons Schreibtisch, lehnte sich zurück und balancierte seine Notizen auf den Knien. „Mit anderen Worten: Sackgasse."

„Verdamp!" Williamson schlug mit der flachen Hand auf die Tischplatte. „Irgendwat muss et doch geben! Dat darf doch nit wahr sein!"

Wieder starrte der Baron seine Chefin mit seinen Glupschaugen an. „Ich habe auch bei den Karnevalisten nachgefragt, wie gut Marion von Lohen in der Szene bekannt war."

„Und?", fragten die Kolleginnen wie aus einem Mund.

Der Baron stand auf und holte sein Handy vom Schreibtisch. Nach einigem Herumwischen auf dem Display zeigte er ihnen ein Foto, das Marion von Lohen im Kreis der Karnevalisten zeigte. Es war eine Szene auf einer Bühne, und alle waren versammelt: ganz vorne Georg Middelstein in Prinz-Montur und Heike I. mit weißem Kleid, roter Schärpe und Krönchen auf dem ondulierten Haar, vor Aufregung ganz rot im Gesicht. Dietmar Seidenmacher und Cornelius Hoffmann waren auch da, schunkelnd und mit weit aufgerissenen Mündern. Neben Funkenmariechen und weiteren „Offiziellen" stand schräg rechts hinter Georg Middelstein, schlank, attraktiv und mit strahlendem Lächeln, Marion von Lohen. Sie sah geradewegs zum Prinzen, der der unbestrittene Mittelpunkt war. Die Atmosphäre war aufgeheizt und prickelnd.

„Das Bild hat mir Cornelius Hoffmann zur Verfügung gestellt", erklärte Cohen und grinste. „Er ist ungewöhnlich kooperativ."

Williamson kniff die Augen zusammen und besah sich das Bild genauer. Schließlich tippte sie mit dem Zeigefinger auf eine Person am linken Bildrand im Hintergrund. Fast wurde sie von der schunkelnden Reihe verdeckt, aber es war genug zu erkennen, dass es sich um eine nicht minder attraktive blonde Frau mit langen Haaren handelte, Marion von Lohen und Karin Pracht nicht unähnlich, allerdings deutlich jünger.

„Wer is' dat?", fragte sie und sah von Grifo zu Cohen und wieder zurück. Ihre Kollegen beugten sich nun ihrerseits tief über das Handy.

„Keine Ahnung", murmelte Cohen. „Aber das kriege ich raus."

Und schon war er für seine Verhältnisse geradezu behände hinter seinen Schreibtisch gehastet und hängte sich ans Telefon.

Die Frauen beugten sich wieder über das Handyfoto.

„Sehen Sie, Frau Grifo, wo die hinguckt?", fragte Williamson. „Die schaut nit auf den Middelstein oder die ganze Bagage im Vordergrund."

„Nein." Die Oberkommissarin schüttelte ihre braunen Locken und sah nachdenklich drein. „Die schaut auf Marion von Lohen. Und der Blick ist alles andere als freundlich."

Die Hauptkommissarin lehnte sich zurück und faltete die Hände vor ihrem Bauch. „Dat stimmt. Mal sehen, wat der Cohen herausfindet."

Dieser hatte soeben sein Gespräch beendet und grinste. „Ich habe Herrn Hoffmann nach der jungen Frau gefragt. Sie glauben nicht, wer das ist."

„Herrgott, machen Sie et doch nit so spannend!", fuhr seine Chefin ihn an.

„Das ist Rebecca Hoffmann, die Tochter des verehrten Präsidenten." Alle drei sahen sich schweigend an.

„Wo is' die jetz'?", fragte Williamson schließlich.

„Wahrscheinlich zu Hause", sagte der Kommissar und schaute auf seine Notizen. „Sie studiert Jura an der Uni in Hannover und bereitet sich gerade auf eine Prüfung vor."

„Jura", sagte seine Chefin nachdenklich, „wat für ein Zufall! Ich finde, wir sollten der jungen Dame mal auf den Zahn fühlen. Aber vorher machen wir hier weiter. Wie is' der Eindruck vom Hoffmann von der von Lohen?"

„Er meinte, dass es schon sein könne, dass die beiden was miteinander hatten, wobei ihm bei den Veranstaltungen nichts aufgefallen sei. Aber sie fiel halt in das Beuteschema von Middelstein, war bei vielen Auftritten dabei und hat sich immer in der Nähe vom Prinzenpaar aufgehalten", antwortete Cohen. „Die Zusammenarbeit mit ihr und ihrer Firma war einwandfrei. Inzwischen hat die allerdings die Unterstützung beendet, wie übrigens fast alle Sponsoren."

„Dat kann ich mir denken", murmelte die Kommissarin. „Un' seine Tochter? Könnte die wat mit dem Middelstein gehabt haben? So wie die auf die von Lohen geguckt hat."

„Er hat nur gesagt, dass sie sich kannten. Sie war oft bei den Veranstaltungen dabei. Aber sie ist erst einundzwanzig." Cohen grinste. „Das ist schon ein ganz schöner Altersunterschied."

„Dat is' kein Hinderungsgrund", kommentierte Williamson achselzuckend. „Wat die Väter über ihre Töchter wissen un' wat sie nit wissen dürfen, dat is' ein großer Unterschied." Kurz dachte sie an ihre Vereinbarung mit Carola, von der Bernd-Karl ebenfalls nichts wusste, und sie flog ein schlechtes Gewissen an. Schnell verdrängte sie das Gefühl wieder. Stattdessen fragte sie: „Kennen die Störche und die Harmanautiker eigentlich die Marion von Lohen?"

„Nein", antwortete Grifo. „Sie kennen sie nicht. Ansgar Storch meinte, er habe sie an dem besagten Abend im Restaurant des Lakeside zum ersten Mal gesehen. Bis jetzt hat sich auch keine Verbindung von Marion von Lohen zu irgendeinem Angestellten im Hotel ergeben. Aber da sind wir noch dran."

„Et wäre auch zu schön gewesen." Williamson sah wieder zu Cohen. „Machen Sie da weiter, während wir mit der Rebecca Hoffmann sprechen." Sie fixierte ihn mit ihren Knopfaugen. „Dat is' extrem wichtig. Wir brauchen die Ergebnisse! Un', Herr Cohen?"

Sein Kopf fuhr hoch, und er sah seine Chefin wieder mit diesem ausdruckslosen Blick an, den sie nicht einordnen konnte.

„Wenn Sie sich ohnehin mit dem Hotel beschäftigen: Fragen Sie doch mal nach dem Trespen un' seiner Frau. Zum Beispiel seine Assistentin. Wie die die Ehe so sieht. Sie wissen schon."

Cohen zog die Mundwinkel nach unten und nickte. „Schon klar", brummte er, „ich mache das schon. Sprechen Sie mal schön mit der jungen Dame."

Seiner Vorgesetzten lag eine scharfe Erwiderung auf der Zunge, sie wurde aber in diesem Augenblick unter dem Tisch von Elena Grifo getreten. „Au!", entfuhr es ihr, und sie sah ihre Kollegin empört an, die verschwörerisch mit ihren langen Wimpern klimperte.

„Wie gesagt, Herr Cohen: extrem wichtig!", betonte Williamson und rieb sich ihr Schienbein. „Kommen Sie, Frau Grifo."

Kapitel 27

„Sie haben einen festen Tritt, Frau Kollegin“, sagte die kleine Kommissarin, als sie wenig später im Auto saßen. „Spielen Sie Fußball?“

Lachend schüttelte Grifo den Kopf. „Früher habe ich Handball gespielt. Dagegen ist Fußball ein Kindergarten.“

„Dat kann ich mir vorstellen, wenn ich von Ihnen so getreten werde!“ Williamson lehnte sich zurück.

„Das war für die Atmosphäre im Büro sehr wichtig“, entgegnete Grifo und sah ihre Vorgesetzte lächelnd von der Seite an.

„Schon gut“, sagte diese. „Ich weiß immer noch nit, wat ich vom Cohen halten soll. Aber wenigstens macht er seine Arbeit, und dat macht er auch ganz gut.“

Ein kurzes Schweigen machte sich breit.

„Haben Sie eigentlich die Wäschefirma vom Hotel erreicht?“, fragte die Hauptkommissarin nach einer Weile.

„In der Tat“, nickte Grifo. „Die Firma heißt Clean Wash. Ich habe mit dem Geschäftsführer gesprochen, der mir das bestätigt hat, was Ihnen Frau Anschütz schon erzählt hat. Die Wäsche wird von Mitarbeitern der Firma meist gegen Mittag abgeholt, frische Wäsche wird gebracht, so auch am besagten Montagmittag. Natürlich ist es vor allem bei starker Belegung so, dass bei Abholung nicht immer die ganze Wäsche ausgetauscht ist. Dann sammelt das

Hotel im Wascheraum die benutzte Wäsche, die dann erst am nächsten Tag geholt wird."

„Dann könnten die oder der Täter einen Wäschecontainer genommen und die Leiche von dem Middelstein darin versteckt haben", meinte Williamson nachdenklich und kratzte sich die Nase. „Oder aber et könnte ein Helfer aus dem Hotel gewesen sein. Dat fällt dann gar nit auf."

„Wahrscheinlich", stimmte ihr Grifo zu und fuhr schwungvoll in eine Parklücke. Die beiden Kommissarinnen stiegen aus und fanden sich vor einem modernen Studentenwohnheim wieder. Noch bevor Grifo den Klingelknopf finden konnte, öffnete sich die Tür und die blonde junge Frau, die sie vom Bild kannten, stand zu ihrer Überraschung direkt vor ihnen. Sie hatte eine Tasche umgehängt und war offensichtlich auf dem Weg nach draußen.

„Rebecca Hoffmann?", fragte Grifo. „Können wir Sie kurz sprechen?"

„Wer sind Sie? Hat es mit dem Tod von Georg zu tun? Und mit dem Verein?"

„Richtig, Frau Hoffmann", antwortete Grifo, und sie und Williamson zückten ihre Ausweise. „Können wir uns irgendwo in Ruhe unterhalten? Vielleicht gibt es ein Café in der Nähe?"

„Natürlich", sagte die junge Frau und blickte unsicher zu Williamson, die bis jetzt geschwiegen hatte. „Kommen Sie."

Bald darauf saßen sie in einem Studentencafé mit der Gemütlichkeit einer Bahnhofshalle, aber sie waren ungestört. Eine Weile schwiegen sie und rührten in ihren Getränken.

Williamson hatte Gelegenheit, sich die junge Frau in aller Ruhe anzuschauen. Sie war wirklich eine Schönheit. Lange blonde Haare, ein herzförmiges Gesicht, große blaue Augen, ein fein geschwungener Mund. Nur die Augenbrauen waren ungewöhnlich dick und zudem schwarz gefärbt. Das schien eine neue Mode zu sein, die sie nicht verstand. Sie zerstörte die Symmetrie des feinen Gesichts. Dennoch fragte sich Williamson, wie ein Mann wie Cornelius Hoffmann eine so schöne Tochter haben konnte. Wahrscheinlich kam sie nach der Mutter.

„Sie kannten demnach Georg Middelstein?“, fragte Grifo schließlich. Es war mehr eine Feststellung als eine Frage.

Rebecca Hoffmann nahm einen Schluck Cappuccino und nickte. „Natürlich. Er ist … war der Karnevalsprinz von Hannover und mein Vater der Präsident der Gesellschaft, bei der Georg Mitglied war. Selbstverständlich kannte ich ihn.“

„Näher?“, fragte Grifo weiter. Ihre Stimme war ruhig und sanft. Sie wollte Vertrauen zu der jungen Frau aufbauen. Diese schaute sie unschuldig an.

„Wie meinen Sie das?“, fragte sie zurück.

„Herrgott noch mal, dat is’ doch wohl klar!“, platzte Williamson der Kragen. „Bestimmt nit so, als ob Sie mit dem Middelstein Mau-Mau gespielt hätten. Also?“

Rebecca Hoffmann fuhr sich nervös durch die Haare. Sie senkte den Blick. „Ja“, hauchte sie fast unhörbar.

Die kleine Kommissarin beugte sich nach vorn. „Wie bitte?“, fragte sie. „Können Sie bitte lauter sprechen?“

„Ja!“, wiederholte Rebecca Hoffmann lauter, mit Trotz in der Stimme und sah ihr zum ersten Mal in die Augen. „Ich kannte ihn näher, wenn Sie verstehen, was ich meine.“

„Dat verstehe ich“, sagte Williamson und lehnte sich wieder zurück. „Wie lange ging dat, wie lief dat ab, und wo haben Sie sich getroffen?“

„Wie meinen Sie das, ‚wie lief das ab‘? Ich … also …“ Beschämt schwieg die junge Frau und senkte den Kopf. Sie war knallrot geworden.

Wieder beugte sich die Kommissarin vor und sah sie von unten nach oben an. „Ich meine, wie sind Sie sich nähergekommen? Ging et von ihm aus? Oder von Ihnen?“

Die hübsche Studentin hob den Kopf und atmete tief durch. Ihr Blick wanderte zu Grifo, die ihr aufmunternd zunickte. „Schauen Sie sich doch mal hier um“, hob sie an und machte eine raumgreifende Geste, die das ganze Café erfasste. „Was sehen Sie?“

Grifo und Williamson blickten sich um und sahen junge Menschen: Studentinnen und Studenten, die lärmten, lachten, sich unterhielten, etwas aßen und tranken.

„Junge Menschen“, sagte die Hauptkommissarin schließlich und sah Rebecca Hoffmann in die Augen. „Worauf wollen Sie hinaus?“

„Junge Menschen – und junge Männer, sehr junge. Mit denen kann ich nichts anfangen, verstehen Sie? Georg war anders. Ganz anders.“ Eine dicke Träne rollte ihre Wange herunter. Das war anrührender als alles, was den beiden bisher in diesem Fall begegnet war. Grifo kramte ein Taschentuch hervor und reichte es der jungen Frau. Diese nahm es dankbar an und schnäuzte sich die Nase.

„Er hatte Erfahrung", sagte Grifo. Ihre Stimme war wie ein sanftes Rauschen. Rebecca sah sie an. Elena Grifo war nur wenige Jahre älter als sie. Sie verstanden sich sofort.

Williamson hielt sich zurück, auch wenn es ihr schwerfiel.

„Ja", flüsterte die junge Frau. „Sehr viel. Es war … ich kann gar nicht beschreiben, wie es war. Berauschend. Aufregend. Anders."

Plötzlich schluchzte sie. „Wir lernten uns bei einer Karnevalsveranstaltung kennen. Ich bin von klein auf dabei, früher als Funkenmariechen, heute nur noch einfach so. Logisch, wenn der eigene Vater dafür lebt." Es klang bitter. „Es war im vergangenen November bei der Inthronisation des Prinzenpaares. Plötzlich fühlte ich mich beobachtet. Als ich aufsah, war es Georg, der mich die ganze Zeit anstarrte. Er lächelte und prostete mir zu, später kamen wir ins Gespräch", Rebecca Hoffmann zögerte kurz. „Wir tauschten unsere Nummern. Er hat sich gemeldet. Gleich am nächsten Tag." Sie schüttelte den Kopf und lächelte bei der Erinnerung daran.

„Wo haben Sie sich getroffen?", fragte Grifo und nahm einen Schluck von ihrem Cappuccino. „Doch wohl nicht im Lakeside Hotel?"

Die junge Studentin schüttelte sich. „Nein. Da war er immer mit seinen offiziellen Geliebten."

„Ein interessanter Ausdruck", murmelte Williamson und beugte sich vor. „Gibt es so wat eigentlich?"

Rebecca lachte auf. Es klang traurig. „Bei Georg schon. Aber das war mir egal. Wir haben uns bei mir getroffen. In meinem Apartment im Wohnheim. Wenn er bei mir war, lebten wir in unserer eigenen Welt. Anfangs war es einfach himmlisch. Er kam zu mir, wir hatten eine wunderbare Zeit zusammen. Mir war klar, dass er weitere Affären hatte."

„Kannten Sie die Frau von Lohen?", fragte Williamson.

„Ja, mit ihr war es anders."

Nun beugten sich sowohl Grifo als auch Williamson nach vorne.

„Wie anders?", fragte Williamson schließlich, als die junge Frau schwieg.

Nach einer Weile fuhr diese fort: „Anfangs war sie auch nur eine von vielen, glaube ich. Aber dann veränderte sich etwas. Er kam seltener zu mir. Später erfuhr ich, dass er stattdessen im Lakeside war. Mit ihr. Er war fasziniert von ihr."

„Und das passte Ihnen natürlich nicht", spann Grifo den Faden weiter.

Rebecca Hoffmann sah sie an. „Nein", sagte sie schlicht, „nein, das passte mir überhaupt nicht. Ich mochte Marion von Lohen nicht und war auch eifersüchtig auf sie, aber ... was hätte ich denn tun sollen?"

„Zum Lakeside Hotel fahren beispielsweise. Sie wären nicht die Erste, die sich aus enttäuschter Liebe zur Stalkerin entwickelt", antwortete Grifo leise.

„Nein!", Rebecca Hoffmann schüttelte vehement den Kopf, dass die langen blonden Haare flogen. „Das habe ich nicht getan. Ich wusste nicht einmal, dass er sich an diesem Abend mit ihr getroffen hat. Ich ... ich habe gespürt, dass es mit uns zu Ende ging." Sie machte eine Pause. „Ich war schon so weit zu glauben, dass es besser so war. Ich wollte mich von ihm lösen, und ich glaube", sie setzte sich gerade hin und reckte ihr Kinn vor, „das hätte ich auch geschafft."

„Wo waren Sie am vergangenen Montagabend?", fragte Williamson dazwischen.

„Ich war in der Uni bis circa 20.00 Uhr mit meiner Lerngruppe. Danach waren wir zusammen essen und dann in einem Club."

Die Tochter des ehemaligen Vereinspräsidenten schüttelte den Kopf. „Ich habe nicht zu Hause gesessen und Trübsal geblasen, wenn Sie das meinen. Ich habe schließlich ein Leben."

„Das Sie noch vor sich haben", sagte Grifo und lächelte leicht. „Wir werden das natürlich überprüfen. Außerdem müssen wir Sie bitten, heute Nachmittag zu uns ins Kommissariat zu kommen, um Ihre Fingerabdrücke zu nehmen, und sei es nur, um Sie ausschließen zu können."

„Kennen Sie dat Hotel?", fragte Williamson.

Rebecca Hoffmann nickte. „Natürlich. Ich war mit unserer Karnevalsgruppe schon mehrfach da. Und ein-, zweimal nach Fußballspielen. Das bietet sich an. Aber nie mit Georg, wie ich schon sagte."

„Kennen Sie eigentlich die Anwaltskanzlei Storch?", fragte Grifo plötzlich.

Die junge Frau sah sie nun an. „Klar", sagte sie. „Ich habe da im vergangenen Dezember ein Praktikum gemacht. Georg hatte es mir verschafft."

„Dann gehören Sie auch zu denen, die dort alles durcheinandergebracht haben?"

Rebecca Hoffmann lächelte traurig. „So kann man es sagen. Da gab es viele Eifersüchteleien untereinander, und fast immer war Georg der Grund."

„Dat haben wir schon gehört", nickte die Hauptkommissarin. „Wat halten Sie eigentlich von den Vorkommnissen im Verein? Und vom Verhalten Ihres Vaters?"

Die Studentin schüttelte heftig den Kopf und verkrampfte ihre Hände ineinander. „Was meinen Sie wohl?" Sie sah auf. „Ich studiere Jura und bin dem Recht verpflichtet. Und mein Vater kommt daher und bricht es aus lauter Geldgier. Er hat viele enttäuscht, die ihm vertraut haben. Was meinen Sie also, was ich davon halte? Ganz abgesehen davon, dass ich an der Uni einen Spießrutenlauf durchmachen muss, seitdem das durch die Presse gegangen ist!" Sie atmete heftig und wischte sich über das Gesicht. „Bitte entschuldigen Sie. Aber das nimmt mich sehr mit."

„Von seinen Eltern enttäuscht zu werden, ist nie leicht", sagte Grifo mitfühlend und sah ihre Chefin warnend an. Sagen Sie jetzt bloß nichts!, sagte ihr Blick.

Williamson verstand und klatschte beide Hände auf den Tisch. „Na gut, Frau Hoffmann, dat war et erst mal. Wie gesagt, heute Nachmittag kommen Sie bitte in dat Kommissariat." Sie trank den letzten Schluck ihres Kaffees und stand auf. Da fiel ihr noch etwas ein. „Sagen Sie mal, weiß eigentlich Ihr Vater von Ihrer Bekanntschaft mit dem Georg Middelstein?"

Rebecca Hoffmann, die gerade im Begriff war aufzustehen, hielt mitten in der Bewegung inne und brach in Gelächter aus. „Nein, natürlich nicht! Wenn er das wüsste, dann

…" Erschrocken brach sie mitten im Satz ab und schlug sich die Hand vor den Mund. Mit weit aufgerissenen Augen sah sie von einer Kommissarin zur anderen. „Sie glauben doch nicht … nein, das … nein!" Sie streckte sich entschlossen. „Er hält mich immer noch für sein kleines Mädchen. Wenn er herausgefunden hätte, dass Georg und ich … ich glaube, für ihn wäre eine Welt zusammengebrochen."

Die Beamtinnen hatten sie unentwegt betrachtet. Grifo nickte langsam. „Die Väter", sagte sie, „für sie bleibt man immer ein kleines Mädchen." Sie notierte die Kontaktdaten der Lerngruppe und machte von der jungen Frau ein Handyfoto. Dann drehte sie sich um.

Williamson hielt noch eine Weile den Blick der Studentin gefangen. „Danke, Frau Hoffmann", sagte sie bedächtig. Sie wandte sich zum Gehen, hielt dann aber inne. „Sagen Sie mal, wie groß sind Sie?"

Rebecca Hoffmann sah ihr fest in die Augen. „1,72 Meter."

Die Kommissarin nickte. „Danke. Noch einen schönen Tag."

„Ich habe die Daten und das Foto an Cohen weitergeleitet", sagte Elena Grifo draußen. „Begeistert war er nicht, aber …"

„Der kriegt sich schon wieder ein", schnitt Williamson ihr das Wort ab, „arbeiten müssen wir alle, nütz' ja nix."

„Un'?", fragte sie schließlich im Auto, als sie sich in ihre Sitze hatten fallen lassen. „Wat meinen Sie?"

Grifo hatte sich zurückgelehnt und runzelte die Stirn. „Ich weiß nicht", antwortete sie langsam. „Sie hat ihn nicht geliebt, glaube ich. Er hat ihr eine Welt gezeigt, die sie bis dahin nicht kannte. Und“, sie sah ihre Chefin an, „sie war im Begriff, sich von ihm zu lösen. Im Nachhinein betrachtet war er wohl nur ein Katalysator für sie zum Erwachsenwerden.“

„Gut ausgedrückt“, kommentierte die Kommissarin, „ein Katalysator. Dat is’ wahrscheinlich dat Positivste, wat man über ihn sagen kann.“

Ihre junge Kollegin lachte. „Wahrscheinlich. Was meinen Sie – hat sie etwas damit zu tun?“

Williamson schwieg kurz und schüttelte dann den Kopf. „Ehrlich gesagt – nein. Et kribbelt nit.“

Grifo sah sie erstaunt von der Seite an. „Es kribbelt nicht? Was meinen Sie?“

„Der Bauch“, erklärte ihre Chefin, „er kribbelt nit. Un’ wenn er nit kribbelt, dann is’ da nix.“ Das musste als Erklärung reichen, und ihre Kollegin gab sich damit zufrieden.

„Aber der Vater“, nahm Williamson den Faden wieder auf und fuhr sich durch die Haare, „der is’ interessant. Wenn er herausgefunden hätte, dat seine Tochter mit dem Middelstein eine Affäre hatte, da könnte ich mir schon wat vorstellen. Im Affekt – warum nit? Der Middelstein hat den Hoffmann in dat Zimmer gelassen, weil der ihn zur Rede stellen wollte. Irgendwann hat er dem Hoffmann den Rücken zugedreht. Der Hoffmann hat rotgesehen und mit der Schreibtischlampe zugeschlagen.“

Nachdenklich strich sich Grifo mit einer Hand übers Gesicht. „Aber wie hat er Middelstein aus dem Zimmer und in den Maschsee geschafft? Keiner hat ihn gesehen.

Einer möglichen Verbindung von Rebecca und ihm zu den Hotelangestellten sollten wir nachgehen."

„Tun Sie dat. Außerdem müssen wir dat Alibi von der Rebecca überprüfen. Aber mein Bauch sagt mir, dat dat auch eine Sackjasse is'." Williamson seufzte – wieder einmal. „Ich glaube, dat dat alles so war, wie sie gesagt hat. Aber überprüfen müssen wir et trotzdem."

Dann schwiegen die beiden Frauen in stiller Eintracht.

Im Kommissariat erwartete sie Cohen.

„Wat gibt et?", fragte Williamson.

„Ich war noch mal im Lakeside", hob Cohen an und nahm seine Notizen zur Hand. Wieder fiel Williamson auf, wie geordnet diese waren. „Marion von Lohen ist da natürlich bekannt, aber nur als Gast. Nach meinen Recherchen gibt es keine engeren Verbindungen eines Hotelangestellten zu ihr. Das Gleiche gilt für Rebecca Hoffmann. Und auch für ihren Vater."

Ihre Augenbrauen ruckten nach oben.

„Die Nachricht von Frau Grifo kam in dem Moment, als ich ohnehin im Hotel war", erklärte Cohen. „Da konnte ich gleich nach Rebecca Hoffmann fragen."

„Un' dat hat gar nix ergeben?"

Cohen schüttelte den Kopf. „Im Restaurant kannte sie niemand. Aber Frau Anschütz sagte, dass sie immer mit der Karnevalsgruppe da war, wenn die im Hotel bei Veranstaltungen aufgetreten ist. Das war in dieser Session ein-, zweimal der Fall."

„Gut", nickte Williamson. „Haben Sie wat zum Ehepaar Trespen herausgefunden?"

„Alle Mitarbeiter sind verschlossen wie eine Auster", antwortete Cohen. „Frau Anschütz meinte, dass die beiden wohl eine tadellose Ehe führen." Der Baron legte den Finger an die Nase. „Sie war sehr zurückhaltend. Ist auch kein Wunder, schließlich ist der Trespen ihr Vorgesetzter."

„Da kann man nit vorsichtig genug sein, da haben Sie recht."

Cohens Miene ließ nicht erahnen, ob er die feine Ironie seiner Vorgesetzten verstanden hatte.

„Grüff... äh, Frau Grifo, Sie helfen Herrn Cohen bei der Überprüfung des Alibis von Rebecca Hoffmann. Und denken Sie an dat Hotel, vielleicht kennt sie doch einer näher. Jetz' is' noch eine Geliebte aufgetaucht, und wir kommen auch nit weiter. Dat darf doch nit wahr sein!"

„Alles klar", nickte Grifo. „Und was machen Sie?"

„Ich spreche noch mal mit der Mitarbeiterin von den Störchen, dieser Marie ... Dingensbums", antwortete die Kommissarin.

„Marie Ahrens", half ihr Grifo aus.

„Genau. Wegen der Rebecca. Wat die für einen Eindruck hinterlassen hat. Is' doch der Hammer, dat die ausgerechnet bei den Störchen ein Praktikum gemacht hat, oder nit?"

Kapitel 28

„Kanzlei Storch, Storch, Middelstein und Partner, mein Name ist Marie Ahrens, wie kann ich Ihnen helfen?“, meldete sich nach kurzem Klingeln eine wohlklingende Stimme.

„Dat trifft sich gut, dat ich Sie direkt dranhabe, Frau Ahrens. Hier ist Williamson, Kripo Hannover. Ich hätte da noch ein paar Fragen an Sie.“

„Kein Problem, hier ist gerade nichts los, außer mir sind nur noch Schreibkräfte da. Es ist ja auch Freitagnachmittag. Aber warum wollen Sie gerade mit mir sprechen?“

„Sie wissen vielleicht mehr, als Ihnen bewusst is'. Dat erlebe ich oft“, antwortete die Kommissarin verschmitzt. „Lassen Sie uns über Rebecca Hoffmann sprechen. Sie war Praktikantin bei Ihnen, nit?“

„Sie wollen mit mir über Rebecca Hoffmann sprechen?“, fragte Marie Ahrens. Irgendwie klang es missbilligend. Dann fuhr sie fort: „Also gut. Sie war eine sehr gute Praktikantin, soweit ich das beurteilen kann. Die Anwälte waren begeistert.“

„Wo wurde sie vornehmlich eingesetzt?“

„In der ganzen Kanzlei, als Praktikantin sollte sie alle Abläufe durchlaufen. Sie hat verschiedene Rechtsgebiete kennengelernt und die Anwälte zum Gericht begleitet.“

„Soweit wir wissen, hat ihr Georg Middelstein die Stelle besorgt“, sagte Williamson vielsagend.

„Das stimmt. Das war in der ganzen Kanzlei bekannt."

„Und hat dat für … Unstimmigkeiten gesorgt?"

„Nicht, was ihre Arbeit betraf. Sie war wirklich gut. Aber …"

„Ja?", hakte die Kommissarin nach.

Am anderen Ende herrschte Stille.

„Kennen Sie sie?", fragte Marie Ahrens schließlich.

„Ich habe sie heute kennengelernt."

„Dann wissen Sie ja, wie sie aussieht und wie jung sie ist. Und es war klar, dass sie in Herrn Middelstein verliebt war und er mit ihr etwas hatte. Das konnte man nicht übersehen."

„Dat heißt, sie war eine der Damen, die für die Unruhe unter der Belegschaft gesorgt haben?"

Da brach es aus der Empfangsdame heraus. „Allerdings, und zwar den ganzen Dezember über, als sie hier war. Alle Frauen, die auf Herrn Middelstein standen, mal was mit ihm hatten oder haben wollten, sind wie aufgescheuchte Hühner hier herumgelaufen. Allen voran …"

„Karin Pracht", vollendete Williamson den Satz.

„Genau, so war es. Karin brach bei der kleinsten Gelegenheit in Tränen aus und war zerstreut."

„Und Herr Middelstein? Wie fand der dat?"

„Der? Der fand das toll. Eine so junge und schöne Frau! Karin ist auch nicht gerade hässlich und war lange die Dauergeliebte. Man konnte genau zusehen, wie er sich aufgeplustert hat."

„Wie ging et dann weiter?"

„Das Praktikum von Rebecca war kurz vor Weihnachten zu Ende. Danach kehrte hier Ruhe ein. Ob sie sich weiterhin privat mit Herrn Middelstein getroffen hat, weiß ich nicht."

„Soso. Sagen Sie mal, wie is' dat eigentlich bei Ihnen?"

„Was meinen Sie?"

„Kommen Sie, Sie sagen, dat hier viele Frauen hinter ihm her waren. Sie auch?"

Die junge Dame lachte auf. Es klang bitter. „Nein, ich war nicht sein Typ. Er stand auf hellblonde Frauen. Nicht auf dunkelblond, das war nicht sein Geschmack."

„Aber Sie wären nit abgeneigt gewesen, hab' ich recht?"

„Darauf muss ich nicht antworten", konterte Marie Ahrens kühl.

„Worauf Sie antworten müssen oder nit, dat bestimme ich!", fuhr Williamson sie an. „Schließlich is' der Mann tot, toter geht et gar nit. Verstanden?"

„Verstanden. Ich … also, wenn es so gekommen wäre, hätte ich nicht Nein gesagt, anfangs."

Die Kommissarin runzelte die Stirn und presste den Hörer fester an ihr Ohr. „Anfangs?"

„Ich habe gesehen, was Herr Middelstein mit den Frauen macht. Wie er sie benutzt. Und dann …" Plötzlich hielt Marie Ahrens inne.

Eine Weile hörte Williamson nur ein leises Rauschen in der Leitung.

„Über die Toten soll man doch nicht schlecht sprechen, oder?", fragte die Empfangsdame tonlos.

„Wenn et der Aufklärung von einem Verbrechen dient", sagte Williamson aufmunternd. „Herr Middelstein merkt et nit mehr, glauben Sie mir."

„Ich konnte das alles hier beobachten. Viele Frauen haben gelitten, und nicht zuletzt geriet alles aus den Fugen."

„Un' darüber waren Ihre Chefs nit gerade begeistert."

„Nein, und das ist noch milde ausgedrückt. Da habe ich gemerkt, dass es vielleicht besser ist, dass er nicht auf mich steht. Außerdem habe ich seit drei Monaten einen Freund. Jetzt habe ich kapiert, dass Herr Middelstein die Frauen nur für sein eigenes Ego gebraucht hat. Sie waren ihm völlig egal."

„Kluges Mädchen", sagte Williamson zustimmend, verabschiedete sich und legte auf.

„Et is' wie verhext", sagte Williamson gegenüber den Kollegen, als sie von dem Gespräch mit Marie Ahrens berichtete. „Anstatt dat et weniger Verdächtige gibt, gibt et immer mehr. Aber alle haben sie ein Alibi, und die Größe passt auch nit, verdamp!"

„Apropos Alibi", sagte Grifo. „Ich habe das von Rebecca Hoffmann überprüft und zwei Mitglieder ihrer Lerngruppe erreicht. Sie bestätigen das gemeinsame Essen in der Innenstadt und den anschließenden Clubbesuch an der Messe."

„Alles andere hätte mich auch gewundert", stöhnte die Hauptkommissarin und haute mit der flachen Hand auf den Schreibtisch. „Verdamp!"

„Sie war wie verabredet bei den Kollegen der Spurensicherung wegen der Abnahme der Fingerabdrücke", erklärte Grifo. „Die Ergebnisse erwarten wir morgen."

Alle drei Kommissare hingen still ihren Gedanken nach. Eine Übereinstimmung mit Abdrücken im Hotelzimmer erwarteten sie nicht. Aber man konnte nie wissen.

„Einen Hinweis auf weitere Geliebte von Middelstein habe ich nicht gefunden. Marion von Lohen und Rebecca Hoffmann scheinen kurz vor seinem Tod die beiden Favoritinnen gewesen zu sein", berichtete Grifo schließlich.

„Auch seine Kondition wird Grenzen gehabt haben."

Cohens Kopf ruckte hoch.

„Tschuldigung, dat war taktlos. Aber Herrgott noch mal, nix bewegt sich, gar nix!"

Der Baron erhob sich. „Noch einen Kaffee?", fragte er, „ich brauche noch einen, sonst kippe ich um."

Grifo lehnte dankend ab, und Williamson sagte: „Un' ich kippe um, wenn ich noch einen trinke. Für mich nit."

Cohen verließ den Raum, und Grifo wandte sich lächelnd an ihre Chefin: „Vorhin war der Kollege Lissenbach hier. Von der Wirtschaftskriminalität", fügte sie erklärend hinzu, als sie den verständnislosen Blick ihrer Vorgesetzten sah. „Er schien ein bisschen …", die junge Kollegin schmunzelte immer noch, „enttäuscht zu sein, dass Sie nicht hier waren."

„War er dat?", blaffte Williamson. „Wieso kommt der vorbei? Der kann mailen, wenn er wat zu berichten hat. Oder anrufen."

„Ich glaube, Chefin, er wollte Sie persönlich sprechen." Grifo sah ihre Vorgesetzte an und zwinkerte vielsagend mit ihren dunkelbraunen Augen.

„Wie, wat? Ich glaube, ich spinne. Der soll mich in Ruhe lassen. Mit dem ganzen Gestrüpp im Gesicht, brrr." Williamson schüttelte sich.

Die attraktive Oberkommissarin lachte. „Ich glaube, Chefin, Sie haben sein Herz im Sturm erobert.“

„Der kann mir gestohlen bleiben, wahrscheinlich is’ der wahnsinnig hässlich un’ sieht deshalb aus wie ein Alm-Öhi.“ Dann, nach einer kurzen Pause: „Wat hat er denn gewollt?“

Grifo setzte sich auf die Schreibtischkante. „Er hat nur kurz berichtet, wie weit sie bei den Ermittlungen zu den Karnevalisten sind. Die Veruntreuungen gehen schon seit Jahren, viel länger, als sie zunächst gedacht haben. Sie sind noch nicht ganz durch, aber der Kollege Lissenbach vermutet einen Betrag zuungunsten des Vereins weit im sechsstelligen Bereich.“

Williamson hätte durch die Zähne gepfiffen, wenn sie das gekonnt hätte. Stattdessen lehnte sie sich zurück und verschränkte die Arme vor ihrem Bauch. „Da hat der Hoffmann aber zwei Motive: seine Tochter und dat Geld. Dat darf ja wohl nit wahr sein!“

Ihre Kollegin nickte. „Ja. Eine detaillierte Aufstellung bekommen wir noch.“

Cohen kam mit sauertöpfischer Miene zurück. „Die Maschine funktioniert mal wieder nicht. Da braucht man wohl einen Doktortitel, um die zum Laufen zu bringen. Mist.“

„Der Habernickel kriegt das auch nicht hin“, meinte Grifo vielsagend und stand auf. „Ich versuche mal mein Glück.“ Sie wandte sich an den Baron: „Mit Milch und Zucker, nicht wahr?“

„Danke, Frau Grifo. Das wäre super.“ Der beleibte Kollege bekam sogar so etwas wie ein Lächeln zustande.

Wie macht die dat nur?, dachte Williamson bewundernd. Grüffelo kann wirklich jeden um den Finger wickeln!

Cohen sah seiner Kollegin hinterher, als diese den Raum verließ, und wandte sich dann an seine Chefin. „Wir beide haben versucht herauszufinden, ob Rebecca Hoffmann Verbindungen zu den Hotelangestellten hat. Vielleicht zu den jungen Studenten, die im Service arbeiten."

Sie nickte. „Gute Idee. Un'?"

Cohen schüttelte resigniert den Kopf. „Nichts. Jedenfalls nicht bisher. Und bei Cornelius Hoffmann auch nicht."

„Bleiben Sie da dran!", entschied Williamson. „Nur wenn wir da im Moment nix sehen, heißt dat noch nit …"

„Dass da nichts ist", vollendete Grifo, die gerade den Raum betrat, den Satz. In der Hand eine dampfende Tasse Kaffee. „Bitte schön, Herr Kollege. Milch und Zucker, wie gewünscht."

Grifo wandte sich an Williamson: „Die Spurensicherung hat sich auch gemeldet. Sie hat alle Fingerabdrücke mit denen im Wäscheraum verglichen. Es sind einige Abdrücke von Hotelangestellten dabei, darunter Johanna Mantritz. Das dürfte bei einem Zimmermädchen normal sein."

Das konnte etwas bedeuten oder auch nicht. Aber immer wieder tauchte Johanna Mantritz an irgendeiner Stelle des Falles auf.

„Abdrücke von Johanna Mantritz und von Kathrin Abelmann gibt es auch an der Tür des Lieferanteneingangs, aber auch das ist nicht überraschend." Die junge

Kommissarin machte eine Pause. „Die Handydaten von Holger Trespen sind auch da. Er hat tatsächlich um 22.01 Uhr seine Frau angerufen. Weitere Spuren haben wir nicht vorliegen. Leider."

„Ich muss über alles nachdenken. Langsam habe ich dat Gefühl, wir schieben alle Informationen nur hin und her und kommen nit weiter."

„Nur lose Fäden", nickte Cohen und nahm einen vorsichtigen Schluck aus seiner Tasse. Alle drei schwiegen wieder.

„Eines hatte ich fast vergessen, Chefin!", rief Grifo plötzlich aus und nahm ein Päckchen vom Schreibtisch. „Die sind vorhin gekommen."

„Wat is' dat?", fragte Williamson und beäugte misstrauisch das kleine Paket.

„Ihre Visitenkarten, nehme ich mal an."

„Na, dat trifft sich gut, denn morgen bin ich auf einem Fest mit ganz vielen Japanern", erklärte Williamson. „Ich hab' mal gelesen, dat für Japaner Visitenkarten extrem wichtig sind. Dann bin ich ja perfekt ausgestattet. Ach, und jetzt noch dat Beste: Raten Sie mal, wo morgen dat Fest steigen wird!"

Die Kollegen schwiegen und sahen sie erwartungsvoll an.

„Im Lakeside. Mal schauen, ob mir da der Trespen wieder über den Weg laufen wird."

„Bin daheeem", rief Williamson in den Hausflur und hielt ihre Nase in die Luft. Wo sonst verführerischer Essensduft aus der Küche strömte, erschnupperte sie diesmal – nichts.

Sie stieß die Küchentür auf und fand die Familie am Tisch versammelt. Sie stemmte die Hände in die Hüften. „Guten Abend allerseits. Wat is' denn hier los?"

Alle drei Familienmitglieder beugten sich über einen verräterischen Prospekt. Als sie den Kopf schräg legte und zu erkennen versuchte, was die Aufmerksamkeit ihres Mannes und ihrer Kinder so sehr fesselte, schwante ihr Böses.

„Hallo Mama", rief Nicola aus und klatschte begeistert in die Hände. „Heute Abend bestellen wir!"

„Wat soll dat heißen, bestellen?"

„Heute bleibt die Küche kalt", erklärte ihr Mann und setzte sich wieder. „Stattdessen versuchen wir diesen Bringdienst." Er zeigte auf den Prospekt, über den sich nun wieder die krausen Köpfe von Carola und Nicola beugten.

„Wieso dat denn?", fragte seine Frau ungehalten. „Ich kann verstehen, dat du nit schon wieder kochen willst. Ich kann wat machen …"

„Komm schon, Mom", rief Carola. „Ich habe mir schon etwas ausgesucht. Ich nehme die Pizza Funghi und einen Salat."

„Ich mag dat Zeug aber nit", versuchte ihre Mutter zu widersprechen.

„Komm, Mienchen, sei kein Frosch. Es ist Wochenende, wir haben morgen etwas Schönes vor, und die Kinder haben fast die ganze Woche widerspruchslos das gegessen, was ich gekocht habe. Jetzt sind sie mal dran."

„Na gut, wenn et sein muss. Wat soll ich denn nehmen?", brummte Williamson und wandte sich dann an ihre älteste Tochter. „Un' nenn mich nit ‚Mom'!"

Carola grinste. „Na gut, Mo… Mama. Guck mal hier, vielleicht schmeckt dir der Kartoffelauflauf!"

„Mit Krabben, die magst du doch so gern", beeilte sich Nicola hinzuzufügen.

„Ich weiß nit", sagte die Kommissarin skeptisch. Dann gab sie sich geschlagen. „Wat soll et. Ich nehm' den jetz'. Nütz' ja nix."

„Das ist meine Frau", meinte Bernd-Karl lachend und gab ihr einen Kuss. „Du wirst es überleben."

Der Kartoffelauflauf schmeckte besser als erwartet. Nach dem Essen verschwanden die Mädchen in ihren Zimmern, und Bernd-Karl suchte den Sender, der das freitagabendliche Fußballspiel übertrug. Es spielte der 1. FC Köln, dessen Spiele im Hause Williamson Pflichtprogramm waren. Die Kommissarin war aber nicht recht bei der Sache. Zu viel spukte ihr im Kopf herum. War sie anfangs zuversichtlich gewesen, den Fall mit all ihrer Erfahrung innerhalb weniger Tage lösen zu können, war sie sich inzwischen nicht mal mehr sicher, ihn überhaupt jemals zu lösen.

Bernd-Karl spürte ihre Unruhe und sah zu ihr hin. „Der Fall?", fragte er. Seine Frau nickte.

„Zu viele Verdächtige, die aber alle ein Alibi haben. Nit alle sind überzeugend – aber dat Gegenteil können wir nun mal nit beweisen. Un' alles passt nit zusammen. Et gibt keine Verbindungen untereinander. Et is' zum Haareraufen!" Was sie auch tat, um dann kurz innezuhalten.

„Et tut mir leid, dat ich so abwesend bin. Nach deiner Arbeit hab' ich die ganze Woche nit gefragt. Sind die Kollegen nett, und wie is' die Arbeit überhaupt?"

Ihr Mann grinste. „Es ist alles gut, Mienchen. Mit den Kollegen komme ich klar. Wir gehen Montagabend nach der Arbeit zusammen noch etwas trinken. Die Arbeit macht Spaß, ist nicht zu anstrengend, und glaub mir – ich werde aufpassen, dass mir so etwas wie in Köln nicht noch einmal passiert."

Seine Frau wurde zwar das Gefühl nicht los, dass das nicht stimmte – Bernd-Karl war viel zu aufrichtig und ein zu großer Gerechtigkeitsfanatiker, um offensichtliches Unrecht zu ignorieren –, aber sie freute sich, dass es ihm gut ging. Er machte einen ausgeglichenen und glücklichen Eindruck. Das war das Wichtigste.

Kapitel 29

Am folgenden Abend saß Williamson in ihren Bademantel gehüllt auf dem Rand der Badewanne und versuchte, sich nicht zu bewegen.

„Hör auf zu zappeln, so kann ich dich nicht schminken", befahl Nicola, die mit Kajal, Wimperntusche, Rouge und Lippenstift bewaffnet ihre Mutter „restaurieren" wollte, wie Williamson es nannte. Zuerst hatte sie selbst versucht, der Schminke und ihrem Gesicht Herr oder vielmehr Frau zu werden, aber als die Töchter das Ergebnis der Bemühungen gesehen hatten, hatten sie die Sache in die Hand genommen. Carola hatte die Grundierung gemacht, nun war Nicola an der Reihe und übernahm das „Finetuning".

Zuvor hatten die Mädchen schon versucht, ihr Strubbelhaar zu bändigen, was nicht einfach gewesen war. Die beiden hatten aber nicht aufgegeben und ihr Bestes gegeben. Nach zahlreichen Flüchen von Mutter und Töchtern umrahmten Williamsons Haare nun in weichen Wellen ihr Gesicht.

Die Kommissarin war froh, die Verantwortung dafür los zu sein. Stylen und Schminken war nicht unbedingt ihre Stärke, und sie war ohnehin schon nervös genug. Nicht nur was den Abend, sondern insbesondere was den Fall betraf. Sie war den ganzen Samstag über von einer inneren Unruhe erfüllt gewesen, da sie das Gefühl nicht loswurde, dass sie auf irgendetwas zusteuerte, das sie nicht kontrollieren konnte. Das machte sie fast wahnsinnig.

Den Tag über hatte sie sich mit Haushaltsdingen versucht abzulenken, aber das hatte auch nicht geholfen. Als sie beim Spülen Bernd-Karls Lieblingsbierglas hatte fallen lassen, das daraufhin in tausend Stücke zerbrach, hatte sie es aufgegeben.

Das Neujahrsfest ging in anderthalb Stunden los, und es galt, dass sich Familie Williamson für den Abend schick machte. Das Haus glich einem Bienenschwarm. Die Familienmitglieder rannten durcheinander und suchten in den Zimmern sowie in den zum Teil noch gepackten Kartons Kleidung und Accessoires zusammen, um ihr jeweiliges Outfit zu vervollständigen. Ihr war das alles zu viel. Sie schmiss sich in ihr neuestes Kostüm, diesmal taubenblau mit weißer Bluse. Das einzige Zugeständnis, das sie an den Abend machte, waren ihre Schuhe. Sie hatte aus einem der Kartons ihre schwarzen Pumps gezogen, die sie sich zum zwanzigsten Hochzeitstag gegönnt hatte. Das war nun auch schon wieder fast fünf Jahre her. Als sie sie überstreifte, verzog sie das Gesicht. So unbequem hatte sie die Dinger gar nicht in Erinnerung! Kurzzeitig war sie versucht, in ihre bequemen Halbschuhe zu steigen.

Aber wat soll et?, dachte sie resigniert. Nütz' ja nix!

Familie Williamson traf zusammen mit weiteren Gästen vor dem Festsaal ein. Carola und Nicola hatten sich in enge Oberteile und kurze Miniröcke geworfen, die Haare gestylt und sich sorgfältig geschminkt. Als sie ihre Töchter so sah, fuhr ihr ein Stich ins Herz. Sie sahen so erwachsen aus! Bernd-Karl wiederum war in seinem dunkelblauen Anzug, dem weißen Hemd und der taubenblauen Krawatte für sie der attraktivste Mann, der anwesend war. Wäre sie nicht schon in ihn verliebt, heute Abend hätte es auf jeden Fall gefunkt!

Servicekräfte des Hotels reichten auf Tabletts den Aperitif. Als Williamson ein Glas Pflaumenwein von einer jungen Dame entgegennahm, erkannte sie in ihr Kathrin Abelmann, die anscheinend heute Abend Dienst hatte. Der blonde Bob der zierlichen jungen Frau saß tadellos, aber ihre verschlossene Miene sprach Bände. Sie gab nur durch ihr verkniffenes Gesicht zu verstehen, dass sie Williamson erkannte. Die Kommissarin ließ sich nicht davon beirren.

„Guten Abend, Frau Abelmann", sprach sie sie an.

Diese nickte ihr kurz zu und setzte ihren Weg durch die Gäste fort, die sich von ihrem Tablett bedienten. Kurz darauf war sie in der Menge verschwunden. Nachdenklich sah Williamson ihr hinterher, und ihre seltsame Unruhe steigerte sich noch. Was war es nur, das sie so stutzig machte, wenn sie sie sah oder an sie dachte? Genau wie bei Johanna Mantritz. Sie runzelte die Stirn und wartete weiter darauf, von Dr. Janina Mohwinkel, die wie eine sturmumtoste Sirene in einem bordeauxroten, über und über mit Pailletten geschmückten Kleid vor dem Saal stand und die ankommenden Gäste in Empfang nahm, begrüßt zu werden.

Sie ließ den Blick schweifen. Die meisten waren in ihrem Alter und gut gelaunt. Was sprach dagegen, dass sie sich mit ihrer Familie einen schönen Abend machte? Doch ihre innere Unruhe wurde immer stärker. Gerade trafen Ansgar Storch und Janina Mohwinkel aufeinander. Der Anwalt nahm die Hand der Präsidentin und hauchte mit einer kleinen Verbeugung einen Kuss darauf. Den Bruchteil einer Sekunde zu lang sahen sich die beiden in die Augen, bevor Janina Mohwinkel den Blick senkte. Eine feine Röte hatte ihre Wangen überzogen.

Sieh an, dachte Williamson bei sich. Sie hatte allerdings keine Zeit, darüber nachzudenken, denn in diesem Moment erspähte die resolute Präsidentin die nicht minder resolute Kommissarin.

„Frau Kommissarin, wie schön! Und wie wunderbar, dass Sie Ihre Familie mitgebracht haben!“ Während der allgemeinen Begrüßung und Vorstellung spürte Williamson plötzlich einen Blick auf sich ruhen. Als sie sich umsah, sah sie in die Augen Ansgar Storchs, der ihr zulächelte und eine Verbeugung andeutete. Sie nickte zurück. Janina Mohwinkel entging das nicht.

„Ich glaube, Sie kennen sich?“, lächelte sie.

„Wir hatten schon das Vergnügen“, sagte Ansgar Storch. „Guten Abend, Frau Kommissarin. Wie ich sehe, lässt auch Sie die japanische Kultur nicht mehr los.“

„Dat kann man wohl sagen“, sagte Williamson und schüttelte die Hand des Anwalts. „Geht auch gar nit, die begegnet mir in Hannover an allen Ecken und Enden.“

„Das ist auch gut so“, strahlte die Präsidentin und berührte leicht ihren Unterarm. „Darf ich Ihnen Frau Generalkonsulin Tanaka vorstellen? Sie ist extra aus Hamburg angereist.“

Williamson stand einer winzigen Japanerin in einem Kimono gegenüber, die sie freundlich anlächelte.

„Hajimemashite“, sagte die Generalkonsulin und verbeugte sich.

„Gesundheit“, antwortete Williamson mechanisch und nickte verständnisvoll. In ihrem Outfit musste die Japanerin ja frieren!

Die zierliche Frau hielt ihr mit beiden Händen eine Visitenkarte entgegen, die sie ebenfalls automatisch mit beiden Händen entgegennahm.

„Mein Name ist Yoko Tanaka vom Generalkonsulat in Hamburg“, sagte die Japanerin in lupenreinem Deutsch und mit wohlklingender Stimme.

„Williamson, Kripo Hannover“, sagte die Kommissarin und wühlte in ihrer vergleichsweise winzig kleinen Abendhandtasche herum. Sie hatte doch ein paar der neuen Visitenkarten eingesteckt. Wo waren die verdampten Dinger denn nur?

„Kommen Sie, es geht los.“ Janina Mohwinkel dirigierte die kleine Gruppe an einen runden Tisch, auf dem ein Schild mit der Bezeichnung *Tokyo* aufgestellt war. „Frau Kommissarin, bitte setzen Sie sich hierher! Herr Williamson, Sie sitzen zwischen Frau Tanaka und mir.“

„So schnell kommt man nach Japan“, flüsterte Bernd-Karl seiner Frau zu und drückte ihren Arm.

Janina Mohwinkel erschien nun mit einem fassrunden Mann im Schlepptau und steuerte geradewegs auf Williamson zu. „Darf ich Ihnen Herrn Bürgermeister Markus Schmitz vorstellen?“ Dann wandte sie sich an den beleibten Herrn.

„Das ist Frau Hauptkommissarin Williamson von der Kripo Hannover. Sie sorgt in unserer schönen Stadt für Recht und Ordnung."

„Heute Abend wohl nicht, nicht wahr?", dröhnte der Bürgermeister und schüttelte die Hand der kleinen Kommissarin. „Jeder muss mal eine Pause machen, nicht wahr?" Und damit zwinkerte er ihr verschwörerisch mit seinen kleinen Äuglein zu, die in dem feisten Gesicht zu verschwinden schienen. „Oder sind Sie hier, um zu recherchieren, meine Liebe?"

Meine Liebe? Was fiel dem Kerl eigentlich ein?

„Sowohl als auch, Herr Bürgermeister." Sie beugte sich zu Markus Schmitz herüber. „Wie Sie wissen, hat sich hier unlängst ein tragischer Todesfall ereignet. Da bin ich natürlich immer im Dienst. Verdeckt sozusagen." Sie sah sich in gespielter Konspiration um, senkte die Stimme und legte den Zeigefinger auf ihre Lippen. „Aber psst. Verraten Sie et nit."

Bevor der joviale Bürgermeister, der von Statur, Verhalten und Namen nach eher nach Köln gepasst hätte, etwas erwidern konnte, dröhnte ein lautes „Bumm" durch den Saal und brachte alle Gespräche schlagartig zum Verstummen.

Williamson rollte genervt mit den Augen. Nit schon wieder die, dachte sie, aber es gab kein Entrinnen. Die Trommelgruppe hatte die Bühne geentert. Mit einem verständnisvollen Lächeln schob ihr die japanische Generalkonsulin ein Tütchen mit Ohrstöpseln herüber, die auf jedem Tisch auslagen. Ihr Blick begegnete dem von Bernd-Karl. Er grinste von einem Ohr zum anderen.

Nach den Trommlern folgten Reden, Reden und noch mehr Reden. Von Janina Mohwinkel, von Frau Tanaka in perfektem Deutsch und vom Herrn Bürgermeister mit jovialem Unterton. Von dem Inhalt bekam Williamson nicht viel mit. Soweit sie zuhörte, sagten alle drei mehr oder weniger dasselbe. Wie schön es sei, heute Abend hier zu sein, wie wichtig die völkerverständigende Arbeit sei, was für einen großartigen Beitrag die Deutsch-Japanische Gesellschaft hierzu leiste und so weiter und so fort. Gerade als sie sich fragte, wann es etwas zum Essen gab, wurde die Vorspeise serviert.

Na endlich, dachte sie, ich bin am Verhungern! Doch als ihr der Teller vorgesetzt wurde, stutzte sie. Das war, wie hieß das noch?

„Endlich Sushi!", dröhnte der Bürgermeister zufrieden, „darauf habe ich mich schon den ganzen Tag gefreut, nicht wahr?"

Sushi! Nein, das konnte sie unmöglich essen! Reis und roher Fisch! Entsetzt sah sie sich um. Die übrigen Anwesenden an ihrem Tisch hatten die Stäbchen gezückt, die neben den Tellern lagen, und begannen zu essen. Mit Stäbchen! Williamson befiel leichte Panik. Wieder begegnete sie dem Blick von Bernd-Karl, der ihr ermutigend zunickte. Sie sah ihn an und schüttelte heftig den Kopf. Da spürte sie eine winzige Hand auf ihrem Arm. Als sie den Kopf drehte, sah sie in die mandelförmigen Augen der Generalkonsulin.

„Sie können auch das Besteck nehmen, Frau Kommissarin", flüsterte sie, und selbst beim Flüstern klang ihre Stimme noch melodisch. Zwinkerte sie ihr gerade sogar verschwörerisch zu?

„Das ist kein Problem."

Und tatsächlich! An den anderen Tischen aßen einige Gäste das Sushi mit Besteck. Dankbar nickte sie der Japanerin zu und nahm Messer und Gabel zur Hand. Was für eine tolle Frau!

Williamson beschloss, ihr Urteil über Japaner noch einmal kräftig zu überdenken. Vorsichtig nahm sie einen Bissen in den Mund, kaute und kaute, schluckte – und war überrascht! Die kleinen Happen schmeckten erstaunlich gut und zergingen auf der Zunge. Sie beschloss, auch ihr Urteil über Sushi noch einmal kräftig zu überdenken. Im Nu hatte sie alles aufgegessen. Das fing ganz gut an, so konnte es weitergehen.

Am Nachbartisch saßen Carola und Nicola. Während sich Carola lebhaft mit ihrem Tischnachbarn unterhielt, hatte sich Nicola entspannt zurückgelehnt und genoss die Atmosphäre, so wie sie selbst in diesem Moment. Williamson musste schmunzeln. Ihre Töchter waren so verschieden wie Bernd-Karl und sie.

Ihr Blick wanderte weiter, und sie entdeckte Holger Trespen, der auch an diesem Abend anwesend war. Der Geschäftsführer stand mitten im Saal und sah einer der Servicekräfte hinterher, die schnellen Schrittes Richtung Bar eilte, um Getränke zu holen. Es war Patrick Hausmann, der Psychologiestudent, der genau wie Kathrin Abelmann an dem Abend im Restaurant Dienst hatte, als Georg Middelstein kurz vor seinem Tod mit Marion von Lohen dort zu Gast gewesen war.

Immer noch starrte Holger Trespen Patrick Hausmann hinterher, der inzwischen an der Bar neue Getränke auflud. Es war kein freundlicher Blick und auch kein wohlwollender oder prüfender. Es war ein begehrlicher. Holger Trespen zog den jungen Mann mit seinen Augen förmlich aus.

Williamson fuhr vom Sitz hoch, als hätte jemand unter ihr ein Feuer entfacht. Im gewissen Sinne war es auch so. Sowohl der Bürgermeister als auch die Generalkonsulin fuhren zusammen und starrten sie an. Bernd-Karl, der sich gerade mit Janina Mohwinkel unterhielt, hielt inne und starrte sie ebenfalls an.

„Tschuldigung", sie fuhr sich durch die Haare, schaute kurz zu Bernd-Karl, der sofort verstand und ihr zunickte. Dann schnappte sie sich ihre Tasche und stapfte, so schnell sie die kurzen Beine trugen und die drückenden Pumps es zuließen, in Richtung Holger Trespen davon. Dieser schickte sich soeben an, den Saal zu verlassen, nicht, ohne dem jungen Kellner der mit den frischen Getränken erneut die Tische ansteuerte, noch einen langen Blick hinterherzusenden. Sie hastete zur Tür und sah gerade noch, wie Trespen die Treppe hinunter zum Erdgeschoss nahm. Als sie an der Treppe ankam, war er schon unten, und sie konnte erkennen, dass er in Richtung seines Büros verschwand. Williamson stieg die Treppe hinab und verfluchte ihre modischen Schuhe. Aber wer hätte denn gedacht, dass sie hinter Holger Trespen hinterherhecheln musste! Sie steuerte direkt die Tür zu den hinteren Räumen des Hotels an.

„Aber, wo wollen Sie denn hin?" Mit ausgebreiteten Händen kam eine ihr nicht bekannte Rezeptionistin auf sie zugelaufen. „Williamson, Kripo Hannover!", schnauzte sie. Verdamp, sie hatte ihren Ausweis nicht dabei! Egal, jetzt hieß es, bestimmt aufzutreten.

Die Hotelmitarbeiterin wich zurück. „Frau Kommissarin, natürlich."

Ganz offensichtlich hatte sie sich im Hotel einen gewissen Ruf erworben. Sie nickte der Frau knapp zu. Die Bürotür war nur angelehnt. Vorsichtig schob sie sie ein wenig auf. Der Geschäftsführer saß am Schreibtisch, hatte den Kopf auf die Hände gestützt und sah konzentriert auf den Bildschirm. Dass die Kommissarin im Türrahmen stand und ihn still beobachtete, hatte er noch nicht wahrgenommen.

„Tja, Herr Trespen", fing sie bedächtig zu sprechen an, „da sind wir zwei Hübschen wieder. Genau wie Montagnacht."

Erschrocken ruckte der Kopf des Geschäftsführers nach oben. „Frau Williamson."

Täuschte sie sich oder zitterte seine Stimme ein wenig?

„Williamson reicht", sagte sie, trat ein und schloss die Tür hinter sich. Dann wandte sie sich um, ging auf den Schreibtisch zu und setzte sich auf einen Besucherstuhl. Sie ließ sich Zeit.

Trespen hatte sie genau beobachtet. Seine Miene drückte eine Mischung aus Verunsicherung, Ärger und Ungeduld aus. Ihm war anzusehen, dass er die kleine Kommissarin am liebsten sofort wieder losgeworden wäre. Diese lehnte sich zurück und faltete die Hände vor ihrem Bauch.

„Schon wieder bei der Arbeit, Herr Trespen?", fragte sie schließlich. „Und dat am Samstagabend?"

Er lächelte. „Natürlich. Ich muss doch bei einer so großen Veranstaltung sichergehen, dass alles läuft."

„Ich habe Ihre Frau kennengelernt. Ich muss schon sagen, sie hat viel Verständnis."

Der Geschäftsführer lächelte wieder. „Sie ist sehr selbstständig und nicht darauf angewiesen, dass wir abends zusammen auf der Couch sitzen."

„Nee, sicher nit." Williamson schwieg und schaute ihr Gegenüber ausdruckslos an, das sie seinerseits schweigend beobachtete. Wie zwei Boxer vor dem Kampf. „Weiß sie et?"

Trespen hob verwundert den Kopf. „Was soll sie wissen?"

„Dat Sie … na ja … auch dem männlichen Geschlecht gegenüber nit abgeneigt sind?"

Trespen fuhr auf. „Was soll das heißen? Sind Sie verrückt geworden?"

Williamson schüttelte den Kopf und lächelte. „Nit, dat ich wüsste. Dat soll heißen", sie beugte sich nach vorn, „dat Sie bisexuell sind. Oder nit?"

Er versteifte sich.

„Woher wollen Sie das wissen?", flüsterte er und knetete nervös seine Hände. „Und selbst wenn, das geht Sie überhaupt nichts an. Das ist Privatsache."

„Nit ganz", erwiderte sie, „jedenfalls dann nit, wenn et den Fall betrifft."

„Es betrifft den Fall aber nicht!", widersprach Trespen bestimmt.

„Woher wollen Sie dat wissen?", fragte sie zurück.

Trespen schwieg.

Die Kommissarin stand auf, verschränkte die Hände hinter dem Rücken und betrachtete schweigend die modernen Bilder an den Wänden, verfolgt von den Blicken des Geschäftsführers. Schließlich drehte sie sich um, deutete auf die Bilder und dann mit großer Geste auf den ganzen Raum.

„Ein schönes Büro haben Sie, nit wahr? Hat Ihnen dat Ihre Frau eingerichtet?"

Trespen ließ sie immer noch nicht aus den Augen und nickte langsam mit dem Kopf. „Ja, sie hat Geschmack."

„Dat habe ich gesehen. Sie scheint Sie wirklich zu lieben, oder nit?"

Er lächelte und schien Sicherheit zurückzugewinnen. „Ich habe großes Glück. Manchmal weiß ich selbst nicht, womit ich Margot verdient habe."

„Dat können Sie laut sagen. Un' trotzdem betrügen Sie sie, nit wahr?"

Trespen klappte den Mund auf und zu und reckte sich zu voller Größe auf. Als er den unerbittlichen Blick der Kommissarin sah, sackte er schließlich in sich zusammen.

„Es ist wahr", sagte er tonlos. Seine Augen füllten sich mit Tränen. „Ich … ich mag … Männer. Ich …" Er vergrub sein Gesicht in den Händen. Sein Körper bebte.

Williamson wartete. Sie war noch lange nicht fertig.

Dann hob Trespen den Kopf und blickte sie tränenüberströmt an. „Woher wissen Sie es?", fragte er tonlos.

Sie zuckte mit den Schultern. „Ich habe gesehen, wie Sie dem Kellner hinterhergeschaut haben. Im Saal. Dat war ziemlich eindeutig."

Der Geschäftsführer lachte auf. Es klang bitter. „Verstehe."

Williamson setzte sich wieder und betrachtete den Mann, dessen Unsicherheit sie von Anfang an irritiert hatte. Er tat ihr fast leid, aber nur fast. Sie war noch nicht da, wo sie hinwollte. „Eines verstehe ich nit. Wieso leben Sie nit so, dat Sie glücklich sind? Dat is' doch in unserem Land kein Problem mehr."

Er atmete tief durch und strich sich über das Gesicht. „So einfach ist das nicht, Frau Kommissarin."

„Ihre Frau", nickte Williamson, „oder soll ich sagen: die Familie Ihrer Frau?"

Er atmete schwer und nickte zögernd. „Ich dachte, ich könnte es aushalten. Margot ist eine tolle Frau. Und ihre Verbindungen haben mir viele Türen geöffnet. Aber", in seinem Gesicht arbeitete es, „es geht nicht. Ich …" Wieder füllten sich seine Augen mit Tränen.

Die Kommissarin winkte ab. Sie wollte den Mann nicht quälen. Zumal das, was sie nun tun musste, für ihn schmerzlich genug werden würde. „Schon gut, Herr Trespen. Ich kann et mir denken." Sie wartete einen Moment. Schließlich gab sie sich einen Ruck. „Un' wann ging dat mit dem Mick los?"

Kapitel 30

Es war ein Schuss ins Blaue, aber er war ein Volltreffer. Das rot geweinte Gesicht Trespens wurde weiß.

„Mit … mit … wem?“

Sie beugte sich wieder nach vorn. „Sie haben doch wat mit Mick Middelstein, oder nit?“

Der Geschäftsführer schluckte. Sein Adamsapfel hüpfte auf und nieder. Dann brach er endgültig zusammen. Wieder vergrub er sein Gesicht in den Händen und schluchzte hemmungslos.

Sie wartete. Geduld war zwar nicht ihre Stärke, aber sie spürte, dass sie ihn nicht drängen durfte. Und sie spürte auch, dass sie an einem wichtigen Punkt angekommen war. Endlich sah sie eine Verbindung, endlich fielen einige Mosaiksteinchen an die richtige Stelle. Sie sah zwar noch nicht das gesamte Bild, aber ihr Bauch sagte ihr, dass es nur eine Frage der Zeit war, bis es vollständig sein würde. Er kribbelte, was das Zeug hielt.

Endlich hob Trespen den Kopf und lehnte sich erschöpft in seinem Sitz zurück. Dann gab er sich einen Ruck. „Georg und ich waren befreundet. Meistens haben wir uns im Verein getroffen, auch schon mal Tennis gespielt oder etwas zusammen getrunken. Es war nur Freundschaft, mehr nicht.“

„Dat kann ich mir denken“, erwiderte die Kommissarin trocken, „der stand nur auf Frauen.“

Trespen schüttelte den Kopf. „Ich war auch nicht in ihn verliebt. Ich habe ihn eher bewundert." Für einen Moment hielt er inne.

„Ich kannte natürlich Anna-Lena, aber seinen Sohn hatte ich das letzte Mal gesehen, als er vielleicht elf war." Wieder fuhr sich der Geschäftsführer übers Gesicht.

„Anna-Lena hat sich immer mehr zurückgezogen, Georgs Lebenswandel war nicht ohne. Aber ich bin der Letzte, der das kritisieren darf." Tief atmete Holger Trespen durch.

Williamson hatte den Eindruck, dass er froh war, sich alles von der Seele reden zu können.

„Irgendwann letztes Frühjahr kam Georg zu uns zum Essen. Wir wollten anschließend ins Stadion zu einem Fußballspiel. Georg fragte, ob er seinen Sohn mitbringen könnte, da er sich auch das Spiel anschauen wollte. Mick war gerade achtzehn geworden, und das Verhältnis der beiden wurde immer schlechter. Georg wollte etwas zusammen mit seinem Sohn unternehmen, vielleicht würden sie sich dann wieder etwas annähern."

Wieder hielt Trespen kurz inne. „Margot und ich waren natürlich einverstanden, wobei ich bis zum Schluss nicht den Eindruck hatte, dass Georg wirklich etwas ernsthaft an Mick lag – und umgekehrt. Und dann kamen sie."

Wieder atmete Trespen tief durch. Was er zu berichten hatte, fiel ihm sichtlich schwer. „Als ich Mick sah, war ich wie vom Donner gerührt. Ich habe um mich herum gar nichts mehr wahrgenommen, sondern nur noch ihn gesehen. Aus dem Kind war ein junger Mann geworden. Und was für einer."

Bei diesem Gedanken schweifte sein Blick in die Ferne. „Mick hat sofort gemerkt, dass ich ihn immer wieder angestarrt habe. Dass ich total fasziniert von ihm war. Ich kann mich eigentlich an gar nichts mehr erinnern. Wenn Sie mich fragen, wie das Spiel ausgegangen ist oder was wir gegessen haben, ich kann es Ihnen nicht sagen. Er hat den ganzen Tag über mit mir geflirtet, und das so geschickt, dass weder Georg noch Margot etwas davon mitbekommen haben."

Er schluckte. „Es war die Mischung aus Unschuld und Verruchtheit, die mich fast um den Verstand gebracht hat. Bis heute." Dieses Geständnis fiel ihm sichtlich schwer. „Beim Abschied hat er mir seine Handynummer zugesteckt. Ich konnte gar nicht anders und habe ihn gleich am nächsten Tag angerufen. So fing es an."

„Wo haben Sie sich getroffen?", fragte Williamson ruhig.

„Zuerst in billigen Hotels in der Stadt", antwortete Trespen. Dann zögerte er.

„Un' dann?", hakte sie nach.

Wieder schluckte er. Dann stand er auf und goss Wasser in zwei Gläser, die auf der Anrichte standen. Eines reichte er der Kommissarin, die es dankbar annahm. Die Sojasoße vom Sushi war würzig gewesen.

„Dann haben wir unsere Treffen hier ins Hotel verlegt. Nach etwa zwei Monaten."

Sie verschluckte sich und musste husten. „Wie bitte?", keuchte sie, als sie wieder Luft bekam. „Das ist ja wohl nicht Ihr Ernst! Hier? Sie haben sich *hier* mit ihm getroffen? Sind Sie denn von allen guten Geistern verlassen?"

Vor lauter Überraschung hatte Williamson Hochdeutsch gesprochen.

Trespen fuhr sich durchs Haar. Er schien von Minute zu Minute zu altern.

„Ich weiß, das war dumm. Aber … Herrgott, ich bin ihm verfallen! Und als wir mit den Treffen hier erst einmal angefangen hatten, wurde es immer heftiger." Er hielt inne und schluchzte wieder.

„Weiß die Belegschaft dat?", fragte Williamson leise.

Trespen sah sie mit brennenden Augen an. „Einige schon."

„Wenn et einige wissen, dann wissen et alle", sagte sie und dachte an die seltsame Stimmung, die sie bei den Befragungen im Hotel gespürt hatte. Kein Wunder. „Wie ging dat vor sich?"

„Ich weiß ja, welche Zimmer belegt sind und welche nicht", antwortete er. „Außerdem arbeite ich immer sehr lange, habe das immer schon getan."

„Um nit zu Hause sein zu müssen?", fragte sie dazwischen. Trespen zuckte zusammen, ging aber nicht darauf ein.

„Mick habe ich durch einen Seiteneingang hereingelassen und dann in ein leeres Zimmer gelotst. Das hat immer einwandfrei funktioniert. Danach ist er auf demselben Weg wieder hinaus."

„Wie lange ging dat hier im Hotel so?"

„Etwas über ein halbes Jahr."

Williamson schüttelte den Kopf. „Ein halbes Jahr? Wahnsinn. Un' dann glauben Sie, dat dat hier nur ein paar Leute gewusst haben? Herr Trespen, Sie sind naiv."

Der Geschäftsführer sank noch tiefer in den Stuhl ein. „Ich weiß", flüsterte er. „Georg hat es auch irgendwann herausgefunden."

„Wie, wat?", keuchte sie. „Er hat et gewusst?"

„Ich weiß auch nicht, warum. Es war kurz nachdem Mick und ich angefangen hatten, uns hier zu treffen. Eines Tages kam er zu mir und hat es mir auf den Kopf hin zugesagt."

„Wie war er da?", fragte die Kommissarin dazwischen.

Der Geschäftsführer schüttelte den Kopf. Er sah verzweifelt aus. „Weder wütend noch aufgebracht. Wie gesagt, es war ihm völlig egal, was Mick trieb. Oder ich mit ihm. Er hat mir dann einen Deal vorgeschlagen. Wenn das hier sowieso eine Liebeshöhle wäre, dann wolle er auch etwas vom Kuchen haben. Wieso sollte er sich mit seinen verschiedenen Freundinnen immer ein Hotel suchen, wenn er auch hierherkommen könnte? Im Gegenzug würde er gegenüber meiner Frau dichthalten."

Williamson lehnte sich zurück und atmete ihrerseits tief durch. „Deshalb konnte der Middelstein hier mit seinen Geliebten ein und aus gehen, wie er wollte", sagte sie nachdenklich.

Trespen nickte resigniert. „Und nicht nur das. Sein Wissen wollte er auch dazu nutzen, dass ich ihm helfe, die Unterschlagungen im Karnevalsverein öffentlich zu machen. Er kam vor vielleicht zwei Wochen zu mir und hat mir das sehr deutlich zu verstehen gegeben."

„Wat haben Sie gesagt?"

Er ließ den Kopf hängen. „Ich habe versucht, Zeit zu schinden. Aber ich hätte früher oder später Farbe bekennen müssen. Georg hätte nicht lockergelassen."

„Da kam Ihnen der Tod von Middelstein doch sehr gelegen", kommentierte Williamson trocken.

Erschrocken hob Trespen den Kopf. „Ich war es nicht!" Er schrie fast. „Wirklich nicht! Das hätte ich nie gekonnt."

„Beruhigen Sie sich. Sie haben ein Alibi, Ihre Frau hat alles bestätigt. Aber", sie beugte sich nach vorn und formulierte die nächste Frage mit Bedacht, „wat ich wissen will, is', ob Sie sich an dem Abend mit dem Mick hier getroffen haben."

Der Geschäftsführer wurde noch eine Spur blasser. Seine Augen lagen tief in ihren Höhlen. „Sie meinen, dass Mick seinen eigenen Vater … Das wäre entsetzlich!"

„War er hier, oder war er nit hier?", hakte sie nach.

Trespen zitterte am ganzen Körper, dann sank sein Kopf auf die Brust. „Er war hier. Wir haben uns in einem Zimmer getroffen. Auf die übliche Weise. Bis kurz vor 22.00 Uhr. Dann bin ich noch mal kurz ins Büro. Dort habe ich meine Frau angerufen, um zu sagen, dass ich nach Hause komme." Er schüttelte sichtlich erschüttert den Kopf. „Aber, Frau Kommissarin, wirklich, dass Mick das getan haben könnte …"

„Trauen Sie et ihm zu?", fragte sie dazwischen.

Die Frage hing in der Luft und breitete sich wie giftiges Gas im Raum aus.

Wieder atmete Trespen tief durch. Dann nickte er langsam mit dem Kopf. „Ich traue es ihm zu." Er schlug die Hände vors Gesicht. „Es ist furchtbar, aber ich kann es mir vorstellen." Er hob den Kopf und sah die Kommissarin an. „Er ist manipulativ. Ein Narzisst und Egomane." Er schluckte hart und trank etwas Wasser.

Sie sah, dass seine Hand zitterte.

„Er übt gerne Macht aus, macht Menschen von sich emotional abhängig. Das kann er wie kein Zweiter. Nach jedem Treffen habe ich mir gesagt, dass es das letzte Mal war. Dass ich Schluss mache. Doch dann kam die Sehnsucht. Und dann habe ich ihn wieder angerufen. Er hat sofort gemerkt, wie abhängig ich von ihm war – und bin."

Der Mann ließ den Kopf hängen, ein Häufchen Elend. „Er wurde immer unverschämter. Irgendwann hat er dann sogar Geld verlangt, wenn ich mit ihm zusammen sein wollte."

Williamson hob den Kopf. Das wurde immer besser!

„Er hat mich gedemütigt, indem er mir von anderen erzählte und sagte, dass ich ihm nicht das geben könnte, was er brauchte. Dass ich zu alt sei. Dass ich aus der Form gehe. Was weiß ich nicht alles." Er lachte bitter. „Und trotzdem komme ich nicht von ihm los."

„Haben Sie Mick am vergangenen Montag wieder aus dem Hotel gebracht?"

Der Geschäftsführer schüttelte den Kopf und vermied es, der Kommissarin in die Augen zu sehen. „Nein, das haben wir schon lange nicht mehr gemacht. Wir haben uns im Zimmer getrennt. Ich bin als Erstes gegangen. Mick duschte noch."

Ihr Kopf ruckte hoch. „Wie, wat?", keuchte sie wieder. „Dat heißt, Sie wissen nit, wann der Mick dat Hotel verlassen hat?"

„Nein. Ich bin gegangen, und Mick war noch da. Er kannte ja den Weg nach draußen."

Williamson war fassungslos. „Herr Trespen, dat is' Wahnsinn. Ihnen is' schon klar, dat der Mick damit die Gelegenheit gehabt hätte, seinen Vater zu töten, nit wahr? Un' dat Sie ihm erst die Möglichkeit dazu gegeben haben?"

Trespen ließ den Kopf hängen. „Ich weiß. Es ist alles zu Ende."

Sie wusste nicht, ob er die Beziehung zu Mick, die Stellung als Geschäftsführer oder die Ehe meinte oder alles drei zusammen. Es war ihr auch egal.

„In welchem Zimmer haben Sie sich getroffen?"

Er hob den Kopf. „418."

„Also genau eine Etage unter dem Zimmer von dem Middelstein", sagte Williamson nachdenklich.

Er hob die Hände und ließ sie dann wieder fallen. „Das sind die entlegensten Zimmer. Wir haben immer versucht, diese Zimmer zu nehmen, wenn sie frei waren. Sie liegen ganz hinten in der Ecke."

„Dat habe ich beim Zimmer von dem Middelstein gesehen, aber auch dat Zimmer 418 muss ich mir ansehen."

„Ich kann Sie hinbringen", bot Holger Trespen an, sichtlich froh, etwas tun zu können, und kam schon um den Schreibtisch herum.

Williamson hielt ihn mit einer Handbewegung auf. „Nix da, Sie bleiben schön hier! Setzen Sie sich!"

Brav setzte er sich wieder hin und sah sie mit großen Augen an.

Sie zog ihr Handy aus der kleinen Handtasche. Grifo nahm sofort ab, als hätte sie den ganzen Abend nur darauf gewartet, angerufen zu werden. Ihre Stimme klang frisch und gut gelaunt. „Chefin, ich dachte, Sie amüsieren sich auf dem Fest. Da haben Sie noch Gelegenheit, mich …"

„Frau Grifo, kommen Sie sofort in dat Hotel", unterbrach Williamson ihre junge Kollegin. „Et hat sich einiges ergeben. Bringen Sie zwei Uniformierte mit Streifenwagen mit, und sagen Sie dem Cohen Bescheid, dat der in dat Kommissariat kommen soll." Sie machte eine Pause und schnaufte. „Außerdem schicken Sie einen Streifenwagen zu den Middelsteins. Die sollen den Mick abholen und in den ZKD bringen."

Wenn Grifo überrascht war, so merkte man es ihr nicht an. Ihre Stimme wurde ernst. „Verstanden, Chefin, ich veranlasse alles und komme so schnell wie möglich."

Während sie warteten, schwiegen Williamson und Holger Trespen, der mit aufgestützten Armen wieder das Gesicht in den Händen vergraben hatte. Er schien in der letzten halben Stunde geschrumpft zu sein und wirkte sehr erschöpft, wie ein Läufer nach einem Marathon.

Die Kommissarin saß vor dem Schreibtisch, hatte ihre Beine gekreuzt und die Schuhe ausgezogen. Sie ließ die Beine baumeln und hing ihren Gedanken nach. Sie würde so lange warten, bis Grifo und die Kollegen eingetroffen waren.

„Margot wird das nicht verkraften", sagte er dumpf, „mein Gott, was habe ich getan?"

Williamson verdrehte die Augen. „Herr Trespen, so wie ich Ihre Frau kennengelernt habe, weiß sie et längst. Oder ahnt et zumindest. Dazu is' sie einfach zu klug."

Überrascht hob der Geschäftsführer den Kopf. „Glauben Sie das im Ernst?"

Williamson schüttelte den Kopf. Sie wurde aus dem Mann einfach nicht schlau. Einerseits konnte er sich selbst und seine Abhängigkeit von Mick Middelstein glasklar einschätzen. Auch die Persönlichkeit von Mick schien er genau analysiert zu haben. Andererseits war er mit einer unfassbaren Naivität gesegnet, insbesondere, was seine Frau betraf.

„Dat glaube ich im Ernst." Sie beugte sich wieder nach vorn. „Sagen Sie mal, Herr Trespen, hat der Mick eigentlich gewusst, dat sich sein Vater mit den Frauen hier getroffen hat? Hat er jemals wat gesagt?"

Trespen fuhr sich durchs Haar. Wieder glitt sein Blick in die Ferne. „Nein", sagte er schließlich langsam. „Er hat das nie erwähnt." Er schüttelte den Kopf. „Er hat natürlich gewusst, was sein Vater trieb, und hat auch über ihn geredet. Mick hat ihn verachtet. Er …" Hier brach er ab und sah hilflos zu Williamson. Er schien erst jetzt zu realisieren, in welche Richtung seine Überlegungen gingen.

„Er hat ihn gehasst", vollendete sie den Satz. „Hass is' eine verdamp starke Emotion. Da kann nur die Liebe mithalten."

Dann breitete sich zwischen ihnen wieder Schweigen aus. Es war wie ein Durchschnaufen vor dem großen Finale.

Die Kommissarin spürte, dass sie in den kommenden Stunden alle ihre Kräfte brauchen würde, und versuchte, sich zu sammeln. Auch wenn es ihr schwerfiel.

Endlich traf Grifo mit den uniformierten Kollegen ein. Sie betrat so stürmisch das Zimmer, dass Williamson gerade noch die Schuhe anziehen konnte, was nicht einfach war. Sie hatte das Gefühl, dass ihre Füße zu Ballons angeschwollen waren. Noch während sie sich abmühte, wandte sie sich an die beiden Beamten und deutete auf den Geschäftsführer.

„Nehmen Sie Herrn Trespen mit in dat Kommissariat. Cohen soll sich dort einen Kollegen schnappen un' die Aussage von ihm aufnehmen. Frau Grifo und ich kommen so schnell wie möglich nach."

Trespen erhob sich schwerfällig. Sein Gesicht war weiß wie die Wand hinter ihm. Sein Blick schweifte im Raum umher, als wollte er sich noch einmal alles ganz genau einprägen.

„Das war es also", sagte er leise und zog sich langsam seine Jacke über. Dann schaute er auf und sah noch einmal zu Williamson. „Sollte ich mir einen Anwalt besorgen?"

„Schaden kann dat nit, zumal Sie uns relevante Informationen vorenthalten haben", antwortete die Kommissarin, „da können Ihnen die Verbindungen zu der Familie Schwanitz nützlich sein."

Er ließ den Kopf hängen. „Ich weiß nicht, ob die Familie mir dabei zur Seite stehen wird", flüsterte er. Er klang verzweifelt.

Williamson legte ihm die Hand auf den Arm. „Dat is' auch eine Chance. Vielleicht is' et an der Zeit, dat Sie endlich Verantwortung übernehmen. Für sich, für dat, wat Sie getan haben, und gegenüber Ihrer Frau."

Er nickte mechanisch.

Williamson war sich nicht sicher, ob das, was sie gesagt hatte, den Geschäftsführer überhaupt erreichte. Aber das war ihr im Moment egal. Sie wandte sich an Grifo. „Wir zwei gehen jetz' zum Zimmer 418 und von da zu 518, wo der Middelstein gewesen is'. Kommen Sie!"

Ihre Kollegin spürte die Anspannung ihrer Chefin und nickte wortlos.

„Wir brauchen den Generalschlüssel für die Zimmer! Ich hoffe, dat dat Zimmer 418 nit belegt is'", sagte Williamson zu der Rezeptionistin, als sie wieder am Empfang angekommen waren.

Die Hotelmitarbeiterin schaute in ihrem Computer nach, dann schüttelte sie zögernd den Kopf. „Nein, es ist frei." Dann sah sie mit großen Augen zu, wie ihr Vorgesetzter, von zwei uniformierten Polizisten flankiert, mit leichenblassem Gesicht an ihr vorbeikam.

„Tun Sie, was die Kommissarin gesagt hat", ordnete er mit schleppender Stimme an. Dann ging er mit schlurfenden Schritten zum Ausgang. Es war wohl die letzte Anweisung, die er als Geschäftsführer gegeben hatte. Mit fliegenden Fingern kramte die Empfangsdame eine Karte hervor und schickte sich an vorzugehen.

„Sie bleiben hier!", befahl Williamson und hielt sie auf. „Geben Sie mir die Karte, wir machen dat allein."

Wortlos händigte die Frau ihr die Karte aus. In ihrem Gesicht arbeitete es. Man konnte ihr ihre Fragen förmlich ansehen.

Williamson wandte sich ab und stakste voran zum Aufzug. Diese verdampten Schuhe! Das würde eine lange Nacht mit sehr vielen Schmerzen werden. Grifo folgte ihr.

Aus dem ersten Stock ertönte eine Frauenstimme, die anscheinend französische Chansons sang. Was das mit

Japan zu tun hatte, hatte sich Williamson schon beim Lesen des Programms nicht erschlossen, aber sie musste nicht alles verstehen.

Im Aufzug brachte sie ihre junge Kollegin auf den neuesten Stand. Grifo hörte zu und unterbrach sie kein einziges Mal. Als sie schließlich vor dem Zimmer 418 angekommen waren, war sie fertig.

Die Oberkommissarin schwieg und sah ihre Vorgesetzte kopfschüttelnd an. „Mick Middelstein", sagte sie langsam. „Chefin, wenn das stimmt, dann bricht das der Mutter das Herz."

„Ich fürchte, dat is' schon gebrochen. Aber Sie haben recht. Dat wird hart."

Dann gab sie sich einen Ruck und öffnete die Tür zu Zimmer 418. Das Zimmer war in so perfekter Ordnung, wie es nur Hotelzimmer sein konnten, die unbewohnt waren. Sie wusste selbst nicht, was sie suchte. Vielleicht wollte sie auch nur ein Gefühl dafür entwickeln, was sich hier abgespielt hatte.

Beide streiften die von Grifo mitgebrachten Handschuhe über und sahen sich um. Sie öffneten die Schubladen, schauten in den Schrank, in den Schreibtisch, besahen sich die Nachttische und das Bad.

Schließlich hielt Williamson inne und sah ihre Kollegin an. „Ich glaube, wir sagen der Spurensicherung Bescheid, auch wenn ich nit glaube, dat die hier viel finden werden."

Beide gingen wieder hinaus auf den Flur und fuhren mit dem Fahrstuhl ein Stockwerk höher.

Schließlich standen sie vor Zimmer 518. Sie sahen sich an und gingen den Weg wieder zurück. Dieses Mal nahmen sie die Treppe und stiegen hinab in den vierten Stock. Es war kurz vor zehn. Sie waren niemandem begegnet.

„Wie ist er ins Zimmer gekommen?“, fragte Grifo.

„Er könnte einfach geklopft haben. Er is’ schließlich der Sohn. Middelstein könnte ihn hereingelassen haben. Spuren von einem Kampf gab et nit. Er könnte ihm den Rücken zugedreht un’ der Mick mit der Lampe zugeschlagen haben. Un’ aus.“

„Und aus“, echote Grifo und warf die Haare nach hinten. „Hoffen wir, dass wir Mick dazu bald selbst befragen können.“

„Genau. Wir fahren jetz’ in dat Kommissariat. Aber vorher muss ich noch meinem Mann Bescheid sagen.“

Williamson wandte sich zum Aufzug. „Aber in den ersten Stock fahre ich mit dem Fahrstuhl. Die Schuhe bringen mich um.“

Als sie am Festsaal ankam, stand eine japanische Sopranistin auf der Bühne und sang von Neujahr und Neuanfang. Die kleine Kommissarin lugte durch den Türspalt in den Saal und erspähte Bernd-Karl, der konzentriert der Sangesdarbietung lauschte. Kellnerinnen und Kellner, darunter auch Patrick Hausmann, huschten mit benutztem Geschirr zwischen den Tischen umher. Kathrin Abelmann war nirgendwo zu sehen.

Dat Buffet habe ich verpasst, dachte Williamson, schade. Sie ruderte heftig mit den Armen, um ihren Mann auf sich aufmerksam zu machen. Endlich schaute er zu ihr herüber, wobei sein Gesichtsausdruck zwischen Ärger und Erstaunen angesiedelt war.

Er stand mit einer entschuldigenden Geste in Richtung Janina Mohwinkel und der Generalkonsulin auf und eilte zu ihr.

„Mensch, Mienchen, wo bist du denn? Du hast das Essen verpasst und die Chansonnière auch. Alle fragen nach dir: Frau Tanaka und der Bürgermeister und natürlich auch unsere Gastgeberin. Und du bist wie vom Erdboden verschluckt!"

Er wollte sie mit sich in den Saal zerren, aber sie stemmte sich dagegen. „Bernd-Karl, hör mir doch mal zu. Et tut mir leid, aber ich muss in dat Kommissariat. Et gibt eine neue Wendung. Der Fall is' endlich in Fahrt gekommen. Da muss ich jetz' dranbleiben."

Ihr Mann hielt mitten in der Bewegung inne und sah sie an. Sie waren seit über zwanzig Jahren verheiratet, und er hatte schon unzählige Situationen wie diese erlebt. Er atmete tief durch. „Also gut. Dann geh und löse den Fall." Er nahm sie kurz in die Arme. „Pass bitte auf dich auf. Wir brauchen dich noch."

Sie hielten sich fest, und sie atmete tief den Geruch ihres Mannes ein. Dann hob sie den Kopf und sah ihm in die Augen. „Danke. Un' sag bitte den Mädchen Bescheid. Un' grüß mir die Frau Mohwinkel. Un' die nette Japanerin. Un' meinetwegen auch den Bürgermeister." Sie zwinkerte kurz mit ihren Knopfaugen. „Sozusagen von der Dienerin der Stadt zum Diener!"

Grifo wartete im Wagen direkt vor dem Eingang und öffnete von innen die Tür, um Williamson hereinzulassen.

„Jetz' geht et rund, Frau Grifo", sagte die Kommissarin, als ihre junge Kollegin den Wagen startete. „Wir befragen als Erstes den Mick. Mal sehen, wat der uns zu sagen hat."

Bevor Grifo antworten konnte, schallte Henning Krautmacher durch die Abendhandtasche und besang ein wenig dumpf Köln als das Herz der Welt. Umständlich kramte sie ihr Handy hervor und hämmerte darauf herum. „Ja", knurrte sie. Schlagartig veränderte sich ihre Miene. „Dann bringen Sie die Mutter und die Tante in dat Kommissariat, aber dalli!"

Grifo hatte sie von der Seite beobachtet.

Als Williamson die Verbindung getrennt hatte, fragte ihre junge Kollegin sofort: „Was ist los?"

Williamson packte langsam ihr Handy zurück in die Tasche und fuhr sich durch das schon wieder reichlich zerzauste Haar.

„Der Mick is' verschwunden. Un' keiner weiß, wo er is'."

Kapitel 31

„Vielleicht ist alles ganz harmlos“, sagte Grifo, als sie den Gang des Kommissariats zum Büro entlanghasteten. Williamson tat dies mit schmerzverzerrtem Gesicht. Mehr als einmal hatte sie die Schuhe verflucht. Herrgott noch mal, wer konnte denn auch ahnen, dass sich der Abend so entwickeln würde!

„Ein Achtzehnjähriger bleibt am Samstagabend kaum zu Hause sitzen, sondern geht aus. Was meinen Sie?“, versuchte es Grifo erneut.

„Vielleicht“, brummte die kleine Kommissarin geistesabwesend. Natürlich konnte es sein, dass Mick einfach nur ausgegangen war. Aber sie befürchtete, dass hinter seinem Verschwinden mehr steckte. Ihr Bauch kribbelte zum Verrücktwerden!

„Ich hole uns mal einen Kaffee“, meinte Grifo ruhig, als sie das Büro erreichten.

Williamson atmete tief ein und aus und fuhr sich durch die Haare. Aktionismus half jetzt nicht weiter. Sie setzte sich an den Schreibtisch, streifte die Schuhe ab und dachte daran, wie Mick ihr mit einem Handtuch um die Hüften im Elternhaus begegnet war. Wie er Grifo frech angeflirtet hatte. Wie er zügellos gelacht hatte, als sie ihm die Nachricht vom Tod des Vaters überbrachte. Sie dachte an seine überhebliche, dennoch faszinierende Art, die Mischung von Kälte und Jungenhaftigkeit. Sie dachte auch an das, was Katharina Torgau und Holger Trespen über ihn gesagt hatten und auch Margot Trespen und Carola. Sie war keine Psychologin, aber der junge Mann kam ihr vor wie ein Soziopath. Mittels seines Charmes, seines guten Aussehens und seiner großen Intelligenz erlangte er Macht über andere und genoss es, diese einzusetzen, immer auf seinen Vorteil bedacht. Williamson versuchte, sich den kleinen Jungen vorzustellen, der Mick einmal gewesen war. Der hilflos beobachtet hatte, wie die Ehe der Eltern den Bach heruntergegangen war, und mit ansehen musste, wie die Mutter mehr und mehr verfiel. Wie sie unter dem Verhalten des Vaters litt und in die Welt der Medikamente flüchtete. Eine Mutter, die ebenso wenig wie der Vater für ihn da war. Zwischen Vater und Mutter der kleine Mick, der um die Liebe und Zuneigung der Eltern womöglich gekämpft hatte und nicht verstand, warum er allein gelassen wurde, weil die Eltern nur um sich kreisten; Eltern, die nicht eingestehen konnten oder wollten, dass die Ehe gescheitert und eine Trennung unumgänglich war. Mick wuchs mit diesem gestörten Familienleben zu einem jungen Mann heran und fing an, sich zu wehren. Auf seine Weise. Er hatte sich einen Panzer aus Abgestumpftheit zugelegt, weil er herausgefunden hatte, dass man dann nicht verletzt werden konnte.

Williamson schloss die Augen. Was hatte Janina Mohwinkel gesagt? Die Familie ist das Wichtigste. Das war so, das wusste sie nur zu gut. Wenn die Familie gestört war und man so aufwachsen musste, konnte man irreparable Schäden davontragen.

Mick hatte beschlossen, nicht länger Opfer zu sein. Er hatte gelernt, seine Stärken einzusetzen, um Menschen für seine Zwecke zu benutzen. So wie es ihm der Vater vorgelebt hatte. Ob er Befriedigung dabei empfand, ob es ihm guttat, so viel Macht zu besitzen? Oder ob er immer weiter auf der Suche war, rastlos, ohne je das Gefühl zu bekommen, am Ziel zu sein? Sie vermutete Letzteres. Wenn es Mick gewesen war, der den Vater getötet hatte, so hatte er seine Suche nach Zufriedenheit nicht beendet. Nicht nur die Ehe der Middelsteins, nicht nur die Mutter waren zerstört. Micks Seele war es auch, und zwar seit Langem. Dennoch würde es keinen Mord rechtfertigen. Viele Menschen hatten eine problematische Kindheit, aber nur die wenigsten wurden dadurch zum Mörder. Gott sei Dank.

„Anna-Lena Middelstein und Katharina Torgau sind übrigens da", sagte Grifo leise und stellte einen Becher mit Kaffee vor Williamson hin.

Sie schaute auf. „Dat wird nit einfach."

Als die Tür aufging und die Frauen von einer Polizistin begleitet den Raum betraten, schreckte Williamson zusammen. Anna-Lena Middelstein hing kraftlos am Arm ihrer Schwester. Sie schien geschrumpft zu sein, ihr Gesicht war eine steinerne Maske, trotzdem hatten sich tiefe Furchen eingegraben. Sie starrte vor sich hin und schien nichts um sich herum wahrzunehmen. Vorsichtig platzierte Katharina Torgau ihre Schwester auf einen der Besucherstühle vor Williamsons Schreibtisch. Dann ließ sie sich in den anderen Stuhl fallen und nickte der Kommissarin zu. Auch sie war mitgenommen. Tiefe Schatten unter ihren Augen zeugten von zu wenig Schlaf und zu vielen Sorgen. Sie fuhr sich durch die halblangen braunen Haare und begrüßte die Polizistinnen, die die Schwestern schweigend beobachtet hatten.

Katharina Torgau war mit Rollkragenpullover und Jeans wieder ganz in Schwarz gekleidet, während Anna-Lena Middelstein einen dicken, beigefarbenen Pullover trug, der ihr viel zu groß war und in dem sie noch kleiner und verletzlicher aussah, als sie ohnehin schon war.

„Möchten Sie einen Kaffee?“, fragte Grifo, „oder etwas anderes?“

„Ein Kaffee wäre wunderbar“, sagte Katharina Torgau und lächelte dankbar. Als Anna-Lena Middelstein schwieg, fügte sie hinzu: „Auch für meine Schwester. Vielen Dank.“

Williamson wartete, bis die beiden Damen versorgt waren. Grifo zog sich einen Stuhl heran, setzte sich und klärte die Schwestern über die Befragung auf. Ein Moment der Stille folgte.

Schließlich wandte sich Williamson an Anna-Lena Middelstein. „Frau Middelstein, wissen Sie, warum Sie hier sind?“

Anna-Lena Middelstein starrte sie mit jenem leeren Blick an, den die Kommissarin schon bei ihrem ersten Gespräch mit der Ehefrau des Opfers festgestellt hatte.

„Anna-Lena, bitte antworte der Kommissarin“, flüsterte Katharina Torgau ihrer Schwester zu.

Diese sah kurz zu ihr und blickte sich dann im Raum um, als würde ihr erst jetzt klar werden, wo sie war. „Ich will nach Hause“, sagte sie leise.

„Sie können jetz' aber nit nach Hause", antwortete Williamson. „Wir suchen Ihren Sohn, Mick. Wissen Sie, wo er sich aufhält?"

Anna-Lena Middelstein starrte sie wortlos an. „Er ging gegen sechs Uhr", antwortete Katharina Torgau für ihre Schwester. „Wir wollten gemeinsam zu Abend essen, ich hatte ihn dazu überredet. Aber dann ist er einfach gegangen."

„Hat er gesagt, wo er hinwollte?"

Die attraktive Frau lachte bitter auf. „Nein, das teilt er nie mit. Wie gesagt, er kommt und geht, wann er will."

Grifo, die eifrig mitgeschrieben hatte, sah auf. „Können Sie uns Kontaktdaten von Freunden nennen, die er hat? Damit wir nachforschen können, wo er sich aufhalten könnte."

Katharina Torgau schüttelte den Kopf. „Ich habe keine Ahnung." Sie wandte sich an ihre Schwester: „Anna-Lena", sagte sie sanft. „Sie fragen nach Micks Freunden. Bitte, wenn du weißt, wer das ist, dann gib den Kommissarinnen die Namen."

Wieder sah sich Anna-Lena Middelstein im Büro um. Dann blickte sie der Oberkommissarin ins Gesicht und ratterte einige Namen herunter.

„Wir werden das überprüfen", sagte Grifo. „Frau Middelstein, Sie haben die Aussage Ihres Sohnes bestätigt, nach der Sie mit ihm am Montag den ganzen Abend zusammen in Ihrem Haus verbracht haben."

Die Witwe ruckte mit ihrem Kopf nach oben. „Wir haben zusammen zu Abend gegessen und dann ferngesehen. Wir sind um elf Uhr ins Bett gegangen", sagte sie wie auswendig gelernt.

Williamson fuhr es eiskalt den Rücken herunter. Sie warf Katharina Torgau einen Blick zu, die diesen aus hilflosen Augen erwiderte. Die Schwester war ebenso ratlos wie sie selbst. Die beiden brauchten Hilfe, und zwar dringend.

„Wir haben Grund zu der Annahme, dat dat nit stimmt. Sind Sie ganz sicher?"

„Wir haben zusammen zu Abend gegessen und dann ferngesehen. Wir sind um elf Uhr ins Bett gegangen", wiederholte Anna-Lena Middelstein in einem monotonen Tonfall.

Williamson zögerte, aber sie konnte der Frau nicht ersparen, was nun kam. „Ein Zeuge sagt, dat Mick am Montagabend, als Ihr Mann im Hotel ermordet wurde, ebenfalls im Lakeside gewesen is'."

In den ausgemergelten Körper der Mutter kam unerwartet Leben. „Wer soll das denn gewesen sein?", fragte sie scharf.

„Holger Trespen", antwortete die Kommissarin ruhig. „Der Geschäftsführer des Lakeside Hotels."

Anna-Lena Middelstein sackte wieder in sich zusammen. Die Kraft schien sie so plötzlich verlassen zu haben, wie sie gekommen war. „Kenne ich nicht." Sie konnte oder wollte sich nicht an ihn erinnern.

„Er war ein Freund Ihres Mannes", sagte Grifo sanft und wechselte einen Blick mit Williamson, die ihr zunickte. Es nützte ja nichts. „Und er ist ein Freund Ihres Sohnes."

„Er und Mick haben eine Affäre."

Diese Nachricht schien die Mutter nicht zu erreichen. Sie stierte mit leeren Augen vor sich hin, die Hände im Schoß verschränkt.

Katharina Torgau dagegen starrte die Kommissarin fassungslos an. „Wie bitte?", fragte sie. „Habe ich das richtig verstanden?"

„Ja", bestätigte Williamson. „Mick und er haben seit dem vergangenen Frühjahr eine Liebesbeziehung, und ab Sommer haben sie sich regelmäßig im Hotel in einem Zimmer getroffen. So auch am Montagabend. Und zwar genau zu demselben Zeitpunkt, als Ihr Schwager mit seiner Geliebten dort war, eine Etage darüber."

Stille breitete sich zwischen den Frauen aus. Anna-Lena Middelstein hatte die Arme vor dem Oberkörper verschränkt und wiegte sich hin und her. Ihre Schwester beobachtete sie besorgt.

„Er ist doch mein Kind. Er ist doch mein Kind", sagte die Witwe mit heiserer Stimme. „Er ist doch mein Kind."

Der Kommissarin gefror das Blut in den Adern. Das war schlimmer als alles, was ihr in diesem Fall bisher begegnet war.

Katharina Torgau legte beruhigend eine Hand auf den Arm ihrer Schwester und strich ihr sanft eine blonde Haarsträhne aus der Stirn. „Anna-Lena", sagte sie leise, „bitte sag der Kommissarin die Wahrheit. Bitte."

Die Witwe von Georg Middelstein wandte ganz langsam den Kopf zu ihrer Schwester und blickte sie mit großen blauen Augen an. „Er ist doch mein Kind", wiederholte sie tonlos.

Williamson hielt den Atem an.

Ein Zittern durchlief die Frau. „Er war nicht da. Ich weiß nicht, wann er gegangen ist, aber er war schon weg, als Georg von der Arbeit nach Hause kam. Er ist erst nach eins nach Hause gekommen. Ich war wach und habe ihn gehört. Ich bin an die Treppe gegangen, als er hochkam, und habe ihn gefragt, wo er gewesen ist. Er hat mich nur angesehen und ist ins Zimmer gegangen. Ich habe eine Schlaftablette genommen. Am nächsten Morgen war er weg, als ich aufgewacht bin."

Sie hatte kurz und abgehackt gesprochen und zwischendurch immer wieder nach Luft geschnappt. Nun lehnte sie sich schwer atmend zurück und schloss erschöpft die Augen. Eine Weile sagte niemand etwas.

Williamson atmete tief ein und sah Katharina Torgau an, die erschüttert in sich zusammengesunken war und nicht merkte, dass ihr Tränen übers Gesicht liefen.

„Wie groß is' der Mick eigentlich?" Williamson hatte zwar in Erinnerung, dass er sehr groß gewesen war, sicherlich über 1,80 Meter, aber genau wusste sie es nicht.

„Ich kann es nicht genau sagen, aber sicherlich deutlich über 1,80 Meter, so um die 1,84 Meter oder 1,85 Meter."

„Ich muss wohl nit extra sagen, dat Sie sich sofort melden, wenn der Mick nach Hause kommen sollte?", sagte die Kommissarin.

Katharina Torgau schüttelte den Kopf.

„Nein, natürlich nicht. Wir – ich melde mich sofort, wenn Mick auftauchen sollte."

Die Polizistin wurde allerdings das Gefühl nicht los, dass Mick verschwunden bleiben würde.

Als die beiden Frauen Anstalten machten zu gehen, hielt Williamson die Schwester zurück. „Sie brauchen Hilfe. Sie schaffen dat nit allein."

Katharina Torgau lächelte traurig und legte leicht die Hand auf den Arm der Kommissarin. „Ich weiß. Anna-Lena wird schon vom Weißen Ring psychologisch betreut. Ich dachte, gemeinsam bekommen wir das hin. Aber eine ambulante Betreuung reicht nicht. Es geht über meine Kräfte."

Sie strich sich über das Gesicht. „Ich muss auch über kurz oder lang zurück nach Bremen. Mein Geschäft führt sich nicht von allein." Dann sah sie Williamson an. „Ich werde mich um eine stationäre Betreuung bemühen. Auch wenn ich das immer vermeiden wollte."

Die Kommissarin nickte. „Dat is' gut und die richtige Entscheidung, glauben Sie mir."

Nun hielt Katharina Torgau die Kommissarin zurück. „Wenn Mick wirklich etwas mit dem Mord an Georg zu tun hat, bricht sie vollkommen zusammen. Glauben Sie wirklich, dass er es war?"

Williamson schaute sie ernst an. „Ich will ehrlich sein. Er is' unser Hauptverdächtiger."

Als die Schwestern gegangen waren, begrub Williamson ihren Kopf in den Händen und fuhr sich durch die Haare. Eine Weile blieb sie so sitzen, um neue Kraft zu sammeln. Als sie wieder aufschaute, sah sie Grifo am Fenster stehen. Sie starrte hinaus in die Nacht. An ihrem sehr geraden Rücken konnte die Kommissarin erkennen, wie bewegt sie war.

„Ich habe vor einigen Jahren das Rauchen aufgegeben", sagte Grifo dumpf. „Heute könnte ich glatt wieder damit anfangen."

„Mir geht et genauso."

Sie stand auf, tappte auf Strümpfen zu der jungen Frau und stellte sich neben sie. Leicht legte sie ihr einen Arm auf den Rücken. „Frau Grifo, ich weiß, dat dat jetz' schwerfällt, aber wir müssen weitermachen. Wir wissen immer noch nit, ob et der Mick getan hat, auch wenn sich die Verdachtsmomente erhärten. Geschweige denn, dat wir wissen, wo er is'."

Elena Grifo fuhr sich durchs Gesicht und nickte. „Ich weiß. Also, wie legen wir los?"

„Treiben Sie einen IT-Spezialisten wegen dem Laptop vom Mick auf. Vielleicht sind da ein paar Hinweise drauf, wo er sein könnte oder wer seine Freunde sind."

Sie atmete tief durch. „Dann müssen wir die Namen überprüfen, die uns die Mutter genannt hat. Dat dat seine aktuellen Freunde sind, glaube ich fast nit. Aber versuchen müssen wir et."

Grifo nickte. „Wahrscheinlich hat er alle Kontakte in seinem Handy. Wie das heute üblich ist. Aber ich sehe, was ich tun kann."

„Hmmm", machte Williamson. Ihr war etwas eingefallen. Es war einen Versuch wert. Sie schaute auf die Uhr. Es war fast halb eins. „Ich muss mal zu Hause anrufen."

Grifo nickte und verließ den Raum, um ihr Glück bei den IT-Spezialisten zu versuchen.

Williamson versuchte ihrerseits, Carola auf dem Handy zu erreichen. Sie war sich sicher, dass ihre Tochter noch wach war.

„Mom?", meldete sich Carola ein wenig überrascht.

„Nenn mich nit ‚Mom'!", sagte Williamson automatisch. „Gut, dat ich dich erreiche. Da war doch kürzlich eine Freundin von dir bei uns. Fiona oder so."

„Felicitas“, sagte Carola sofort. „Die hat mir die Info über Mick gegeben.“

„Genau, Felicitas“, entgegnete ihre Mutter. „Hast du die Handynummer von der Felicitas? Könnte ich die haben?“

„Klar habe ich die Nummer, Mo… Mama. Was willst du denn von ihr mitten in der Nacht?“

„Dat kann ich dir nit sagen. Meinst du denn, die is' jetz' noch erreichbar? Schläft die nit schon?“

Carola lachte. „Wo lebst du denn, Mama? Es ist Samstagabend, natürlich ist sie noch wach. Vermutlich noch unterwegs. Ich schreibe sie an, dass sie dich anrufen soll, okay?“

„Dat is' gut. Und, Carola?“

„Ja?“

„Danke.“

„Nix zu danken. Und, Mama?“

„Ja?“

„Der Abend war toll. Fand Nicola auch. Die schläft übrigens schon.“

„Schade, dat ich wegmusste. Aber dat holen wir nach.“

„Kein Problem. Wenn du den Fall löst, verzeihen wir dir.“

„Haha“, machte Williamson.

„Mama? Denk an die Sneakers.“

„Gute Nacht, minge Schatz“, sagte sie schnell und legte auf. Neue Sneakers? Nie und nimmer!

Die Tür flog auf, und Cohen eroberte den Raum mit geradezu übermäßigem Schwung. Entgegen seiner Gewohnheit war er mit Jeanshose und Pullover bekleidet. Die Hose hing unter seinem mächtigen Bauch, und er zog sie umständlich nach oben. Schwer ließ er sich auf einen Stuhl fallen und schnaufte tief durch. Williamson lehnte sich zurück, faltete die Hände vor dem Bauch und beobachtete ihn. Cohen sah sie an und schüttelte den Kopf. „Der Trespen ist ein Kerl. Total naiv oder einfach nur dumm. Wider besseres Wissen hat er sich wieder und wieder mit Mick eingelassen."

Seine Vorgesetzte nickte. „Wie ein Pyromane, der nit vom Feuer lassen kann."

„Bis er sich verbrennt. Oder wie ein Alkoholiker, der …"

„Bevor wir hier gleich zu philosophisch werden, müssen wir eine Fahndung nach Mick Middelstein einleiten, nütz' ja nix."

Der Baron nickte und stand auf. „Ich veranlasse alles."

Plötzlich ertönte von irgendwoher eine Melodie. Cohen legte den Kopf schräg. „Was ist das für eine Musik?"

„Musik? Verdamp, mein Handy."

Immer wieder vergaß sie ihren Klingelton. Sie kramte das Handy aus ihrer unpraktischen Abendhandtasche und nahm ab.

„Ja?", blaffte sie. Eine dünne Mädchenstimme ließ sich kaum hörbar vernehmen. „Frau Williamson? Sind Sie das?"

„Felicitas! Das ging aber schnell." Sie bemühte sich wieder, Hochdeutsch zu sprechen.

„Carola meinte, es sei dringend."

Im Hintergrund waren Musik, das Klirren von Glas und Gelächter zu vernehmen. Anscheinend war Felicitas tatsächlich noch unterwegs.

„Felicitas, kennst du vielleicht die Freunde von Mick Middelstein?“

Am anderen Ende blieb es still. Eine Weile war nur eine laszive Frauenstimme zu hören, die mehr hauchte als sang. Wahrscheinlich sollte das erotisch klingen.

„Auf Anhieb nicht. Er tut immer sehr geheimnisvoll. Ich kann mich aber umhören. Ich kenne ein paar Leute, die ihm näherstehen als ich. Daher habe ich auch die Information, die ich an Carola weitergegeben habe.“

„Danke, Felicitas.“

„Kein Problem. Ich melde mich.“

Williamson beendete das Gespräch und verharrte einen Augenblick. Unter ihrem Zwerchfell trieb ein ganzer Ameisenhaufen sein Unwesen.

Cohen kam auf sie zu. „Die Fahndung ist veranlasst.“

Grifo betrat den Raum und schüttelte den Kopf. „Ich habe mir Micks Laptop noch einmal angesehen. Er hat kaum etwas damit gemacht. In seinen Dokumenten finde ich zwei, drei Referate und Hausaufgaben. E-Mails sind bei den jungen Leuten out, ebenso Facebook. Er ist bei Insta.“

„Bei wat?“, fragte Williamson. Sie hatte den Begriff schon bei ihren Töchtern gehört, aber nichts damit anfangen können.

„Instagram“, erklärte Grifo geduldig. „Das ist eine Plattform zum Teilen von …“

„Un’ wat is’ da?“, unterbrach ihre Vorgesetzte sie ungeduldig.

Ihre Kollegin runzelte die Stirn. „Nicht viel. Ein paar Videos, ein paar Fotos, das meiste von ihm selbst. Es scheint fast, als hätte er darauf geachtet, dass seine Freunde nicht zu sehen sind. Nur er selbst."

„Wer folgt ihm? Und wem folgt er?", fragte Williamson und erntete erstaunte Blicke ihrer Mitarbeiter. „Habe ich bei den Mädels gehört."

Grifo lächelte und ging zu ihrem Computer. „Das können wir auch von hier aus überprüfen."

Sie gab ein paar Befehle ein und drehte den Bildschirm so, dass ihre Kollegen mitschauen konnten. „Das ist sein Insta-Profil. Hier sind einige Namen. Er folgt nicht vielen."

„Er kreist mehr um sich selbst", meinte Williamson und betrachtete das attraktive Gesicht des jungen Mannes, das mit einer Schwarz-Weiß-Fotografie gekonnt in Szene gesetzt war. Sie sah die geheimnisvollen Augen, die hohen Wangenknochen und das halblange Haar, das in die wohlgeformte Stirn fiel. Das Bild zeigte auch den Oberkörper, dessen Muskeln sich durch den Schwarz-Weiß-Kontrast deutlich abzeichneten. Sie sah aber auch die Kälte im Blick und den leicht brutalen Zug um den sinnlichen Mund. Sie konnte verstehen, warum Trespen nicht von ihm lassen konnte. Die Mischung war faszinierend und verführerisch.

„Gut, wir kontaktieren jetz' die, die hier aufgeführt sind, plus die, die Frau Middelstein angegeben hat."

Cohen sah sie mit seinen Glupschaugen fragend an. „Jetzt?"

„Ja, jetz'. Denn wie ich gerade gelernt habe, geht et für die jungen Leute nachts erst so richtig rund."

Cohen nickte und wollte sich an die Arbeit machen, als wieder De Höhner, diesmal laut und vernehmlich, zu hören waren.

Die Kommissarin nahm das Gespräch entgegen und lauschte eine Weile, während ihre Mitarbeiter sie gespannt ansahen.

„Danke, Felicitas. Is' deine Freundin jetz' bei dir? Gut. Sie soll gleich morgen Früh herkommen, so gegen sieben. Ich weiß, dat Sonntag is', aber darauf können wir keine Rücksicht nehmen. Sie kann sich bei mir beschweren."

Sie legte auf. „Eine Freundin von einer Freundin …" Sie unterbrach sich. Carola wollte sie da heraushalten. „Also, die hat gesehen, dat sich der Mick öfters nach der Schule mit einem Mädchen getroffen hat, dat anscheinend nit auf die Schule geht. Sie hat vor dem Gebäude auf ihn gewartet."

„Wie sah sie aus?", fragte Grifo atemlos.

Ihre Chefin sah sie triumphierend an. „Klein, blond, unscheinbar, zierlich und ganz offensichtlich in Mick verliebt."

Grifo sprang elektrisiert auf. „Die Beschreibung passt auf Johanna Mantritz."

„Genau. Deshalb kommt die Freundin morgen her, damit wir die Aussage aufnehmen können. Dann kann sie sich gleich ein Foto von der Johanna Mantritz angucken."

Die Oberkommissarin sah triumphierend in die Runde. „Gut. Und damit wir alle bei Kräften bleiben, bis die Freundin von der Freundin von wem auch immer hier auftaucht, schaue ich mal, ob es im Automaten am Eingang noch Sandwiches gibt."

Williamson verdrehte die Augen beim Gedanken an die gummiartigen Brötchen, die mit Plastikfolie eingepackt waren. „Ich kann et kaum erwarten. Aber wat soll et? Nütz' ja nix."

Kapitel 32

Grifo fuhr durch den spärlichen Verkehr des Sonntagmorgens, Williamson saß neben ihr. Die Stadt lag noch im Halbschlaf, was den beiden sehr recht war. Sie hatten den Rest der Nacht versucht, die Freunde von Mick zu erreichen, die ihnen bekannt waren. Bis auf zwei waren sie auch erfolgreich gewesen. Keiner hatte etwas von Mick gehört oder gesehen. Zwischendurch hatten sie ihn immer wieder auf seinem Handy angerufen. Ohne Erfolg. Die Mailbox sprang sofort an. Offenbar wollte Mick nicht, dass das Handy geortet werden konnte. Sie versuchten auch, Johanna Mantritz auf ihrem Handy zu erreichen, aber auch das war vergebens.

Verdamp.

Grifo hatte ihre Chefin immer wieder mit Kaffee versorgt, bis diese Sodbrennen bekommen hatte.

Pünktlich um 7.00 Uhr morgens war Tabea Rothmann, die achtzehnjährige Freundin von Felicitas, erschienen, um ihre Aussage zu machen. Tabea hatte wiederholt, was Felicitas der Kommissarin schon in der Nacht am Telefon berichtet hatte, und Johanna Mantritz auf einem Foto erkannt. Sie hatte sie mehrfach vor der Schule gesehen, als sie auf Mick gewartet hatte.

Wie ein aufgescheuchtes Huhn sei Johanna vor der Schule auf und ab gelaufen. Sie hätte einen „mega nervösen Eindruck“ gemacht. Laut Aussage von Tabea habe es so ausgesehen, als ob sie völlig vernarrt in Mick gewesen sei. Dieser hatte die Aufmerksamkeit genossen, wie immer, so Tabea bitter, aber eigentlich hätte Johanna gar nicht zu ihm gepasst.

„Der steht auf auffälligere Typen, und zwar bei Männern und Frauen, wenn Sie verstehen, was ich meine.“

Williamson verstand.

Nachdem Tabea ihre Aussage beendet hatte, hatten sich die drei Kommissare schweigend angesehen.

„Nun haben wir die Verbindung zwischen Mick und Johanna. Sie könnte ihm geholfen haben“, sagte Grifo.

Ihre Chefin nickte. „Vorausgesetzt, Mick is' der Täter, dann könnte dat erklären, wie er sich im Hotel frei bewegen konnte.“ Sie schüttelte den Kopf. „Wahnsinn.“

Dann hatte sie sich gestreckt und verkündet, dass sie sich kurz zu Hause umziehen wolle. Sie trug immer noch die Sachen vom Vorabend und fühlte sich zunehmend unwohl. Von den Schuhen ganz zu schweigen, die unter dem Schreibtisch lagen. Sie hatte sich diese geschnappt und gemeint, sie sei in einer Stunde zurück.

Cohen hatte nur genickt, aber Grifo hatte den Kopf schräg gelegt und sie mit einem Lächeln angeblickt. „Wie wollen Sie denn nach Hause kommen, Chefin?“, hatte sie süffisant gefragt. „Soweit ich mich erinnere, habe ich Sie gestern Abend vom Hotel aus mitgenommen.“

Williamson hatte sich vor die Stirn gehauen und gelacht. „Eins zu null für Sie, Frau Grifo“, hatte sie zu ihrer Kollegin gesagt, um dann etwas kleinlauter hinzuzufügen: „Würden Sie mich schnell nach Hause bringen?“

Grifo war aufgesprungen und hatte sich ihrerseits ihre Sachen geschnappt. „Aber klar, kein Problem."

Die Schuhe in der Hand, war sie an Grifos Seite auf Strümpfen den Gang entlanggehastet, was ihr einige irritierte Blicke eingebracht hatte, aber das war ihr egal gewesen. Sie hatte die Schuhe auf den Boden in den Fahrgastraum geschleudert und sich in den Sitz plumpsen lassen.

„Stellen Sie sich mal vor, ich müsste jetzt selbst fahren – auf Strümpfen. Na, dat wäre mal ein neues Fahrgefühl", bemerkte sie.

Bei der Vorstellung mussten sie beide lachen. Dann wurden sie schlagartig wieder ernst und schwiegen den Rest der Fahrt über. Jede hing ihren Gedanken nach und schnaufte durch. Sie waren in der Nacht nicht nur einen, sondern zwei Schritte weitergekommen, aber sie mussten Mick und Johanna unbedingt finden.

Ein ungutes Gefühl stieg in Williamson auf. Sie spürte, dass ihr die Zeit davonlief. Grifo hatte sie vor der Haustür abgesetzt und war gleich wieder zurückgefahren.

„Bin daheeem", rief sie in den Flur und warf die Schuhe in eine Ecke. Nie wieder würde sie diese Folterinstrumente tragen! Die Küchentür wurde aufgestoßen, und Carola und Nicola rannten ihr entgegen.

„Hast du den Fall gelöst?", fragte Nicola atemlos. „Kannst du hierbleiben?"

„Leider nit", antwortete sie und strich ihrer Tochter über den Krauskopf. „Ich bin nur kurz gekommen, um mich umzuziehen."

Sie und Carola nahmen Augenkontakt auf. Williamson nickte unmerklich. Felicitas hat sich gemeldet, sollte das heißen. Carola sah sie mit gespannter Miene an. Sie platzte vor Neugier.

„Aber du wirst doch Zeit für ein ordentliches Frühstück haben", sagte ihr Mann, der im Rahmen der Küchentür lehnte, die Arme vor dem Oberkörper verschränkt.

„Eigentlich …", fing seine Frau an, aber der verführerische Duft von Bernd-Karls berühmten Omeletts ließ ihr das Wasser im Mund zusammenlaufen. Bis auf das Sushi gestern Abend und das labbrige Brötchen in der Nacht hatte sie nichts gegessen, was sich mit einem Knurren ihres Magens bemerkbar machte.

„Ach, wat soll et", resignierte sie und machte ein schmatzendes Geräusch. „Et nütz' ja nix, wenn ich vor lauter Schwäche umfalle."

„Das ist meine Frau", stimmte Bernd-Karl ihr strahlend zu und schob sie auf ihren Stuhl.

„Das Neujahrsfest war der Hammer!", sagte Carola und nahm sich noch eine Scheibe Schinken. „Die Kampfkunstleute haben mir am besten gefallen. Das möchte ich auch machen."

„Ich habe mir das Programm mitgenommen. Die bieten auch Manga-Kurse an. Das möchte ich mal ausprobieren", nuschelte Nicola mit vollem Mund.

„Mit vollem Mund spricht man nicht", sagte ihr Vater mit gespielter Strenge und schmunzelte. „Aber das ist mal wieder typisch für euch beide. Die eine macht etwas mit Bewegung, die andere sitzt am Schreibtisch und malt."

„So sind wir eben", bemerkte Nicola und grinste.

„Vereint in der Unvereinbarkeit", sinnierte Carola und warf sich in eine deklamierende Pose.

Ihre Eltern lachten.

Zwanzig Minuten später lehnte sich Williamson zurück. „Dat hat gutgetan", seufzte sie und legte die Hände auf ihren Bauch.

„Ich soll dich übrigens grüßen", sagte Bernd-Karl. „Von Frau Dr. Mohwinkel, vom Bürgermeister, nicht wahr", er zwinkerte ihr zu, „und natürlich von der Generalkonsulin. Sie hat uns zur japanischen Teezeremonie nach Hamburg eingeladen."

„Ich trink' nur noch Kaffee", murrte seine Frau beim Gedanken an den japanischen Tee bei den Anwälten.

„Frau Mohwinkel sagt, dass das eine große Ehre ist. Das können wir nicht ablehnen. Sie wird auch mitfahren. Aus der Nummer kommst du nicht raus, Mienchen."

„Oh Gott, oh Gott, oh Gott", stöhnte sie. „Na gut, wenn et unbedingt sein muss. Dann fahren wir halt nach Hamburg."

„Das ist meine Frau", strahlte Bernd-Karl und tätschelte ihre Hand. „Wer weiß? Vielleicht kommst du dann auf den Geschmack?"

„Nit in hundert Jahren", erwiderte sie. „Et tut mir echt leid, aber ich spring' schnell unter die Dusche und zieh' mich um. Dann muss ich wieder los."

Als Williamson nach einer erfrischenden Dusche wieder in die Küche trat, räumte Bernd-Karl gerade das Frühstücksgeschirr in die Spülmaschine. Er lächelte vor sich hin.

„Wat is' los, wat lachst du so?", fragte sie ihren Mann. Bernd-Karl drehte sich um und fuhr sich durchs silberne Haar. „Ich muss gerade an unsere Mädchen denken", antwortete er. „Carola ist lebhaft und immer in Bewegung, auch gestern Abend. Sie hat gleich Kontakte geknüpft und viel erzählt." Er sah seine Frau zärtlich an. „Genau wie du. Dazu passt auch, dass sie Aikido machen will. Nicola ist ruhiger, genießt dafür aber mehr. Und sie will Mangas malen."

Seine Frau nickte. „Dat is' mir auch aufgefallen."

„Wenn man es nicht genau wüsste, könnte man fast meinen, sie hätten unterschiedliche Eltern. Vielleicht dieselbe Mutter, schon allein wegen der Haare." Er zog spielerisch an ihrem erneut zerzausten Haar. „Aber unterschiedliche Väter."

„Ich kann dir versichern, minge Schatz, dat dat bei uns nit zutrifft. Wir …" Williamson war gerade dabei, ihre Sachen von der Abendhandtasche in die praktische Umhängetasche umzupacken. Sie unterbrach sich, hielt mitten in der Bewegung inne und starrte ihren Mann an. „Sag' dat noch mal!", forderte sie ihn mit heiserer Stimme auf.

Er sah sie erstaunt an. „Ich habe gesagt, dass sie unterschiedliche Väter haben könnten", wiederholte er langsam und sah ihr forschend ins Gesicht. „Was ist? Was ist daran so ungewöhnlich?"

Ganz langsam rieselte eine Erkenntnis durch Williamson wie Sand durch eine Sanduhr. Ihr wurde heiß. Konnte das sein? Sie ging auf ihn zu, nahm ihn in die Arme und gab ihm einen Kuss. „Du bist ein Genie!" Sie klimperte mit ihren Knopfaugen.

„Echt?“, fragte er verständnislos, aber auch geschmeichelt.

„Echt.“ Sie küsste ihn erneut und drückte ihn kurz an sich. „Ich muss los. Wenn et länger dauert, melde ich mich.“ Dann schnappte sie sich ihre Tasche, zog in Rekordgeschwindigkeit ihren Mantel und ihre geliebten flachen Halbschuhe an und war durch die Tür, bevor Bernd-Karl noch etwas erwidern konnte. Wieder einmal blieb er ratlos in der Küche zurück.

„Tschuldige Marianne, ich muss telefonieren“, sagte sie zu ihrem Auto und wählte mit einer Hand. Das war zwar verboten, aber darauf konnte sie keine Rücksicht nehmen.

„Frau Grifo“, sie schrie fast ins Handy, „überprüfen Sie die Herkunft von Johanna Mantritz und Kathrin Abelmann, insbesondere ob da ein Zusammenhang zwischen beiden besteht! Und sehen Sie zu, dat Sie auch die Kathrin in dat Kommissariat bekommen!“ Sie wartete die Antwort erst gar nicht ab, sondern unterbrach die Verbindung. Endlich wusste sie, was sie an den jungen Frauen so sehr irritiert hatte. Sie glichen sich in Gestik und Mimik und auch in ihrem Aussehen. Zwar war Kathrin Abelmann bei Weitem die auffälligere Erscheinung, aber sie hatten ähnliche Gesichtszüge und dieselbe Figur. Erst Bernd-Karl hatte mit seiner Bemerkung über ihre eigenen Töchter das unbestimmte Gefühl, das die jungen Frauen bei ihr ausgelöst hatten, vom Unterbewusstsein in ihr Bewusstsein aufsteigen lassen. Auch wenn sie noch nicht wusste, was das bedeutete, war sie davon überzeugt, dass es wichtig war, denn schließlich arbeiteten beide im Lakeside. Es war immer noch zu klären, wie die Leiche von Middelstein vom

Zimmer im Maschsee gelandet war. Dann gäbe es nicht nur eine Verbindung zwischen Mick und Johanna, sondern über diese auch eine zwischen Mick und Kathrin. Sie würde einen Besen aus der Besenkammer im Kommissariat fressen, wenn die beiden Frauen nicht miteinander verwandt waren.

Im Büro warteten schon Grifo und Cohen auf sie. „Sie hatten recht, Chefin", begrüßte sie Grifo. „Kathrin Abelmann und Johanna Mantritz sind Schwestern, und zwar Halbschwestern. Sie haben dieselbe Mutter, aber unterschiedliche Väter. Die Mutter, Sabine Mantritz, war in erster Ehe mit einem Karl-Heinz Abelmann verheiratet. Die beiden haben eine Tochter, Kathrin. Die Ehe ging in die Brüche, Sabine Abelmann hat ein zweites Mal geheiratet: Thomas Mantritz. Aus dieser Ehe stammt Johanna. Thomas Mantritz hat seine Frau schlecht behandelt."

„Wat heißt dat?", fragte Williamson dazwischen.

„Es ist von häuslicher Gewalt die Rede. Zeitweise hat sie mit den beiden Mädchen im Frauenhaus gewohnt. Dann hat Karl-Heinz Abelmann seine Tochter zu sich geholt, die dann bei ihm in soliden Verhältnissen aufwuchs."

Grifo machte eine Pause. Sie sah traurig aus. „Danach ging es rasant bergab. Sie hat sich zwar von Thomas Mantritz getrennt, der momentan wegen mehrerer Delikte im Gefängnis sitzt, aber sie selbst hat angefangen zu trinken."

Williamson horchte auf. „Un' Johanna? War die die ganze Zeit bei ihr?"

Grifo nickte und schluckte. „Ja. Während Kathrin ihr Abitur gemacht hat, BWL studiert und nebenbei im Lakeside jobbt, hat es Johanna mit Müh' und Not zum Hauptschulabschluss gebracht. Sie scheint aber nun im Lakeside eine feste Anstellung zu haben."

„Beide arbeiten also im selben Hotel", sagte Williamson nachdenklich. „Und beide hatten Dienst, als Georg Middelstein umgebracht wurde. Un' der Mick war auch da und kennt Johanna. Dat is' mir ein bisschen zu viel Zufall."

Alle drei schwiegen.

Dann hob die Hauptkommissarin den Kopf. „Konnten Sie Johanna oder Mick erreichen?"

Ihre Kollegen schüttelten den Kopf. „Leider noch nicht", sagte Cohen. „Aber wir sind dran."

„Versuchen Sie et weiter. Und auch bei Kathrin Abelmann."

Schließlich sah Williamson Grifo an. „Haben wir die aktuelle Adresse von der Mutter? Wir sollten mal mit ihr sprechen."

Sprachlos schaute Williamson am Hochhauskomplex empor und sah sich dann um. Ihr Blick fiel auf ein kaputtes Dreirad sowie Autoreifen, Holzbretter, Flaschen und undefinierbaren Müll, die sich um einen traurig aussehenden Baum gruppierten, der wiederum auf etwas stand, was wohl einmal eine Rasenfläche gewesen war. Die Menschen, die gebückt an ihnen vorübergingen, blickten sie misstrauisch an.

„Dat is' anders als Kirchrode oder dat Zooviertel, oder nit?"

Grifo sah sie ernst an. „Sie haben doch nach den weniger repräsentativen Stadtteilen gefragt. Das hier ist einer."

Williamson nickte. Ihr war aus Köln Ähnliches bekannt. Der Unterschied zu dem, was sie in Hannover bisher kennengelernt hatte, war allerdings so eklatant, dass es sie innerlich schüttelte. Sie versuchte sich vorzustellen, wie sich Johanna Mantritz fühlte, die im Lakeside wohlhabende Gäste bedienen musste. Oder was sie davon hielt, dass es ihre Halbschwester weitaus besser angetroffen hatte.

Ihre Kollegin hatte den Namen von Sabine Mantritz zwischen den vielen Schildern gefunden und drückte auf die Klingel. Nichts geschah. Als auch nach mehrmaligem Klingeln keine Reaktion erfolgte, hielt Grifo den Daumen auf die Klingel gedrückt.

„Vielleicht is' sie nit da", meinte Williamson leichthin.

Doch ihre Kollegin schüttelte den Kopf. „Sie ist da, glauben Sie mir, Chefin." Ihr Gesicht war eine steinerne Maske. Ihr schien die Situation sehr nahe zu gehen.

Endlich hörten sie eine weibliche, heisere Stimme, die sich schleppend meldete. „Wer is' e'n da?"

„Frau Mantritz, hier ist die Polizei. Es geht um Ihre Töchter Johanna und Kathrin. Dürfen wir hereinkommen?"

Statt einer Antwort ging der Summer, und die Frauen drückten gegen die Tür. Sie betraten das schmutzige Treppenhaus und prallten zurück. Der Gestank war erbärmlich.

„Rattenkot", flüsterte Grifo und erklomm die Treppen.

„Nehmen wir denn nit den Aufzug?", fragte ihre Vorgesetzte.

Grifo warf einen schrägen Blick auf die mit Graffiti beschmierten Aufzugtüren. Sie waren zudem verbeult, als hätte jemand dagegengetreten. Was wohl auch der Fall gewesen war.

„Dem Aufzug traue ich nicht“, erwiderte Grifo und erklomm weiter die Treppen.

Na gut, dann zu Fuß. Nur gut, dass sie ihre Pumps gegen die bequemen Schuhe getauscht hatte.

Sabine Mantritz wohnte im dritten Stock. Als Grifo an der Wohnungstür ankam, war ihre Chefin noch einen Absatz unter ihr und nahm schnaufend die letzten Stufen. Die Wohnungstür wurde einen Spaltbreit geöffnet. Eine schmächtige Frau lugte durch den schmalen Schlitz zwischen Tür und Rahmen. „Sind Sie die Polizei?“, fragte sie durch die Tür.

„Ja, Frau Mantritz“, antwortete Elena Grifo und hielt ihr ihren Ausweis hin.

Williamson atmete heftig und tat es ihr gleich. Die Luft war aber auch verdamp dünn in Niedersachsen!

Die Frau hinter der Tür nahm die Ausweise mit zittrigen Händen entgegen und betrachtete sie genau. Die Polizistinnen konnten nur einen Teil ihres Gesichts und ihres Körpers erblicken. Ihre Hände flatterten. Schließlich öffnete sie die Tür. Erst da sahen die Beamtinnen, dass sie einen schmutzigen Bademantel trug, der eine Farbe irgendwo zwischen blau und grau hatte. Wortlos drehte sie sich um und wankte einen vermüllten Gang entlang, wobei sie sich mit den Händen an den Wänden abstützte.

Zögernd traten Williamson und Grifo ein und gingen hinter der Frau her. Die Wände waren fleckig, die Farbe entsprach ungefähr der des Bademantels. Sie gelangten in den Wohnraum.

Mit unsicheren Schritten ging die Frau auf eine braune, ebenfalls vermüllte Couch zu, auf der eine fadenscheinige Decke lag. Sie ließ sich vorsichtig darauf nieder und hielt mit einer krallenförmigen Hand den Bademantel am Dekolleté zusammen. Im Raum stank es nach abgestandenem Essen, Zigaretten, Alkohol und menschlichen Ausdünstungen.

Grifo ging geradewegs auf die vor Schmutz blinden Fenster zu und öffnete eines, was ihr erst nach einigem Ruckeln gelang. Dann setzten sich die Kommissarinnen auf die Sessel, wobei sie Zeitschriften, schmutzige Teller und übervolle Aschenbecher zur Seite räumen mussten. Auf dem Tisch befanden sich ebenfalls überquellende Aschenbecher, leere Wein- und Wodkaflaschen, schmutziges Geschirr, Zigarettenschachteln und undefinierbarer Müll.

Erst jetzt besahen sie sich die Frau gegenüber genauer, die sich mit zitternden Händen eine Zigarette anzündete. Sie war wohl einmal hübsch gewesen, aber heute waren Körper und Gesicht zerstört. Sie war erschreckend mager, spitz stachen ihre Schlüsselbeine aus der durchscheinenden Haut des Dekolletés hervor. Sie hatte nichts von der durchtrainierten Anorexie Margot Trespens. Ihr Körper zeugte von einem Verfall, der von Alkohol- und Zigarettenmissbrauch über viele Jahre hervorgerufen war. Ebenso ihr Gesicht. Tiefe Falten hatten sich in es gegraben, die Haut war grau. Die Augen schimmerten gelblich. Hier trank sich ein Mensch systematisch zu Tode.

Mit flattrigen Fingern fuhr sich Sabine Mantritz durch die strähnigen Haare. Ihr Bademantel klaffte an den Oberschenkeln auseinander und offenbarte dünne, von blauen Adern und gräulicher Haut überzogene Beine. Sie bemerkte es, nahm die Decke und legte sie umständlich über ihren Unterkörper. Sie versank förmlich darin.

„Was wollen Sie wissen?" Die schleppende Aussprache der einzelnen Silben verriet, wie schwer es ihr fiel, den Satz zu bilden.

Williamson nickte ihrer Kollegin zu.

„Frau Mantritz, es geht um Ihre Töchter, Kathrin und Johanna", hob die junge Kommissarin an.

„Und?" Sabine Mantritz nahm einen tiefen Zug und ließ den Rauch durch den geöffneten Mund wieder entweichen. Sie entblößte dabei gelbliche Zähne. Sie wussten, dass die Frau fünfundvierzig Jahre alt war, aber sie wirkte so verlebt und mitgenommen, dass sie zwanzig Jahre älter aussah.

„Wie ist das Verhältnis der beiden?", fuhr Grifo fort.

Sabine Mantritz zog den Kopf zwischen die mageren Schultern. „Gut. Sie stehen sich nahe. Sind ja Schwestern. Kathrin hat Johanna den Job besorgt."

„Den Job im Hotel?", fuhr Williamson dazwischen.

Sabine Mantritz sah sie mit ihren gelben Augen an, als wäre ihr erst jetzt bewusst, dass sie da war. „Genau", nickte sie. Asche fiel von der Zigarette zu Boden. Sie beachtete es nicht. „Johanna hatte nicht so viel Glück wie ihre Schwester." Sabine Mantritz zeigte mit einer Geste auf den Raum. „Wie Sie sehen können." Sie lachte meckernd auf und nahm noch einen Zug. „Aber eines muss ich sagen: Kathrin hat ihre Schwester nicht im Stich gelassen. Sie hat sich um sie gekümmert."

Im Gegensatz zu Ihnen, dachte Williamson.

Grifo sah sich in dem heruntergekommenen Raum um und fragte: „Hat Johanna die ganze Zeit hier gelebt?"

Die Frau machte ein schmatzendes Geräusch. „Sie kommt und geht. Mal ist sie da, mal nicht. In letzter Zeit wohnt sie fast nur noch bei ihrer Schwester. Kathrin hat seit Kurzem eine Wohnung in der Stadt, wissen Sie?"

Die Kommissarinnen sahen sich an.

„Haben Sie die Adresse?", fragte Grifo schnell.

„Irgendwo hier", murmelte die Mutter und wühlte auf dem Couchtisch herum. „Sie hat sie mir aufgeschrieben."

Ihre Finger berührten eine halb volle Wodkaflasche. Sie nahm sie hoch und machte Anstalten, sich ein schmutziges Glas vollzuschütten.

Mit einer fließenden Handbewegung hielt die junge Kommissarin sie davon ab, entwand ihr die Flasche und stellte sie in einiger Entfernung auf den Tisch. Mit einem Seitenblick zu ihrer Chefin sagte sie: „Wie wäre es mit einem Kaffee? Kommen Sie, zeigen Sie mir die Küche, dann machen wir einen."

Widerstandslos ließ sich die Frau von ihr in den angrenzenden Raum führen.

Williamson fing nun ihrerseits an, in den Utensilien auf dem Tisch zu wühlen. Schließlich fand sie, was sie suchte. *Kathrin*, stand auf dem Zettel, *Nelkenstraße 5*. Sie rief sofort die Kollegen an, um die Anweisung durchzugeben, in die Nelkenstraße 5 zu fahren und nachzuschauen, ob sich Kathrin Abelmann und Johanna Mantritz dort aufhielten. Oder eine der beiden.

Elena Grifo und Sabine Mantritz kamen mit einem Glas Wasser zurück.

„Kein Kaffee", flüsterte ihre Kollegin Williamson zu. „Die Küche ist eine Katastrophe."

Williamson nickte unmerklich. „Wissen Sie, wo sich Johanna aufhält? Oder ihre Schwester?"

Die Frau hob die Schultern und ließ sie abrupt niederfallen. „Nein", sagte sie. „Johanna war gestern kurz hier, oder war es vorgestern? Ich weiß nicht mehr …" Kurz schaute Sabine Mantritz in die Ferne. „Sie hat mir ein bisschen Geld gebracht. Von ihr und von Kathrin. Sind gute Kinder."

„Hat Johanna einmal den Namen Mick erwähnt? Mick Middelstein?", fragte Grifo und wechselte einen kurzen Blick mit Williamson.

Sabine Mantritz schien mit ihren gelben Augen durch sie hindurchzusehen. Dann schüttelte sie den Kopf.

„Nein. Nie. Ist das Johannas Freund? Wie schön." Sie lehnte sich nach hinten, wickelte sich in die Decke ein und schloss die Augen. „Sind gute Kinder."

Dann war sie eingeschlafen.

„Mehr bringen wir nicht aus ihr heraus", flüsterte Grifo.

Die Frauen erhoben sich und verließen wortlos die Wohnung. Auch als sie sich im Auto in die Sitze fallen ließen, schwiegen sie.

„Wat für ein Elend", durchbrach Williamson schließlich die Stille. Sie hatte das Gefühl zu explodieren.

„Das kann man wohl sagen", sagte ihre junge Kollegin tonlos. Sie war kalkweiß. Dann fuhr sie sich mit den Händen über das Gesicht, atmete tief durch und startete den Wagen. „Ich weiß nicht, ob man ihr noch helfen kann."

„Wir sollten versuchen, dass sie zu einer Beratungsstelle geht. Oder einen Entzug macht. Am besten stationär."

Die Oberkommissarin sah sie an, als ob sie sagen wollte: Das hat doch keinen Sinn!

Eine Weile schwiegen sie wieder.

„Ich hab' einen Wagen an die Adresse von der Kathrin Abelmann geschickt. Vielleicht sind die Mädchen da."

Grifo antwortete nicht.

Wortlos fuhren sie zum ZKD zurück.

„Gibt et wat Neues?", fragte Williamson Cohen, der an seinem Schreibtisch saß.

„Nicht wirklich, Chefin. Wir haben auch die beiden letzten Freunde von Mick Middelstein erreicht. Nichts."

„Mist, war ja fast zu erwarten."

Cohens Telefon klingelte. Der Kommissar brummte nur mehrfach „Ja?" und „So?" in den Hörer. Er legte auf und kam auf seine beiden Kolleginnen zu. „Das waren die Kollegen, die zur Wohnung von Kathrin Abelmann gefahren sind. Weder sie noch ihre Schwester waren da."

Williamsons Bauch prickelte wie verrückt. Sie runzelte die Stirn. „Dat gefällt mir nit. Wir sollten auch die beiden zur Fahndung ausschreiben."

„Mit welcher Begründung?", fragte Cohen.

Williamson schlug mit der flachen Hand auf den Schreibtisch. „Herrgott noch mal, lassen Sie sich wat einfallen! Sie sind doch kein Anfänger mehr!" Dann ließ sie sich schnaufend auf den Stuhl fallen. „Wieso haben wir die Adresse nit im System?"

Cohen zuckte mit den Schultern. „Da ist nur ihre alte Adresse. Sie hat vorher bei ihrem Vater gewohnt und sich wohl noch nicht umgemeldet. Sie hat auch bei der Befragung diese Adresse angegeben."

Williamson nickte. Es war jetzt auch nicht mehr zu ändern.

„Wir sollten noch mal in dat Hotel", sagte sie nach einer kleinen Pause. „Irgendwo müssen sich Mick und Johanna kennengelernt haben. Ich hab' dat Gefühl, dat Hotel is' der Schlüssel zu allem. Kommen Sie, Frau Grifo."

„So langsam ergibt sich ein Bild", sagte Williamson, als sie durch die Drehtür ins Hotel gelangten.

Sie ging, ihre Kollegin direkt hinter ihr, geradewegs auf die Rezeption zu und schob einen Asiaten zur Seite, der gerade einchecken wollte. Gegen die rheinische Urgewalt hatte er keine Chance.

„Wir wollen zu Ihren Servicekräften", sagte sie zu der indignierten Rezeptionistin. „Wer is' denn so da?"

„Herr Trespen ist leider nicht im Haus", antwortete die Frau und zögerte. „Er ist ..." Weiter kam sie nicht, denn die Kriminalbeamtin winkte ab.

„Ich nehme mal an, der is' beurlaubt. Aber zu dem wollen wir gar nit. Kommen Sie, Frau Grifo, gucken wir doch mal, wen wir so finden."

So marschierte sie voran in den Restaurantbereich. Sie hatten Glück. Lucie Dermold war im Dienst und bediente gerade ein älteres Ehepaar, das offensichtlich nach einem Spaziergang am Maschsee eingekehrt war. Die Kommissarin stellte sich ihr mit ihrer ganzen Körperfülle in den Weg.

„Dat können Ihre Kollegen übernehmen, Frau Dermold. Wir drei Hübschen unterhalten uns jetz' mal ein bisschen."

Die junge Servicekraft schluckte nervös. „Ich habe Ihnen alles gesagt, was ich weiß."

„Wissen Sie, manchmal weiß man gar nit, dat man wat weiß", meinte Williamson und klimperte mit den Knopfaugen. Zeitgleich dirigierte sie die junge Frau zu einem Ecktisch.

Grifo entdeckte Patrick Hausmann, der nun das Ehepaar bediente. Sie ging geradewegs auf ihn zu und forderte auch ihn auf, sich zu ihnen zu gesellen.

„Sind Sie auch schon wieder im Dienst?", fragte die kleine Kommissarin und zwinkerte ihm zu.

Patrick Hausmann machte ein säuerliches Gesicht. „Eigentlich hätte ich heute frei, weil ich gestern lange arbeiten musste. Aber Kathrin ist nicht erschienen, und da muss ich schon wieder ran."

Die Polizistinnen wechselten einen Blick und lasen die eigene Beunruhigung in den Augen der jeweils anderen. Das war nicht gut.

Williamson beugte sich nach vorn und sah erst Lucie Dermold und dann Patrick Hausmann fest in die Augen. „Wissen Sie, wir haben uns die ganze Zeit gefragt, wat hier eigentlich los is'."

Die jungen Servicekräfte blickten sich an.

„Was meinen Sie?", fragte Patrick Hausmann schließlich und versuchte, selbstbewusst auszusehen.

„Als wir Sie dat erste Mal befragt haben, war hier so eine …", sie machte eine dramatische Pause, „merkwürdige Stimmung. Da haben wir uns natürlich gefragt, warum."

„Das müssen Sie sich einbilden", erwiderte Patrick Hausmann schnell, sah aber sofort weg.

„Ach, kommen Sie." Grifo lächelte ihm verschwörerisch zu. „Geben Sie doch zu, dass Sie von der Affäre Ihres Chefs mit Mick Middelstein wussten. Und vielleicht auch von dem kleinen Arrangement, das Herr Trespen mit Micks Vater getroffen hatte. Dass er hier seine Damen beglücken durfte."

Beide schwiegen und sahen auf ihre Hände, die sie gefaltet auf den Tisch gelegt hatten.

Williamson und Grifo ließen wieder einmal die Stille wirken. Es funktionierte. Schließlich gab sich Lucie Dermold einen Ruck und hob den Kopf. „Es stimmt", sagte sie fest. „Wir haben gewusst, dass sich Herr Trespen und Mick Middelstein hier trafen. Anfangs wussten wir nicht, wer Mick war. Wir haben ihn kommen und gehen sehen, haben teilweise auch beide zusammen gesehen. Als dann Herr Middelstein hier mit seinen blonden …", sie schluckte, „Begleiterinnen auftauchte, machte irgendwann die Info die Runde, dass es sich um den Vater vom Lover von Herrn Trespen handelte. Und dann war schnell klar, wer die beiden waren." Sie schwieg und strich sich eine Haarsträhne aus dem Gesicht.

„Haben Sie deshalb bei unserem ersten Gespräch nit erwähnt, dat Sie den Toten gleich als Georg Middelstein erkannt haben? So war et doch, oder nit?"

Lucie Dermold wich dem Blick der Kommissarin aus.

„Haben sich Mick und Johanna hier kennengelernt?“, fuhr Williamson fort.

Die jungen Leute schwiegen.

„Ja“, antwortete Lucie Dermold schließlich leise und starrte wieder auf die vor sich gefalteten Hände. „Johanna ist als Zimmermädchen auf den Stockwerken unterwegs. Da hat sie Mick irgendwann getroffen, ich weiß nicht genau, wann.“ Sie zögerte kurz. „Jedenfalls war Johanna hin und weg.“

„Dass er es mit Herrn Trespen trieb, blendete sie aus“, sagte Patrick Hausmann. „Wir haben ihr immer wieder gesagt, dass der Kerl nicht sauber ist, dass er sie nur ausnutzt und …“

„Was meinen Sie mit ‚ausnutzt‘?“, fragte Grifo dazwischen. Sie und Williamson hatten aufgehorcht.

„Keine Ahnung“, antwortete er und schüttelte den Kopf, „aber mal ehrlich: Mick Middelstein kann jeden haben. Und jede. Und dann fängt er was mit Johanna an? Das ist doch seltsam.“

Die Kommissarinnen wechselten einen Blick. Seltsam, in der Tat.

„Besonders sauer war Kathrin“, nahm Lucie Dermold den Faden wieder auf. „Aber nur deshalb, weil sie sich Sorgen machte. Johanna ist schließlich ihre Schwester.“

„Sorgen? Wieso?“

Die Kellnerin zupfte sich am Ohrläppchen. „Sie hat deutlich mehr Ahnung vom Leben als Johanna, die es schwerer hat“, sagte sie und zuckte mit den Achseln.

„Johanna ist eine Träumerin“, kommentierte Patrick Hausmann trocken.

Lucie Dermold lachte auf. „Sie hat geglaubt, dass sie mit Mick das große Los gezogen hat. Und dass er sie wirklich mag."

„Was natürlich Quatsch ist", fuhr Patrick Hausmann fort, „die ist für ihn nur ein weiterer Zeitvertreib. Wahrscheinlich mag er es, wenn er von der Kleinen angehimmelt wird."

Oder er hat eine Gelegenheit gesehen, sich an ihrer Seite im Hotel frei bewegen zu können, dachte Williamson.

„Kathrin war stinksauer", meinte Lucie Dermold. „Mehr als einmal hat es Streit zwischen den beiden deswegen gegeben. Sie meinte, Johanna solle die Finger von dem Typen lassen. Und sie hatte recht. Aber Johanna war stur. Total verblendet."

„Kathrin hat immer versucht, Johanna zu beschützen", fuhr Patrick Hausmann fort. „So, als ob sie ein schlechtes Gewissen ihr gegenüber hat. Sie hat ihr auch den Job hier besorgt."

Williamson musste innerlich lächeln. Die Analysen des Psychologiestudenten waren gar nicht so schlecht.

„Glauben Sie, dat Kathrin Genaueres weiß, wat sich hier Montagnacht abgespielt hat?", fragte sie.

„Keine Ahnung", sagte Patrick Hausmann. „Sie hat uns quasi befohlen, Ihnen nichts über Herrn Trespen und Mick zu sagen, und war total aufgewühlt. Das ginge uns nichts an. Sie haben sie bei der Befragung ja erlebt. Sie war ziemlich zickig. Aber das ist sie oft, vor allem, wenn es um Johanna geht."

„Vielleicht ging es um Johanna", warf Grifo ein, „nur dass wir es da noch nicht wussten."

Wieder breitete sich Stille aus.

Williamson rief sich noch einmal die Befragung in der Nacht des Mordes in Erinnerung und auch die Szene vor dem Hotel, als die vier jungen Leute zusammengestanden und diskutiert hatten. Sie dachte an das abweisende Verhalten und das verstockte Gesicht von Kathrin Abelmann, genau wie am vergangenen Abend, als sie beim Neujahrsfest gekellnert hatte. Sie dachte an die Begegnung mit Johanna Mantritz in Trespens Büro. Wie sie ihrem Blick ausgewichen war, wie eingeschüchtert und verunsichert die junge Frau gewirkt hatte. Sie waren dicht dran, das spürte sie mit jeder Faser ihres Körpers. Und nicht nur weil die Ameisen in ihrem Bauch Samba tanzten.

KAPITEL 33

„Wenn Mick der Mörder sein sollte: Ob er sich nur deshalb an Johanna herangemacht hat, um im Hotel den Mord an seinem Vater durchführen zu können?“, fragte Grifo auf dem Weg zurück in den ZKD.

„Ich habe datselbe gedacht“, gab Williamson zurück.

„Das ist kaum zu glauben“, meinte Grifo und schüttelte den Kopf. „Das würde bedeuten, dass er das alles geplant hat.“

„Vielleicht is’ ihm der Gedanke erst gekommen, als er Johanna kennengelernt hat.“ Die kleine Kommissarin zuckte mit den Schultern. „Oder er hatte nit vor, ihn zu töten, sondern die Situation is’ eskaliert.“ Sie fuhr sich durchs Strubbelhaar. Sie waren vor dem Kommissariat angekommen. „Wie dem auch sei …“ Sie konnte den Satz nicht vollenden, denn in diesem Moment klingelte es in der Freisprechanlage des Autos, und zeitgleich kam Cohen mit rudernden Armen aus dem ZKD herausgelaufen.

„Wat is’ denn jetz’ los?“, knurrte Williamson, die gerade ausstieg.

Ihre Kollegin nahm das Gespräch entgegen.

Im letzten Augenblick kam Cohen vor seiner Chefin zum Stehen. „Leichenfund in der Ihme“, keuchte er und wischte sich den Schweiß aus dem Gesicht. „Eine blonde, junge Frau.“

Die Kommissarin erstarrte und sah Grifo an, die gerade das Telefonat unterbrach und nickte. Sie hatte dieselbe Information erhalten.

„Steigen Sie ein, Cohen!“, befahl Williamson. „Wo genau?“

„Ein Spaziergänger auf der Fährmannsbrücke hat etwas im Wasser treiben sehen. Als er genauer hingeschaut hat, hat sich herausgestellt, dass es sich um einen Menschen handelte. Beim Betriebshof Glocksee. Die Kollegen sind schon vor Ort.“

„Na dann los.“ Während der Fahrt schwiegen sie und hingen ihren Gedanken nach. Keiner von ihnen wagte es auszusprechen: dass es sich bei der Toten um Johanna Mantritz handeln könnte.

Sie fuhren über das Weddigenufer bis unmittelbar vor die Fährmannsbrücke. Dort wartete eine uniformierte Kollegin. Es war dieselbe, die bei der ersten Besprechung so übereifrig gewesen war und eine der Schreibtischlampen aus dem Hotel gebracht hatte. Williamson konnte sich an den blonden, wippenden Pferdeschwanz erinnern, den die junge Frau auch heute trug. Ihr Gesicht wirkte angespannt. Sie nickte den Kommissaren kurz zu und führte sie schweigend am Ufer entlang zwischen dem Betriebshof, auf dem mehrere Straßenbahnen abgestellt waren, und der Ihme geradewegs auf eine Gruppe von Personen zu. Sie mussten ein kurzes Stück die Uferböschung hinabsteigen, was der kleinen Kommissarin mit ihren kurzen Beinen sichtlich schwerfiel, ebenso wie Cohen, der genauso heftig schnaufte wie sie. Elena Grifo dagegen schwebte nahezu leichtfüßig die Böschung hinab, ebenso wie die junge Polizistin, deren Namen Williamson immer noch nicht wusste.

Am Ufer, das aus einem idyllischen Rasenstück bestand, waren die Personen hinter dem Flatterband damit beschäftigt, Spuren zu sichern. Einige bückten sich über ein Bündel, das Williamson noch nicht genau erkennen konnte. Sie kamen näher, und die Kommissarin machte Dr. Michellsen aus. Sein ernstes Gesicht sagte alles.

„Wer is' et?", fragte sie und stieß ihn zur Seite. Es hatte keinen Sinn, das Unvermeidbare hinauszuzögern. Sie sah blondes, nasses Haar, das einmal zu einem akkuraten Bob geschnitten war, ein fein geschnittenes, jetzt bleiches Gesicht und leblose blaue Augen, die sie anstarrten.

„Kathrin Abelmann", sagte Grifo tonlos und sank neben ihrer Chefin, die in die Hocke gegangen war, auf die Knie.

„Mein Gott." Die kleine Kommissarin schluckte. Sie musste daran denken, dass ihr die junge Frau noch am vergangenen Abend den Aperitif serviert hatte. Das schien tausend Jahre her zu sein in Anbetracht dessen, was nun alles passiert war.

„Ich habe sie gestern Abend noch gesehen." Sie berichtete ihren Kollegen von der Begegnung im Lakeside. „Als ich gegangen bin, war et vielleicht viertel nach zehn. Da habe ich sie nit mehr gesehen. Vielleicht war sie da schon weg."

„Wie lange hat sie im Wasser gelegen?", fragte Grifo. „Kannst du das schon sagen?"

Dr. Michellsen schüttelte den Kopf. „Nicht genau, das wäre noch zu früh. Aber die Waschhaut ist deutlich zu sehen. Hier", er hob die Hand der Toten hoch und zeigte die schrumpelige Haut an der Handinnenfläche und den Fingern. „Die Haut ist gequollen und gerunzelt. Das gab es bei Middelstein in so ausgeprägter Form noch nicht."

„Also hat sie länger im Wasser gelegen als der Middelstein", stellte Williamson nachdenklich fest und stand auf.

„Mindestens sechs Stunden", sagte Dr. Michellsen. „Es ist ohnehin ungewöhnlich, dass die Leiche so schnell gefunden wurde, genau wie bei Georg Middelstein."

„Wieso?", fragten Grifo und Cohen wie aus einem Mund.

„Normalerweise sinken Leichen bis zum Grund, und es dauert lange, bis sie auftauchen, vor allem im Winter." Er deutete auf den Körper der Toten. „Vermutlich haben Luftblasen in der Kleidung dafür gesorgt, dass sie an die Oberfläche getrieben ist. Die Strömung hat sie dann hierhergeführt."

„Dann stellt sich die Frage, wo und wie sie in dat Wasser gelangt is'."

„Allerdings." Der junge Arzt sah sich um, als läge die Antwort in der unmittelbaren Umgebung des Fundortes.

„Ist sie ertrunken?", fragte Grifo leise. Sie kniete immer noch neben der Leiche.

Michellsen schüttelte den Kopf. „Nein. Wenigstens das kann ich eindeutig beantworten." Mit seiner behandschuhten Hand drehte er den Kopf der Toten zur Seite und zeigte auf rot-bläulich verfärbte Stellen. „Sie wurde erwürgt. Man kann deutlich die Würgemale in Form von Hautunterblutungen erkennen." Mit seinem Zeigefinger fuhr er in der Luft die Form nach. „Sie sehen wie Fingereindrücke aus." Er machte eine kleine Pause. „Und da ist noch mehr. Sehen Sie die Hautabschürfungen? Die stammen von Fingernägeln, die sich in die Haut gedrückt haben."

Grifo holte tief Luft. „Erwürgt. Was für ein schrecklicher Tod."

Williamson starrte auf die Male am schlanken Hals der jungen Frau. Dann sah sie ihre Mitarbeiter an. „Dat sieht nach großer Wut aus."

Die Mitarbeiter der Spurensicherung schickten sich an, die Sachen zusammenzupacken, ebenso die Taucher, die den Körper von Kathrin Abelmann geborgen und Teile der Ihme rund um den Fundort abgesucht hatten. Ein Taucher kam auf sie zu. Er trug einen braunen Gegenstand vor sich her. Als er näherkam, sahen sie, dass es sich um eine Wildledertasche mit langen Fransen handelte, an denen das Wasser herablief.

„Die haben wir ein Stück stromabwärts gefunden", sagte er und hielt Williamson die Tasche entgegen.

Sie zog Handschuhe aus ihrer Manteltasche, die sie überstreifte, obwohl sie bezweifelte, dass sich an der Tasche noch Spuren feststellen ließen. Vorsichtig öffnete sie sie und zog eine durchweichte Taschentuchpackung, einen Lippenstift und eine triefende Geldbörse heraus. Bankkarte, Personalausweis, Führerschein und etwas Bargeld waren darin enthalten, ebenso diverse Karten verschiedener Kaufhäuser und eine Krankenversicherungskarte, alle ausgestellt auf Kathrin Abelmann. Dann fand Williamson ein weiteres völlig durchnässtes Dokument, das sie nun vorsichtig auseinanderfaltete. Die anderen sahen ihr gespannt dabei zu. Nacheinander sah die Kommissarin ihre Kollegen an.

„Sie hatte ein Auto", sagte sie und hielt einen Kfz-Schein in die Höhe, „einen Opel Corsa. Den müssen wir unbedingt finden."

Sie sah noch einmal in die Tasche und bog die einzelnen Fächer mit den Fingern auseinander. „Keine Schlüssel. Wenn sie ein Auto hatte, wo sind die Schlüssel? Und kein Handy", fügte sie hinzu.

Die anderen sahen sich an.

„Jeder hat heutzutage ein Handy", meinte Grifo, „vor allem junge Leute. Wo sind die Sachen?"

„Vielleicht in der Manteltasche? Oder in der Hosentasche?", mutmaßte Cohen.

Sven Michellsen schüttelte den Kopf. „Nein, die Taschen waren leer."

„Wo is' dat Handy dann?", fragte Williamson. „Ich kann mir nit vorstellen, dat sie et nit dabeihatte."

„Der Mörder kann es genommen haben", schlug Grifo vor.

„Oder die Mörderin", ergänzte Cohen.

„Oder die Mörderin", stimmte seine junge Kollegin zu. „Vielleicht hat Kathrin Abelmann mit ihr oder ihm telefoniert. „Da hat er …", sie unterbrach sich und warf einen kurzen Blick auf den Baron, „oder sie es an sich genommen, um die Spuren zu verwischen."

„Klingt gut", kommentierte Williamson und nickte. „So könnte et gewesen sein. Un' die Schlüssel? Will er oder sie dat Auto vielleicht selbst benutzen? Herr Cohen, bitte geben Sie an die Kollegen die Daten für den Opel Corsa durch. Sie müssen ihn unbedingt finden! Je eher, desto besser!"

„Alles klar", nickte der Kommissar und zog sein Handy aus der Hosentasche.

„Michel, ich will so schnell wie möglich den Bericht. Am besten vorgestern."

Das angespannte Gesicht von Dr. Michellsen wurde für einen Moment weich und verzog sich zu einem leichten Lächeln, das aber sofort wieder erlosch. „Wird gemacht, Frau Kommissarin. Ich bemühe mich."

„Wenn sie erwürgt worden is', dann findest du vielleicht Spuren von einem Kampf." Williamson ließ den Blick über die Ihme schweifen. „Auch wenn et schwer wird, weil sie so lange im Wasser getrieben is'."

Der junge Rechtsmediziner nickte. „Wie gesagt, Chefin, ich gebe mein Bestes."

Nennt mich denn jeder hier ‚Chefin'?, fragte sich Williamson. „Frau Grifo", wandte sie sich dann an ihre Kollegin, die immer wieder auf die Leiche der jungen Frau blickte.

Sie hatte ihre Vorgesetzte nicht gehört, die ihr nun die Hand auf den Unterarm legte. „Frau Grifo", sagte sie leise.

Die schöne Kommissarin schreckte auf. Der Tod Kathrin Abelmanns, die nur unwesentlich jünger war als sie selbst, nahm sie sehr mit.

„Wir müssen mit der Mutter sprechen."

„Sollen wir vorbeifahren?", fragte Grifo ebenso leise.

Williamson überlegte einen Moment. „Nein. Cohen, schnappen Sie sich den Pferdeschwanz und holen Sie die

Mutter in dat Kommissariat. In ihrer Wohnung möchte ich ihr dat nit sagen. Un' besorgen Sie eine psychologische Betreuung. Ich glaube, dat dat nötig sein wird."

Cohen nickte und ging zu der jungen Polizistin, die etwas abseits stand.

Dr. Michellsen hatte sich umgedreht und gab Anweisungen, wie die Leiche in die Rechtsmedizin zu transportieren sei.

Williamson hielt einen Moment den Atem an und ließ den Blick in den Himmel schweifen. Dicke, graue Wolken ballten sich zusammen und hingen schwer über der Stadt. Der Himmel spiegelte ihren Zustand und den ihrer Kollegen wider. Wenn ein so junger Mensch starb, war es immer besonders schlimm.

Schweigend gingen die beiden Kommissarinnen zurück zum Auto. Sie konnten gut miteinander schweigen. Williamson konnte das nur mit wenigen Menschen, Bernd-Karl gehörte natürlich dazu. Und jetzt Elena Grifo. Bei all dem Furchtbaren, dem sie in diesem Fall schon begegnet war, war das ein Lichtblick.

„Gibt et wat Neues zu Mick?", fragte sie schließlich im Auto und durchbrach damit die einvernehmliche Stille zwischen ihnen.

Grifo schüttelte so heftig den Kopf, dass die langen braunen Haare flogen. „Nein", sagte sie und fuhr an. „Nichts."

„Wir müssen ihn unbedingt finden. Ich befürchte, er hat nit nur seinen Vater getötet, sondern auch noch Kathrin Abelmann."

Plötzlich bremste Elena Grifo scharf und blieb mitten auf der Straße stehen. Sie atmete heftig. „Verdammt, verdammt, verdammt!", schrie sie und hieb bei jedem Wort heftig auf das Lenkrad. Dann drehte sie sich zu Williamson um. Ihr Atem ging stoßweise. „Warum, Chefin? Warum sie? So ein junges Mädchen, Herrgott!"

Wieder legte ihre Vorgesetzte ihr eine Hand auf den Unterarm. „Wenn ich raten müsste, würde ich sagen, dat die Kathrin Abelmann entweder rausgefunden hat, wat der Mörder gemacht hat, oder dat sie ihm sogar geholfen hat und ihm nun gefährlich wurde. Wenn wir davon ausgehen, dat Mick derjenige war, der Georg Middelstein getötet hat, dann könnte er derjenige sein, der auch die Kathrin umgebracht hat."

Grifo fuhr sich durch die Haare und atmete tief durch. Sie starrte Williamson an. „So könnte es sein. Es ist alles so verdammt heftig – angefangen bei Mick, Johanna und Kathrin, ihre kaputten Familien, Trespen und alles …" Sie schüttelte leicht den Kopf.

„Dat Wichtigste ist die Familie", zitierte Williamson Janina Mohwinkel. „Un' wenn die gestört is', kann dat fatale Folgen haben." Sie zögerte. „Un' ich befürchte, dat der Mick außer Kontrolle geraten is'. Der Mord an der Kathrin Abelmann sieht mir jedenfalls danach aus, falls er et war. Un' ich befürchte ganz gewaltig, dat er et war. Un' dat is' gar nit gut."

Im Kommissariat vertat Williamson keine unnötige Zeit.

„Frau Grifo, Trespen soll herkommen. Vielleicht hat der Mick mal irgendwat gesagt, wat darauf hindeutet, wo er stecken könnte."

In diesem Augenblick klingelte das Telefon auf Grifos Schreibtisch. Sie nahm ab, lauschte, sagte nur: „Bringen Sie sie zu uns herein“, und legte auf. Ernst sah sie Williamson an. „Das war Cohen. Frau Mantritz ist da. Zusammen mit jemand vom Weißen Ring.“

Schlagartig herrschte eine beklemmende Stille im Raum. Das würde hart werden.

Die Tür ging auf, und Cohen ließ Sabine Mantritz, die von einer stämmigen Frau in Jeans und Steppjacke mit burschikoser Kurzhaarfrisur in den Raum geführt wurde, eintreten. Die ausgemergelte Frau wirkte in dem braunen, abgetragenen Mantel wie ein Geist. Die Haare hingen ihr ins Gesicht, und sie schwitzte stark. Die dunklen Augenringe hoben sich von dem bleichen Gesicht ab. Mit langsamen, mechanischen Bewegungen ließ sie sich vorsichtig auf einem der Stühle vor Williamsons Schreibtisch nieder. Ihr Mantel klaffte auseinander und offenbarte, dass sie darunter immer noch den Morgenrock trug, den sie schon beim Besuch der Kommissarinnen vor einigen Stunden getragen hatte. Die Szene erinnerte an letzte Nacht, als Anna-Lena Middelstein und ihre Schwester auf diesen Stühlen gesessen hatten. Sabine Mantritz und Anna-Lena Middelstein kamen aus völlig unterschiedlichen Verhältnissen, und doch war ihr Leid nahezu dasselbe. Es war gespenstisch.

Grifo holte einen Krug mit Wasser und fünf Gläser und setzte sich mit ihrem Notizbuch dazu.

Cohen blieb hinter seinem Schreibtisch sitzen.

Grifo klärte Sabine Mantritz darüber auf, dass das Gespräch aufgenommen werden würde, und stellte das Gerät bereit. Die Frau hörte teilnahmslos zu.

„Ina Kleine vom Weißen Ring", sagte die stämmige Frau und schüttelte Williamsons Hand. „Wir versuchen, Frau Mantritz zur Seite zu stehen."

Die Kommissarin nickte ernst und sah sie an. „Dat is' gut. Sie wird Hilfe gebrauchen können." Dann wandte sie sich an die Mutter von Kathrin und Johanna und holte tief Luft. „Frau Mantritz, et tut mir sehr leid, aber …" Sie schluckte. Verdamp, es wurde nicht leichter mit den Jahren, eher schlimmer.

Sie fing noch einmal an. „Es tut mir sehr leid, aber ich muss Ihnen leider mitteilen, dass Ihre Tochter Kathrin tot ist." Sie bemühte sich, Hochdeutsch zu sprechen, sie wusste auch nicht genau, warum. Die Kommissarin atmete noch einmal tief durch, Sabine Mantritz hatte ein Recht auf die Wahrheit. „Sie wurde ermordet, erwürgt."

Einen Moment sagte niemand etwas. Sabine Mantritz saß starr auf ihrem Stuhl und starrte auf die verschränkten Hände.

Williamson sah zuerst Grifo, dann Ina Kleine an, die die Arme auf den schmalen Rücken der Frau gelegt hatte.

„Haben Sie mich gehört, Frau Mantritz? Es geht um Ihre Tochter Kathrin."

„Kathrin", flüsterte die bemitleidenswerte Frau. Und dann noch einmal: „Kathrin."

„Ja, Kathrin."

Williamson schnitt es durchs Herz. Sie war selbst Mutter und konnte nicht ermessen, wie es war, ein Kind zu verlieren. Und sie hoffte, dass sie das niemals erleben musste. Aber es nützte nichts, sie musste weitermachen.

„Wann haben Sie Kathrin zuletzt gesehen? Sie haben gesagt, dass Johanna gestern oder vorgestern da war. Was ist mit Kathrin? Wann war sie zuletzt da?"

Sabine Mantritz starrte wieder vor sich hin und wiegte sich hin und her. Genau wie es Anna-Lena Middelstein in der Nacht getan hatte. Die Ähnlichkeit der Szenerie war so erschreckend, dass es der Kommissarin eiskalt den Rücken herunterlief.

Ina Kleine sah sie an und forderte dann leise Sabine Mantritz auf: „Die Kommissarin hat Sie etwas gefragt. Erinnern Sie sich?"

„Kathrin ist ein gutes Kind", flüsterte Sabine Mantritz mit vom vielen Trinken heiserer Stimme. „Ein gutes Kind. Kam manchmal vorbei und hat mir Geld gebracht. Oder Johanna hat es gebracht. Ein gutes Kind."

Williamson holte tief Luft.

„Sie haben gesagt, dass Johanna da war und Geld gebracht hat, nicht wahr? Was ist mit Kathrin? War sie auch da? Gestern vielleicht?"

Sabine Mantritz fing an zu zittern und schlang die Arme um ihren Oberkörper. Sie nickte heftig mit dem Kopf. „Johanna war da."

Grifo beugte sich vor. „Das wissen wir, gestern oder vorgestern."

Die Frau schüttelte heftig den Kopf, dass die strähnigen Haare ihr ins Gesicht klatschten. „Nein, nein, nein! Heute war sie da!" Fast triumphierend sah sie Grifo und dann Williamson an. Sie straffte sich. „Heute Mittag! Ich weiß es genau, weil … Sie waren doch vorher da!"

Die Kommissarinnen wechselten elektrisiert einen Blick.

Cohen setzte sich an seinem Schreibtisch kerzengerade hin.

„Wann?“, fragte Williamson schärfer als beabsichtigt.

„Ich weiß nicht …“ Sabine Mantritz’ Blick verlor sich in der Ferne. „Haben Sie etwas zu trinken? Ich muss mich erinnern, muss mich erinnern …“

„Nur Wasser“, sagte Grifo und schob das Glas näher zu ihr hin.

„Muss mich erinnern …“ Sabine Mantritz schlug mit der Hand gegen den Kopf.

Ina Kleine nahm ihre Hand und hielt sie fest.

Die Mutter von Kathrin und Johanna fiel in sich zusammen. Ihre Schlüsselbeine stachen durch die bläulich schimmernde Haut. Sie raffte mit fahrigen Fingern ihren Mantel zusammen.

Grifo wollte etwas sagen, aber Williamson hielt sie mit einer Geste auf. Sie hatten die Frau schon zu sehr gedrängt. Die Erinnerung musste von selbst kommen.

„Ich weiß es wieder!“ Sabine Mantritz stieß einen zischenden Laut aus. „War am Schrank.“

„An welchem Schrank?“, fragte die Oberkommissarin schnell.

„Am Wohnzimmerschrank. Wollte da was rausnehmen.“

„Was?“, fragten die Kommissarinnen wie aus einem Mund.

Sabine Mantritz hob die spitzen Schultern. „Weiß nicht.“ Ihr Kopf fiel auf die Brust. Sie war sehr erschöpft und dabei einzuschlafen.

„Frau Mantritz", sagte Williamson scharf. „Was bewahren Sie in dem Schrank auf?"

Die Frau warf den Kopf in den Nacken. „Sachen von ihm. Kram, den ich noch von ihm habe. Von dem Scheusal." Sie fing an zu schluchzen. „Kathrin ist ein gutes Kind." Sie blickte auf, ihre Hand schoss blitzschnell vor und umfasste Williamsons Handgelenk. Sie hatte eine erstaunliche Kraft. „Johanna auch. Sind gute Kinder."

„Was bewahren Sie in dem Schrank auf? Sachen von Ihrem Mann?"

Sabine Mantritz nickte heftig. Sie hielt immer noch Williamsons Handgelenk umschlungen. „Hat er nie abgeholt. Wie auch? Ist ja jetzt im Bau." Sie lachte meckernd auf. „Wär' auch nicht gut gewesen, die Pistole bei ihm zu finden."

„Pistole?", fragte die Kommissarin alarmiert. „Sie haben eine Pistole von Ihrem Mann in dem Schrank?"

Sie warf Cohen einen Blick zu, der sofort verstand und den Raum verließ.

„Hat sie schon ganz lange", nuschelte die Mutter und lehnte sich in ihrem Stuhl zurück. „Ganz lange. Da war Johanna noch klein, da hat er sie schon gehabt. Er hat es ihr gezeigt."

„Was gezeigt?", fragte Grifo scharf nach und rüttelte die Frau, die schon wieder dabei war, einzuschlafen. Das brachte ihr einen strafenden Blick von Ina Kleine ein.

„Ich muss was trinken", flüsterte Sabine Mantritz. „Was trinken. Kathrin ist ein gutes Kind. Und Johanna auch. Konnte schießen wie ihr Papa."

„Wie ihr Papa?“, fragte Williamson. „Sie meinen Ihren Mann, Thomas?“

Der ausgemergelte Oberkörper der geplagten Mutter schlackerte vor und zurück. „Er hat es ihr gezeigt“, wiederholte sie, „wie man schießt. Sie konnte das super. War ein Naturtalent.“

Der Kommissarin stellten sich die Nackenhaare auf.

Der Blick von Sabine Mantritz war in die Ferne gerichtet auf etwas, das nur sie wahrnahm. „Gute Kinder.“ Dann schluchzte sie heftig auf. „Kathrin ist ein gutes Kind“, schrie sie plötzlich, „ein gutes Kind! Hat mir immer Geld gebracht.“

Ina Kleine versuchte, sie zu beruhigen, doch sie fing an, um sich zu schlagen. „Nein! Ein gutes Kind! Aus ihr wird mal was! Ein gutes Kind!“

Kapitel 34

Die drei Kommissare saßen an ihren Schreibtischen und brüteten still vor sich hin.

Sabine Mantritz war kaum zu beruhigen gewesen. Grifo hatte einen Krankenwagen rufen müssen. Als die Sanitäter und der Arzt eintrafen, hatten sie versucht, die Mutter gemeinsam festzuhalten. Sie hatte getobt und geschrien, als der Tod ihrer Tochter langsam in ihr Bewusstsein gedrungen war. Der Arzt hatte ihr dann eine Beruhigungsspritze gegeben, und sie wurde mit dem Krankenwagen abtransportiert. Ina Kleine war mitgefahren und hatte versprochen, für sie eine psychiatrische Einrichtung zu organisieren und eine Entziehungskur zu veranlassen. Sabine Mantritz benötigte eine umfassende psychiatrische Betreuung, das war allen klar. Die eine Tochter war tot, ermordet, die andere mit einer Waffe verschwunden. Sie selbst war Alkoholikerin und psychisch labil.

Kaum war Sabine Mantritz, festgeschnallt auf einer Trage, aus der Tür, kam Cohen zurück. Sein Karpfengesicht war in tiefe Sorgenfalten gelegt. „Chefin", sagte er ungewohnt leise, „ich habe wegen der Waffe von Thomas Mantritz nachgeschaut. Er hat eine GLOCK 19 Kaliber 9, alles korrekt mit Waffenschein." Er zögerte. „Wenn die bei der Mantritz im Schrank gelegen hat und Johanna hat sie mitgenommen …" Er führte den Satz nicht zu Ende.

„Schicken Sie die Kollegen zur Wohnung, die sollen im Schrank nachgucken. Und sagen Sie vorsichtshalber Bescheid, dat die Johanna Mantritz bewaffnet is'. Herrgott noch mal, dat hat uns bei all dem Elend noch gefehlt."

Williamson fuhr sich durchs Strubbelhaar, das wieder nach allen Seiten abstand.

Bewaffnet und vielleicht außer Kontrolle, dachte sie, genau wie Mick.

Der Klingelton von Grifos Telefon zerriss die Stille, gleichzeitig klingelte auch Cohens Apparat. Die junge Kommissarin legte als Erste wieder auf. „Holger Trespen ist da. Wo sollen wir ihn befragen?"

„Hier", entschied Williamson.

Während Grifo den Raum verließ, beendete Cohen sein Gespräch und sah seine Vorgesetzte an.

„Der Opel Corsa von Kathrin Abelmann wurde gefunden. Er war ganz in der Nähe ihrer Wohnung abgestellt."

Williamson nickte. „Gut. Veranlassen Sie, dat er abgeholt und untersucht wird."

Während Cohen wieder telefonierte, betraten Grifo und Holger Trespen den Raum. Der Mann war ein Schatten seiner selbst. Der sonst so akkurat liegende Undercut war nicht mehr zu erkennen. Die Haare standen wirr nach allen Seiten ab und damit Williamsons Haaren in nichts nach. Die Gesichtsfarbe war bleich, Bartstoppeln zierten das attraktive Gesicht, die Augen lagen tief in den Höhlen. Auch die Kleidung war mit einer Jeans, die ihre besten Tage hinter sich hatte, und einem Uralt-Parka für den ansonsten so schicken Geschäftsführer geradezu nachlässig. Als Trespen den Parka auszog, sah Williamson, dass sein verwaschenes Sweatshirt ein großer Kaffeefleck zierte. Der Mann machte nicht gerade die beste Zeit seines Lebens durch. Sie wartete, bis sich Trespen gesetzt hatte, Grifo ihn über das Aufnehmen seiner Aussage aufgeklärt hatte und auch vor ihm ein Glas mit Wasser stand. Er mied den Blick der Kommissarin, wirkte fahrig und unkonzentriert. Sein Gesicht glänzte.

„Was wollen Sie denn noch?“, fragte er statt einer Begrüßung.

An seiner leicht verwaschenen Sprache konnte Williamson heraushören, dass er nicht ganz nüchtern war.

„Ich habe Ihnen doch alles gesagt, was ich weiß. Wieso sollte ich noch mal kommen? Ich habe im Moment weiß Gott andere Sorgen.“

Jetzt reichte es ihr. Sie schlug mit der flachen Hand auf den Schreibtisch, dass alle im Raum Anwesenden zusammenzuckten. „Herrgott noch mal, jetz' hören Sie mit dem Gejammer auf!“, schrie sie. „Eine junge Frau is' tot, ermordet, eine Mitarbeiterin aus Ihrem Hotel! Un' Sie kommen mir hier mit Ihrem Quatsch! Wat passiert is', dat haben Sie sich selbst zuzuschreiben.“

Holger Trespens Kopf ruckte nach oben. „Wer?“, fragte er tonlos.

„Kathrin Abelmann“, antwortete Williamson erschöpft und lehnte sich zurück. „Die junge Kellnerin.“

Trespen schüttelte den Kopf, als ob er böse Gedanken abschütteln wollte. „Kathrin. Mein Gott.“

Die Kommissarin beugte sich nach vorn. „Herr Trespen, ich habe Sie gebeten, noch einmal zu kommen, weil ich von Ihnen wissen will, ob der Mick nit doch eine Andeutung gemacht hat, wo er sich aufhalten könnte. Der is' nämlich verschwunden, genauso wie die Johanna Mantritz, auch eine Mitarbeiterin aus dem Hotel."

Er nickte langsam. „Zimmermädchen."

„Wussten Sie, dass Johanna und Kathrin Schwestern sind?", fragte Grifo dazwischen. Sie hatte sich auf dem zweiten Besucherstuhl platziert, wieder bewaffnet mit Notizbuch und Stift.

Trespen sah sie erstaunt an, dann fixierte er zum ersten Mal Williamson mit festem Blick. „Nein", antwortete er verblüfft und schüttelte den Kopf. „Kathrin kam eines Tages zu mir und sagte, sie kenne eine junge Frau, die als Zimmermädchen bei uns anfangen könnte. Sie sei loyal, zuverlässig und suche eine Arbeit. Ihr Name sei Johanna Mantritz."

Er faltete die Hände und legte sie vor sich auf den Tisch. „Wir haben immer Mangel an guten Kräften. Sie hat bei uns zwei Wochen auf Probe gearbeitet und wurde dann fest angestellt. Dass die beiden Schwestern sind, habe ich nicht gewusst. Ich dachte, es seien Freundinnen. Aber das hätte auch nichts geändert. Johanna machte ihre Arbeit gut. Es hat nie Probleme gegeben, genauso wenig wie mit Kathrin."

„Kommen wir mal wieder zurück zu Mick", wechselte Williamson das Thema. „Sie waren oft mit ihm zusammen. Hat er mal gesagt, wo er sich sonst aufhält?"

Der ehemalige Geschäftsführer kratzte sich am stoppeligen Kinn. „Nein, da fällt mir nichts ein." Plötzlich ruckte sein Kopf nach oben. „Wollen Sie damit andeuten, dass Mick für Kathrins Tod verantwortlich ist? Er kannte Kathrin doch gar nicht!"

„Dat, Herr Trespen, bezweifle ich. Wie schon erwähnt, is' auch Johanna verschwunden. Sie und Mick hatten auch wat miteinander. Und wahrscheinlich kannte Kathrin Abelmann den Mick über ihre Schwester."

Trespen riss die Augen auf und vergrub dann sein Gesicht in den Händen. Die Schlussfolgerung, die sich daraus ergab, konnte er sich selbst zusammenreimen. „Mein Gott", sagte er dumpf und schluchzte auf.

„Herr Trespen, bitte. Hat Mick irgendetwas erwähnt, was uns weiterhelfen könnte?", versuchte es Grifo erneut und beugte sich vor.

Holger Trespen zog ein großes, schmutziges Herrentaschentuch aus seiner Hosentasche und wischte sich übers Gesicht. Wieder schüttelte er den Kopf. „Mir fällt nichts ein", wimmerte er und sank in sich zusammen. Sein Kopf fiel auf die Brust. „Er war sehr zynisch und hat über Leute, die nicht seiner Schicht …"

Plötzlich hob er den Kopf und setzte sich kerzengerade hin.

Williamson und Grifo waren ebenfalls hellwach, sogar Cohen kam hinter seinem Schreibtisch hervor.

„Doch, da war etwas." Er beugte sich vor und sah von einer Kommissarin zur anderen. „Vor ein paar Wochen hat er mal erwähnt, dass er Leute beobachtet hat, die er verachtet. ‚Penner' und ‚faule Säcke' nannte er sie, die nur ‚rumlungern' und nur auf Kosten der Gesellschaft existieren, wie er sich ausdrückte."

Er lachte bitter auf. „Das hat ausgerechnet er gesagt, der noch nie einen Finger krumm gemacht hat. Er hat sogar von ‚Abschaum' gesprochen."

„Weiter“, forderte Williamson ihn auf. Er durfte jetzt nicht abschweifen. „Wo hat er sie beobachtet?“

„Irgendwo an der Ihme, auf einem Hof.“

Die kleine Kommissarin sah Cohen an. „Wir brauchen einen Stadtplan, wo die Ihme drauf is'. Wenn wir den Hof ausfindig machen, können wir vielleicht von da Rückschlüsse darauf ziehen, wo er sich aufgehalten hat.“

Die Kommissarin blickte wieder zu Trespen. „Fällt Ihnen noch wat ein?“

Der ehemalige Geschäftsführer saß erstarrt auf seinem Stuhl. Nach einer Weile schüttelte er den Kopf und sah die Kommissarin mit brennenden Augen an. „Nein“, antwortete er leise. „Das war alles. Glauben Sie wirklich, dass er es war? Zusammen mit Johanna und Kathrin?“

„Wir glauben gar nix. Aber der Mick is' nun mal verdächtig. Un' wenn er et war, muss er Hilfe aus dem Hotel gehabt haben. Un' die Kathrin is' tot.“

Trespen nickte mechanisch. „Und ich bin schuld“, sagte er dumpf.

Williamson kommentierte das nicht.

Grifo schaltete das Aufnahmegerät aus. „Danke, Herr Trespen. Ich bringe Sie hinaus.“

Sie und Trespen standen auf. Beim Herausgehen blickte er noch einmal zurück.

„Ich habe Angst“, sagte er leise. „finden Sie ihn, bevor er noch mehr Unheil anrichtet.“

Sie nickte ihm zu. „Wir geben unser Bestes.“

„Chefin“, Cohen winkte sie zu sich. „Hier, schauen Sie mal.“

Sie schnappte sich ihren Stuhl und setzte sich neben den Kommissar an dessen Computer.

„Hier, sehen Sie." Der Baron zeigte mit einem Stift auf ein blaues Band, das mitten durch die Stadt floss. „Das ist die Ihme." Er wies auf eine Brücke. „Das ist die Fährmannsbrücke, von der aus Kathrin Abelmann entdeckt wurde. „Die Treibrichtung ist so", Cohen fuhr mit dem Stift nach oben. „Hier, ein Stück weiter nördlich fließen Leine und Ihme zusammen. Weiter unten ist das Ihme-Zentrum."

„Dat Ihme-Zentrum?", fragte sie. „Wat is' dat?"

„Ein städtebaulicher Albtraum", kam es von der Tür her. Grifo war mit frischem Kaffee zurück und setzte sich neben Cohen, der nun zwischen den Damen saß.

„Wat heißt dat?"

„Das Ihme-Zentrum war ein großes Bauprojekt in den 70er-Jahren. Es war konzipiert als ‚Stadt in der Stadt', aber das ging gründlich in die Hose", erklärte ihre Kollegin und stellte je einen Becher vor Cohen und Williamson. „Es war als Wohn-, Arbeits- und Einkaufskomplex geplant. Ziel war, dass man alles vor Ort erledigen konnte. Aber es funktionierte nicht."

„Wieso?", fragte ihre Chefin, dachte aber gleichzeitig an ähnliche Projekte in Köln, die auch schiefgegangen waren.

„Der Bau ist im Stil des Brutalismus gehalten, typisch für die 60er- und 70er-Jahre. Aber schon zur Bauzeit umstritten."

„Der Bau ist verwinkelt und unübersichtlich …", fuhr Cohen fort.

„… und an vielen Stellen düster. Echt unheimlich", nahm Grifo den Faden wieder auf. „Die Hauptebene, wo die Geschäfte lagen und es zu den Wohnungen geht, ist nur schwer zu erreichen: über Treppen, Rampen und Fahrstühle. Auf der Nullebene auf Straßenniveau hat das Leben nicht stattgefunden. Das Bittere ist, dass, nachdem die Großmieter der Ladenlokale ausgezogen waren, viele kleine Ladenbesitzer aufgaben. Es rentierte sich einfach nicht." Sie schüttelte leicht den Kopf. „Weder für die Großen noch für die Kleinen."

„Damit begann der Verfall", brummte Cohen und bediente seinen Computer. Fotos vom Ihme-Zentrum tauchten auf dem Bildschirm auf, sodass sich Williamson selbst ein Bild machen konnte.

Grifo nickte. „Auch Rettungsversuche durch die Stadt, nicht zuletzt dadurch, dass sie sich mit verschiedenen Ämtern eingemietet hat, haben nicht geholfen. Das Ihme-Zentrum übernahmen verschiedene Investoren. Auch jetzt ist es in der Hand von einem Investor."

Wieder warf Williamson einen Blick auf die Bilder. „Dabei liegt et doch echt schön. Direkt am Wasser."

„Jaaaa", ihre Kollegin warf den Kopf in den Nacken, „schon. Es gibt auch den Ihmeuferweg, auf dem man am Ufer entlanggehen kann. Aber es gibt kaum Zuwege zum Wasser. Was nützt das alles, wenn man gar nicht ans Wasser gelangen kann?"

„Von wie vielen Wohnungen sprechen wir hier eigentlich?"

„Es müssten ungefähr 850 Wohnungen sein. Dazu kommen noch Wohnungen für Studenten."

„Wie, wat? Un' die sind noch alle bewohnt?", keuchte Williamson. Das hätte sie nicht gedacht.

„Überraschenderweise ja. Oder vielleicht auch nicht. Die Wohnungen haben einen tollen Blick über die Stadt, teilweise bis zum Deister."

Die Kommissarin fuhr sich nachdenklich durch die Haare und betrachtete das monströse Gebäude. Sie überlegte, ob sie fragen sollte, wer oder was der Deister war, sah aber stattdessen auf dem Bildschirm die Ihme und auf einigen Bildern das gegenüberliegende Ufer.

„Wat is' dat da?", fragte sie und deutete auf eine großzügige Rasenfläche sowie einen Gebäudekomplex, der in einem großen Rechteck angelegt war mit einer offenen Seite zum Wasser und damit zum Ihme-Zentrum hin.

„Das ist das Kulturzentrum Glocksee", antwortete Cohen. „Mit einem Jugendzentrum und verschiedenen alternativen Projekten."

„Und die Grünfläche?", fragte sie weiter.

„Das ist der Glockseepark." Grifo legte den Kopf schräg. „Nicht ganz unproblematisch. Die Bewohner des Ihme-Zentrums beschweren sich oft über Lärmbelästigung durch Partys von Jugendlichen und laute Musik. Auch Drogendelikte spielen eine Rolle."

Williamson sah langsam von einem zum anderen. „Alternative Projekte, Partys, laute Musik, Lärm, Drogen." Sie machte eine Pause. „Ich zitiere den Trespen, der den Mick zitiert hat: ‚Penner, faule Säcke, Abschaum.' Wat meinen Sie?"

„Könnte schon sein", Grifo sah langsam von ihrer Chefin zum Bildschirm, „dass Mick vom Ihme-Zentrum auf den Park und das Glockseezentrum geguckt und dies ‚festgestellt' hat. Alles ist dort sehr verwinkelt, Mick ist intelligent. Wenn er da herein und einen Unterschlupf haben will – dann schafft er das auch."

Die Hauptkommissarin hatte eine Entscheidung getroffen. „Wir brauchen ausführliche Pläne vom Komplex, insbesondere von der Ostseite, die zur Ihme hingeht."

„Sie glauben wirklich, dass sich Mick dort versteckt hält?" Grifo sah wieder auf den Bildschirm.

„Ich glaube gar nix. Aber Kathrin Abelmann is' nun mal in der Ihme gefunden worden. Insofern is' die Spur die Beste, die wir haben." Williamson zögerte. „Un' auch die Einzige."

Sie schwiegen.

Da zerriss das Klingeln von Grifos Handy die Stille, die sich wie eine große Glocke über den Raum gelegt hatte. Die drei zuckten zusammen. Die junge Kollegin nahm das Gespräch entgegen. Ihr Gesichtsausdruck wurde noch ernster, als er ohnehin schon war.

„Danke", sagte sie knapp und legte auf. Sie sah ihre zwei Kollegen an. Ihre dunkelbraunen Augen erschienen übergroß in dem vor Müdigkeit blassen Gesicht.

„Das waren die Kollegen, die in der Wohnung von Sabine Mantritz gewesen sind. Sie haben den Schrank durchsucht. Die Waffe ist nicht mehr da. Es lag noch die Munitionsschachtel daneben. Sie ist leer."

Kapitel 35

Lustlos stocherte Williamson im Abendessen herum. Currywurst mit Pommes, nicht zu vergleichen mit dem himmlischen Essen in der Ständigen Vertretung.

Ihre junge Kollegin hatte bei einem Take Away eine bunte Auswahl von Gerichten besorgt, mit ins Kommissariat gebracht und an alle Kollegen verteilt, die Dienst hatten.

Inzwischen waren sie vom Büro in den großen Besprechungsraum umgezogen. Ein Detailplan des Ihme-Zentrums wurde an die Wand geworfen.

Williamson hatte Dr. Habernickel über die Entwicklung und ihre Vermutungen informiert. Sie musste zugeben, dass es vage Vermutungen waren, aber etwas anderes hatten sie nicht. Zu ihrer Überraschung hatte ihr Vorgesetzter konzentriert zugehört, tief durchgeatmet und das SEK informiert. Nun warteten sie auf dessen Leiter, um mit ihm die Lage zu besprechen. Das Problem war, dass Hunderte von Wohnungen infrage kamen. Sie vermuteten, dass Mick den Hof des Zentrums Glocksee einsehen konnte, aber das war schon alles. Schaute er frontal darauf oder eher von der einen oder anderen Seite? Eigentlich wussten sie gar nichts, noch nicht einmal, ob es sich überhaupt um das Ihme-Zentrum und die Glocksee handelte. Sie vermuteten dies nur aufgrund des

Leichenfundes in der Ilme und einer vagen Erzählung von Holger Trespen.

Die Kommissarin schob schließlich die Plastikschachtel mit der Currywurst zur Seite. Sie war viel zu nervös, um zu essen. Sie konnte auch keinen Kaffee mehr trinken, der durch ihre Adern jagte und sie aufputschte, aber das dumpfe Gefühl der totalen Erschöpfung nicht vertreiben konnte. Es würde die zweite Nacht ohne Schlaf werden. Sie sah sich um und bemerkte, dass es ihren Kollegen nicht anders erging. Beide waren voller Adrenalin und zugleich total erschöpft.

Vor dem Essen hatte sie Bernd-Karl angerufen, der besorgt, aber zuversichtlich war. Als Ehemann kannte er die Situation aus früheren Fällen, sodass er routiniert damit umging.

Williamsons Blick fiel auf die Uhr an der gegenüberliegenden Wand. Es war kurz vor halb neun. Ihr war bewusst, dass sie ein hohes Risiko einging, indem sie am Sonntagabend um diese Zeit ein so großes Meeting veranlasste, und das auch noch aufgrund eines zugegeben vagen Verdachts. Sie bewegte sich auf dünnem Eis, und sollte sie einbrechen, würde niemand da sein, um sie herauszuziehen.

Die Tür wurde mit Schwung aufgerissen, sodass die Kommissare aufschreckten. Dr. Habernickel kam herein, in Designer-Jeans und Edel-Sweatshirt gekleidet, das graue Haar akkurat wie immer.

Wie macht er dat nur?, schoss es Williamson durch den Kopf und strich sich unwillkürlich durch die eigenen

Haare. Das Haarstyling ihrer Töchter war inzwischen vollends verpufft.

An Dr. Habernickels Seite betraten zwei weitere Männer den Raum, einer davon war ein nicht besonders großer, drahtiger mit stechenden blauen Augen und Bürstenhaarschnitt.

Dat muss der Leiter des SEK sein, dachte sie. Der andere war Kommissar Balustreit, der ihr kurz zunickte. Sie nickte zurück. Was wollte der denn hier?

Habernickel wandte sich zu dem drahtigen Mann. „Das hier ist Ingo Bruhns, der Leiter des SEK." Sie hatte also richtig gelegen.

„Außerdem habe ich Kommissar Balustreit dazu gebeten, er hatte schon mehrere Einsätze im Ihme-Zentrum und kennt sich dort aus. Zudem hat er von der Hausverwaltung des Ihme-Zentrums einen genauen Wohnungsplan und die Liste der Eigentümer und Mieter besorgt."

Er sah von Balustreit zu Williamson und wieder zurück. „Ich möchte, dass Sie Hand in Hand arbeiten, um die Sache zu einem guten Ende zu bringen."

Die Botschaft war eindeutig. Die Herren setzten sich.

„Gut, dann fangen wir mal an", sagte Habernickel. „Frau Williamson geht davon aus, dass sich der Hauptverdächtige und eine weitere Person in einer der Wohnungen an der Ostseite des Ihme-Zentrums, also hier am Ufer der Ihme, befinden."

„In einer der Wohnungen", echote Balustreit und schüttelte den Kopf. „Schwierig, denn allein am Ihmeplatz 4, 6 und 8 sind es über 130 Wohnungen." Er zeigte auf den Eingang. „Die meisten Wohnungen sind Eigentumswohnungen. Es sind auch viele Einzimmerapartments dabei. Es ist alles durchmischt."

„Wat is' mit der Liste mit den Namen?", unterbrach Williamson den Redefluss des Kollegen.

„Ich habe alles dabei", gab er zurück und holte von seinem Platz einen USB-Stick, „und zwar alphabetisch geordnet. Hier", er schob den Stick in den Laptop, und nach einigen Klicks erschien eine Liste auf dem Bildschirm. „Das sind die Namen der Bewohner von Ihmeplatz 4, 6 und 8, außerdem die von den Ihmepassagen 2 bis 10 und vom Ihmeuferweg 3 und 5. Die Aufteilung ist nach Eigentümern und Mietern."

„Das sind Hunderte", stöhnte Cohen.

„Wir brauchen Ausdrucke", sagte Williamson und nickte ihren Mitarbeitern zu. „Suchen Sie die Listen nach den Namen durch. Vielleicht haben wir ja mal Glück."

Grifo nickte und ließ sich den Stick aushändigen. Sie und Cohen verließen wortlos das Besprechungszimmer.

„Wo sind denn überall Zugänge?", wollte Williamson wissen. „Damit meine ich sowohl Aufzüge als auch Treppenaufgänge, Treppenhäuser und Rampen. Wie kommt man zu den Wohnungen?"

„Da gibt es viele Möglichkeiten", antwortete der Kollege und nahm am Whiteboard verschiedene farbige Stifte zur Hand. „Hier in Rot sind die Aufzüge und hier die Treppenhäuser." Es folgten Kreise in Blau. „Zu den Hauseingängen geht es über Treppen", diese wurden mit Grün markiert, „und hier die Zuwege dazu." Dafür wählte er Gelb.

Als er fertig war, starrten sie sprachlos auf die Projektion. Es wimmelte nur so von farbigen Kringeln.

Williamson ließ den Kopf in die Hände sinken. So wurde das nichts. Nicht, wenn sie den Aufenthaltsort von Mick und wohl auch Johanna nicht weiter eingrenzen konnten.

„So können wir jedenfalls gar nichts machen", ergriff nun auch Ingo Bruhns das Wort. Er hatte eine angenehme Bassstimme mit natürlicher Autorität.

Eine Führungspersönlichkeit, dachte sie und blickte ihn aufmerksam an.

„Wat meinen Sie genau? Wie is' Ihre Einschätzung?"

Der Leiter des SEK schüttelte den Kopf. „Zu viele Möglichkeiten, zu unübersichtlich. Wir brauchen unbedingt eine Eingrenzung des betreffenden Geländes." Er fuhr sich durchs Bürstenhaar. „Wir können nicht von Wohnung zu Wohnung streifen und auf gut Glück hoffen."

„Dem kann ich nur zustimmen", ließ sich Balustreit vernehmen. „Frau Kollegin, das Gelände ist voller Winkel und Ecken. Von der Parkebene und der Nullebene gibt es jede Menge Zugänge in die oberen Etagen, und sehen Sie nur die Parketagen und das Gelände mit den Gewerbeflächen – ein Albtraum."

„Dat weiß ich, Herr Kollege, aber mehr haben wir nun mal nit."

Balustreit und Williamson sahen sich wie zwei Boxer im Ring in die Augen. Habernickel öffnete den Mund, um den Streit im Keim zu ersticken, als sich die Tür mit einem Ruck öffnete.

Elena Grifo steckte ihren Kopf in das Zimmer.

„Die Ergebnisse der Spurensicherung wegen des Autos der Toten sind hereingekommen", teilte sie mit und war auch schon an den Laptop getreten. „Hier."

Das Innere eines Kleinwagens erschien auf dem Bildschirm, markiert mit Pfeilen an der Lehne des Fahrer- sowie Beifahrersitzes, am Schalthebel, am Lenkrad sowie am Armaturenbrett der Beifahrerseite. „Es wurden Fingerabdrücke und Haare sichergestellt. Es sind Abdrücke von Johanna Mantritz und Kathrin Abelmann sowohl auf der Fahrer- als auch auf der Beifahrerseite gefunden worden." Sie machte eine Pause. „Auf dem Rücksitz rechts wurde ein Haar sichergestellt, das zu Mick Middelstein gehört."

Williamson horchte auf. „Also war Mick im Wagen."

Grifo nickte. „Wenn es keine Spurenübertragung ist, höchstwahrscheinlich ja. Genauso wie Johanna und Kathrin."

„Un' der Kofferraum?", fragte Williamson.

Grifo klickte weiter. Der Kofferraum war nun genauso zu sehen wie die ihm zugewandte Seite des Rücksitzes auf der Fahrerseite. Der Kofferraum sah aus, als ob er vor Kurzem gesaugt worden wäre.

„Er wurde zwar gründlich gesäubert, aber Fasern sind hartnäckig. Es wurde eine weiße Faser gefunden, die mit denen der Bettlaken aus dem Hotel übereinstimmt."

„Dann könnte der Middelstein so transportiert worden sein!", rief Williamson aufgeregt aus. „In ein Bettlaken gewickelt im Kofferraum!"

Balustreit winkte ab. „Das beweist gar nichts. Das beweist nur, dass Kathrin Abelmann ein Bettlaken aus dem Hotel im Kofferraum hatte. Nicht mehr und nicht weniger."

Sie wollte widersprechen, aber ein warnender Blick ihres Chefs ließ sie verstummen. Ingo Bruhns hatte die

Hände vor seinem durchtrainierten Körper verschränkt und hörte aufmerksam zu.

Elena Grifo klickte weiter. Wieder war der Kofferraum zu sehen, diesmal mit umgeklapptem Rücksitz auf der Fahrerseite.

„Herr Kollege Balustreit mag schon recht haben", erklärte sie, „aber anhand dieses Bildes hier könnte man durchaus spekulieren, dass der Körper des Opfers in ein Laken gewickelt war und schräg in den Kofferraum gelegt wurde. Dazu wurde die linke Rückenlehne umgeklappt, und Mick saß auf der rechten Seite auf der Rückbank." Sie schaute auf. „Wie gesagt: reine Spekulation, aber irgendwie einleuchtend."

Williamson starrte wie gebannt auf das Bild. „Jetzt sind wir dran. Wir müssen aus der Spekulation einen Beweis machen."

„Die Kollegen haben auch die Spuren vom Zimmer 418 im Hotel ausgewertet", fuhr Grifo fort. „Im Bad, auf den Nachttischen und am Türgriff finden sich Abdrücke von Trespen und Mick – neben anderen. Aber das dürfte keine Überraschung sein."

„Bitte schicken Sie mir die Pläne vom Ihme-Zentrum", sagte Ingo Bruhns. „Ich informiere meine Leute und halte uns in Bereitschaft. Melden Sie sich, wenn ein Einsatz konkret wird." Damit verabschiedete er sich.

Habernickel sah Balustreit an. „Herr Kollege, dürfte ich einen Moment mit Frau Williamson allein sprechen?"

Williamson reicht, dachte die Kommissarin.

Balustreit verließ wortlos den Raum.

Der Kriminalrat sah sie an. „Frau Kollegin, ich denke, Sie wissen, was ich von Ihnen und Ihrer Arbeit halte."

Weiß ich dat?, fragte sich Williamson und wartete ab.

„Das hier", er machte eine raumgreifende Geste, „ist reine Spekulation. Sie haben nichts in der Hand, gar nichts. Ich brauche Ihnen nicht zu erklären, dass wir auf dieser Grundlage nicht viel machen können. Was sollen wir der Presse sagen?"

Williamson holte tief Luft. „Ich weiß, Herr Dr. Habernickel. Aber aus der Luft gegriffen is' dat Ganze nit. Klar, dat wir nit dat ganze Ihme-Zentrum durchsuchen können, aber …"

„Wir brauchen etwas Konkretes", unterbrach sie der Kriminalrat. „Ingo Bruhns lacht sich doch tot. Und die Presse auch. Ganz abgesehen vom Kollegen Balustreit", fügte er vielsagend hinzu.

Ihr Kopf ruckte hoch. „Wat wollen Sie damit sagen?"

Ihr Vorgesetzter beugte sich ein wenig vor. „Das ist doch klar. Sie haben die Stelle hier bekommen, weil ich Sie wollte. Ich habe Sie gegen Widerstände nach Hannover geholt, weil Ihre Karriere und Aufklärungsquote bemerkenswert sind. Auch wenn ich vorher gehört habe, dass Sie eine unbequeme Mitarbeiterin sind. Ich schätze das. In der Regel. Der Erfolg gibt Ihnen recht. Oder soll ich sagen: gab?"

Williamson wollte etwas erwidern, aber Habernickel schnitt ihr mit einer schnellen Bewegung das Wort ab. „Es gibt hier Leute im Kommissariat, die warten nur darauf, dass Sie scheitern, weil sie lieber ihre eigenen Leute auf Ihrem Posten sehen. Um, sagen wir mal, einen Staat im Staat zu errichten. Aber genau das will ich nicht zulassen."

„Sie meinen den Balustreit", nickte Williamson.

„Ich meine gar nichts", antwortete Habernickel scharf. „Ich sage Ihnen nur eins: Ich will nicht, dass diese Leute recht bekommen. Ich will, dass Sie Erfolg haben, klar?"

„Klar", sagte sie. „Glauben Sie mir, Herr Dr. Habernickel, dat will ich auch. Ich gebe mein Bestes", bekräftigte sie und stand auf. „Dat verspreche ich Ihnen. Schon allein wegen der Opfer."

Und damit meinte sie nicht nur Georg Middelstein und Kathrin Abelmann, sondern all die Menschen, die in diesem Fall litten. Und das waren nicht wenige.

Kapitel 36

„Wat Neues?“, fragte Williamson, als sie ihr Büro betrat.

Die Kommissare sahen auf und schüttelten unisono den Kopf.

„Nichts“, antwortete Grifo und winkte sie heran. „Wir haben uns die Listen aufgeteilt. Bis jetzt hat sich nichts ergeben. Keiner der Namen weist eine Verbindung zu Mick oder einer der anderen Personen auf, die uns in dem Fall begegnet sind.“ Sie atmete tief durch. „Aber wir sind noch lange nicht durch.“

„Gut, ich helfe Ihnen. Geben Sie mir auch einen Teil.“

Grifo sah zum Baron, der ihren Blick aus seinen Karpfenaugen ausdruckslos erwiderte, und dann zu Williamson.

„Chefin“, sagte sie langsam. „Gehen Sie nach Hause und schlafen Sie ein paar Stunden. Wir beide schaffen das schon. Sobald wir auf etwas stoßen oder irgendetwas von Mick oder Johanna hören, melden wir uns.“

Die Kommissarin schüttelte heftig den Kopf. „Ich kann jetz’ nit nach Hause gehen un’ schlafen. Dat is’ völlig unmöglich. Ich werde …“

„Es nützt nichts, wenn Sie nicht mehr können“, unterbrach Grifo sie bestimmt.

Williamson wollte wieder den Mund öffnen, um zu protestieren, als sich Cohen vernehmlich räusperte.

„Frau Grifo hat recht. Wir machen das hier. Wenn es ernst wird, brauchen wir Sie fit und ausgeruht."

Williamson klappte vor Überraschung den Mund auf und zu und sah ihren ungeliebten Kollegen an. Von ihm blickte sie zu Grifo. Anscheinend hatten sich beide gegen sie verschworen. Mit einer Wucht spürte sie plötzlich die Erschöpfung, die sie wie Blei nach unten zog. Sie hob die Hände in gespielter Resignation. „Is' gut, ich hab' et verstanden. Aber nur ein paar Stunden. Dann bin ich wieder da." Sie schnappte sich Mantel und Tasche und war durch die Tür, ehe Cohen oder Grifo etwas sagen konnten und vor allem, bevor sie es sich anders überlegte.

Am Montagmorgen um halb neun stand Williamson im Waschraum des Kommissariats und spritzte sich Wasser ins Gesicht. Sie erinnerte sich, dass sie am späten Abend wie in Trance in ihrer Marianne gesessen hatte, so müde war sie gewesen. Zugleich war sie voller innerer Unruhe, die sie ganz zappelig machte. Zu Hause angekommen, hatte das Haus sie mit seiner Stille in einen Kokon gehüllt. Zum ersten Mal hatte es sich nach Heimat angefüllt, was an den Menschen lag, die dieses Haus bewohnten und hinter den Türen ihrer Schlafzimmer schliefen. Sie hatte die Schuhe abgestreift, war sofort nach oben gegangen und hatte sich angezogen neben Bernd-Karl ins Bett gelegt, der nur ein undefinierbares Brummen von sich gegeben hatte.

In ihrem Kopf trieb ein hartnäckiges Summen sein Unwesen, und sie glaubte nicht, auch nur zehn Minuten die Augen schließen zu können. Doch sie war sofort eingeschlafen. Um fünf Uhr war sie aufgestanden und hatte, von ihrer Familie unbemerkt, das Haus Richtung Kommissariat wieder verlassen.

Sie war weit davon entfernt, frisch zu sein, aber die kleine Pause hatte gutgetan. Sie hatte zu Hause die Kraft ihrer Familie gespürt, die sich auf sie übertragen hatte. Die Erschöpfung hatte sich vorübergehend in die hintersten Winkel ihres Geistes und ihres Körpers zurückgezogen.

Ihre Mitarbeiter hatten die Durchsicht der Listen beendet. Kein bekannter Name tauchte als Eigentümer oder Mieter des Ihme-Zentrums auf. Dennoch musste es eine Verbindung geben. Williamson spürte es in ihren Knochen und natürlich in ihrem Bauch. Gemeinsam waren sie noch einmal alles durchgegangen. Auch wenn es schwer war, das einzugestehen, waren sie an einem toten Punkt angekommen. Toter als tot. Wieder einmal.

Am Waschbecken versuchte sie, ihr Gesicht und damit ihre Hirnwindungen auf Vordermann zu bringen. Sie bewunderte Grifo, die jetzt ausgeruhter wirkte als in der Nacht zuvor. Wie machte sie das nur? Sie tat einen tiefen Seufzer, sie hatte aufgehört zu zählen, der wievielte es war, seit sie diesen Fall übernommen hatte, und verließ den Waschraum. Wenn nicht bald ein Wunder geschah, wusste sie nicht, wie sie den Fall zu Ende bringen sollte. Irgendwann würden Mick und Johanna zwar wieder auftauchen, aber vielleicht war es dann zu spät.

Das Kommissariat war zum Leben erwacht. Es herrschte eine immense Anspannung, die jeder spürte. Der Tod Kathrin Abelmanns bewegte alle und war zudem *das* Thema in der Presse. Bald würde die Polizei von den Medien ins Visier genommen werden.

Williamson graute davor, bei einer Pressekonferenz über den Stand der Ermittlungen berichten zu müssen und sich den Fragen der Journalisten auszusetzen. Sie hatten einfach zu wenig. Außerdem war sie unschlüssig, ob sie öffentlich nach Mick Middelstein und Johanna Mantritz suchen lassen sollte. Um zehn Uhr war eine Besprechung angesetzt worden, um die Sprachregelung gegenüber der Presse festzulegen und die Pressekonferenz vorzubereiten. Das gehörte zu den Aufgaben, die sie am meisten hasste.

Sie hastete den Gang entlang zum Büro. Plötzlich glaubte sie, das Gesicht ihrer ältesten Tochter auf dem belebten Flur zu sehen.

Dat hab' ich jetz' davon, dachte sie. Jetz' fange ich schon an zu halluzinieren. Da kann man bekloppt werden.

„Mom", hörte sie da eine vertraute Stimme. „Mom, bleib stehen! Wir haben dich gesucht."

Abrupt hielt sie inne. Doch keine Halluzination! Es war tatsächlich Carola, die vor ihr stand.

„Wat machst du denn hier?", fragte sie. „Müsstest du nit in der Schule sein? Un' nenn mich nit ‚Mom'!"

Es hatte ruppiger geklungen als beabsichtigt. Irgendwie war ihr klar, dass ihre Tochter nicht ohne Grund im Kommissariat auftauchen würde.

„Das stimmt, Mo… Mama. Aber ich glaube, wir haben dir etwas Wichtiges zu sagen!", stieß Carola aus und zog einen jungen Mann am Ärmel, den die Kommissarin erst jetzt bemerkte. „Das ist Philipp Schindeler aus meiner Stufe. Philipp, das ist Kommissarin Williamson, meine Mutter."

„Aha", brummte diese und schüttelte dem Jungen mechanisch die Hand. Dann musterte sie ihn genauer. Er war groß, schlank, muskulös und hatte dunkelbraune Haare, die ähnlich geschnitten waren wie die von Holger Trespen. Die feinen Gesichtszüge und der makellose Teint machten ihn sehr attraktiv. Das Besondere waren seine Augen, die so dunkelbraun wie seine Haare waren. Ein gut aussehender junger Mann, gekleidet in der typischen Mode der jungen Leute mit engen Jeans, Markensneakers und einer fellbesetzten Jacke. Der Blick aus seinen schönen Augen war gequält.

„Freut mich, Frau Williamson. Tut mir leid, wenn wir Sie so überfallen, aber Carola meinte, es wäre wichtig, und daher wollten wir nicht bis nach der Schule warten."

„Soso", brummte Williamson wieder und kniff die Augen zusammen. „Un' wat weißt du?"

„Philipp weiß vielleicht, wo sich Mick aufhalten könnte. Ihr sucht ihn doch noch, oder?", mischte sich Carola ungeduldig ein und zupfte ihre Mutter am Ärmel, die nach Luft schnappte und von Carola zu Philipp blickte.

„Is' dat wahr?", keuchte sie.

Philipp nickte. „Vielleicht. Ich kenne … Mick näher." Er wurde rot.

Sie zögerte nicht länger. „Kommt mit!", befahl sie und marschierte voran Richtung Büro. Sie stürmte hinein, die beiden jungen Leute im Schlepptau.

„Frau Grifo, Cohen, dat is' meine Tochter Carola, un' dat is' Philipp … Dings."

„Schindeler", half Carola aus.

„Schindeler", echote Williamson und deutete auf die Stühle am Schreibtisch. „Der Herr Schindeler hat wat über den Mick zu sagen." Sie wandte sich an den jungen Mann: „Sag mal, bist du schon achtzehn?"

Philipp Schindeler nickte und brachte gerade noch ein leises „Ja" heraus, da wandte sich die Kommissarin auch schon an ihre Tochter und schaute ihr in die Augen. „Du wartest draußen!"

Carola wollte protestieren, aber ein Blick in das Gesicht ihrer Mutter und in die Runde der übrigen Anwesenden ließ sie den Mund wieder zuklappen. Sie wusste instinktiv, dass sie mit ihrem Protest den Fortgang der Ermittlungen aufhalten würde. Daher nickte sie und warf ihrem Stufenkollegen einen aufmunternden Blick zu.

„Das wird schon, Philipp, meine Mutter beißt nicht, auch wenn es so aussieht." Damit drehte sie sich um und ging ohne ein weiteres Wort hinaus.

Williamson setzte sich auf ihren Stuhl.

Grifo kam um ihren Schreibtisch herum, klärte den Schüler darüber auf, was ihn nun erwartete, und bereitete alles vor.

„Also", begann Williamson und wandte sich an Philipp Schindeler, als die Formalien geklärt waren und auch ihre Kollegin wie immer mit Notizbuch und Stift dabeisaß. Cohen gab routinemäßig den stillen Beobachter. „Wat weißt du denn nun?"

Der Junge sah sie mit seinen faszinierenden Augen an. „Mick und ich gehen in dieselbe Stufe. Genau wie Carola." Er lächelte leicht. Dann wurde er wieder ernst. „Mick ist cool – und anders. Das hat mich angemacht." Er stockte und fuhr sich durch sein dichtes dunkelbraunes Haar. „Er sieht umwerfend aus. Und er hat sich an mich herangemacht. Ich hab's toll gefunden. Wir hatten etwas miteinander."

Er hatte schnell und abgehackt gesprochen. Nun atmete er tief durch.

Williamson konnte sehen, wie schwer es ihm gefallen war, das auszusprechen, und wie froh er war, dass es nun heraus war.

„Weiter", forderte sie ihn leise auf.

„Wir haben uns ein-, zweimal in der Woche getroffen. Das ging ungefähr so vier bis sechs Wochen. Das war im letzten Herbst."

„Wo haben Sie sich getroffen?", fragte Grifo ruhig. Alle im Raum hielten den Atem an.

„Im Ihme-Zentrum", sagte er schließlich. „In einer Wohnung. Ihmeplatz …" Er runzelte die Stirn. „4 oder 6. Der Eingang war von der Ihme aus."

Die Kommissarin stieß den Atem aus. „Kannst du dich erinnern, welcher Name an der Tür stand? Un' in welchem Stock die Wohnung war?"

„Puh", Carolas Mitschüler lehnte sich zurück, „ich glaube, es war im vierten. Es war nur ein Zimmer. Mick hat sich das schön eingerichtet. Er hat es seinen ‚Rückzugsort' genannt."

„Seinen Rückzugsort? Was meinte er damit?", fragte Grifo.

Philipp Schindeler sah die junge Kommissarin an. „Ich glaube, bei ihm zu Hause war es nicht so toll. Er hat immer sehr abfällig von seinem Vater gesprochen. Seine Mutter hat er fast nie erwähnt. Die wäre nicht mehr von dieser Welt, hat er einmal gesagt."

„Weißt du, wie er an dat Apartment gekommen is'?", fragte Williamson.

Der junge Mann schüttelte den Kopf. „Genau nicht. Ich habe ihn danach gefragt. Welcher Schüler hat schon ein eigenes Apartment, wenn er noch zu Hause wohnt? Aber da hat er nur gelächelt und gemeint, eine Hand wäscht die andere oder so ähnlich."

„Eine Hand wäscht die andere", wiederholte die kleine Kommissarin nachdenklich. „Noch mal, Philipp: Welcher Name stand an der Tür?"

Philipp Schindeler runzelte die Stirn. Dann hob er den Kopf. „Da stand kein Name dran."

Sie beugte sich nach vorn. „Bist du sicher? Versuch dich zu erinnern."

Der junge Mann schloss die Augen und öffnete sie nach kurzer Pause wieder. Die Kommissare hatten ihn nicht aus den Augen gelassen. „Ich bin sicher. Da war kein Name. Nur die Klingel."

Die drei Polizisten wechselten einen Blick.

„Wie ging es weiter?", übernahm Grifo. „Ich nehme mal an, Sie sind nicht mehr mit Mick zusammen?"

Philipp Schindeler warf den Kopf in den Nacken und fing an zu lachen. Es klang bitter. Dann schüttelte er den Kopf und fuhr sich durch sein Haar. „Nein. Wie gesagt, das Ganze ging nur … ich weiß nicht genau, vier, fünf, maximal sechs Wochen. Dann hatte er genug."

„Er hatte genug?", hakte Grifo nach. „Was heißt das?"

Er warf ihr einen traurigen Blick aus seinen dunkelbraunen Augen zu. „Sie kennen Mick wohl nicht besonders gut, oder?“

Als sie nicht antwortete, fuhr er fort: „Mick hat schnell genug. Von allen und allem. Für ihn war ich nur ein Zeitvertreib für zwischendurch. Jedenfalls kam es mir so vor. Während ich …“, er unterbrach sich und schluckte schwer, „wirklich etwas für ihn empfunden habe, hielt er mich für ein Vergnügen, das man mal schnell konsumieren konnte.“

„Konsumieren?“, fragte Williamson nach. „Is' dat dat richtige Wort?“

Philipp Schindeler nickte. „Ja. Das macht er mit allen so. Als er anfing, sich mit mir zu langweilen, hat er mir gesagt, dass er genug von mir hätte. Ich könnte gehen.“

„Und das haben Sie dann auch gemacht?“ Diese Frage kam von Cohen. Es war die erste, die er stellte.

Der junge Mann fuhr herum und sah nun den Kommissar an. „Was hätte ich denn machen sollen? Er war mit mir fertig.“ Er stockte. „Danach war ich Luft für ihn. In der Schule hat er mich mit dem … er hat mich völlig ignoriert.“ Er schwieg kurz. Dann fuhr er fort: „Ich habe von Felicitas gehört, dass Carola wegen Mick rumgefragt hat. Da bin ich heute zu ihr gegangen. Zuerst wollte ich nicht, aber …“, er stockte wieder, „vielleicht ist es wichtig.“ Er lächelte leicht. Anscheinend hatte er sich wieder etwas besser im Griff.

Die Hauptkommissarin nickte. „Und ob. Sag mal, junger Mann“, sie beugte sich nach vorne und stützte sich auf ihrem Schreibtisch ab. „Hast du mal in dem Apartment aus dem Fenster geguckt? Und wenn ja, wat hast du da gesehen?“

Philipp Schindeler runzelte die Stirn. „Ich glaube, direkt gegenüber ist das Jugendzentrum Glocksee, ein paar alternative Einrichtungen und der Park. Da sind immer viele Jugendliche und Leute, denen es nicht so gut geht.“

„Hat Mick mal wat über die gesagt?“, hakte Williamson nach.

Er stützte die Ellbogen auf der Stuhllehne auf und legte die Fingerspitzen zusammen. Er musterte die Kommissarin. „Ja. Oft kamen von dort laute Musik, Schreie, Lärm halt. Er hat die Leute da ‚Abschaum‘ genannt, ‚Penner‘ und alles Mögliche.“

„War dir eigentlich klar, dass du nit der Einzige warst, mit dem der Mick wat hatte?“, wollte Williamson wissen.

Der junge Mann ließ den Kopf hängen. „Ja, das stimmt. Mick hat nichts anbrennen lassen und immer versucht, seine Verbindungen zu seinem Vorteil zu nutzen.“

Er hob den Kopf, und seine Augen schimmerten feucht. „Er ist skrupellos, Frau Kommissarin.“

Kapitel 37

Die Pressekonferenz war verschoben worden. Stattdessen hatte Williamson alle zu einer Lagebesprechung zusammengetrommelt, an der auch Philipp Schindeler teilnahm. Carola hatte sie wieder zurück in die Schule geschickt, was diese zunächst nicht akzeptieren wollte.

„Ich kann mich doch jetzt nicht in den Matheunterricht setzen", hatte sie gemeckert und wild mit den Armen gerudert, was auf frappierende Weise an ihre Mutter erinnerte. Diese war jedoch hart geblieben.

Ingo Bruhns hatte wieder die Arme vor der Brust verschränkt. Beim Hereinkommen hatte er ihr zugenickt, und die Kommissarin meinte, einen Hauch Anerkennung entdeckt zu haben. Balustreit hingegen war hereingepoltert und hatte mit einem Seitenblick auf Philipp Schindeler bemerkt, dass es hier zuginge wie auf einem isländischen Ponyhof. Sie hatte dies geschluckt. Mit Balustreit würde sie sich später beschäftigen. Sie hatte nun Wichtigeres zu tun und brauchte ihre ganze Konzentration.

„Also gut, fangen wir an", hob Williamson an. Sie fasste kurz zusammen, was Philipp Schindeler ausgesagt hatte. Danach breitete sich Stille im Raum aus.

Der junge Mann hielt immer noch den Blick gesenkt. Da musste er durch, Williamson konnte ihm nicht helfen.

Grifo hatte ganz leicht ihre Hand auf seinen Unterarm gelegt. Vielleicht half ihm das.

„Philipp, zeigen Sie uns bitte, wo die Wohnung liegt!", bat Dr. Habernickel den Schüler schließlich und deutete auf die Projektion des Ihme-Zentrums, die immer noch zu sehen war.

Philipp Schindeler stand auf und ging an das Whiteboard. „Ich bin mir nicht sicher", sagte er zögerlich, „irgendwo hier. Man kann frontal auf das Kulturzentrum Glocksee schauen." Er zeigte auf den Bereich zwischen den Eingängen Ihmeplatz 4 und 6.

„Ich habe noch einmal darüber nachgedacht. Die Wohnung liegt im vierten Stock, da bin ich mir jetzt sicher. Ich erinnere mich, dass Mick sagte, dass ‚Vier' in Japan so viel wie ‚Tod' bedeutet. Er hielt das für witzig."

Nit schon wieder die Japaner, stöhnte Williamson innerlich.

„Ach ja", fuhr der junge Mann fort. „Mick meinte dann auch, dass es megawitzig sei, dass die Wohnung auch noch in der Hausnummer vier wäre. Von wegen ‚toter als tot' und so."

„Die Wohnungsnummer?", fragte Grifo.

Philipp Schindeler versuchte sich zu konzentrieren, schüttelte dann aber den Kopf. „Ich … ich weiß es nicht", sagte er leise. „Irgendetwas wie 416 oder 414 oder so."

Die Hauptkommissarin wandte sich an Grifo, die ebenso wie Cohen einen Laptop vor sich hatte. „Schauen Sie nach, wo dort überall Einzimmerapartments sind. Wir kommen der Sache näher."

Grifo bediente einige Tasten, und die Projektion der einzelnen Wohnungen der vierten Etage erschien. Alle beugten sich gespannt vor. Auf der Etage waren insgesamt sechs Einzimmerapartments, drei auf jeder Seite und damit drei mit Fensterfront zur Glocksee. Man konnte erkennen, dass die Apartments einen großen Raum mit je zwei großen Fenstern beherbergten, davon war eine kleine Küche mit Raumteiler abgetrennt. Man gelangte über einen Flur in die Wohnung.

Ingo Bruhns wandte sich an die junge Kommissarin. „Schicken Sie mir bitte die Pläne, auch die von den Aufgängen."

Grifo nickte.

„Wem gehören die Apartments?", fragte Williamson, „oder sind die vermietet?"

Ihre Mitarbeiter beugten sich über den Laptop.

Schließlich sah Cohen auf. „Das sind alles Eigentümer. 414 gehört Annegret Leichtmann. Hier ist vermerkt, dass ihre Tochter darin lebt, vielleicht eine Studentin. 416 …", er scrollte weiter, „gehört einem Dr. Stefan Brandener. Diese steht angeblich leer."

Er wechselte einen Blick mit seiner jungen Kollegin, die diesen erwiderte und ihrerseits die Stirn runzelte. „Das haben wir beim ersten Mal übersehen. Vielleicht steht dort dann auch kein Name an der Tür."

Williamson hob beschwichtigend die Hände. „Wir haben nit danach gesucht. Nur nach Namen, die mit dem Fall zusammenhängen."

Philipp Schindeler war blass geworden. „Brandener." Er zögerte, dann sah er der Kommissarin geradewegs in die Augen. „Deutsch und Politik."

„Bitte?“, fragte diese irritiert zurück.

„Deutsch und Politik“, wiederholte er. „Es gibt eine Lehrerin an unserer Schule, die Brandener heißt, Lea Brandener. Sie unterrichtet Deutsch und Politik. Aber“, er schüttelte ungläubig den Kopf, „das kann natürlich ein Zufall sein.“

„Ich glaube nit an Zufälle, beim Mick schon mal gar nit“, erwiderte Williamson und wandte sich an ihre Mitarbeiterin. „Grüffelo“, sagte sie nur.

Diese verstand sofort, und niemand sagte etwas dazu, dass ihre Chefin sie soeben „Grüffelo“ genannt hatte.

„Letztes Jahr hatten wir sie in beiden Fächern“, sagte der Schüler tonlos. „Als das Schuljahr zu Ende war, hat sie uns alle zu einem Grillabend zu sich nach Hause eingeladen, auch Mick.“

Er sah auf, die Erkenntnis hatte sich in seinem Gesicht eingegraben. „Ihr Mann war auch da.“ Er vergrub sein Gesicht in den Händen.

Die Kommissarin nickte. Auf diese Weise konnten sich Mick und Stefan Brandener kennengelernt haben.

„Dr. Stefan Brandener ist verheiratet mit Lea Brandener, die Wohnung ist ein Abschreibungsobjekt“, ließ Grifo verlauten.

„Wat macht der gute Mann denn?“

„Er ist Direktor einer hiesigen Versicherungsgesellschaft.“

„Gut. Hoffen wir mal, dat er vor Ort is’ und nit auf einer Geschäftsreise. Cohen und Grifo, Sie fahren hin und holen ihn. Sofort. Un’ sollte er nit da sein, treiben Sie ihn auf.“

„Klar." Die beiden erhoben sich und verließen im Sturmschritt den Raum. Ingo Bruhns machte ebenfalls Anstalten zu gehen: „Wir machen uns bereit."

Dr. Stefan Brandener saß im Vernehmungszimmer und schaute indigniert auf die Uhr. Er trug einen eleganten dunkelblauen Anzug, dazu passende Lederschuhe und ein offenes weißes Hemd. Die grau melierten Haare waren akkurat geschnitten.

Die Kommissare und Dr. Habernickel waren im Nebenraum und sahen über den Einwegspiegel und mehrere Kameras zu, wie er sich verhielt. Er wirkte verärgert, aber nicht nervös. Die Beine hatte er elegant übereinandergeschlagen, die Arme im Schoß verschränkt. Er hatte die Aura eines seriösen, erfolgreichen Geschäftsmannes.

Grifo und Cohen hatten einige Mühe gehabt, ihn ins Kommissariat zu bekommen. Sie hatten ihm das Nötigste erklärt, nur, dass es einige Fragen im Mordfall Kathrin Abelmann gebe. Die kenne er nicht, hatte er versichert. Was wohl auch der Wahrheit entsprach.

„Dann wollen wir mal, nütz' ja nix", sagte Williamson und ging voran, Cohen und Grifo dicht hinter ihr. Habernickel blieb zurück. Gerade als die drei den Raum verließen, trat Balustreit hinzu, wechselte einen Blick mit Cohen und stellte sich neben den Kriminalrat. Williamson bemerkte es, sagte aber auch hierzu nichts. Sie war auf dem Prüfstand, das war klar.

Sie schmiss mit einem Schwung die Tür auf, sodass Dr. Brandener zusammenfuhr. Als die Formalitäten geklärt waren und das Aufnahmegerät eingeschaltet, kam sie gleich zur Sache. „Herr Dr. Brandener, wir haben einige Fragen im Mordfall Kathrin Abelmann an Sie.“

Sie legte ein Foto der Toten vor ihn hin. Stefan Brandener warf einen flüchtigen Blick darauf. „Wie ich schon gesagt habe, kenne ich die Frau nicht.“

„Dat überrascht uns nit. Aber den hier, den kennen Sie doch, oder nit?“

Williamson legte ein Foto von Mick auf den Tisch. Brandener zuckte nur ganz leicht zusammen, aber ihr war es nicht entgangen. „Diesen jungen Mann? Nein, den kenne ich auch nicht.“ Brandener lehnte sich betont lässig zurück.

Grifo lächelte und winkte mit einer spielerischen Geste ab. „Kommen Sie, Herr Dr. Brandener, den müssen Sie aber kennen. Er war letztes Jahr sogar Gast in Ihrem Haus.“

Auf Brandeners Oberlippe erschienen kleine Schweißperlen. „Ich kann mich nicht erinnern.“

„Ihre Frau …“, Grifo tat so, als ob sie in den Unterlagen nachschaute, „Lea, sie ist doch Lehrerin, nicht wahr? Er war in ihrer Klasse. Am Schuljahresende hat sie den Kurs zu sich nach Hause zum Grillen eingeladen. Sie waren auch da.“

Dr. Brandener zog ein Taschentuch aus der Hosentasche und tupfte sich betont elegant die Oberlippe ab. „Das mag sein. Nun, ob er da war oder nicht, kann ich nicht sagen. Vielleicht. Bei so vielen jungen Leuten. Meine Frau hat es sich zur Gewohnheit gemacht, immer am Ende des Schuljahres ihre Kurse zu uns nach Hause einzuladen. Eine nette Geste.“

„Er war da“, sagte Williamson, „oder sollen wir noch Ihre Frau befragen?“

Stefan Brandener sah sie so erschrocken an, dass sie beinahe lachen musste.

„Dann weiß sie et also nit?“

„Was“, er räusperte sich, „was soll sie nicht wissen?“

„Dat Sie wat mit dem Mick am Laufen haben?“

„Wie bitte? Ich habe mich wohl verhört.“ Der Mann sprang auf. „Das muss ich mir nicht bieten lassen! Frau Kommissarin, ich werde aus meinem Arbeitsumfeld gerissen, hierhergezerrt, nicht ganz freiwillig, wie ich betonen möchte, und …“

„Setzen Sie sich!“, herrschte Williamson ihn an und sprang ihrerseits auf. Brandener war so verdattert, dass er sich tatsächlich wieder setzte.

„Et reicht mir. Ich könnte jetz’ hier mit Ihnen sitzen, eine Taktik nach der anderen auspacken un’ mich in raffinierten Verhörmethoden verlieren. Aber dafür hab’ ich nit mehr die Nerven und schon gar keine Zeit. Die ganze Woche höre ich mir von Leuten wie Ihnen an, dat sie empört sind, dat sie rechtschaffene Bürger sind und dat wir ihnen so ein großes Unrecht antun! Dann kratzt man an der Oberfläche, und wat da zutage kommt, dat is’ der reinste Morast. Hier“, sie nahm das Foto der toten Kathrin Abelmann und kramte auch das Bild des ebenso toten Georg Middelstein hervor, beides knallte sie vor Stefan Brandener auf den Tisch, „dat is’ dat Ergebnis! Der Mick is’ auf einem Rachefeldzug, genau wegen des Morasts. Weil keiner zugibt, dat et den gibt. Un’ jetz’ hören Sie mir mal genau zu.“

Sie ging um den Tisch herum und beugte sich so tief zu dem gepflegten Mann hinunter, dass sie sein teures Rasierwasser riechen konnte. Dieser wich zurück, sichtlich nervös.

„Wat Sie mit dem Mick treiben oder nit, dat is' mir egal. Sie haben eine Wohnung im Ihme-Zentrum, und die is' zurzeit nit vermietet. Der Mick hat den Schlüssel und geht da ein un' aus. Sie haben sich dat reinste Liebesnest eingerichtet. Dat wissen wir alles, Sie brauchen nur zu nicken. Nur dat der Mick dat noch für sich selber nutzt. Wir haben Grund zur Annahme, dat er sich da aufhält. Zusammen mit einer jungen Frau, die eine gefährliche Waffe hat. Wir haben weiterhin Grund zur Annahme, dat der Mick sowohl seinen Vater als auch diese junge Frau hier", sie zeigte auf das Bild von Kathrin Abelmann, „getötet hat. Vielleicht in Ihrer Wohnung. So!" Sie holte tief Luft. „Jetz' sind Sie dran!"

Dr. Stefan Brandener sah sie einen Moment mit weit aufgerissenen Augen an. Dann brach er zusammen.

Kapitel 38

Es ging alles ganz schnell. Die Beamten des SEK öffneten mit dem Zweitschlüssel von Dr. Brandener die Tür und stürmten in die Wohnung. Schreie, Gepolter, wieder Schreie. Dann umfing sie eine unheimliche Stille. Williamson wartete dick in Schutzausrüstung eingepackt und schweißüberströmt mit Grifo und Cohen vor der Wohnung. In ihrer Schutzweste fühlte sie sich äußerst unwohl. Was ging da vor sich? Schließlich kam Ingo Bruhns auf sie zu.

„Sie kommen besser", sagte er dumpf.

Die Kommissarin setzte sich watschelnd in Bewegung, so gut es mit der eng anliegenden Schutzkleidung ging, ihre Mitarbeiter dicht hinter ihr. Sie war nicht bewaffnet, hatte das abgelehnt. Aber Johanna Mantritz war es. Sie stand an der linken Seite des Raumes. Gegenüber befand sich Mick Middelstein, auf den Johanna die Waffe gerichtet hatte. Auch sie war schweißüberströmt, gleichzeitig zitterte sie am ganzen Körper. Das blasse Gesicht hob die dunklen Augenringe hervor, das aschblonde Haar hing ihr in Strähnen ins Gesicht, das von Tränen und Schweiß nass war. Einige Beamte waren im schmalen Flur und an der Tür postiert.

„Bleiben Sie weg", schrie Johanna. Sie war der Panik nahe. „Bleiben Sie weg, oder Mick ist tot!"

Williamson erfasste das alles im Bruchteil einer Sekunde. Zeit ist subjektiv und dehnt sich je nach Erleben in die Unendlichkeit aus. So einen Moment erlebte sie nun. Sie sah Johannas schmale Brust, die sich stoßweise hob und senkte, sah Mick, der in gespannter Haltung einige Meter entfernt stand und seltsamerweise lächelte. Sie sah auch die Wohnung, die von einem breiten Bett dominiert wurde, zwei bequeme Sessel, ein kleiner Tisch, sogar hübsche Vorhänge an den Fenstern, eine Kommode, ein Bücherregal, die kleine Küchenzeile. Sie sah das alles, als ob die Szene eingefroren wäre. Aber das war sie nicht. Die Zeit rann unerbittlich weiter.

Williamson spürte eine Bewegung hinter sich. Grifo hatte den Raum nach ihr betreten.

Beide hoben die Hände und zeigten ihre Handinnenflächen, um Johanna zu demonstrieren, dass sie nicht hier waren, um aggressiv gegen sie vorzugehen. Cohen verharrte an der Tür.

„Johanna“, sagte Grifo sanft, „wir haben Sie gefunden, Gott sei Dank. Was halten Sie davon, wenn Sie die Waffe weglegen? Wir könnten reden!“

Johanna Mantritz sah kurz zu ihr herüber. Dann heftete sie den Blick wieder auf Mick und umfasste die Pistole mit beiden Händen. Sie schüttelte den Kopf. „Nein!“, sagte sie fest. „Die Waffe ist das Einzige, was ich habe. Meinen Sie, ich weiß das nicht?“

„Na schön, dann reden wir eben so.“

Johanna fuhr auf. „Es gibt nichts zu reden, gar nichts.“

„Ihre Mutter hat uns von Ihnen erzählt“, ergriff Williamson das Wort. Sie wechselte einen Blick mit Grifo.

„Wie Sie in Ihrer Kindheit mit Ihrem Vater Schießübungen gemacht haben."

„Meine Mutter?" Johanna legte den Kopf schräg, als lausche sie einer leisen Musik. Für einen winzigen Moment ließ sie die Pistole sinken. Mick machte eine Bewegung auf sie zu. Sofort richtete sie die Waffe wieder auf ihn. Die Zeit war zu knapp gewesen, um einzugreifen.

„Was hat sie gesagt?", fragte sie.

„Dass Sie eine gute Tochter sind", antwortete Grifo, „dass sie stolz auf Sie ist. Und dass Sie nun eine Anstellung haben im Lakeside Hotel."

Johanna machte ein Geräusch, das irgendwo zwischen Schluchzen und Schnauben lag. „Stolz auf mich? Meine Mutter? Sie ist viel zu abgestumpft, um so etwas zu empfinden. Sie hat sich alles weggesoffen – Gefühle, Verantwortung, Stolz – alles!" Ihre Stimme wurde lauter. „Sie empfindet gar nichts, nichts! Nicht für mich, nicht für sich, nicht für Kathrin! Kathrin!" Sie schrie auf.

Es klang wie der Klagelaut eines verwundeten Tieres.

Williamson lief es eiskalt den Rücken herunter. Sie warf einen Blick auf Mick, der mit erhobenen Armen mitten im Raum stand. Er hatte den Kopf schräg gelegt und lächelte immer noch, als wäre er ein teilnahmsloser Beobachter der Szene. Nach wie vor sprach er kein Wort, so, als ginge ihn das Ganze nichts an.

Johanna zitterte noch stärker. Sie deutete mit einer Kopfbewegung auf ihn. „Er hat Kathrin umgebracht", sagte sie fast unhörbar und nahm die Waffe noch fester in die Hände.

Die Kommissarinnen wagten kaum zu atmen.

Johannas Stimme klang brüchig. „Sie kam vorletzte Nacht nach dem Dienst zurück in die Wohnung. Ich …“, Johanna schluckte, „war bei ihr, weil ich es bei meiner Mutter nicht mehr ausgehalten habe.“ Sie nahm kurz eine Hand von der Pistole und strich sich die Haare aus dem Gesicht.

Williamson nahm eine Bewegung hinter sich wahr. Sie wusste, dass dort die Kollegen des SEK darauf warteten, dass Johanna unaufmerksam wurde. Aber die junge Frau wusste mit der GLOCK umzugehen. Sie war darin geübt. Es war einfach zu gefährlich. Dann war wieder die dünne Stimme Johannas zu hören. „Sie hat mir Vorwürfe gemacht, weil wir ihm geholfen hatten.“ Sie senkte kurz den Kopf und hob ihn dann wieder. Als sie Mick sah, versteinerte ihr Gesichtsausdruck. „Sie hatte ein schlechtes Gewissen. Sie wollte, dass wir auspacken. Und zwar alle.“

„Sie sind nicht zu uns gekommen“, stellte Grifo ruhig fest. Sie wollte möglichst sachlich bleiben und Johanna keine Vorwürfe machen.

Das Zimmermädchen schüttelte leicht den Kopf. „Nein. Wir sind zusammen hierhergekommen. Sie hatte sich vorgenommen, Mick ins Gewissen zu reden. Das war ein Fehler.“ Sie holte tief Luft. Wieder klang es wie ein Schluchzen.

Mick hatte unterdessen die Arme vor dem Oberkörper verschränkt. Er grinste immer noch.

Johannas Gesicht war vor Hass verzerrt. „Er ist ein Monster“, spuckte sie in seine Richtung aus. „Er hat mich benutzt. Er hat uns alle benutzt.“

„Wat is' passiert?", fragte Williamson leise. Sie wollte die junge Frau am Reden halten, sodass sie vielleicht unaufmerksam werden würde.

„Mick und ich haben uns im Hotel kennengelernt. Für die meisten Gäste bin ich unsichtbar, gar nicht vorhanden", ihre Stimme zitterte. Dann packte sie die Waffe fester. „Er hat mich aber gesehen. Irgendwann hat er angefangen, mir Komplimente zu machen. Es hat so gutgetan." Ihr Blick wurde glasig in Erinnerung daran. „Wir sind uns nähergekommen. Sind auch mehrfach hier gewesen. Ich habe gedacht, er empfindet etwas für mich." Sie war immer lauter geworden und schrie fast. „Aber er hat sich nur an mich herangemacht, damit er sich im Hotel frei bewegen kann. Das weiß ich jetzt!" Sie atmete schwer und umfasste die Pistole so fest, dass ihre Fingerknöchel weiß hervortraten.

Als die Stimme von Mick Middelstein ertönte, zuckten die Kommissarinnen zusammen. Sie waren so auf Johanna konzentriert gewesen, dass sie den jungen Mann fast vergessen hätten. Es war eine kalte und harte Stimme. Seltsamerweise klang sie trotzdem angenehm, was das Faszinierende an ihr war.

„Glaubst du ernsthaft, dass du mich sonst interessiert hättest? Du bist so unglaublich naiv!" Er grinste und zeigte dabei seine weißen, makellosen Zähne. Die Waffe Johannas war nach wie vor auf ihn gerichtet. Das schien ihm egal zu sein.

„Seien Sie still!", zischte Williamson.

Er provozierte derart, dass die junge Frau womöglich die Nerven verlor und schoss. Aber sie tat es nicht. Sie sprach weiter, wie in Trance. „Bevor er am Montag mit Herrn Trespen in einem Zimmer verschwand, hat er mich zur Seite genommen. Er hat gesagt, ich soll gegen Viertel nach zehn bei 418 sein, ihn dann zu 518 bringen und ihm das Zimmer aufschließen. Er wollte nicht klopfen, weil er seinen Vater ‚überraschen' wollte." Ihr Tonfall wurde zynisch. „Wir haben im Putzraum auf der fünften Etage abgewartet, bis die blonde Schnepfe aus 518 gekommen und im Aufzug verschwunden war. Dann habe ich ihm das Zimmer aufgeschlossen, er ist reingegangen. Ich sollte in der Nähe warten. Wenn jemand vorbeikommt, sollte ich so tun, als wäre ich beschäftigt." Sie holte tief Luft.

Williamson spürte, wie alle den Atem anhielten, auch sie selbst. Die Kommissarin fühlte die Anwesenheit der schwerbewaffneten Kollegen hinter ihr.

„Ich habe mich dann wieder im Putzraum aufgehalten. Plötzlich stand er vor mir und meinte, ich solle schnell mitkommen, er hätte die Nerven verloren, etwas Schreckliches sei passiert. Ich bin mit ihm ins Zimmer gelaufen und da, da …", Johannas Stimme fing an zu zittern, „da lag sein Vater auf dem Boden. Und überall war Blut." Wieder schluchzte sie auf. „Ich war nicht ganz bei mir. Ich habe alles getan, was er gesagt hat. Er hat mir befohlen, ein Bettlaken und einen Wäschecontainer aus dem Erdgeschoss zu holen, während er im Zimmer blieb. Und er hat mir befohlen, Kathrin zu suchen, sie sollte uns helfen. Das habe ich dann auch gemacht, ich weiß auch nicht mehr, wie ich das geschafft habe, keiner hat mich gesehen. Kathrin war gerade auf dem Weg zur Küche, weil sie nach Hause wollte."

Sie sah Mick an, plötzlich ganz ruhig. „Er hat gewusst, dass sie ein Auto hat. Und er hat auch gewusst, dass sie mich immer nur beschützten wollte. Sie war furchtbar erschrocken, aber sie hat mir geholfen und ist mit nach oben gekommen. Mick und ich haben dann den Körper ...", hier holte Johanna ein paarmal stoßweise Luft, hielt aber immer noch die GLOCK starr auf Mick gerichtet, der wie eine Statue dastand, „in das Bettlaken gewickelt. Kathrin hat uns geholfen, ihn in den Wäschecontainer zu packen. Zu dritt haben wir ihn dann mit dem Serviceaufzug nach unten gefahren."

Sie schüttelte leicht den Kopf. „Die Lampe hat er auch in den Container gepackt. In der Küche waren noch Leute, aber die waren mit Aufräumen und Saubermachen beschäftigt. Kathrin war vorausgegangen, hat den Wagen geholt und vor dem Lieferanteneingang gewartet. Wir haben den Rücksitz umgeklappt, ihn reingelegt, ich habe den Container zurückgebracht, und dann sind wir wie die Irren zum gegenüberliegenden Ufer gefahren."

Sie hielt kurz inne. „Es war so unwirklich. Es lief ab wie ein Film, verstehen Sie?" Sie schüttelte ungläubig den Kopf. „Wir haben am Straßenrand gegenüber vom Museum angehalten und ihn dann ...", wieder unterbrach sie sich und holte tief Luft, „aus dem Laken herausgenommen und ins Wasser geworfen. Keiner hat uns gesehen. Das Laken und die Lampe hat Mick mitgenommen."

Ganz kurz schloss sie die Augen, dann war sie wieder voll konzentriert. Die Waffe war immer noch auf den jungen Mann gerichtet.

„Es war keine Absicht", sagte Mick mit seiner kalten, aber angenehmen Stimme. „Ich habe die Beherrschung verloren. Mein Vater …"

„Red' doch nicht!", schrie Johanna, und Spucke spritzte aus ihrem Mund. „Du hattest sogar Handschuhe an! Das habe ich erst später gesehen, und dann ist es mir klar geworden! Du hast mich benutzt!"

Mick breitete die Arme aus. „Und wenn schon. Du hast dich auch benutzen lassen. Genauso wie deine Schwester."

„Lass Kathrin aus dem Spiel!", schrie Johanna wieder. „Sie hat es nur um meinetwillen gemacht!"

„Aber sie hat es gemacht!", konterte Mick kalt.

„Halten Sie den Mund!", herrschte ihn Williamson an. Er provozierte Johanna derart, dass weiterhin zu befürchten war, dass diese komplett die Beherrschung verlieren und ihn über den Haufen schießen würde. Er spielte mit seinem Leben, begriff er das nicht? Er hob hochmütig den Kopf und blickte mit seinen grünen Augen auf sie herab. Lächelnd verbeugte er sich leicht. „Wie Frau Kommissarin befehlen!", sagte er maliziös.

Sie schüttelte den Kopf. Was ging in dem jungen Mann vor? Glaubte er nicht, dass Johanna auf ihn schießen würde? War ihm alles egal? Oder wollte er sterben?

Das Schluchzen Johannas ließ sie ihren Fokus wieder ganz auf die gequälte junge Frau richten.

„Kathrin", sagte diese tonlos, „und Mick haben Samstagnacht immer heftiger gestritten. Ich habe nur dabeigestanden." Sie schlug sich mit einer Hand gegen den Kopf. Dies erinnerte auf gespenstische Weise an ihre Mutter, die das am Tag zuvor bei der Befragung ebenfalls getan hatte. „Ich bin so feige, so feige."

Von Mick ließ sich ein leichtes Lachen vernehmen. Johanna schien es nicht gehört zu haben.

„Irgendwann hat Kathrin Mick eine runtergehauen. Da hat er rotgesehen." Wieder sah sie ihn mit diesem merkwürdigen starren Blick an. „Er hat sich auf sie gestürzt, sie am Hals gepackt und zugedrückt, bis sie tot war. Und ich – ich habe auch noch geholfen, ihren Körper", ihre Stimme drohte zu kippen, „in die Ihme zu werfen. Ich war wie ferngesteuert. Wieder hat uns keiner gesehen." Sie schüttelte ungläubig den Kopf. „Schon Wahnsinn, was man vor aller Augen machen kann. Keiner sieht was, keiner hört was, keiner hilft."

„Wenn du getan hättest, was ich gesagt habe, dann wären wir nicht hier!", höhnte Mick. „Aber sogar dazu bist du zu blöd."

„Was war das?", fragte Grifo leise. Es war, als stünden alle unter dem Zwang, die ganze Tragödie bis zum Ende zu hören.

„Ich sollte den Wagen zurück zur Wohnung fahren", antwortete Johanna tonlos. „Das habe ich auch gemacht. Aber dann habe ich einen kleinen Umweg gemacht und die hier", sie bewegte leicht die Pistole, ohne Mick aus dem Fokus zu verlieren, „geholt. Ich bin zurückgekommen. Zuerst dachte ich, alles könnte wieder gut werden." Ihre Augen schwammen in Tränen. „Er war zuerst so lieb zu mir. Aber dann", ihre Stimme wurde hart, „hat er mich wieder beschimpft. Ich sollte abhauen, hat er gesagt. Er bräuchte mich nicht mehr. Aber ich lasse mich nicht mehr beschimpfen. Und auch nicht abservieren!"

Die letzten Worte hatte sie geschrien.

Wieder verschränkte Mick die Arme und sah sie mit einem geradezu abstoßenden Blick in den Augen an. „Du bist zu nichts zu gebrauchen", stieß er hart aus.

Johanna schien ihn zuerst nicht gehört zu haben. Dann nickte sie leicht und sah mit einem derart leeren, verzweifelten Blick zu Grifo und dann zu Williamson, dass diese erstarrten.

„Ich weiß", sagte sie. Ihre Stimme war so zart wie ein kleiner Vogel. „Ich weiß." Mit einer schnellen, fließenden Bewegung steckte sie sich die Pistole in den Mund. Die Polizistinnen stürzten sich auf sie. „Nein!"

KAPITEL 39

Als sie nach Hause kam, war es kurz vor Mitternacht.

Williamson schloss die Haustür auf, streifte die Schuhe ab, zog den Mantel aus und ließ die Tasche fallen. Die Sachen lagen auf dem Boden verstreut im Flur. Es war ihr egal. Sie ließ sie einfach liegen. Jetzt, da das Adrenalin nachließ, spürte sie die Erschöpfung, die wie ein schwerer Sack an ihren Knochen hing. Es war aber nicht nur Erschöpfung, die sich wie dichter Nebel in ihr ausgebreitet hatte, es war Leere. Diese Leere, die sie in Johannas Augen gesehen und aufgesaugt hatte und nun mit sich herumtrug. Die sie wohl nie wieder loswerden würde. Johanna … nein, sie wollte nicht an Johanna denken. Nicht hier, in ihrem Haus, bei ihrer Familie. Nicht bei ihrem Mann und ihren Töchtern, deren Atem, Lachen und Weinen das Haus erobert und es zu ihrem Heim gemacht hatten.

Sie schüttelte den Kopf. Nicht an Johanna denken … aber das Leid, das sie in den Augen der jungen Frau gesehen hatte, hatte sich in ihre Netzhaut gebrannt, ebenso das, was danach geschehen war. Was mit ihrem Kopf geschehen war … nein, sie wollte nicht daran denken. Sie wollte nicht an Johannas Kopf denken.

Williamson stieg mit schweren Schritten die Treppe nach oben. Sie wusste, dass Bernd-Karl nicht da war. Sie hatten am frühen Abend kurz miteinander telefoniert. Er war mit seinen Kollegen auf ein Feierabendbier verabredet. Er hatte das absagen wollen, als er gehört hatte, was passiert war, aber sie hatte ihn davon abbringen können. Sie sei noch lange im Kommissariat beschäftigt, hatte sie gesagt, und wisse nicht, wann sie nach Hause komme. Was stimmte. Sie hatte Bernd-Karl zwischen Vernehmungen, Besprechungen und einer hastig einberufenen Pressekonferenz angerufen. Sie wusste, wie wichtig es für ihren Mann war, dass seine Kollegen ihn gefragt hatten, ob er auf ein Bier mitkommen wolle. Und nach den schrecklichen Ereignissen des Tages wollte sie allein sein. Das passierte ihr selten, aber heute war es so. Es fühlte sich richtig an.

Leise öffnete sie die Tür zu Nicolas Zimmer. Der dunkelbraune Krauskopf ihrer jüngsten Tochter lugte unter der Decke hervor, die sie sich bis zum Kinn hochgezogen hatte. Der blasse Teint, die langen Wimpern … Nicola war das Bild reinster Unschuld. Vorsichtig setzte sich ihre Mutter auf den Bettrand und betrachtete sie eine Weile.

Nicola lag auf der Seite und hatte einen Arm von sich gestreckt, die Finger leicht gekrümmt, wie sie das schon als Baby gemacht hatte. Williamson lächelte, strich ihr sanft über das Haar und gab ihr einen Kuss auf die Stirn.

Dann ging sie leise weiter und stieß vorsichtig die Zimmertür ihrer ältesten Tochter auf. Carola lag auf dem Rücken, die Hände auf dem Brustkorb wie zum Gebet gefaltet. Wieder musste sie lächeln. So schlief Bernd-Karl auch immer. Wie zuvor setzte sie sich vorsichtig auf die Bettkante. Sie glaubte, nie wieder aufstehen zu können, Muskeln und Knochen versagten den Dienst. Sie betrachtete ihre Tochter, deren Mund leicht geöffnet war und leise Schnarchgeräusche von sich gab.

So fand Bernd-Karl sie, als er eine Viertelstunde später nach Hause kam. Er lehnte im Türrahmen zu Carolas Zimmer und betrachtete eine Weile seine Frau, die wie erstarrt auf der Bettkante ihrer schönen, fast erwachsenen Tochter kauerte. Gerade als er glaubte, sie sei eingeschlafen, zerriss ihre Stimme die Stille, die sich wie ein schützender Umhang über das Zimmer gelegt hatte. Sie hatte ihren Mann nicht gesehen, aber sie hatte ihn gespürt.

„Manchmal hasse ich meinen Beruf", sagte sie dumpf, ohne den Kopf zu drehen. Wie immer, wenn es sehr ernst war, sprach sie Hochdeutsch.

Leise setzte sich Bernd-Karl neben sie. Er nahm ihre Hand und drückte sie sanft. „Das verstehe ich", antwortete er leise. „Heute hast du jedes Recht dazu." Er machte eine Pause, da er spürte, dass die nächsten Worte sehr wichtig waren. „Aber er ist das, was dich ausmacht. Worin du gut bist, sehr gut sogar. Auch wenn du deinen Beruf heute hasst, du wirst morgen wieder zur Arbeit gehen, den nächsten Fall übernehmen und auch diesen lösen. Du brauchst deinen Beruf – und er braucht dich. Sie brauchen Menschen wie dich, Mienchen, die alles geben. Und die deshalb so gut sind."

Williamson sah Bernd-Karl nach wie vor nicht an. Ihr Blick war starr auf Carola gerichtet. „Ich habe sie in Gefahr gebracht", flüsterte sie. „Ich habe sie darum gebeten, hinter ihm herzuspionieren. Wenn etwas passiert wäre …"

Bernd-Karl legte den Arm um die Schultern seiner Frau und zog sie an sich. Sie spannte sich an, gab dann aber nach und lehnte sich an ihn.

Er hätte ihr sagen können, dass sie recht hatte, dass es verdammt unverantwortlich gewesen war und dass sie so etwas nie, nie wieder tun sollte. Aber er spürte, dass es nicht der richtige Moment war, ihr die Leviten zu lesen. Er würde es ihr sagen, aber nicht jetzt.

„Ich weiß", sagte er sanft. „Ich weiß. Aber es ist nichts passiert, Gott sei Dank."

„Darum ging es die ganze Zeit", sagte sie tonlos. „Was Eltern ihren Kindern antun. Und wie Kinder daran kaputtgehen. Es ging die ganze Zeit um die Familie." Sie schüttelte leicht den Kopf, wie um etwas loszuwerden. „Es ging weder um Karneval oder um die Arbeit noch um was weiß ich alles. Und auch die Geliebten von Middelstein spielten nur indirekt eine Rolle. Es ging um das Leiden der Kinder. Und das Versagen der Eltern. Mein Gott, was man alles falsch machen kann!"

Sie hatte lauter gesprochen als beabsichtigt. Dann fuhr sie sich übers Gesicht und senkte wieder die Stimme. „Mick hat seinen Vater so sehr gehasst, dass er ihn umgebracht hat. Er machte ihn dafür verantwortlich, dass seine Familie keine Familie ist. Dass seine Mutter am Rand des Abgrunds steht, wie er sich ausdrückt. Oder sich schon darin befindet."

Sie schwieg kurz. „Er sagt zwar, dass er die Kontrolle verloren habe, aber ich glaube ihm nicht. Für mich sieht es so aus, als ob er sich gezielt Verbindungen im Hotel aufgebaut hat. Auch Johanna hat das bestätigt, bevor sie … bevor sie sich …“ Ihre Stimme begann zu kippen.

Sie konnte es nicht aussprechen. Sie hatte bei der Pressekonferenz sachlich darüber berichten können, da war sie ganz Profi. Bei der Vernehmung mit Mick war sie distanziert geblieben. Aber hier, auf Carolas Bettkante, in ihrem Haus, konnte sie es nicht. Noch nicht.

Bernd-Karl nahm sie wieder fest in die Arme. „Schon gut, Mienchen, schon gut“, murmelte er und vergrub das Gesicht in ihrem Haar.

„Wir haben im Apartment Kathrins Handy gefunden, ebenso die Handschuhe, die Mick beim Mord getragen hat“, berichtete sie weiter. „Und auch die Schreibtischlampe. Es klebten noch Blut, Haare und … anderes daran.“ Sie holte tief Luft. „Die Sachen hat er wie Trophäen behalten.“

Sie war sich nicht sicher, ob sie das alles mit Bernd-Karl besprechen durfte, aber das war ihr heute Nacht egal. Sie spürte, wie es ihr mit jedem Satz leichter wurde.

„Er hat sich mit Johanna das schwächste Glied in der Kette ausgesucht und sie gnadenlos instrumentalisiert und benutzt. Er hat sie emotional von sich abhängig gemacht. Mick ist sehr intelligent, er hat es immer wieder geschafft, Menschen hörig zu machen, und hat instinktiv gespürt, wie sehr sie sich nach Liebe, Zuneigung und sozialem Aufstieg gesehnt hat. Und nach Anerkennung.“

„Und Kathrin?“, fragte Bernd-Karl leise.

„Anders als Johanna war Kathrin eine starke Persönlichkeit. Aber auch sie hat den Fehler gemacht, Mick zu unterschätzen. Sie wollte, dass sie sich alle zusammen stellen. Das Ganze ist eskaliert, und Mick ist ausgeflippt, weil er Kathrin nicht kontrollieren konnte. Er hat sie erwürgt."

Sie streckte ihre Hand aus und strich leicht über Carolas Haar.

„Und was ist das Resultat? Drei Menschen sind tot, davon zwei noch sehr junge Frauen. Und da sind zwei Mütter, die äußerst labil und psychisch krank sind. Sie kommen aus völlig unterschiedlichen Verhältnissen, und trotzdem haben sie so viel Leid gemeinsam. Die eine hat beide Töchter verloren, und von der anderen ist der Sohn ein Mörder und wohl auch psychisch zumindest eingeschränkt. Wie sollen sie das je verkraften?"

„Hat Mick gesagt, warum er Johanna derart provoziert hat?"

Williamson schluckte hart. Auch wenn sie dabei gewesen war, fiel es ihr immer noch schwer, sich dieser Tatsache bewusst zu werden. Die Frage, ob sie es hätten verhindern können, ob sie schuld waren, ob sie persönlich eine Schuld traf, würde sie nie wieder loswerden.

„Nein. Er hat nichts dazu gesagt. Nur gegrinst."

Sie stockte. „Die Vernehmung mit Mick war … ich kann es nicht beschreiben. Er sitzt da, weißt du, hat dieses Lächeln auf den Lippen und schaut uns mit diesen komischen Augen an, als ob er ganz tief in uns reingucken kann. Er hat eine unheimliche Aura, auch jetzt noch, obwohl wir wissen, was er getan hat. Er gibt auch alles zu und fühlt sich dabei noch überlegen. Einem Menschen wie Mick bin ich noch nie begegnet."

Sie schüttelte sich.

Carola bewegte sich und stöhnte leise.

„Komm", flüsterte Bernd-Karl, stand auf und half seiner Frau auf die Beine. „Wir könnten noch ein Glas Wein trinken, damit du ein wenig runterkommst."

Williamson nickte, warf noch einen Blick auf ihre schlafende Tochter und streckte die Hand aus.

Bernd-Karl ergriff sie.

„Dat is' eine gute Idee, minge Schatz."

Sie spürte, dass ihr inneres Gleichgewicht noch da war, sie musste es nur wiederfinden. Das würde ihr gelingen, hier in ihrem Haus, mit ihrer Familie. Im Gehen lehnte sie sich an ihren Mann, der sie fest umarmte.

Die Nacht senkte sich auf ihr Heim und hüllte es in eine warme Decke.

Kapitel 40

Die Märzsonne schien auf die kleine Gruppe herab, die sich vor dem Eingang des Zoos versammelt hatte. Viele Pflanzen blühten zwar noch nicht, aber man konnte spüren, dass die Natur sich bereit machte, förmlich zu explodieren.

Williamson war mit ihrer Familie gekommen und freute sich auf den Tag. Sie hatten vor, zunächst den Zoo zu besuchen, damit sie, wie Elena Grifo sagte, „Norddeutschlands schönsten Zoo" kennenlernen konnten. Anschließend wollten alle zusammen in der Ständigen Vertretung essen gehen.

Die junge Kommissarin war natürlich auch gekommen. Gerade näherte sich von der einen Seite Dr. Sven Michellsen und von der anderen mit großen Schritten Dr. Janina Mohwinkel, die die Arme ausbreitete und alle mit großem Hallo begrüßte.

Williamson musste grinsen. Die Präsidentin liebte große Auftritte.

„Hier, hören Sie mal", sagte die Kommissarin und hielt Elena Grifo, die sich gerade mit Bernd-Karl unterhalten hatte, ihr Handy hin. „Ich habe einen neuen Klingelton."

Sie drückte einige Tasten, und nach einer Flucheinlage, die im Wesentlichen darin bestand, dass „dat verdampte

Ding nit funktioniert", ertönte Mick Jaggers unverwechselbarer Gesang mit *Jumpin' Jack Flash*.

Ihre Kollegin sah sie mit großen Augen an. „Ich dachte …"

Die Kommissarin klimperte mit ihren Knopfaugen.

Grifo grinste und beugte sich dann so nah zu Williamson herunter, dass diese ihr dezentes Parfum riechen konnte. „Ich verzeihe Ihnen", flüsterte die junge Kommissarin, „und ich sage Ihnen noch etwas: Sie dürfen mich sogar ‚Grüffelo' nennen."

Eine leichte Röte stieg von Williamsons Dekolleté den Hals hinauf bis in ihr Gesicht. „Ich … äh …"

Grifo grinste und winkte ab. „Es weiß ohnehin jeder. Aber", sie hob den Zeigefinger „nur wenn wir unter uns sind. Wir möchten doch keine Irritationen hervorrufen, oder?"

Die Kommissarin schüttelte den Kopf. „Nee, dat wollen wir nit." Dann kniff sie die Augen zusammen. „Wat wollen Sie als Gegenleistung?"

Grifos Grinsen wurde breiter. „Ich darf Sie ‚Chefin' nennen, ohne dass Sie jedes Mal die Stirn runzeln."

„Tu ich dat?", fragte Williamson und runzelte die Stirn.

„Und ob. Also? Deal?" Grifo streckte der kleinen Kommissarin die Hand hin.

„Deal", antwortete diese und schlug ein.

Dr. Michellsen trat zu ihnen, begrüßte die Kommissarinnen und verwickelte Grifo sogleich in ein Gespräch.

Wieder musste Williamson grinsen. Der junge Rechtsmediziner mochte die schöne Oberkommissarin, sehr sogar, das war unübersehbar.

Bin mal gespannt, wie dat weitergeht, dachte sie.

Die kleine Gruppe setzte sich in Bewegung.

Williamson schloss zu Janina Mohwinkel auf, die wie selbstverständlich die Spitze übernommen hatte. Dann folgten Elena Grifo, eingerahmt von Dr. Michellsen und Bernd-Karl. Den Schluss bildeten Carola und Nicola, die ein Eis in der Hand hielten, kaum dass sie den Eingangsbereich passiert hatten.

Carola trug voller Stolz ihre neuen Sneakers, aber auch Nicola hatte neue Schuhe. Sie hatte einen Wutanfall bekommen, als sie gehört hatte, dass Carola als „Lohn" für ihre Hilfe neue Turnschuhe erhalten sollte. Sollte sie etwa leer ausgehen? Das wäre soooooo ungerecht! Also war sie mit ihren Eltern zu einem Kompromiss gelangt: Die Hälfte bezahlte Nicola selbst. Damit waren alle einverstanden gewesen, und der Familienfrieden war wiederhergestellt.

„Gut, dass Sie wieder ein bisschen Zeit haben, um auch die schönen Dinge des Lebens zu genießen", sagte Janina Mohwinkel und lächelte Williamson an.

„Der Fall war nervenaufreibend", bestätigte diese, „der Mick is' eine komplizierte Person. Er hat einen Rachefeldzug gestartet, dem sein Vater zum Opfer gefallen is'. Und bei der Kathrin Abelmann hat er die Kontrolle verloren. Dabei is' er manipulativ und machthungrig. Er hat alle benutzt."

„Die Frage ist doch", sagte die Präsidentin langsam, „wie er sich so entwickeln konnte."

Williamson schüttelte den Kopf. „Er hat sich irgendwann dazu entschlossen, nit mehr Opfer zu sein. Er wollte sich befreien: von seinen Eltern, von der Schule, überhaupt. Er wollte selbst entscheiden und handeln, dat hat er uns jedenfalls gesagt, und konnte et nit ertragen, wie sein Vater die Familie zerstört hat, vor allem seine Mutter."

Janina Mohwinkel sah in die Ferne. „Aber wohl auch sich selbst."

Williamson schnaubte. „Sie haben zwar recht, Frau Mohwinkel, aber ganz ehrlich: Nit jeder, der eine schwierige Kindheit hatte, entwickelt sich zum Mörder. Verstehen Sie, wat ich meine? Er is' ein Opfer seiner Familie, aber er is' auch Täter, vor allem is' er Täter."

„Was passiert mit den armen Müttern?", fragte Dr. Mohwinkel.

Ihre Stimme war ganz weich geworden, was nicht so recht zu ihrer imposanten Erscheinung passen wollte. Williamson ahnte, dass sie ein sehr mitfühlender, warmherziger Mensch war. Raue Schale, weicher Kern, genau wie sie selbst. Vielleicht verstanden sie sich deshalb so gut. Sie vertraute ihr und hatte längst beschlossen, ihr gegenüber offen zu sein.

„Beide sind in stationärer psychiatrischer Betreuung. Dennoch gibt et Unterschiede. Frau Middelstein hat ihre Schwester, die sich um sie kümmert, und die hat versprochen, sie zu sich nach Bremen zu holen, wenn et ihr wieder besser geht. Frau Mantritz hat niemanden. Ihre Töchter sind tot, ob sie gegen ihre Sucht auf Dauer ankommt, is' nit sicher."

Die Kommissarin wandte kurz den Kopf nach hinten und erblickte aus dem Augenwinkel Elena Grifo, die sich angeregt mit Bernd-Karl und Sven Michellsen unterhielt. Sie wusste, dass sich ihre junge Kollegin um die gepeinigte

Frau kümmerte, auch wenn sie es ihr gegenüber nie erwähnt hatte. Ihre Motive waren ihr nicht klar. Dennoch war sie sicher, dass ihre Kollegin wusste, dass sie es wusste. Aber sie würden in stillem Einvernehmen nicht darüber sprechen.

„Es gibt hier zwar viele Opfer, aber nicht alle ziehen daraus die Konsequenzen", nahm Janina Mohwinkel den Faden wieder auf.

Williamson sah sie erstaunt von der Seite an. „Wat meinen Sie damit?", fragte sie.

„Holger Trespen ist ein Opfer, aber auch wieder nicht. Jedenfalls hat seine Frau ihm verziehen und hat ihn in Gnaden wiederaufgenommen." Die Stimme der Präsidentin hatte einen ironischen Unterton.

„Sie meinen, die Familie Schwanitz hat ihn in Gnaden wiederaufgenommen?", fragte Williamson augenzwinkernd.

Janina Mohwinkel nickte. „Genau. Er arbeitet inzwischen in der Bank von Margot Trespens Onkel, nachdem er vor der Familie zu Kreuze kriechen musste und ihm sehr nachdrücklich klargemacht wurde, wie dankbar er doch sein kann, dass man ihm verziehen hat."

Sie waren bei den Flamingos angekommen und schauten den pinkfarbenen Tieren zu, die es schafften, majestätisch auszusehen, obwohl sie auf einem Bein standen.

„Bei mir sähe dat nit so schick aus", sagte Williamson und deutete auf die riesigen Vögel.

Janina Mohwinkel musste lachen. „Wissen Sie, Frau Kommissarin, Sie sind mir sympathisch. Und ich schätze Sie sehr, nicht nur wegen Ihres Humors. Und ich glaube, meine Gesellschaft ist Ihnen auch angenehm."

Sie machte eine kleine Pause.

Wat kommt jetz'?, fragte sich Williamson und wartete ab.

„Ich habe einen Vorschlag. Ich finde, wir sollten uns duzen. Ich bin Janina", die Präsidentin streckte ihr die Hand entgegen und lächelte. „Na, was meinst du?"

Die Kommissarin war wie vom Donner gerührt. Es passierte ihr nicht oft, dass Menschen ihren dicken Panzer durchbrachen und hinter diese sorgfältig aufgebaute Schutzhülle blickten. Aber Janina Mohwinkel hatte es geschafft.

„Gute Idee. Du kannst mich Wilhelmine nennen."

Die Präsidentin schüttelte ihre Hand und grinste. Dann runzelte sie die Stirn. „Wilhelmine Williamson. Na, das nenne ich mal eine gelungene Kombination!"

Williamson zwinkerte mit ihren Knopfaugen. „Wer sagt denn, dat ich wirklich so heiße? Ich habe gesagt, du kannst mich so nennen, nit, dat dat mein wirklicher Name is'."

Die hochgewachsene Frau schüttelte den Kopf und lachte lauthals los. „Alles klar, Wilhelmine." Dann nahm sie ihre Landsfrau bei den Schultern und drückte sie an ihre imposante Brust. „Und herzlich willkommen in Hannover."

„Schon gut, schon gut", brummte die Kommissarin verlegen und wurde tatsächlich ein wenig rot. Dann sah sie Janina Mohwinkel in die Augen. „Un' bevor ich et vergesse: danke."

„Wofür?", fragte die Präsidentin.

„Dafür, dat du wat gesagt hast, als wir essen waren. Dat hab' ich die ganze Zeit mit mir rumgetragen."

Janina Mohwinkel runzelte die Stirn. „Was habe ich denn gesagt?"

„Dat eine intakte Familie dat Wichtigste is'."

Sie nahmen ihren Rundgang wieder auf.

„Dat is' dat Entscheidende gewesen bei dem Fall. Et ging die ganze Zeit darum. Nit um die Arbeit, nit um einen Vertrag oder die Gespielinnen vom Middelstein. Un' et ging auch nit um den Karneval."

Die Präsidentin nickte nachdenklich. Dann hellte sich ihr Gesicht auf. „Apropos Karneval. Im Moment ist mit dem zwar nicht viel los, aber es wird schon an der Zukunft gebastelt. Weißt du, wer der neue Präsident der KG Linden Rot-Weiß werden soll?"

„Nein, wer?", fragte Williamson. Sie musste grinsen. Die Antennen der Präsidentin in die Eingeweide der hannoverschen Gesellschaft funktionierten nach wie vor ausgezeichnet.

„Günter Harmisch! Von der Harmanautik GmbH."

Williamson schüttelte lachend den Kopf. „Na, der passt wie die Faust aufs Auge! Der wird den Verein in eine strahlende Zukunft führen." Das war nicht nur so dahergesagt. Sie glaubte das wirklich.

Sie waren bei den Nilpferden angekommen und sahen den beeindruckenden Tieren eine Weile zu. Sie wirkten friedlich, konnten aber sehr aggressiv werden. Wie viele Menschen, denen sie in dem Fall begegnet war.

„Mom!", rief Carola hinter ihnen. „Hast du die Nilpferde gesehen? Der Hammer!"

Ihre Mutter drehte sich um. „Ja, hab' ich! Un' nenn mich nit … ach, wat soll et!"

Sie wandte sich wieder Janina Mohwinkel zu. „Eines is' mir aber immer noch nit klar geworden. Sag mal, Janina, sagt man denn nun hier Alaaf oder Helau? Ich hab' et immer noch nit rausgefunden."

Janina Mohwinkel legte den Kopf in den Nacken und lachte. Dann hakte sie sich bei ihr unter und meinte: „Du wirst es nicht glauben, Wilhelmine, man sagt beides!"

Die kleine Kommissarin schüttelte ungläubig den Kopf. „Ich sage et doch immer: Die spinnen, die Hannoveraner!"

In einigem Abstand, halb hinter einem Baum versteckt, beobachtete ein Augenpaar aus schmalen Schlitzen die gut gelaunte Gruppe. Hass und Eifersucht verzerrten das Gesicht, das zu den Augen gehörte. Finger gruben sich in den Baumstamm, so fest, dass die Knöchel weiß hervortraten.

Im Verlag CW Niemeyer bereits erschienen ...

Der Fall am Bahnhof von Minden wirkt zunächst sehr nebulös. Der Tote hatte durchaus überzeugende Gründe, um im tristen Monat November freiwillig aus dem Leben zu scheiden. Kurz darauf häufen sich die Ereignisse. Über Facebook und eine spezielle Whats-App-Gruppe sieht es so aus, als würde ganz gezielt zu Selbstmord aufgerufen. Aufnahmen von Überwachungskameras vermitteln jedoch ein anderes Bild. Die Kripo geht von einem Serientäter, einer Gruppe oder mehreren Nachahmern aus und muss ihre Kräfte überregional bündeln. Hauptkommissar Alexander Rosenbaum ermittelt mit dem Team „Bahnsteig" mit zeit- und kräfteraubendem Einsatz. Ganz anders gelagert scheint da das Ereignis in der traditionsreichen Museums-Eisenbahn von Minden zu sein, als im folgenden Frühjahr eine Reisende einem Bienenstich erliegt. Den Hinweis seiner Nachbarin auf die tödlich endende Zugfahrt hält Alexander zunächst lediglich für eine amüsante Geschichte …

Andrea Gerecke. Endstation Minden
352 Seiten. Klappenbroschur. ISBN 978-3-8271-9509-8
E-Book 978-3-8271-8566-2 (Pdf)
978-3-8271-8365-1 (Epub)

#niemeyerbuch

Jetzt kein Buch mehr verpassen

Im Verlag CW Niemeyer bereits erschienen ...

Mark Seiferts 4. Fall

Töte ich Menschen, ohne mich daran zu erinnern?

Diese Frage stellt sich der 20-jährige Paul. In ihm existieren zwei unterschiedliche Persönlichkeiten, die – bis auf wenige Ausnahmen – nichts voneinander wissen. Ein Hannoverscher Bestsellerautor wird abends vor seinem Haus von einer unbekannten Gestalt getötet. Paul befürchtet, der Täter zu sein, kann sich jedoch an nichts erinnern. Kurz darauf beginnt der renommierte Psychiater Dr. Mark Seifert eine heimliche Affäre mit Pauls Mutter, bringt damit eine tödliche Kaskade ins Rollen. Es gibt ein altes, düsteres Geheimnis, dessen Aufdeckung einige Personen in Pauls Umfeld um jeden Preis verhindern wollen. Die verstörende Wahrheit kostet mehrere Menschenleben. Gelingt es Mark Seifert, die Hintergründe der Tötungsserie aufzudecken, bevor der Täter ein weiteres Mal zuschlägt?

Thorsten Sueße. Hannover sehen und sterben
512 Seiten. Klappenbroschur. ISBN 978-3-8271-9508-1
E-Book 9978-3-8271-8565-5 (Pdf)
978-3-8271-8364-4 (Epub)

#niemeyerbuch

Jetzt kein Buch mehr verpassen

Im Verlag CW Niemeyer bereits erschienen ...

Nur eines steht bei dieser Geschichte fest: Ein menschliches Gehirn gehört nicht auf den Teller. Und ebenso sollte man damit nicht seine Katze füttern. Hätte sich Matthias Frerk Gradoneg bloß an diese Anstandsregel gehalten. Der unbescholtene Bürger und brave Familienmensch säße jetzt nicht als „Menschenfresser" in der gefürchteten Justizanstalt Josefstadt. Seine Unschuldsbeteuerungen vor dem Haftrichter hin oder her – Kannibalismus ist kein Kavaliersdelikt! „Grauslich, Gradoneg! Ihr Menschenfresser solltet doch längst ausgestorben sein." „Hören Sie mir eigentlich zu?! Ich bin fast Vegetarier und unschuldig. Wenn schon, dann stirbt gerade die Gerechtigkeit in Österreich aus." Wer hat Matthias Frerk Gradoneg dieses Unglück serviert? Wird er jemals den Gefängnismauern entkommen, um die wahren Machenschaften hinter diesem Komplott aufzuklären?

Wilfried Oschischnig. TodesGrant
384 Seiten. Klappenbroschur. ISBN 978-3-8271-9382-7
E-Book 978-3-8271-8624-9 (Pdf)
978-3-8271-8416-0 (Epub)

Im Verlag CW Niemeyer bereits erschienen ...

Jakob Primm ist besessen von Autorin Paula Hogitsch, der erfolgreichen Wiener Königin des Suspense-Romans. Bei der Lesung aus ihrem letzten Werk „Zwischen den Zeilen" traut der unheimlich anmutende Einzelgänger seinen Ohren kaum, als er sich in der Hauptfigur ihres Krimis wiedererkennt. Die Erfolgsautorin schildert detailgetreu die beiden Morde, die er vor Jahren an seinem früheren Wohnort begangen hat. Er fühlt sich in die Enge getrieben. Woher weiß die von ihm so bewunderte Schriftstellerin über die Verbrechen des Jakob Primm Bescheid, und was bezweckt sie mit der Veröffentlichung? Will sie ihren größten Anhänger etwa hinter Gitter bringen oder handelt es sich bei all dem um ein gut geplantes Komplott?

Sabine Wolfgang. Wort für Mord
336 Seiten. Klappenbroschur. ISBN 978-3-8271-9383-4
E-Book 978-3-8271-8623-2 (Pdf)
978-3-8271-8415-3 (Epub)

Im Verlag CW Niemeyer bereits erschienen ...

Ein Mann namens Frederick Reinhardt wird ermordet. Er war eine Leitfigur der Aufgewachten, einer Gruppierung also, die sich politisch und moralisch gern über die von ihnen sogenannten Schlafschafe erhebt. Warum wird eine so noble Gestalt in den ewigen Schlaf geschickt? Musste er einen brutalen Tod erleiden, weil er edle Absichten hatte? Oder gibt es noch andere Gründe?
Julia Wunder und ihr Assistent Vlassi versuchen eben das herauszufinden und befinden sich bald in einem Morast aus Verdächtigen. Nur gut, dass der Mainzer Kollege Lustig sich einen sprechenden Hund angeschafft hat. Dieser Columbo scheint mehr zu wissen ...

Lothar Schöne. Mord oder Absicht?
416 Seiten. Klappenbroschur. ISBN 978-3-8271-9386-5
E-Book 978-3-8271-8620-1 (Pdf)
978-3-8271-8412-2 (Epub)

#niemeyerbuch

Jetzt kein Buch mehr verpassen

Im Verlag CW Niemeyer bereits erschienen ...

Bea und Johnny könnten nicht unterschiedlicher sein: Notgedrungen trifft sich die vegane Studentin mit dem arroganten Personalchef, den sie für ihre Abschlussarbeit befragen soll. Aber Johannes Baumann, der ihr noch vor wenigen Monaten bei einem Praktikum das Leben zur Hölle gemacht hat, ist jetzt ein gebrochener Mann: Auf einer Geschäftsreise ist er durch gepanschten Schnaps erblindet. Während Johnny sein Leben neu ordnet und Bea versucht, zwischen Studium, Poetry Slams und gesellschaftlichem Engagement zu sich selbst zu finden, kommen sich die beiden näher.
Denn schließlich verstehen Bea und Johnny: Es kommt im Leben auf die kleinen Dinge an – manchmal sogar auf das, was man nicht sehen kann.

Ria Hellichten. Blindlings ins Glück
400 Seiten. Klappenbroschur ISBN 978-3-8271-9398-8
E-Book 978-3-8271-8618-8 (Pdf)
978-3-8271-8410-8 (Epub)

#niemeyerbuch

Jetzt kein Buch mehr verpassen

Im Verlag CW Niemeyer bereits erschienen ...

Was fühlst du, wenn du in die kalten Augen deines Mörders schaust und begreifst, dass du für jemand anderen sterben musst?

Als eine geschächtete, nur mit einem rosafarbenen Rock bekleidete Leiche gefunden wird, gerät Kommissarin Nora Kardinal in den Sog eines perfiden Verbrechens. Der Tote ist der Sohn des Architekten Albert Berend, der mit der Bauleitung der „Elbphilharmonie" betraut ist. In dessen privatem Umfeld geschehen weitere grausame Morde. Eine heiße Spur führt Nora in die dunkle Zeit der Stasi. Nach und nach kommt sie dem Täter und ihrer eigenen Vergangenheit so nah, dass Nora den tödlichen Atem des Mörders im Nacken spüren kann ...

Maike Rockel. Das Konzerthaus
496 Seiten. Klappenbroschur. ISBN 978-3-8271-9399-5
E-Book 978-3-8271-8619-5 (Pdf)
978-3-8271-8411-5 (Epub)

Im Verlag CW Niemeyer bereits erschienen ...

Nina Morettis 12. Fall

Lichterloh brennt der Scheiterhaufen auf einem alten Richtplatz aus der Zeit der Hexenverfolgung. Das verbrannte Opfer ist Sänger einer Heavy Metal Band. In einem Video gesteht er, ein Hexer zu sein, und beschuldigt die übrigen Mitglieder seiner Band ebenfalls der Hexerei. Musste der junge Mann wegen seiner okkulten Liedtexte sterben oder steckt doch etwas ganz anderes hinter der Tat? Nach ersten Recherchen ist Kriminalhauptkommissarin Nina Moretti sich sicher: Der Henker wird weiter morden …

Micha Krämer. 666 Der Tod des Hexers
480 Seiten. Klappenbroschur. ISBN 978-3-8271-9395-7
E-Book 978-3-8271-8616-4 (Pdf)
978-3-8271-8408-5 (Epub)

Im Verlag CW Niemeyer bereits erschienen …

Eine Frau wird von einem unbekannten Täter beim Geocaching in Hannover getötet. Es ist der erste Mordfall für Kriminaloberkommissar Raffael Störtebecker. Der Täter verhält sich außergewöhnlich. Er beginnt ein Katz-und-Maus-Spiel mit der Polizei, indem er der Mordkommission irritierende Nachrichten sowie Fotos und Videos seiner getöteten Opfer zusendet. Und er kündigt sogar das Datum seines nächsten Mordes an, lässt die Polizei aber im Unklaren, wer das zukünftige Opfer sein wird. Die eiskalt ermordeten Frauen standen in keiner erkennbaren Verbindung zueinander. Aber es muss einen roten Faden geben! Der Leiter der Mordkommission schaltet den Psychiater Dr. Mark Seifert ein, um von ihm mögliche Hinweise auf das Tatmotiv des Killers zu erhalten. Die Polizei steht massiv unter Zeitdruck, wenn sie den nächsten angekündigten Mord noch verhindern will …

Thorsten Sueße. Atemlos in Hannover
496 Seiten. Klappenbroschur. ISBN 978-3-8271-9384-1
E-Book 978-3-8271-8622-5 (Pdf)
978-3-8271-8414-6 (Epub)

#niemeyerbuch

Jetzt kein Buch mehr verpassen